줄리카 돕슨
옥스퍼드의 사랑 이야기

Zuleika Dobson
or An Oxford Love Story
by Max Beerbohm

맥스 비어봄 지음 | 노동욱 옮김

쥴리카 돕슨
옥스퍼드의 사랑 이야기

———

초판 발행 2022년 10월 4일

———

지은이 맥스 비어봄
옮긴이 노동욱
발행인 송호성

———

펴낸곳 주) 화인코리아 출판사업부 화인북스
주소 인천시 남동구 남동동로 77번길 32
전화 032-819-2747
팩스 032-819-2748
전자우편 finebooks97@naver.com

———

신고번호 제 353-2019-000021호
신고년월일 2019년 10월 11일
제작 제일프린테크

———

ISBN 979-11-969168-4-8

———

———

책값은 뒤표지에 있습니다. 잘못된 책은 바꾸어 드립니다.

———

Printed in KOREA

쥴리카 돕슨
옥스퍼드의 사랑 이야기

맥스 비어봄 지음 | 노동욱 옮김

1911
LONDON : WILLIAM HEINEMANN

지은이

맥스 비어봄
(Max Beerbohm, 1872-1956)

영국의 소설가이자 수필가이며 풍자화가로서, 자신이 쓴 소설에 직접 그림을 그려 넣어 출간했을 정도로 탁월한 재능의 소유자였다. 옥스퍼드 대학에 다니던 시절부터 유수의 문예지에 글과 그림을 발표하며 큰 인기를 끌었다. 오스카 와일드를 비롯한 여러 문인 및 예술가들과 교류하며, 빅토리아 시대부터 에드워드 시대에 걸친 영국 사회를 특유의 풍자와 유머, 위트로 묘사해 냈다. 조지 버나드 쇼, 버지니아 울프, E. M. 포스터, 버트런드 러셀 등 걸출한 작가들로부터 극찬을 받았던, 당대 최고의 작가 중 한 사람이었다. 대표작으로는 『쥴리카 돕슨』(1911), 『일곱 명의 남자』(1919), 「행복한 위선자」(1897) 등이 있다.

옮긴이

노동욱

서울대학교 대학원에서 영문학 박사학위를 받았다. 현재 삼육대학교 스미스학부 대학 교수로 재직 중이다. 저서 『미국문학으로 읽는 미국의 문화와 사회』(공저), 『질병은 문학을 만든다』(공저)를 펴냈고, 『위험한 책읽기』(공역), 『행복한 결혼생활을 위한 7원칙』(공역)을 옮겼다.

일러두기

1. 이 책은 1911년에 발표된 맥스 비어봄(Max Beerbohm)의 『쥴리카 돕슨: 옥스퍼드의 사랑 이야기』(*Zuleika Dobson or An Oxford Love Story*)를 우리말로 옮긴 것이다.
2. 번역에 사용한 텍스트는 예일 대학 출판부(Yale University Press)에서 2002년에 출간한 *The Illustrated Zuleika Dobson or An Oxford Love Story*이다.
3. 본문에 삽입된 모든 그림은 비어봄이 직접 그린 것으로, 예일 대학 출판부에서 출간한 책에 삽입된 것을 화인북스에서 판권을 계약하여 사용한 것이다.
4. 본문의 주는 모두 옮긴이의 것이다.

쥴리카 돕슨

옥스퍼드의 사랑 이야기

맥스 비어봄 지음 | 노동욱 옮김

6 · 맥스 비어봄

제1장

　기차의 도착을 알리는 낡은 종소리가 옥스퍼드 역에 막 울려 퍼졌다. 트위드나 플란넬을 화사하게 차려입고 역에서 기다리던 대학생들은 승강장으로 가서 선로 위를 한가로이 바라보았다. 오후의 햇살 아래, 젊고 무심한 학생들은 그들이 서 있는 낡은 승강장, 점차 잦아드는 신호음, 빛바랜 기차역의 끝없이 이어진 회색빛과 어울리지 않는 날카로운 분위기를 자아냈다. 승강장의 정경은 학생들에게는 익숙하고 대수롭지 않을지 몰라도, 관광객들에게는 여전히 중세 끝자락의 마법을 속삭이고 있었다.

　일등석 대기실 입구에는 존경받는 주더스 칼리지[1] 학장이 세상살이에 초연한 듯 서 있었다. 그는 고루한 성직자처럼 옷을 입고 있어서, 마치 전통이 서린 흑단 기둥처럼 보였다. 비단 중절모의 넓은 챙과 셔츠 앞섶의 하얀 옷단 사이에, 매도 부러워할만한 코와 독수리도 부러워할만한 눈이 보였다. 그는 세월의 무게를 새까만 지팡이에 의지하며 서 있었다. 그 배경 속에서 학장 혼자만이 고귀하게 보였다.

　멀리서 기적 소리가 들려왔다. 기차의 앞머리가 시야에 나타나더니, 긴 기차가 연기를 내뿜으면서 굽이치며 모습을 드러냈다. 기차가 점점 더 크게 보였다. 덩달아 커지던 기적 소리가 기차를 앞질러 들려왔다.

---

1) Judas College: 작가가 성경 속 인물 가롯 유다(Judas)의 이름을 차용하여 가공해 낸 이름으로, 옥스퍼드 대학의 지저스 칼리지(Jesus College)를 패러디한 이름으로 보인다.

기차는 맹렬하고 거대한 괴물로 변해 있었고, 승강장에 있던 학생들은 모두 본능적으로 안전을 위해 뒷걸음질 쳤다. 하지만 그들은 이보다 훨씬 더 끔찍한 위험이 기차와 함께 도착했으리라는 것을 알지 못했다. 기차는 자욱한 연기와 덜컹거리는 소리를 내면서 엄포를 놓듯이 역 안으로 들어왔다. 기차가 마저 정차하기도 전에 객차 한 칸의 문이 활짝 열리더니, 새하얀 여행복에 고운 다이아몬드가 번쩍이는 털모자를 쓴, 나긋나긋해 보이고 광채가 나는 한 여인이 날렵하게 승강장으로 미끄러지듯 내려왔다.

그야말로 온 시선이 그 여인에게로 향했다! 수많은 사람들이 그녀에게서 눈을 떼지 못했고, 그 중 절반쯤은 그녀에게 완전히 마음을 빼앗겼다. 주더스 칼리지 학장은 검은 테 안경을 코에 걸치고 있었다. 그 요정 같은 여인은 학장을 발견하더니, 그가 있는 쪽으로 한걸음에 달려갔다. 사람들은 그녀를 위해 길을 열어 주었다. 어느새 그녀는 학장 곁에 와 있었다.

"할아버지!"

그 여인은 소리치며 노인의 양쪽 볼에 입을 맞추었다. 거기 있던 젊은이라면 누구라도 그 입맞춤을 위해서 50살쯤 늙어도 좋다고 생각했으리라.

"사랑하는 쥴리카, 옥스퍼드에 온 걸 환영한다! 짐은 없니?" 학장이 물었다.

"짐이 산더미에요. 하녀가 짐을 찾아올 거예요."

"자, 마차를 타고 바로 대학으로 가자꾸나."

학장은 쥴리카에게 팔을 내밀었고, 둘은 팔짱을 낀 채로 천천히 출구를 향해 걸어갔다. 쥴리카는 승강장을 빠져나가는 동안, 자신을 따라오는 뭇시선에도 당황하지 않고 즐겁게 수다를 떨었다. 젊은이들은 하나

같이 쥴리카의 마법에 걸려 마중 나온 일가친척들의 존재를 까맣게 잊고 있었다. 부모님, 자매, 사촌 할 것 없이 모두 승강장에서 찾는 이 없는 짝짝 신세가 되어 버렸다. 젊은이들은 모두 자신들의 의무를 잊은 채 매혹적인 여인 쥴리카의 주위로 빽빽이 늘어섰다. 그들은 조용히 그녀를 뒤따라갔다. 젊은이들은 쥴리카가 학장의 마차에 올라타고, 그가 그녀의 왼편에 앉는 모습을 지켜보았다. 마차가 시야에서 사라지고 나서야, 그들은 일가친척들을 찾아다니기 시작했다. 다들 얼마나 그 망할 놈의 품위를 지키며 꾸물거리는지.

옥스퍼드와 세상을 연결하는 빈민가를 지나, 마차는 주더스 칼리지를 향해 달려갔다. 학생들이 많이 보이지 않았는데, 에이트[2] 주간의 월요일이라서 대부분의 학생들이 강가에 내려가 선수들을 응원하고 있었기 때문이다. 그런데 폴로용 조랑말을 탄 아주 멋진 젊은이가 말에 박차를 가하며 달려왔다. 그는 파란색과 하얀색 리본이 둘러진 밀짚모자를 들어 보이며 학장에게 인사를 했다.

"도싯 공작이다. 우리 대학 학생이지. 오늘밤 우리 집에서 저녁 식사를 함께 할 거란다." 학장이 말했다.

쥴리카가 공작에게 예를 갖추기 위해 몸을 돌렸지만, 그는 고삐를 당겨 말을 멈추기는커녕 어깨너머로 흘낏 시선 한번 주지 않았다. 그녀는 적잖이 당황스러워 입술이 뾰로통해졌지만, 이내 입꼬리를 올려 미소를 지어 보였다. 어느 모로 보나 악의 없는 미소였다.

마차가 콘 가街로 들어서자, 도싯 공작과는 사뭇 달라 보이는 한 학생이 학장에게 인사를 했다. 그는 별 특징 없는 낡은 검은색 재킷을 입고 있었다. 바지가 무척 짧았고, 키도 너무 작아 난쟁이 같았다. 특징 없는

---

2) eight: 8명이 한 조를 이루어 노를 젓는 보트 경주 대회.

걸음걸이만큼이나 얼굴도 평범했다. 그 학생은 눈을 가늘게 뜨고 안경 너머로 학장과 쥴리카를 바라보았다.

"저 사람은 누구예요?" 쥴리카가 물었다.

학장의 볼이 갑자기 벌게졌다.

"저 젊은이도 주더스 칼리지 학생이란다. 이름이 아마 녹스일게야."

"저 사람도 오늘밤 우리와 함께 식사를 하나요?"

"당연히 아니지. 아니고말고."

도싯 공작과는 달리 녹스는 멈추어 서서 학장과 쥴리카의 뒷모습을 열렬히 바라보았다. 녹스는 마차가 그의 시야에서 사라질 때까지 가만히 바라보고 있었다. 그러고는 한숨을 푹 쉬더니 외로이 발걸음을 옮겼다. 마차는 라티머와 리들리[3]를 위해 불을 밝혀 둔 장작단 아래, 한때 검게 그을렸던 땅 너머로 펼쳐진 브로드 가街로 접어들었다. 마차는 베일리얼 칼리지와 트리니티 칼리지의 정문, 그리고 애슈몰린 박물관을 차례로 지나갔다. 쉘더니안[4] 극장의 난간 사이사이에 배치된 동상 받침대 위에서 로마 황제의 드높은 흉상들이 마차 속의 아름다운 이방인 쥴리카를 근엄하게 내려다보고 있었다. 쥴리카는 무심하게 흉상들을 바라볼 뿐이었다. 그녀는 무생물체에는 그다지 매력을 느끼지 못했다.

잠시 후, 어떤 노老교수가 단골 서점인 블랙웰즈 서점에서 나와 길 건너편을 바라보다가, 황제 흉상들의 이마에 굵은 땀방울이 반짝이는 것을 보고는 깜짝 놀랐다. 그는 부들부들 떨며 서둘러 자리를 떴다. 그날 저녁, 그 노교수는 대학 휴게실에서 자신이 목격한 것을 전했다. 그것

---

3) 순교자 휴 라티머 주교(Hugh Latimer, 1483-1555)와 니콜라스 리들리 주교(Nicholas Ridley, 1500-1555)는 메리 여왕의 구교 환원에 반대하다가 화형을 당하였다.
4) Sheldonian: 당시 옥스퍼드 대학 총장의 이름을 딴 극장으로, 입학식과 학위수여식이 거행되는 곳.

은 몸센[5]의 책을 너무 많이 읽은 탓에 헛것을 본 것이라고, 동료 교수들이 정중하게 아무리 회의적 반응을 보였던들 그를 납득시키지는 못했으리라. 그는 자신이 목격한 것이 진짜라며 고집을 꺾지 않았다. 그리고 이틀이 채 지나지 않아 그의 말은 신빙성을 얻게 되었다.

그렇다. 마차가 지나갈 때, 황제들의 이마에 땀방울이 맺히기 시작했다. 황제들은 적어도 옥스퍼드에 덮쳐 오는 위험을 예견했고, 그들이 할 수 있는 방식으로 그렇게 경고를 보낸 것이었다. 그러니 그들의 공로를 기억하자. 그러나 황제들을 조금 더 너그러이 생각해 주자. 알다시피 로마 황제들은 살아생전에 아주 악명이 높았다. "로마 황제치고 강간과 잔학과 사악을 아우르는 만행을 저지르지 않은 자는 없었다." 하지만 결국 그들은 너무 가벼운 형벌을 받았던 걸까? 이곳 옥스퍼드에서 로마 황제들은 흉상의 모습을 하고는 폭염과 서리에, 그리고 사방에서 후려치는 바람과 그들을 닳아 없애는 빗줄기에 가차 없이 노출된 채로, 혐오스러운 오만함과 잔학함과 욕망을 속죄하고 있다. 그 호색한들은 어디로 가고, 지금은 육신조차 남아 있지 않구나. 그 폭군들은 어디로 가고, 눈 더미를 뒤집어 쓴 것 말고는 왕관도 없구나. 스스로를 신격화했던 그들은 어디로 가고, 이제는 미국인 관광객들에게 예수의 열두 제자로 오해 받는 신세가 되었구나. 여기서 조금만 더 내려가면 라티머 주교와 리들리 주교가 순교한 장소가 있는데, 지금도 우리는 추모의 눈물을 흘리지 않고는 그곳을 그냥 지나칠 수 없다. 하지만 두 주교는 불길 속에서 순식간에 산화하지 않았는가! 누구 하나 울어줄 이 없는 황제들에게는 시간이 형벌을 멈추지 않을 것이다. 이 화창한 오후, 황제

---

5) Theodor Mommsen (1817-1903): 독일의 유명한 역사가로, 노벨문학상을 받은 최초의 역사가로 알려져 있다.

들이 자신들이 속죄를 하고 있는 이 도시에 들이닥칠 재앙에 기뻐하지
않았다는 것은 확실히 그들에게 그나마 품위가 남아 있다는 증거였다.

제2장

학장 관사에서 '가장 훌륭한' 침실의 미닫이창으로 햇살이 쏟아져 들어와, 벽에 걸린 옅은 크레용 초상화와 줄무늬 무명 커튼의 낡았지만 산뜻한 꽃무늬를 찬란하게 비추었다. 이곳저곳 파헤쳐져 입을 벌린 채로 방 곳곳에 널려 있는 수많은 여행용 가방을 학장이 급습했다. (여행용 가방들에는 모두 Z. D.라는 이니셜이 새겨져 있었다.) 커다란 옷장 문은 전시戰時의 야누스 사원 문처럼 장엄하게 열려 있었고, 햇살은 마호가니 벽감을 탐험할 기회를 잡았다. 아득한 옛날부터 들락대던 학장의 발길에 빛이 바래 버린 카펫은 이제 질 좋은 린넨, 비단, 양단, 새틴, 시폰, 모슬린 아래 겹겹이 덮여 완전히 가려져 있었다. 여성복 양재사의 손을 거쳐 만들어진 형형색색 무지갯빛 옷감들이 모두 여기에 있었다. 의자 위에 쌓여 있는 향주머니며, 장갑 케이스며, 부채 케이스는 도대체 무엇에 쓰는 물건인지 알 수 없었다. 은색 종이와 분홍색 리본으로 포장된 꾸러미들이 셀 수 없이 많았다. 종이상자들도 피라미드형으로 쌓여 있었다. 구두를 만드는 데 쓰는, 발 모양을 본뜬 틀이 무성한 처녀림을 이루고 있었다. 화려한 옷과 보석을 한아름 안고 이처럼 풍요로운 곳을 안팎으로 들락거리며 여기저기 부스럭거리는 주인공은 다름 아닌 프랑스인 하녀였다. 민첩하게 실수 없이 움직이는 그녀는 제비처럼 날렵하게 허리를 숙여 물건을 주워서는 휙 뛰어갔다. 그 하녀는 물건 하나 빠트리는 법이 없었고, 도무지 쉬지 않았다. 짐 푸는 재주가 타고난 듯 보였고, 동작이 재빠르고 안정된 데다가 부드럽기까지 했다. 그녀는 팔

에 짐을 가득 안아서 하나하나 선반에 사뿐히 내려놓거나, 서랍장에 촘촘히 넣어 정리하였다. 그 하녀에게는 짐을 들어서 어림잡아 각각의 자리에 배치하는 것이 단지 하나의 과정인 듯 보였다. 그녀는 혼돈을 질서 정연한 우주적 질서로 만들기 위해 태어난 사람 같았다.

예배당 시계가 한 시간이 지났음을 알리며 큰 소리로 울리기도 전에, 여행용 가방들이 모두 깨끗이 비워져 치워질 정도였다. 카펫에는 은색 포장지 조각 하나 남아 있지 않았다. 벽난로 위 선반에는 사진 속 쥴리카가 탐욕스럽게 방을 살펴보고 있었다. 줄무늬 무명 주름장식이 달린 화장대 위에 놓인 쥴리카의 바늘꽂이에는 새 바늘이 빳빳하게 꽂혀 있었고, 그 주변에는 다양한 모양의 색 바랜 금빛 돔형 유리그릇들 여러 개가 놓여 있었는데, 거기에는 하나같이 남정석과 다이아몬드로 Z. D.라는 이니셜이 아로새겨져 있었다. 작은 테이블 위에는 보석으로 만든 커다랗고 멋진 장식함이 놓여 있었는데, 거기에도 똑같은 방식으로 이니셜이 새겨져 있었다. 또 다른 작은 테이블 위에는 칠이 많이 벗겨진 쥴리카의 금박 표지 책 두 권이 놓여 있었다. 한 권은 뒤표지에 녹주석으로 '철도 여행 안내서'라고 새겨져 있었고, 다른 한 권에는 뒤표지에 자수정, 녹주석, 녹옥수로 'A.B.C. 가이드'라고 새겨져 있었다. 쥴리카의 멋진 전신거울이 그녀를 비출 채비를 하고 있었다. 쥴리카는 그 전신거울을 특별 제작한 큰 통에 넣어 여행할 때마다 가지고 다녔다. 전신거울은 테두리가 상아로 되어 있었고, 세로로 홈이 새겨진 늘씬한 상아기둥 사이에 그네처럼 걸려 있었다. 쌍둥이 금 촛대도 있었는데, 양쪽으로 긴 초들이 네 개씩 꽂혀 있었다.

그때 문이 열렸고, 학장은 쥴리카에게 환영의 말을 건네고는 그녀를 문 앞에 남겨둔 채 사라졌다.

쥴리카는 거울 쪽으로 천천히 걸어갔다. "내 옷 좀 벗겨 줄래, 멜리상드." 쥴리카가 말했다.

밤이 되어서야 대중 앞에 모습을 드러내는 사람들이 모두 그러하듯, 쥴리카도 해 질 무렵까지는 휴식을 취하는 습관이 있었다.

멜리상드는 이내 물러났다. 푸른색 띠를 두른 하얀 실내복 차림의 쥴리카는 근사한 꽃무늬 의자에 누워 창밖을 내다보고 있었다. 창밖으로 내려다보이는, 대학 건물이 사방을 둘러싸고 있는 정경은 투박한 회색 담장, 회랑, 카펫처럼 깔린 잔디밭과 어우러져 매우 아름다웠다. 하지만 그것이 쥴리카가 일생을 보낼 호텔에 딸린 최고급 정원이었다 할지라도, 그녀의 관심의 대상이 아니었으리라. 쥴리카는 그 정경을 그저 바라볼 뿐, 주의를 기울이지는 않았다. 그녀는 자기 자신에 대해, 아니면 자신이 욕망하는 무언가에 대해, 그것도 아니라면 만난 적도 없는 누군가에 대해 생각하는 듯 보였다. 쥴리카의 시선에는 권태감과 애절함이 함께 서려 있었다. 하지만 사람들은 그러한 감정이 한낱 스쳐지나가는 것이라고 짐작했으리라. 빛나는 거울과 그 거울이 반사하는 빛 사이를 이따금씩 스쳐지나가는 작은 그림자에 불과한 것이라고 말이다.

줄리카는 엄밀히 말해 미인은 아니었다. 그녀의 눈은 약간 클 뿐이었고, 속눈썹은 필요 이상으로 길었다. 머리카락은 곱슬곱슬 제멋대로 잘게 말려 있었는데, 비유하자면 그것은 마치 정치를 엉망으로 하는 어두운 고지대 국가 같았고, 머리카락 한 올 한 올은 눈썹 지역에까지 제 권리를 주장하며 침범하고 있는 듯했다. 그녀의 외모 중 다른 부분도 전혀 특별할 것이 없었다. 낯익은 모델들을 잡탕 시켜 놓은 얼굴 같았다. 마담 라 마르키스 드 쌩-투앙[6]의 오똑한 콧날. 큐피드의 활을 그대로 본 떠 빚은 모양에 주홍색 옻칠을 하고 작은 진주로 꿰어 놓은 듯한 입술. 사과나무도, 담벼락을 따라 주렁주렁 열린 복숭아들도, 고대 페니키아의 항구도시 티레의 장미 정원도, 신은 돕슨 양의 뺨을 위해서는 그 어느 것도 훔쳐내지 않았나 보다. 줄리카의 목은 모조 대리석 같았다. 손발은 딱 평균 비율 정도였다. 딱히 허리라고 부를 만한 곳도 없었다.

그리스 사람이라면 줄리카의 조화롭지 못한 외모에 푸념을 했을 테고, 엘리자베스 시대 사람이라면 그녀를 '집시'라고 불렀으리라. 하지만 에드워드 시대가 한창인 지금, 돕슨 양은 전 세계의 찬사를 한 몸에 받는 절세미인이다. 십대 후반에 그녀는 고아가 되는 바람에 가정교사 일을 하게 되었다. 줄리카는 할아버지인 학장에게 살 집을 마련해 주거나 생활비를 보내 달라고 청해 보았지만 거절당했는데, 자손을 부양하는 부담을 지고 싶지 않다는 것이 그 이유였다. 그래서인지 학장은 결혼을 하지 않기로 마음먹었고 지금도 그 마음에는 변함이 없다. 하지만 학장은 최근에 호기심 때문에서인지 아니면 회한 때문에서인지 줄리카에게 일주일 정도를 함께 보내자고 제안했다. 마침 그녀는 공연 하나를 마치고 다음 공연에 들어가기 전 '휴식기'를 가지려던 참이었고, (뉴욕 해머

---

6) Madame la Marquise de Saint-Ouen: 루이 15세가 총애했던 여인으로 알려져 있다.

스타인 빅토리아 극장의 공연을 마치고 폴리 베르제르[7]에서 공연이 잡혀 있었다.) 옥스퍼드에는 가 본 적이 없던 터라, 지나간 일은 지나간 대로 잊고 옥스퍼드에 가서 노인네 비위나 좀 맞추어 줄 심산이었다.

줄리카는 지금 돌이켜보아도 몸서리칠 정도로 고생을 했던 어린 시절에, 할아버지가 자기에게 무관심으로 일관한 데 대해 여전히 분노하고 있을지 모른다. 가정교사 생활은 정말이지 줄리카에게 지독히도 맞지 않았다. 극심한 가난 때문에 결코 배우려고 노력해 본 적 없었던 산수, 지도 읽기, 동사활용법과 씨름하게 되리라고는 꿈에도 생각해 본 적이 없었다. 자신의 일을 끔찍이도 싫어했던 줄리카는 어린 학생들에게서 어떠한 뚜렷한 성과도 이끌어 내지 못하여, 결국 이집 저집을 전전하는 뚱하고 무능한 가정교사가 되고 말았다. 예쁜 얼굴 때문에 줄리카가 한 집에 머무는 시간은 갈수록 짧아졌다. 가정교사로 들어간 집에 다 큰 아들이 있는 경우에는 백이면 백 줄리카에게 반해 버렸고, 그녀는 저녁 식사 시간에 테이블 너머로 대놓고 추파를 던지는 아들 녀석의 시선을 즐겼다. 그들이 줄리카에게 마음이라도 고백할라치면, 그녀는 딱 잘라 거절했다. '자기 분수를 알아서'가 아니라, 그들을 사랑하지 않았기 때문이다. 설령 줄리카가 좋은 선생님이었다고 할지라도, 그런 일이 생기면 그녀가 그 집에 더 머무르는 건 용납되지 않았을 것이다. 결국 줄리카는 연애편지 한 꾸러미와 선불로 받은 한 달 치 월급으로 한층 무거워진 끈 달린 트렁크를 끌고, 이내 다른 집 계단을 올라가야 했다.

그러던 차에 줄리카는 우연히 노팅힐 출신의 대가족인 깁스의 집에서 가정교사를 하게 되었다. 그 집 장남인 에드워드는 사무직으로 일을 했고, 저녁에는 취미 삼아 마술 연습을 했다. 그 젊은이는 주근깨투성

---

7) Folie Bergère: 프랑스 파리에 있는 음악홀이자 버라이어티 쇼 극장.

이인 데다가, 차분하게 가라앉아 있어야 할 머리카락은 뻣뻣하게 곤두서 있었다. 에드워드는 차 마시는 시간에 마치 예정된 수순인 것처럼 쥴리카를 보고 첫눈에 반했다. 저녁이 되면 에드워드는 쥴리카의 환심을 사고자, 할 수 있는 마술이란 마술은 모두 선보였다. 그의 마술은 그 집에서는 익숙한 모양인지 끝나기도 전에 아이들은 잠자리로 보내졌고, 어머니는 꾸벅꾸벅 졸고 있었다. 하지만 돕슨 양은 그런 흥겨운 장면에 익숙하지 않았던 터라 그 젊은이의 날랜 손놀림에 매료되어, 실크모자에 수많은 금붕어가 담겨 있는 장면에, 손수건이 순식간에 은화로 바뀌는 장면에 감탄했다. 그날 밤 쥴리카는 에드워드가 일으킨 기적에 사로잡혀 뜬눈으로 밤을 지새웠다. 다음날 저녁, 쥴리카가 에드워드에게 마술을 다시 한 번 보여 달라고 청하자, 그가 속삭였다.

"안 되겠소. 내가 사랑하는 여자를 차마 더는 속일 수가 없네요. 내가 그 마술을 가르쳐 주면 안 되겠습니까?"

그리고 에드워드는 마술에 대해 하나씩 설명하기 시작했다. 에드워드의 눈은 금붕어 어항을 사이에 두고 쥴리카의 눈을 좇았고, 마술 상자를 조작하는 법을 가르치면서는 손까지 떨렸다. 쥴리카는 그 쓸데없는 비법들을 하나씩 익혀 나갔다. 그런데 비법이 하나씩 공개될 때마다 에드워드를 우러러보는 마음도 시들해졌다. 에드워드는 쥴리카의 솜씨를 칭찬했다.

"저도 그보다 더 매끄럽게 하진 못하는데. . . ." 에드워드가 말했다.

"아! 사랑하는 돕슨 양, 제 사랑을 받아 주시오. 카드며, 마술 상자며, 금붕어며, 달걀 모양 요술컵까지, 이 모든 게 다 당신 것이 될 거요. 모두 다 당신 거라고요."

쥴리카는 황홀하리만큼 수줍은 표정을 지으며, "지금 그것들을 저에게 주신다면 잘 생각해 보겠어요"라고 대답했다. 사랑에 빠진 청년 에

드워드는 그 말에 동의했고, 쥴리카는 그 선물들을 한아름 안고 잠자리에 들었다. 침실 촛불에 비추어진 보석 상자를 바라보던 마르가레테[8]도 지금 마술 상자를 바라보며 황홀경에 빠져 있는 쥴리카보다 더 황홀해하지는 않았으리라. 쥴리카는 그 마술 상자가 자신에게 가져다 줄 엄청난 가능성을 두 손으로 꽉 움켜쥐었다. 속박된 신세로부터의 해방, 부, 명예, 권력이 바로 그것이었다. 집안사람들이 잠이 들자마자, 쥴리카는 슬그머니 작은 옷가지들을 챙겼고, 그 사이에 그 귀중한 선물들을 끼워 넣었다. 그녀는 조용히 트렁크 뚜껑을 닫고 끈으로 묶은 뒤, 트렁크를 어깨에 메고 계단을 살금살금 내려왔다. 트렁크에 달린 사슬이 얼마나 삐걱대던지. . . . 어깨도 정말 아팠을 텐데! 밖으로 나온 쥴리카는 이내 택시를 잡아탔다. 그녀는 역 근처 호텔에서 하룻밤을 묵으며 숨어 있었다. 다음날, 그녀는 에지웨어 로드 역에서 조금 벗어난 곳에 있는 여관에 작은 방을 얻었고, 그곳에서 일주일 내내 마술 연습에 여념이 없었다. 그러고는 '청소년 파티 엔터테인먼트 대행사'에 회원으로 이름을 올렸다.

크리스마스 연휴가 코앞으로 다가왔고, 머지않아 쥴리카의 공연 일

---

8) Marguerite: 괴테(Johann Wolfgang von Goethe)의 『파우스트』(Faust)에서 파우스트가 연모하는 여인이다. 파우스트는 마르가레테의 마음을 얻기 위해 그녀에게 '보석 상자'를 선물한다.

정이 잡혀 있었다. 그 공연은 그녀에게 아주 큰 행사였다. 고백하건대, 쥴리카의 마술 레퍼토리는 너무도 빤하고 진부한 것이었다. 하지만 아이들은 마술 쇼 여주인공에 대한 배려로, 그 마술이 어떻게 펼쳐지는지 모르는 척했고, 깜짝 놀라고 기뻐하는 척까지 했다. 심지어 겁에 질려 울부짖는 척하다가 공연장에서 끌려 나가는 아이도 있었다. 마술 쇼는 모든 것이 훌륭하게 진행되었다. 마술 쇼 주최자는 쥴리카의 마술에 매혹되어, 그녀에게 홀에서 레모네이드를 한 잔 대접하겠다고 했다. 이내 다음 공연들이 잇따라 잡혔다. 쥴리카는 더할 나위 없이 행복했다. 나는 쥴리카가 자신의 예술에 진실한 열정을 품고 있었다고는 말할 수 없다. 진정한 마술사라면 자신의 공연이 완벽했다는 사실 그 자체에서 보람을 찾을 테니까 말이다. 진정한 마술사라면 돈과 박수갈채 따위는 필요하지 않다. 마술에 필요한 소품만 있다면 무인도에 떨어져도 행복할 것이다. 무인도에서도 이발소 간판 기둥 모양의 적색과 흰색 소용돌이무늬 소품을 입에서 끊임없이 뿜어 댈 것이다. 무심히 불어 대는 바람에도 여전히 속사포처럼 주문을 내뱉을 것이고, 심지어 굶어 죽는다 해도 임종하는 마지막 고통의 순간에도 그간 마술을 함께 해 온 토끼와 금붕어를 먹지는 않을 것이다. 하지만 만약 쥴리카가 무인도에 떨어지게 된다면, 그녀는 대부분의 시간을 남자의 발자국을 찾아 헤매는 데 보내리라. 사실 쥴리카는 예술을 소중히 여기기에는 너무나도 세속적인 존재였다. 그렇다고 쥴리카가 자신의 일을 가벼이 여겼다는 뜻은 아니다. 그녀는 스스로 천재성이 있다고 생각했고, 또 그런 말을 듣는 것을 좋아했다. 대체로 쥴리카는 자신의 일을 그저 자기 과시 수단으로 사랑했다. 어느 집에 가든 다 큰 아들들이 자신에게 반해서 노골적으로 들이대고, 자신을 보러 문 앞까지 열렬히 뛰쳐나오고, 정중하게 버스까지 배웅하는 것, 쥴리카는 바로 이런 것들을 한껏 즐겼다. 그

녀는 남자들의 감탄과 찬사가 인생의 가장 큰 부분을 차지하는 요정 같은 여인이었다. 낮에 거리에 나갈 때면 쥘리카는 지나가는 남자들이 모두 자기를 쳐다보지 않고는 못 배긴다는 것을 의식했다. 그리고 이러한 의식 때문에 그녀는 외출에 대단한 열의를 보였다. 때로는 남자들이 집 앞까지 쥘리카를 쫓아오기도 했다. 남자들은 노골적인 아첨을 해댔지만, 그녀는 너무도 순진해서 도무지 경계할 줄을 몰랐다. 심지어 장식 끈이나 리본을 사러 수예점에 들르거나, 저녁에 먹을 양념 통조림 고기를 사러 식료품점에 들렀을 때도, (쥘리카는 소박하게나마 자기 방식대로 음식을 즐기는 미식가였다.) 호의를 보이는 계산대의 젊은이가 해대는 아첨에 아주 신나하는 것이었다. 남자들이 보내는 찬사가 점점 당연한 일처럼 되어 감에 따라, 묘하게도 그것은 점점 쥘리카의 행복을 위한 필수요건이 되어 갔다. 남자들이 보내는 찬사가 더 잦아질수록 그녀는 그것을 더 소중히 여기게 되었다. 쥘리카는 혈혈단신이었지만, 남자들이 보내는 찬사 덕분에 가족도 친구도 없다는 슬픈 마음을 위로받을 수 있었다. 그녀는 주변 거리가 누추하다고 여긴 적이 없었는데, 스스로 늘 매혹적인 금빛 후광을 발산하며 거리를 활보하고 다녔기 때문이다. 쥘리카의 침실은 그녀가 보기에 초라하지도, 외로워 보이지도 않았는데, 세면대 위에 박힌 작고 네모난 거울이 자신의 얼굴을 비추기 위해 늘 그 자리를 지키고 있었기 때문이다. 실제로 쥘리카는 줄곧 거울을 들여다보았다. 그녀는 고개를 좌우로 갸우뚱하기도 했고, 고개를 숙이고는 속눈썹을 내리깔고 거울에 비친 자기 모습을 쳐다보다가, 다시 고개를 젖혀 거만한 턱선을 바라보기도 했다. 미소를 짓기도 하고, 인상을 찌푸리기도 하고, 입술을 불룩 내밀어 보기도 하고, 나른한 표정을 지어 보이기도 했다. 오만가지 표정을 다 지어 보였다. 쥴리카는 늘 자신이 그 어느 때보다도 더 사랑스러워 보인다고 생각했다.

그렇다고 쥴리카에게 나르시시즘적인 성향이 있었던 것은 아니다. 그녀 자신의 모습을 사랑하는 쥴리카의 태도는 냉철한 심미주의에서 비롯된 것은 아니었다. 쥴리카는 자신의 외모 그 자체가 아니라, 자신의 외모가 매번 가져다주는 영예를 소중히 여겼던 것이다. 쥴리카는 곧 변두리의 작은 보드빌 극장에서 '공연 초반부 순서'로 밤마다 무대에 서게 되었고, 큰 수확을 거두는 영예를 누렸다. 그녀는 모든 남자 관객들이 자신 때문에 옆에 앉은 연인들을 경멸하게 되었다는 것을 느낄 수 있었고, "여기 계신 신사분들 중에 혹시 저에게 모자를 빌려주실 분 안 계신가요?"라는 말 한 마디면 남자 관객들을 일으켜 세워 무대 위로 뛰어나오게 할 수 있으리라는 것을 잘 알았다. 하지만 이보다 더 좋은 일들이 그녀를 기다리고 있었다. 웨스트엔드에 있는 극장 두 군데서 공연이 잡힌 것이다. 쥴리카의 활동 영역은 빠르게 확장되어 갔다. 쥴리카를 향한 찬사는 밤마다 꽃다발이며, 반지며, 브로치 같은 손에 잡히는 물건들로 변했고, 그녀는 기꺼이 그 물건들을 받았다. (그 물건들은 어떤 면에서 물건 주인들보다도 더 운이 좋은 셈이었다.)

심지어 일요일에도 쥴리카에게는 소득이 끊이지 않았다. 유행에 민감한 파티 주최자들은 식사 후 손님들에게 쥴리카의 마술 공연을 선보였다. 그렇게 일요일 밤이 찾아왔다. 주목하라, 새하얀 옷을 입은 그 여인이 얼마나 벌어들였는지를! 남자 관객들이 보내는 중저음의 찬사 덕분에 쥴리카는 일약 떠오르는 스타가 되었고, 출연료는 부르는 게 값이었다.

쥘리카는 이미 부자였다. 그녀는 메이페어[9] 전역에서 가장 터무니없이 비싼 호텔에서 살고 있었다. 드레스는 수없이 많았고, 보석은 살 필요조차 없었다. 또한 쥘리카를 가장 기쁘게 하는 물건인, 앞서 내가 묘사한 바 있는 멋진 전신거울도 있었다. 시즌이 끝나 갈 무렵, 파리에서 한 달짜리 공연 요청이 들어왔다. 파리 사람들은 쥘리카를 보고는 몸을 가누지 못할 정도였다. 볼디니[10]는 쥘리카의 초상을 그렸다. 쥘 블로흐[11]는 쥘리카에 대한 노래를 작곡했다. 그 노래는 몽마르트르 언덕의 자갈이 깔린 골목길을 따라 한 달 내내 사방으로 울려 퍼졌다. 젊은 멋쟁이들이 하나같이 '라 쥘리카'(La Zuleika)에게 열광했다. '뤼 드 라 빼'[12]에 있는 보석상들은 이내 진열장에 넣어둔 보석들이 바닥나고 말았다. 보석이란 보석은 모두 '라 쥘리카'를 위한 선물로 팔렸기 때문이다. 자키 클럽[13]에서는 한 달 내내 바카라 게임이 중단되었다. 회원 모두가 바카라 게임보다 한층 더 고상한 열정에 빠져들었기 때문이다. 영국 처녀 한 명 때문에 파리의 사교계도 한 달 내내 찬밥 신세가 되고 말았다. 그동안 파리에서도 이렇게 성공한 여자는 없었다. 쥘리카가 파리를 떠나는 날이 다가오자, 파리는 마치 음침한 상복이라도 입은 듯한 분위기였다. 프로이센군이 엘리제궁으로 진군했던 날 이후로 파리는 이렇게 음침한 옷을 입어 본 적이 없었는데 말이다. 하지만 별로 감흥을 받지 않는 성격인 쥘리카는 이미 정복한 도시에 더 머무르려 하지 않았다. 유럽 각국의 수도에서 에이전트들이 쥘리카를 찾아왔고, 덕분에 그녀

---

9) Mayfair: 런던의 하이드파크 동쪽의 고급 주택지.
10) Giovanni Boldini(1842-1931): 이탈리아의 초상화가.
11) Jules Bloch(1880-1953): 프랑스의 언어학자.
12) Rue de la Paix: 파리의 명품 거리.
13) Jockey Club: 영국에서 가장 큰 경마 단체.

는 전쟁에서 승리한 유목민처럼 일 년 동안 이 도시 저 도시를 옮겨다녔다. 베를린에서는 매일 밤 학생들이 횃불을 들고 쥴리카를 집까지 바래다주었다. 피어-퓐프-젝스-지벤-아하트-노인[14] 왕자는 쥴리카에게 청혼을 했다가 카이제르 황제로부터 6개월 간 작은 성에 갇혀 지내라는 형벌을 선고받았다. 일디즈 키오스크[15]에서는 지금까지도 군림하고 있는 폭군이 쥴리카에게 정조 훈장을 수여하고, 이슬람 궁전에 있는 중앙 침실을 하사했다. 쥴리카는 퀴리날리스 궁[16]에서도 공연을 했다. 바티칸에서는 교황이 쥴리카를 반대하는 교서를 발표했지만 반응이 밋밋했다. 페테르스부르크에서는 살라만더 살라만드로빅 대공작이 쥴리카에게 푹 빠졌다. 대공작은 쥴리카가 마술 공연에서 사용하는 소품들의 복제품을 모두 순금으로 만들었다. 그러고는 그 보물들을 멋진 장식함에 담아 쥴리카에게 선물했는데, 지금 그녀의 방 작은 테이블 위에 놓여 있는 것이 바로 그것이다. 이후 쥴리카는 경이로운 마술 공연을 할 때면 늘 이 순금으로 된 소품들과 함께했다. 대공작의 헌신은 여기서 끝이 아니었다. 그가 소유한 헤아릴 수 없을 만큼 많은 재산의 절반을 쥴리카에게 하사했을 정도니까 말이다. 급기야 대공작 부인이 황제에게 호소문을 올리기까지 했다. 쥴리카가 국경을 넘을 때는 상사병에 걸린 카자흐스탄 남자들의 호위를 받기도 했다. 쥴리카가 마드리드를 떠나기 전 일요일에는, 그녀를 기리기 위해 대규모 투우 경기가 열렸다. 최고의 투우사 알바레즈는 황소 열다섯 마리에게 최후의 일격을 가하고는 쥴리카의 이름을 부르짖으며 경기장에서 죽음을 맞이했다. 알바레즈는 마지막 황소를 죽이는 순간에도 '신성한 그 여인' 쥴리카에게서

---

14) vierfünfsechssiebenachtneun: 영어로 four-five-six-seven-eight-nine.
15) Yildiz Kiosk: 터키의 유적지.
16) Quirinal: 이탈리아의 대통령궁.

눈을 떼지 못했다. 쥴리카는 이보다 더 멋진 찬사는 받아 본 적이 없었기에 너무나도 기뻤다. 그 일로 그녀는 모든 것이 더할 나위 없이 만족스러웠다. 쥴리카는 끊임없이 이어지는 찬가에 맞추어 우쭐대며 몸을 움직였다. 옳거니! 찬가란 늘 점점 더 커져 최고조에 달하는 법.

찬가의 메아리는 쥴리카가 대서양을 건널 때까지 그녀를 따라다니다가, 저 너머 해안에서 솟구쳐 오르는 더 크고, 깊고, 노골적인 찬가에 묻혀 버렸다. 뉴욕 언론에 따르면, 연주가들이 '파이프가 많이 달린 웅장한 오르간'의 '스톱'을 한꺼번에 최대한으로 당겨 쥴리카에게 경의를 표했다고 한다. 그녀는 오래 계속된 그 우렁찬 오르간 소리를 즐겼다. 쥴리카는 자신에 관한 기사를 한 줄도 빠짐없이 모두 읽었고, 난생처음 성취감이라는 것을 맛보았다. 열아홉 가지 색상으로 그려진, 브롭딩낵[17]에나 나올 법하게 커다란 자신의 초상화가 기둥 사이에 높이 걸려 있거나, 기둥을 따라 쭉 걸려 있는 것을 보면서 어찌나 신이 났던지! 그림 속의 쥴리카는 자유의 여신상과 등을 맞대고 겨루고 있었다. 어느 혜성 위의 창공을 질주하는 쥴리카와, 그런 그녀를 지구상에서 올려다보는 야회복 차림의 소인 무리들. 큐피드가 들고 있는 망원경으로 아주 작아 보이는 미국을 들여다보는 쥴리카. 미국을 상징하는 흰머리 독수리에게 물구나무 서는 법을 가르치는 쥴리카. 101가지의 다른 일을 하는 쥴리카. 무지갯빛 미로 같은 이 모든 상징주의 미술품들 사이로 리얼리즘 화풍의 수많은 작은 조각들이 흩뿌려져 있었다. 미소 짓는 쥴리카는 집에서든 거리에서든 모든 파파라치들의 표적이 되었다. 언론은 그들이 찍은 사진을 신문과 잡지에 실었고, 설명을 달아 반복해서 실었다. 살라만더 대공작이 하사한 흑담비 모피를 입고 브로드웨이를 거닐면서

---

17) Brobdingnag: 18세기 영국의 소설가 조너선 스위프트(Jonathan Swift)의 『걸리버 여행기』(Gulliver's Travels)에 나오는 거인국.

"이걸 입으면 눈보라도 튕겨져 나가죠"라고 말하는 쥴리카, 백만장자 에델바이스가 보낸 연애편지를 보면서도 하품을 하는 쥴리카, 조개 수프를 맛있게 먹으면서 "외국에서는 수프에 조개를 넣진 않죠"라고 말하는 쥴리카, 하녀에게 욕조에 따뜻한 물을 받아 놓으라고 명령하는 쥴리카, 뉴욕의 최상류층에 속하는 수에토니어스 10세 마이스터징어 부인이 자신을 위해 열어 준 음악회에 가려다 방금 낀 장갑에서 찢어진 구멍을 발견한 쥴리카, 뉴욕의 양갓집 규수인 카미얼 반 스푸크 양과 통화하며 수다를 떠는 쥴리카, 뉴욕 최고의 멋쟁이인 조지 아비멜렉 포스트가 자신에게 쏟아부었던 찬사를 떠올리며 웃음을 터트리는 쥴리카, 새로운 마술을 구상 중인 쥴리카, 치마에 칵테일을 엎지른 웨이터를 꾸짖는 쥴리카, 손톱 관리를 받는 쥴리카, 침대 위에서 차를 마시는 쥴리카. . . . 누군가 말했듯, 이제 쥴리카는 자신의 화려한 삶을 매일같이 직접 관람할 수 있게 되었다. 쥴리카가 뉴욕을 떠나던 날, 그녀가 "멋진 시간"을 보냈었다고 신문에 일제히 보도된 것은 말 그대로 사실이었다. 그녀는 서부로 갈수록 더 멋진 시간을 보내게 되었는데, 백만장자 에델바이스는 그녀에게 자가용을 내주기도 했다. 시카고는 뉴욕에서의 반향을 삼켜 버렸고, 마지막 방문 도시인 샌프란시스코에서의 반향은 시카고 신문에 실렸던 헤드라인들을 무색하게 했다. 마치 초원의 불길처럼, 쥴리카는 미국 전역을 휩쓸었다. 그러고는 다시 휩쓸듯이 영국으로 출항했다. 오는 가을에 있을 2차 공연을 위해 돌아가야만 했기 때문이다. 내가 앞서 언급했듯이, 쥴리카는 현재 '휴식을 취하는 중'이었다.

쥴리카는 여기 자신의 방 창가에 앉아 변화무쌍하고 화려했던 지난 날을 회상하는 것이 아니었다. 그녀는 과거를 회상하면서 몽상에 잠기는 짓 따위는 결코 하지 않는, 그런 젊은이였다. 쥴리카에게 과거란 밝은 추억과 아주 소중한 추억들이 종류별로 차곡차곡 쌓여 있는 특별한 기억의 보고寶庫가 아니었다. 모든 기억은 쥴리카를 따라 다니며 앞으로 펼쳐질 그녀의 행로를 더욱 빛나게 할, 하나로 융화된 광채 속의 티끌에 불과했다. 쥴리카는 늘 앞만 바라 보았다. 쥴리카는 이제 옥스퍼드에서 보낼 일주일을 학수고 대하고 있었기에, 그녀의 얼굴에 드리워졌던 권태로움의 그 늘이 걷혔다. 쥴리카에게 새로운 도시는 새로운 장난감이나 마찬가지였다. 쥴리카는 젊은이들이 자신에게 경의를 표하 는 것을 열렬히 사랑했기에, 젊은이의 도시 옥스퍼드는 그녀 의 마음에 쏙 드는 장난감이었던 것이다.

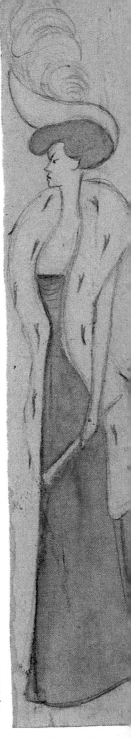

그렇다. 쥴리카에게 가장 거리낌 없이 경의를 표한 것 은 바로 젊은이들이었다. 쥴리카는 바람기가 다분한 대담 한 여자로, 젊은이들의 마음을 여지없이 사로잡았다. 중년 남자들과 노인들도 쥴리카를 흠모했지만, 머릿속에 삶의 비 밀을 담고 사는 나이 든 남자들이 소중히 생각하는, 수줍고 나약하고 순수해 보이는 그런 꽃다운 면모는 그녀에게 없었다.

하지만 쥴리카는 사실 아주 순수했다. 그녀는 혼자서 산을 방랑하며 모든 양치기들의 사랑을 한 몸에 받았던 양치기 처녀 마르셀라만큼이나 순수했다. 마르셀라가 그랬듯, 쥴리 카는 어떤 남자에게도 마음을 주지 않았으며, 특별히 마음 에 둔 남자도 없었다. 그리소스토모가 그 양치기 처녀를 열 렬히 사랑하여 목숨을 끊었듯이,[18] 젊은이들이 쥴리카를 열

---

18) 세르반테스(Miguel de Cervantes)의 『돈키호테』(Don Quixote)에 나오는 사랑 이야기 중 하나로, 그리소스토모(Chrysostom)는 마르셀 라(Marcella)에게 사랑을 고백하지만 거절당하자 괴로워하다가 자살 한다.

렬히 사랑하여 목숨을 끊었다는 소문도 있었다. 그러나 쥴리카는 양치기 처녀가 그랬듯이 눈물 한 방울 흘리지 않았다. 마르셀라가 계곡의 상여에 누워 있는 그리소스토모를 높은 암벽에서 내려다보고 있을 때, 죽은 이의 동료인 암브로시오는 그녀를 향해 "오! 우리 산의 바실리스크[19]여!"라고 악담을 하면서 울부짖었다. 나는 암브로시오가 심한 말을 했다고 생각하지 않는다. 마르셀라는 남자들의 흠모에는 전혀 관심이 없으면서도, 자신과 같은 여자들을 위해 세워진 수녀원에 들어가는 대신 산을 방랑하기로 선택하는 바람에, 모든 양치기 청년들을 절망에 빠뜨렸으니 말이다. 쥴리카는 그 유별난 기질 때문에 수녀원에 들어가 살았다면 아마 미쳐 버렸을 것이다. 물론 당신은 "하지만 세상을 이렇게 절망에 빠뜨리는 것보다 쥴리카가 자신을 희생해서라도 수녀원에 들어갔어야 하지 않겠느냐? 마르셀라가 바실리스크라면, 쥴리카도 마찬가지 아닌가?"라며 반박할 지도 모르겠다. 하지만 마르셀라는 자신이 어떤 남자도 사랑할 수 없다는 사실을 너무나도 잘 알았고, 심지어 그것을 자랑스럽게 여기기까지 했다. 반면에 쥴리카는 정말 열정적인 기질을 가진 여자였다. 현대 극작가들이 짝 없는 모든 여성들이 품고 있을 거라 짐작하는, 엄마가 되고 싶다는 의식적이고도 꽤 노골적인 욕망이 쥴리카에게는 없었을지 모른다. 하지만 쥴리카는 자신이 사랑을 할 수 있는 여자라는 것을 잘 알았

---

19) Basilisk: 그리스 로마 시대부터 중세에 이르기까지 유럽의 전설과 신화에 등장하던 상상의 괴물이다. 수탉의 머리에 뱀의 몸을 한 모습으로, 매우 강력한 독을 지니고 있어서 그 숨결만 맡아도 목숨을 잃었다고 한다.

다. 분명한 것은, 이렇듯 자신에 대해 잘 아는 여자는 누구든지 세상을 피해 은둔자로 살지 않았다는 이유로 비난받아서는 안 된다는 것이다. 남자의 사랑을 자극할 권리가 없는 여자는 오직 사랑을 할 힘이 없는 여자뿐이다.

비록 남자에게 마음을 준 적은 결코 없었지만, 쥴리카의 내면에는 마음을 주고 싶다는 욕망과 욕구가 강하게 자리잡고 있었다. 그녀는 그동안 어디를 가도 자기 앞에 납작 엎드리는 얼빠진 젊은이들 밖에는 만나지 못했다. 존경할 수 있는 당당한 젊은이를 단 한 번도 만나지 못했던 것이다. 중년 남자들과 노인들은 쥴리카에게 머리를 조아리지는 않았지만, 그녀는 나이든 남자를 끔찍이도 싫어했다. 그녀는 오로지 젊은 남자만 사랑할 수 있었다. 쥴리카는 이상형의 남자 앞에서는 자기를 한껏 낮추며 여자답게 행동할 것이지만, 자기 앞에 납작 엎드리는 남자는 사랑할 수 없었다. 그런데 모든 젊은이들이 늘 그녀 앞에서 납작 엎드렸던 것이다. 쥴리카는 황후였고, 젊은이들은 모두 그녀의 노예였다. 앞서 언급했듯이, 쥴리카는 자기 앞에 납작 엎드리는 남자들을 보면서 기뻐했다. 하지만 자존심이 있는 황후라면 자신의 노예를 사랑할 수는 없는 것이다. 그렇다면 자존심이 센 쥴리카가 흠모할 수 있는 남자는 도대체 누구란 말인가? 바로 이 문제 때문에 쥴리카는 때때로 괴로워했다. 심지어 전신거울을 바라보다가 어여쁜 선과 색조가 조화를 이루고 있는 자신의 모습이 싫어 소리친 적도 있었다. 그것이 자신을 기쁘게 하는 남자들의 찬사의 근원이 되는 것인데도 말이다. 한 번이라도 사랑을 할 수 있는 것이 세상 모든 남자들로부터 찬사를 받는 것보다 더 낫지 않을까? 하지만 모든 남자를 납작 엎드리게 만드는 쥴리카가 과연 자기가 우러러보며 사랑할 수 있는 남자를 만날 수 있을까? 언젠가는 그런 남자를 만나게 될까? 이런 의문이 들 때면 쥴리카의 눈에는 슬픔이 어렸다. 창가에 앉아 있는 지금, 그녀의 눈에는 그 서글픈 그림자가 드리워졌다. 쥴리카는 '마침내 그런 남자를 만난 게 아닐까?'하고 수줍게 생각해 보았다. 말을 탄 채로 자기를 쳐다보지도 않았던 그 젊은이. 오늘 저녁 식사 자리에서 만나게 될 그 남자. 그 사람일까? 쥴리카는 무릎 위로 내려온 파란 장식띠 끝을 잡고 느릿느릿 풀고 있었다.

"파란색과 하얀색!"

그녀는 기억해냈다.

"그 남자가 모자에 두른 장식띠 색깔이 이랬지."

쥴리카가 교태를 부리며 짧게 웃었다. 그러고는 다시 웃었고, 한참이 지난 후에도 그녀는 여전히 미소를 띤 채로 웃고 있었다.

쥴리카는 장식띠 끝을 손으로 비비 꼬면서 미소를 띤 채로 자리에 앉아 생각에 잠겨 있었다. 어느덧 태양은 정원의 맞은편 벽 뒤편으로 기울어 있었고, 그림자는 이슬을 목말라 하는 잔디를 가로질러 몰래 빠져나가고 있었다.

제3장

　학장의 관사 거실에 걸려 있는 시계가 막 여덟시를 알렸다. 아까부터 백곰 가죽 깔개를 밟고 앉아 있는 도싯 공작의 두 발은 매끈했다. 날씬하고 길쭉한데다가 발등은 아주 고상한 아치형이어서, 아침 식탁에 놓인 윤기 나는 소 혓바닥 한 쌍 정도가 공작의 두 발에 필적할 만했다. 공작의 두 발로 이어지는 그의 몸매며 얼굴이며 의상도 비할 데 없이 아름다웠다. 학장은 연로한 평민이 어린 귀족에게 표할 수 있는 모든 예우를 갖추어 공작에게 말을 걸고 있었다. 조금 멀찍이 떨어져 앉은 오리얼 교수와 그의 부인은 고분고분한 태도로 몸을 숙인 채로 성심껏 미소를 지으며 대화를 듣고 있었다. 두 사람은 간간이 날씨 얘기를 한두 마디 속삭이듯 주고받으며 자세를 편하게 고쳐 앉았다.

　"조금 전에 저와 함께 있던 숙녀는 부모를 여읜 제 손녀랍니다." 학장이 말했다.

　오리얼 부인이 미소를 멈추고는, 그 또한 고아인 공작을 흘끗 쳐다보며 한숨을 내쉬었다.

"저와 함께 지내기 위해 여기에 왔죠."

공작은 재빨리 방을 휙 둘러보았다.

"왜 여태 안 내려오는지 모르겠네요."

시계가 빠른 것이 아니냐는 듯, 오리얼 교수는 시계에 시선을 고정한 채로 가만히 쳐다보았다.

"제가 대신 용서를 구해야겠네요. 밝고 쾌활한 아이랍니다."

"결혼은 했나요?" 공작이 물었다.

"안 했습니다." 학장이 대답했다.

공작의 얼굴에는 짜증난 기색이 역력했다.

"그 아이는 평생을 좋은 일을 하는 데 바쳤답니다."

"병원 간호사입니까?" 공작이 중얼거리듯 말했다.

"아니오. 고통을 덜어주는 일보다 즐거운 감탄을 자아내는 일을 업으로 삼고 있죠. 마술 공연을 한답니다."

"설마 쥴리카 돕슨 양은 아니겠죠?" 공작이 외쳤다.

"아! 맞아요. 쥴리카가 바깥세상에서는 꽤 유명하다는 것을 제가 깜빡했군요. 혹시 만난 적이 있나요?"

"아니오. 그럴 리가요. 물론 돕슨 양에 대해서는 들어 본 적이 있습니다만, 학장님의 손녀인 줄은 몰랐네요." 공작이 차갑게 말했다.

공작은 미혼 여자를 몹시도 싫어했다. 그는 방학이면 미혼 여자들과 중매쟁이들을 피해 다니느라 바빴다. 공작은 옥스퍼드에서 그런 미혼 여자들을 마주해야 한다는 것이 성역을 침범 당하는 것처럼 느껴졌다. 그래서 쥴리카를 만찬에 데려오겠다는 학장의 말에 "좋을 것 같네요"라고 대답하는 공작의 어조는 얼음처럼 냉랭했다. 잠시 후 젊은 숙녀 쥴리카가 들어왔고, 공작의 시선은 냉랭하기 그지없었다.

"그 아이는 고아처럼 보이지 않았어요." 오리얼 부인이 집으로 돌아가는 길에 말했다.

쥴리카에게 결점이라고는 그녀가 고아라는 사실, 딱 하나밖에 없었다. 우리 사회에서 심심치 않게 볼 수 있는, 밀짚 보닛모자와 칙칙한 망토를 입고 두 줄로 걸어가는 변변치 않은 무리들 속에서, 쥴리카는 단연 돋보였으리라. 키가 크고 호리호리한데다, 상의 아래로는 플라밍고 실크 치마를 입었고 에메랄드로 화려하게 치장하고 있었으니 말이다. 고아들이 일반적으로 그러하듯, 쥴리카는 검은 머리를 이마에서 귀 뒤로 단단히 빗어 넘기지도 않았다. 옆으로 가르마를 탄 곱슬곱슬한 머리가 마치 눈사태라도 난 것 마냥 한 쪽 눈썹 위로 내려와 있었다. 그리고 오른쪽 귀에는 흑진주가, 왼쪽 귀에는 분홍진주가 무겁게 늘어져 있었다. 색이 다른 양쪽 귀걸이로 인해 그 사이에 있는 작은 얼굴이 놀라울 정도로 독특한 매력을 발산했다.

젊은 공작이 쥴리카의 매력에 빠졌을까? 첫눈에 홀딱 반했다. 하지만 공작의 냉랭한 눈빛과 무표정한 인사를 보아서는 그 누구도 짐작하지 못했으리라. 만찬 내내 그의 셔츠 앞섶은 자존심과 열정 사이에 벌어지는 격렬한 싸움을 있는 그대로 비추고 있는 화면 역할을 했음을 아무도 짐작하지 못했을 것이다. 식탁 끝에 앉은 쥴리카는 어리석게도 공작이 자신에게 무관심하다고 생각했다. 공작은 쥴리카의 오른편에 앉아 있었지만, 한마디 말은커녕 눈길 한번 주지 않았다. 공작이 나눈 대화라고는 자신의 맞은편, 학장 옆에 조신하게 앉아 있는 오리얼 부인과 나눈 것이 전부였다. 공작이 격식을 차리면서 끈질기게 가르치려 드는 바람에, 오리얼 부인은 몹시 당황했다. 식탁 맞은편에 혼

자 앉아 있던 오리얼 교수는 쥴리카와 가볍게 대화라도 나누려고 했지만 뜻대로 되지 않자 무안함을 느꼈다. 분홍진주 귀걸이를 한 쥴리카는 아예 젊은 공작을 향해 옆으로 돌아앉아서는 그를 뚫어져라 쳐다보고 있었다. 쥴리카는 단답형 이상으로 대꾸하지 않았다. 오리얼 교수의 질문에 그녀는 고작 "네," "아니오," "몰라요"라고만 대답했다. 오리얼 교수가 소심하게 말을 걸어 보았자 돌아오는 것이라고는 "어머! 정말요?"라는 애매모호한 대답뿐이었다. 현대 마술을 고대 이집트 마술과 비교하면서 이야기를 꺼내 보았지만 허사였다. 오시리스 신전에서의 황소의 변신에 대한 이야기를 꺼내 보았지만, 이번에는 "어머! 정말요?"라는 말조차 하지 않았다. 오리얼 교수는 셰리주를 한 잔 마시며 마음을 가다듬고 헛기침을 했다. 그러고는 "그런데 저기 대서양 건너편의 우리 사촌들은 어때요?"라며 작심한 듯 물었다. 쥴리카가 이번에도 "네"라고 대답하자, 오리얼 교수는 더는 그녀에게 말 거는 것을 포기했다. 쥴리카는 그가 이제 말을 걸지 않는다는 것조차 의식하지 못했다. 이후에도 저녁 식사 내내 쥴리카는 "네," "아니오," "어머! 정말요?"를 간간히 중얼거릴 뿐이었다. 그 불쌍하고 왜소한 오리얼 교수는 이제 공작과 학장이 나누는 대화를 말없이 듣고만 있었다.

쥴리카는 그야말로 행복의 무아지경에 빠져 있었다. 마침내 희망이 이루어졌다고 생각했다. 연이은 성공의 기쁨을 누리느라 거의 잊고 지냈던 희망 말이다. 그 희망은 쥴리카의 마음속 심연에 웅크린 채로 늘 그녀를 애태워 왔던 것이다. 마치 지아코포네 다 토디[20]가 사랑했던, 세상을 떠난 훌륭한 배우자가 부드럽고 매끄러운 의복과 보석 치장 속에 남몰래 자신의 영혼에 순종하며 입었던 마대천 속옷이 그녀의 살갗을

---

20) Giacopone di Todi(1230-1306): 이탈리아 프란체스코회의 수도사.

아리게 했던 것처럼 말이다. 마침내 자신에게 납작 엎드리지 않는 남자가 나타난 것이다. 우러러보며 흠모할 수 있는 남자 말이다. 쥴리카는 공작에게서 눈을 떼지 않은 채로, 무의식적으로 먹고 마셨다. 공작의 행동이 조금도 언짢게 느껴지지 않았다. 쥴리카는 이제껏 맛보았던 어떤 기쁨보다 훨씬 큰, 생전 처음 맛보는 기쁨에 전율했다. 그녀의 영혼은 마치 절정에 다다른 꽃과 같았다. 쥴리카가 사랑에 빠진 것이다. 그녀는 완전히 몰입하여 공작의 창백하고 완벽한 얼굴의 윤곽을 꼼꼼히 살폈다. 구릿빛 털이 윤기 나는 잔물결을 이루며 솟아 있는 눈썹. 커다란 은빛 눈과 조각한 듯한 눈꺼풀. 조각 같은 코와 빚은 것 같은 입술. 손가락은 얼마나 길고 가늘며, 손목은 또 얼마나 가느다란지 저절로 눈길이 갔다. 공작의 셔츠 앞섶에 달린, 촛불에 반짝이는 물체에도 눈길이 갔다. 쥴리카에게는 거기에 달린 커다란 하얀 진주 두 알이 공작의 천성을 나타내는 상징물처럼 보였다. 멀리서 차갑게 반짝이는 광채가 마치 두 개의 달 같았다. 공작의 얼굴을 바라볼 때조차 둥근 달이 눈앞에서 아른거렸다.

공작은 자신을 꼼꼼히 관찰하는 쥴리카의 시선을 분명히 의식하고 있는 듯했다. 비록 공작의 고개는 반대편을 향해 있었지만, 그녀가 줄곧 자신을 쳐다보고 있다는 것을 알았다. 곁눈질로 다 보고 있었던 것이다. 쥴리카의 얼굴 윤곽과 흑진주와 분홍진주 귀걸이도 다 보았다. 아무리 애를 써도 외면할 수 없었다. 공작은 자신이 사랑에 빠졌다는 것을 직감했다.

쥴리카처럼 도싯 공작도 첫사랑에 빠진 것이다. 쥴리카가 수많은 젊은이들의 구애를 받았듯 공작도 못지않게 많은 젊은 여성들의 구애를 받았건만, 쥴리카와 마찬가지로 공작의 마음도 늘 차갑게 식어 있었다. 하지만 쥴리카와는 달리, 공작은 사랑하고픈 욕망을 결코 느껴 본 적이 없었다. 그녀와는 달리, 그는 첫사랑의 느낌이 즐겁지 않았다. 아니, 오히려 몹시 당혹스러운 나머지, 사력을 다해 그 감정에 맞섰다. 공작은 어떤 천박한 위험에도 자신은 늘 안전하다고 생각해 왔다. 또한 적어도 자신만큼은 집안 대대로 내려오는 자랑스러운 가훈 '바보처럼 굴지 말자'를 저버리지 않을 것이라 믿어 왔다. 감히 말하건대, 거부할 수 없는 매력의 소유자인 쥴리카를 만나지 않았더라면, 공작은 나무랄 데 없는 멋쟁이로 잘 살다가 곱게 늙어 죽었을 것이다. 여태껏 그는 멋쟁이로서의 기질을 완벽하게, 흠 없이, 흔들림 없이 유지해 왔다. 공작은 자신을 완벽하게 가꾸는 데 너무 신경 쓴 나머지, 다른 사람을 흠모하는 일 따위는 생각조차 해 본 적이 없었다. 쥴리카와는 달리, 공작은 옷장과 화장대를 다른 사람들이 자신을 더 흠모하게끔 만드는 수단으로서가 아니라, 오로지 무언가를 표출하고 인식하는 하나의 의식처럼, 자기숭배를 강화하는 수단으로서 좋아했다. 이튼 스쿨 재학 시절 공작은 '공작새'라고 불렸고, 그 별명은 옥스퍼드에서도 그를 따라다녔다. 하지만 그 별명이 아주 적절한 것은 아니었다. 왜냐하면 공작새는 새 중에서도 멍청한 축에 속했지만, 공작은 1학년 학력 시험에서 수석을 한 것은 물론이고, 스탠호프상, 뉴디케이트상, 로디언상과 그리스어 시 우수 작품에 수여하는 게이스퍼드상까지 수상했기 때문이다. 공작은 이 모든 것들을 단번에 이루어 냈다. 마치 월터 스콧[21]이 바이런[22]을 두고 말한 것처럼, "귀족으로서의 느긋한 게으름을 피우면서 펜대를 휘둘러 대며" 말이다. 이제 3학년이 된 공작은 조금씩 인문학을 읽어 나가고 있었다. 그가 요절하지만 않는다면 의심의 여지없이 이번 학기에도 수석을 차지하게 될 터였다.

---

21) Walter Scott (1771-1832): 19세기 영국의 소설가이자 시인.
22) George Gordon Byron (1788-1824): 19세기 영국 낭만주의를 대표하는 시인.

그 외에도 공작은 수많은 성취를 이루어 냈다. 조류와 어류 포획, 사슴과 여우 사냥에도 능숙한 솜씨를 뽐내었다. 폴로, 크리켓, 라켓, 체스, 당구를 비롯한 모든 운동에도 재주가 있었다. 모든 현대어를 유창하게 구사했으며, 수채화에도 재능이 뛰어났다. 공작의 연주를 듣는 특권을 누린 사람들은 그를 트위드 강[23] 이남에서 단연 최고의 아마추어 피아니스트로 인정했다. 그러니 공작이 당대 대학생들의 우상이 된 것은 놀랄 일이 아니었다. 하지만 그는 그들에게 우정을 베풀지 않았다. 그들을 학우로서, 또 고풍스러운 작은 도시 옥스퍼드에 '한 데 모여 함께 노는 젊은이'로서 좋아할 뿐이었다. 개인적으로 관심이 가는 학생도 있었지만, 공작은 좀처럼 그들을 만나지 않았다. 하지만 그는 늘 학생들을 지지했고, 때로는 적극적으로 그들의 편에 서서 교수들에게 맞서기도 했다. 2학년 때 공작은 선을 넘는 바람에 징계위원회가 소집되어 정학을 당하기도 했다. 이 걸출한 젊은 유배자가 정학 처분을 당하던 날, 공작은 학장이 손수 내준 마차를 타고 역으로 향했고, 그 뒤를 따라 택시를 탄 학생들의 떠들썩한 행렬이 길게 이어졌다. 우연찮게도 당시 런던은 정치적으로 들썩거리던 때였다. 집권 자유당이 사회주의적 성향이 짙은 법안을 하원에서 통과시켰다. 이 법안은 공작이 정학을 당해 옥스퍼드를 떠나던 바로 그날 상원 2차 심의에서 거부되었다. 공작이 상원에서 자리를 얻은 지 불과 몇 주만의 일이었다. 그날 오후 공작은 무언가 더 나은 일을 할 수 있기를 바라며 상원으로 향했다. 원내 대표가 이미 법안을 옹호하는 연설을 단조롭게 늘어놓고 있었고, 공작은 반대편 자리에 앉았다. 자리에 앉아 있던 동료들은 하나같이 그토록 혐오하는 법안에 반대표를 던지기 위해 뚱한 표정으로 기다리고 있었다.

---

23) Tweed: 영국 스코틀랜드 남동부를 흐르는 강으로, 스코틀랜드와 잉글랜드의 경계를 가르는 강이다. 그러므로 트위드 강 이남은 잉글랜드를 뜻한다.

원내 대표가 연단에서 내려오자, 공작은 재미삼아 자리에서 일어나 법안을 반대하는 긴 연설을 했다. 정부를 신랄하게 조롱하고 법안을 통렬하게 비판했다. 공작의 웅변이 얼마나 고상하고 매력적이었던지, 그가 자리로 돌아왔을 때 원내 대표에게 남겨진 선택은 단 하나밖에 없었다. 원내 대표는 자리에서 일어나 쉰 목소리로 "이 법안은 오늘로부터 향후 6개월 간 재심의될 것입니다"라고 말했다. 잉글랜드 전역에서 젊은 공작의 이름이 울려 퍼졌다. 하지만 정작 공작은 자신이 세운 공적에 무덤덤한 듯 보였다. 그는 상원에 다시 출석하지 않았고, 상원의 건축 양식과 가구 장식을 경멸하는 말을 했다는 소문까지 나돌았다. 수상은 상황을 너무 의식한 나머지 한 달 후에 공작에게 국왕이 하사하는 가터 훈장[24]을 제안했고, 공작은 그것을 수락했다. 내가 알기로 공작은 가터 훈장을 수여받은 유일한 대학생이었다. 공작은 훈장을 아주 흡족해했으며, 큰 행사 때마다 그가 훈장을 차고 나타나면 누구도 감히 수상의 선택이 공정하지 않았다고 말하지 못했다. 그렇다고 공작이 업적과 권력의 상징으로서 훈장을 좋아했다고 생각해서는 안 된다. 검푸른 리본, 반짝거리는 팔각별, 태피터 안감과 새틴 재질의 하얀 어깨매듭이 달린 푸른색의 육중한 벨벳 망토, 진홍색 외투, 한껏 부풀린 술 장식, 금으로 된 사슬, 검은 벨벳 모자 위로 꼿꼿이 솟아 있는 타조 깃털과 왜가리 깃털 장식. 이런 것들은 공작에게 신이 자신에게 내린 완벽한 면모를 돋보이게 하는 좋은 배경이나 아주 정성 들여 지은 정장보다 조금 더 나은 배경일 뿐 그다지 중요하지 않았다. 공작이 다른 모든 것들보다 실로 가장 소중히 여기는 것은 신이 자신에게 내린 선물인 완벽한 외모였다.

---

24) Garter: 가터 훈장은 잉글랜드 왕 에드워드 3세가 1348년에 제정한 훈장으로 무릎 부근에 착용하는데, "악惡을 생각하는 자에게 재앙이 있으리"(Honi soit qui mal y pense)라는 모토가 새겨져 있다.

하지만 공작은 여자들이 남자의 외모에는 별 관심이 없으며, 남자에게서 강인한 성격과 지위와 부를 찾는다는 것을 잘 알고 있었다. 물론 공작은 그런 자질들도 충분히 갖추고 있었고, 그로 인해 여자들에게 구애도 많이 받았다. 만나는 여자들마다 공작부인이 되고 싶어 안달한다는 것을 잘 알고 있었기에, 그는 여자들에게 엄격하게 금욕적인 태도로 일관했다. 그러니 설령 공작이 쥴리카에게 추파를 던지고 싶었다고 해도 그 방법을 몰랐을 것이다. 무엇보다 그는 그녀에게 추파를 던질 생각이 없었다. 쥴리카가 자신을 매혹시켰다는 사실만으로도 공작이 그녀와의 모든 대화를 피해야 할 필요성은 뚜렷했다. 그는 마음속에서 쥴리카를 빨리 몰아내야 했다. 영혼의 본질이 희석되는 것은 안 될 일이었다. 멋쟁이로 살겠다는 열정을 조금도 굽혀서는 안 될 일이었다. 멋쟁이라면 속세를 떠나 금욕 생활을 해야 한다. 하지만 실제로 공작은 묵주와 기도서 대신 거울을 가진 수도사, 육체는 완벽할지 몰라도 스스로의 영혼을 옥죄는 은둔자였다. 그는 쥴리카를 만나고서야 유혹의 의미를 알게 되었다. 공작은 이제 망령에 맞서 싸우는 성 안토니우스[25]였다. 그는 쥴리카를 쳐다보지도 않을 것이며, 증오할 것이었다. 하지만 공작은 쥴리카를 사랑했고, 그녀를 쳐다보지 않을 수 없었다. 점점 더 가까이, 점점 더 또렷하게 보이는 흑진주와 분홍진주 귀걸이가 마치 공작을 조롱하고 유혹하는 듯했다. 공작은 쥴리카의 모습을 마음속에서 떨쳐 낼 수 없었다.

공작은 마음속의 갈등이 격렬해지자, 겉으로 태연한 척하는 것도 더 이상 할 수가 없었다. 저녁 식사가 끝나갈 무렵, 오리얼 부인과 나누던

---

25) St. Anthony: 미켈란젤로(Michelangelo)의 『성 안토니우스의 고뇌』(*The Torment of Saint Anthony*)에는 악마의 유혹으로 고통받는 성 안토니우스의 모습이 묘사되어 있다.

대화도 시들해지더니 이내 멈추어 버렸다. 공작은 마침내 긴 침묵에 빠졌다. 그는 눈을 내리깐 채 몹시 산만하게 앉아 있었다.

그때 갑자기 무언가가 공작의 어두컴컴한 생각의 소용돌이 속으로 털썩하고 떨어졌다. 그는 흠칫 놀랐다. 학장이 몸을 앞으로 숙이며 공작에게 막 무슨 말을 건넨 참이었다.

"뭐라고 하셨죠?" 공작이 물었다. 그는 식탁에 디저트가 나왔고 자신이 사과를 깎고 있었다는 것을 깨달았다. 오리얼 교수는 마치 기절을 했다가 막 의식을 되찾은 사람을 쳐다보기라도 하듯 동정 어린 눈빛으로 공작을 쳐다보고 있었다.

"공작, 내일 저녁 주더스 칼리지 콘서트에서 연주하는 게 사실이냐고 물었소만. . . ." 학장이 다시 말했다.

"아! 예, 내일 뭔가 연주해 볼 생각입니다."

그러자 갑자기 쥴리카가 몸을 앞으로 내밀면서 공작에게 말을 걸었다. "오! 그럼 제가 가서 악보를 넘겨 드려도 될까요?" 쥴리카가 양손으로 턱을 감싼 채 큰 소리로 말했다.

공작은 쥴리카의 얼굴을 정면으로 바라보았다. 그것은 마치 멀리서 햇살 아래 점으로만 보였던 커다랗고 눈부신 기념비를 갑자기 가까이서 보는 그런 느낌이었다. 공작은 자신을 빤히 쳐다보는 쥴리카의 커다란 보라빛 눈과 자신을 향해 동그랗게 말려 올라간 속눈썹, 살짝 벌어진 생기 있는 입술과 흑진주와 분홍진주 귀걸이를 보았다.

"말씀은 고맙지만, 저는 늘 악보 없이 연주합니다." 공작이 아주 무심한 목소리로 중얼거리듯 말했다.

쥴리카는 얼굴이 붉어졌다. 부끄러워서가 아니라, 기뻐 어쩔 줄 몰라서였다. 이 정도 푸대접이라면 지금껏 받아 왔던 모든 찬사와 맞바꿀 수 있으리라. 쥴리카는 지금이 바로 절정의 순간이라고 느꼈다. 그녀는 그 자리에 오래 머물고 싶지 않았다. 쥘리카는 오리얼 부인에게 미소를 지으며 자리에서 일어났다. 그러자 모두 자리에서 일어났다. 오리얼 교수가 문을 잡아 주자 쥘리카와 오리얼 부인은 방을 빠져나갔다.

공작이 담뱃갑을 꺼냈다. 그는 담배를 내려다보면서 담배와 눈 사이 어디쯤에서 무언가 이상한 현상을 어렴풋이 감지했다. 저녁 식사 시간 동안 마음의 동요 때문에 지친 탓인지, 공작은 눈앞에 보이는 것이 무엇인지 곧바로 깨닫지 못했다. 자신의 옷에서 무언가 저급한 취향과 부조화가 느껴졌다. 셔츠 앞섶에 흑진주와 분홍진주가 달려 있는 것이 아닌가!

공작은 잠깐 쥘리카의 형편없는 마술 솜씨를 터무니없이 과대평가하며, 자신이 그녀의 마술에 당했다고 생각했다. 곧이어 패용佩用했던 진주 장신구의 색깔이 바뀌었음이 감지되었다. 공작은 한 손으로 가슴을 가린 채 비틀거리며 의자에서 일어나 어지럽다고 중얼거렸다. 공작이 서둘러 방에서 나갈 때, 오리얼 교수는 현기증이 나는지 커다란 컵에 든 물을 벌컥벌컥 들이켜고 있었다. 학장은 복도까지 공작을 따라가며 세심히 배려했다. 공작은 낚아채듯 모자를 벗으며 거친 숨을 내쉬면서 즐거운 저녁 식사였다는 인사말을 간신히 내뱉었다. 유감스럽게도 그는 압도 당하고 있었다. 공작은 밖으로 나오자마자 달아나듯 뛰기 시작했다.

브로드 가街 모퉁이에 다다랐을 때, 공작은 고개를 돌려 뒤를 돌아보았다. 주홍색 물체가 자신을 뒤쫓아 오는 것 같았는데, 아무것도 없었다. 공작은 멈추어 섰다. 달빛 아래로 텅 빈 거리가 펼쳐져 있었다. 공작은 멍한 표정으로 천천히 자기 집으로 걸어갔다.

음산한 로마 황제의 흉상들이 저 높은 곳에서 공작을 내려다보고 있었는데, 흉상들의 표정은 그 어느 때보다 더 휑하고 비참하게 일그러져 있었다. 흉상들은 달빛 아래 공작의 가슴에서 빛나는 상징물을 보았고, 그 의미를 읽어 냈다. 현관에 서서 문이 열리기를 기다리는 공작의 모습이 흉상들에게는 무한한 연민을 자아내는 그 무엇으로 보였으리라. 내일이든 모레든 공작에게 불어닥칠 운명에 대해서는 흉상들도 어찌할 수 없었기 때문이다. 그것은 사실 공작에게만 불어닥칠 운명은 아니었다. 하지만 공작에게는 특히나 비통한 운명이었다.

제4장

아침 식사를 하고 남은 그릇들은 아직 치워지지 않은 채였다. 마멀레이드 잼이 얼룩덜룩 묻은 접시, 빈 토스트 받침대, 롤빵 부스러기 등은 활기차게 시작된 하루를 입증하는 증거들이었다. 이것들과는 멀찍이 떨어져, 도싯 공작이 창가 의자에 비스듬히 몸을 기대고 앉아 있었다. 푸른 담배 연기가 아무런 방해도 받지 않고 고요한 대기 속으로 소용돌이처럼 피어올랐다. 길 건너편에서 로마 황제들이 공작을 바라보고 있었다. 젊은 남자에게 잠이란 확실한 고통의 해결책이다. 밤에는 소용돌이치며 주마등처럼 스쳐지나가던 흉측한 장면들도 잠시 잠잠해졌다. 하지만 다음날 투명한 아침이 되면 하나같이 줄줄이 말쑥하게 모습을 드러내는 것이었다. 깨어났을 때의 막연한 공포감도 잠시, 이내 기억이 다시 그를 휩쓸고 지나간다. 하지만 결국 끔찍한 장면은 하나도 보이지 않는다. '안 될 게 뭐 있어?'하고 태양이 공작에게 희망찬 메시지를 보내자, 공작은 '그러게, 안 될 게 뭐가 있어?'하고 화답했다. 고통과 의심이 수 시간 째 지속되다가, 새벽녘이 되어서야 공작의 침대 머리맡으로 슬그머니 잠이 찾아들었다. 늦은 시간에 깨어난 공작은 엄청난 재앙을 감지했다. 오호! 공작이 기억을 떠올리는 순간, 모든 것이 새로운 빛깔을 띠었다. 공작은 사랑에 빠진 것이다. '안 될 게 뭐 있어?' 공작은 허황된 자존심에 난 생채기를 살피고 헛되이 붕대를 감으며 밤새 병적인 시간을 보냈던 자신을 조롱했다. 예전의 삶은 이제 끝이 났다. 공작은 크게 웃으며 욕조에 발을 들여놓았다. 마음을 빼앗긴 것이 왜 수치스러운

일이란 말인가? 사실 공작이 마음을 빼앗기기 전까지는 마음이란 것이 있지도 않았다. 그의 몸은 차가운 물에, 마음은 새로운 성찬聖餐에 전율했다. 공작은 사랑에 빠졌고, 더는 바랄 것이 없었다. 저기 화장대 위에는 눈에 보이는 사랑의 증표인 진주 장신구 두 개가 놓여 있었다. 이제 공작에게는 진주 장신구의 색깔이 아주 소중했다. 차례로 손에 하나씩 들고는 애지중지 어루만졌다. 낮에도 이 진주 장신구를 착용할 수 있으면 하고 바랐지만, 당연히 불가능한 일이었다. 공작은 몸단장을 마친 뒤, 진주 장신구를 조끼 왼쪽 주머니에 넣었다.

이제 여기 심장 가까이에 진주 장신구가 있었고, 공작은 새로운 세상을 내다보았다. 이제 쥴리카가 '세상'이 되었다.

"쥴리카!" 공작이 거듭 중얼거린 그 말은 사실상 그에게 온 세상을 의미했다.

런던에서 막 도착한, 검게 옻칠을 한 주석 상자들이 벽에 쌓여 있었다. 다른 때 같았으면 공작은 결코 상자들을 열어 보지 않은 채로 방치해 두지 않았을 것이다. 상자에는 가터 훈장 예복이 들어 있을 터였다. 내일 모레, 목요일은 현재 잉글랜드를 내방 중인 외국 왕에게 훈장 수여식이 있는 날이었다. 모든 기사들은 수여식을 위해 윈저 성으로 모이라는 명령을 받았다. 어제만 해도 공작은 이번 여행을 학수고대하고 있었다. 그는 좀처럼 입을 일이 없는 그 예복을 입을 때에만 완벽하게 갖추어 입은 기분이 들었다. 하지만 오늘은 예복 생각이 전혀 나지 않았다.

은시계 몇 개가 아침의 정적을 깨웠다. 시계들은 앞 다투어 울리기 시작했다. 이제는 다른 시계들까지 합세하여 시간을 알렸다. 수많은 시곗바늘이 내는 달콤하고 와글와글한 소리가 뒤섞여 있었는데, 어떤 것들은 '뎅~'하고 깊은 울림 소리를 냈고, 또 어떤 것들은 초조하게 재깍거리며 먼저 울기 시작한 다른 시계들을 앞서갔다. 서로 시샘이라도 하듯 울려대는 응답 송가와 불규칙한 리듬의 연주가 점차 잦아들더니, 은시계가 독창으로 내는 마지막 소리에 묻혀 희미해졌다. 그때 어디선가 다른 연주가 시작되었다. 마지막 종소리인가 싶다가도 이내 다른 종소리가 끼어들어, 자기 나름의 방식으로 마치 세상에 시간을 아는 것이 자기밖에 없다는 듯, 아주 천천히 의미심장하게 정오를 알리는 것이었다.

이제 옥스퍼드는 강의실에서 들려오는 젊은이들의 재빠른 발걸음 소리와 웃음소리로 활기를 띠었다. 공작은 창가에서 물러났다. 왠지 사람들의 눈에 띄고 싶지 않았다. 여느 때 같으면 새로운 패션의 복장을 뽐내기 위해 모습을 드러낼 시간이었을 텐데 말이다. 창문을 통해 그림 같은 공작의 모습을 보기 위하여 위를 올려다보던 많은 학생들이 아쉬워했다.

공작은 황홀한 듯 미소 지으며 이리저리 서성거렸다. 그는 주머니에서 진주 장신구 두 개를 꺼내 가만히 바라보았다. 그러다 마치 친한 친구에게 공감이라도 구하는 듯한 표정으로 거울을 바라보았다. 이렇게 조바심을 내며 엿나가 보기는 태어나서 처음이었다. 오늘 공작에게 필요한 것은 새로운 종류의 공감이었다.

현관문이 쾅하고 닫히더니 계단이 삐걱거리며 육중한 장화 한 켤레가 올라왔다. 공작은 머뭇거리며 발소리에 귀를 기울였다. 장화는 공작의 방문을 지나 쿵쾅거리는 소리를 내며 이미 다음 층으로 향하고 있었다.

"녹스!" 공작이 외쳤다.

장화가 잠시 멈추는가 싶더니 이내 쿵쾅거리며 다시 내려왔다. 문이 열리며 쥴리카가 주더스 칼리지로 가는 길에 보았던 그 평범한 인상의 학생이 모습을 드러냈다.

예민한 독자여, 그 유령 같은 모습을 보고 놀라지 마시라! 옥스퍼드는 이질적인 요소들의 총체다. (독자 여러분의 눈에는 이상해 보일지 몰라도,) 두 젊은이는 같은 칼리지에 입학해서 동일한 학칙을 따르며 같은 학부에서 공부했다. 그렇다! 한 학생은 매년 건물 수리에만도 수천 파운드의 비용이 드는 고귀한 성곽 양식의 건물을 열 채나 상속받은 반면에, 다른 학생은 집안의 재산이라고는 매주 목요일 저녁 런던 크리스털 팰리스에서 열리는 불꽃놀이가 선명히 바라다 보이는 곳에 있는 작고 남루한 집 한 채가 전부였지만, 두 사람은 이곳 옥스퍼드의 한 지붕 아래에서 살았다. 게다가 둘 사이에는 어느 정도 친밀감이 있었다. 공작은 유독 다른 누구보다 녹스 앞에서 더 거들먹거렸다. 공작은 녹스에게서 자신과 정반대되는 면을 보았고, 녹스를 자신을 돋보이게 하는 존재로 생각했다. 공작은 매 학기마다 적어도 한 번은 꼭 녹스와 함께 하이 가街에 갔다. 녹스는 숭배와 반감이 뒤섞인 복잡한 감정으로 공작을 바라보았다. 공작이 수석을 차지한 일은 둘 사이의 그 어떤 다른 차이들보다도 녹스를 더 기죽게 했다. 녹스는 끈덕진 근면성 덕분에 간신히 차석을 차지했다. 하지만 수재를 향한 둔재의 질투심은 결국에는 둘 사이가 틀어지고 말 것이라는 느낌 때문에 누그러지기 마련이다. 어쩌면 녹스는 공작을 아주 불쌍한 인물로 여겼을지도 모른다.

"들어와, 녹스, 수업에 다녀오는 길이니?" 공작이 물었다.

녹스가 고개를 끄덕였다. "아리스토텔레스의 정치학 강의를 들었어."

"수업은 어땠어?"

공작은 자신의 사랑을 녹스에게 이해받고 싶은 마음이 간절했다. 하지만 다른 사람에게 공감을 구하는 일에 익숙하지 않았기에 속마음을 털어놓을 수 없었다. 공작은 주저했다. 녹스는 다시 공부하러 가야 한다고 중얼거리면서 문고리를 더듬었다.

"오, 친구여, 가지 말고 여기 앉아 봐. 학교에 안 간다고 큰 일 나는 거 아니잖아. 몇 분 더 공부한다고 큰 차이 없어. 나 너한테 할 말이 있다고, 녹스. 어서 앉아 봐."

녹스가 의자 끝에 걸터앉았다. 공작이 벽난로 선반에 기대서서 녹스를 마주보았다.

"있잖아, 녹스, 넌 한 번도 사랑에 빠져 본 적 없지?"

"내가 사랑에 빠지면 안 될 이유라도 있어?" 녹스가 발끈해서 물었다.

그러자 공작이 미소를 띠며 말했다. "나는 네가 사랑에 빠진 모습이 상상이 안 가."

"나는 네가 사랑에 빠진 모습이 상상이 안 가는 걸. 너는 너 잘난 맛에 사는 인간이잖아." 녹스가 씩씩대며 말했다.

"상상이 가니, 녹스? 나 사랑에 빠졌다고."

"나도 사랑에 빠졌어."

예상치 못한 녹스의 대답에 공작이 크게 웃어 젖혔다. 공작은 자신이 공감받고 싶어 하는 마음도 너무 생소한 터라, 다른 사람에게 공감하는 것은 역부족이었다.

"넌 누구를 좋아하는데?" 공작이 소파에 털썩 앉으며 물었다.

"나는 그녀가 누군지도 몰라." 이번에도 녹스의 예상치 못한 대답이 이어졌다.

"언제 만났는데? 어디서 만났어? 그녀에게 뭐라고 말을 걸었어?"

"어제 콘 가街에서 . . . 말 한마디 못 걸어 봤어."

"예뻐?"

"응. 그런데 그게 너랑 무슨 상관인데?"

"검은 머리? 아니면 금발?"

"검은 머리야. 이국적인 외모야. 그러니까, 쇼윈도에 걸린 사진에나 나올 법한 외모야."

"한 편의 랩소디 같다, 녹스. 그래서 그 여자는 어땠는데? 혼자였어?"

"학장님과 함께 마차에 타고 있었어."

줄리카구나. 녹스, 이 자식! 공작은 마치 모욕이라도 당한 듯이 눈을 부릅뜨며 녹스를 노려보았다. 공작은 이내 이 말도 안 되는 상황을 직시했다. 공작은 미소를 띤 채 다시 의자에 털썩 앉았다. "그녀는 학장님 손녀야. 어젯밤에 학장 관사에서 저녁 식사를 함께 했거든."

녹스는 가만히 앉아서 공작을 빤히 쳐다보았다. 녹스는 난생처음으로 공작의 품위와 평균 정도의 키와 좋은 집안과 막대한 부에 분노를 느꼈다. 지금까지는 이런 것들이 부러워하기에는 너무 요원한 것이라고 생각해 왔다. 하지만 지금 이 순간 갑자기 이 모든 것들이 가깝게 다가왔다. 수석이라는 타이틀보다 훨씬 더 가깝게, 위압적으로 다가왔다.

"네가 사랑에 빠졌다는 사람은 당연히 그 여자겠지?" 녹스는 언짢은 말투로 말했다.

사실 이 일로 공작에게는 새로운 문제가 생겼다. 그는 자기 열정에 너무 심취하여 '사랑이 받아들여질까'라는 의문을 품어 볼 틈조차 없었던 것이다. 저녁 식사 시간 동안 줄리카가 보였던 행동들. . . . 하지만 그것은 수많은 여성들이 공작에게 보였던 행동들과 같았다. 사심 없는 순수한 사랑이라는 증거는 어디에도 없었다. 어쩌면 그건 단순히. . . .

하지만 아니야! 그날 공작은 쥴리카의 눈에서 분명 천박한 야망 따위에서는 결코 나올 수 없는 순수한 광채를 보았다. 바로 사랑이 그 깊은 자줏빛 눈동자에서 투명한 불꽃을 일으키며 공작을 향해 활활 타오르고 있었다. 쥴리카는 공작을 사랑했다. 아름답고 멋진 쥴리카는 공작을 향한 사랑을 애써 감추려 하지 않았다. 그녀는 그에게 모든 것을 보여 주었다. 가엾은 여인이여! 고작 이런 위선자에게 모욕이나 당하려고, 이런 천박한 놈에게 외면이나 당하려고, 이런 바보 같은 놈에게 차이기나 하려고 모든 것을 다 보여 주다니! 공작은 자신이 한 행동과 미처 하지 못한 모든 행동을 생각하며, 영혼 밑바닥 한 귀퉁이까지 자신을 저주했다. 이제는 가서 쥴리카 앞에 무릎을 꿇으리라. 자신에게 견딜 수 없는 고행의 짐을 지워 달라고 애원하리라. 아무리 달콤쌉싸름하다 한들, 조금이라도 쥴리카에게 걸맞은 사람이 될 수만 있다면 그것은 고행이라 할 수 없었다.

"들어와!" 공작이 무심하게 소리쳤다.

하숙집 주인의 딸이 들어왔다. "아래층에 어떤 여자분이 공작님을 뵙기를 청하고 있어요. 공작님이 바쁘시면 나중에 다시 오겠다고 했어요."

"이름이 뭐지?" 공작이 멍하게 물었다.

공작은 고통 어린 눈으로 하숙집 주인의 딸을 쳐다보고 있었다.

"쥴리카 돕슨 양입니다." 하숙집 주인의 딸이 또박또박 말했다.

공작이 벌떡 일어났다. "돕슨 양을 어서 여기로 모셔 와."

녹스가 거울을 향해 쏜살같이 달려가더니 큰 손을 살짝 떨면서 머리를 매만졌다. "어서 나가!" 공작이 문을 가리키며 말했다. 녹스는 재빨리 뛰어나갔다. 위층에서 내려가던 장화 발자국 소리의 울림이 계단을 올라오던 비단 치마의 우아한 속삭임과 마주쳤다.

사랑에 빠진 두 사람이 만났다. 일상적인 인사가 오갔다. 공작은 날씨 얘기를 했고, 쥴리카는 몸은 회복되었느냐며 안부를 물었다. 그녀는 어젯밤 그가 그렇게 자리를 떠서 다들 섭섭해 했다는 말도 전했다. 그러다 잠시 침묵이 흘렀다. 하숙집 주인의 딸이 아침 식사 그릇들을 치우고 있었다. 쥴리카는 곁눈질로 방을 쭉 둘러보았고, 공작은 벽난로 앞에 깔린 양탄자만 쳐다보고 있었다. 하숙집 주인의 딸이 그릇들을 들고 달그락 소리를 내며 나갔다. 그들은 이제 단둘이 남았다.

"예쁘네요!" 쥴리카는 작은 테이블 위에 어질러져 있는 책들과 종이더미 틈바구니에서 보이는, 가터 훈장에 달린 번쩍거리는 별을 바라보며 말했다.

"그러게요. 예쁘죠?"

"정말 예뻐요!"

대화도 잠시, 이내 둘 사이에는 다시 깊은 침묵이 흘렀다. 공작의 심장은 격렬하게 요동쳤다. 그는 왜 쥴리카에게 별을 선물로 건네지 않았을까? 그러나 이제는 너무 늦었다! 공작은 왜 쥴리카의 발치에 무릎을 꿇지 못했을까? 여기 다른 누구도 아닌, 서로를 사랑하는 두 사람이 있다. 하지만 아직. . . .

쥴리카는 벽에 걸린 수채화를 꼼꼼히 살펴보고 있었는데, 어느새 그 그림에 흠뻑 빠져 있는 듯했다. 공작은 그런 그녀를 지켜보았다. 쥴리카는 그의 기억 속 모습보다 훨씬 더 사랑스러웠다. 아니, 그녀의 사랑스러움에는 미묘한 변화가 일었던 것 같다. 쥴리카의 아름다움에는 무언가 더 고결한 위엄이 서려 있었다. 지난밤의 요정은 밤새 아침의 성녀聖女로 변해 있었다. 화려한 타탄 무늬 드레스를 입고 있었는데도, 쥴리카는 가장 고매하고 소박한 영혼에서 나오는 진실하고도 아련한 광채를 발산하고 있었다.

공작은 쥴리카의 어떤 면에 변화가 있었던 것인지 궁금했다. 도무지 알 수가 없었다. 그때 갑자기 쥴리카가 공작을 향해 몸을 돌렸고, 공작은 알게 되었다. 흑진주와 분홍진주가 아닌, 두 개의 하얀 진주였다!... . 심장 한가운데까지 전율이 느껴졌다.

"이렇게 찾아와서 번거롭게 한 건 아닌지 모르겠네요?" 쥴리카가 말했다.

"그럴 리가요. 반갑습니다." 정말 부적절한 말처럼 들렸다. 이 얼마나 형식적이고 어리석은 말인가!

"실은 옥스퍼드에 아는 사람이 하나도 없어요. 그래서 공작님과 점심 식사를 하면 좋겠다고 생각했죠. 조정 경기에도 데려가 주시고요. 그래 주실 거죠?" 쥴리카가 말했다.

"그러면 좋겠네요." 공작이 종에 달린 줄을 당기면서 말했다. 이런 바보 같은 놈! 공작은 쥴리카의 얼굴에 실망의 그늘이 드리운 것이 자신의 차가운 말투 때문이라고 생각했다. 그녀의 얼굴에 드리운 저 그늘을 내가 떨쳐 버리리라, 공작은 스스로 다짐했다. 더는 그녀를 괴로운 상태로 내버려두지 않으리라. 식사 준비를 시켜 놓고는, 곧바로 그녀에게 사랑을 고백하리라.

종소리를 듣고 하숙집 주인의 딸이 나타났다.

"돕슨 양이 여기서 점심 식사를 할 거야." 공작이 말했다. 하숙집 주인의 딸이 자리를 떴다. 공작은 하숙집 주인의 딸에게 나가지 말아 달라고 부탁이라도 할 걸 싶었다.

공작은 마음을 단단히 먹었다. "돕슨 양, 사과드리고 싶소."

쥴리카가 공작을 애절하게 바라보았다. "점심을 함께 하실 수 없나요? 그보다 더 좋은 일이 있나 보죠?"

"아니오, 그게 아니라 어젯밤 저의 결례에 용서를 구하고 싶다는 말씀입니다."

"당신이 용서를 구할 일은 전혀 없었는걸요."

"아니오, 있어요. 내 태도가 형편없었습니다. 그건 내가 잘 알죠. 당신이 나를 용서할리 없겠지만, 구차한 변명 따위는 하지 않겠습니다. 나는 만찬의 여주인공인 당신을 무시했소. 나는 너그러운 마음으로 내게 극찬을 아끼지 않은 당신을 모욕했죠. 나는 당신을 다시는 만나지 않길 바라며 자리를 떴습니다. 당신의 할아버지는 나를 내쫓아 마땅한데도, 예를 갖춰 친절한 말로 아래층 현관까지 배웅해 주셨죠. 당신의 할아버지가 나를 솜씨 좋게 냅다 걷어차서 내 해골이 길가에 산산이 부서져 흩어졌다 한들, 영국 신사의 이름에 한 치의 어긋남 없는 행동이었을 것이고, 상식적으로 생각해도 한 치의 꼬투리도 잡힐 것 없는 행동이었을 겁니다. 내가 어젯밤과 같이 오만방자한 행동으로 남에게 상처를 준 것이 당신이 처음이라고는 하지 않겠습니다. 하지만 자존심을 최우선으로 삼는 나의 경우, 이제껏 어떤 일로도, 누구에게도 사과를 해 본 적이 없었다는 말만큼은 꼭 하고 싶군요. 나에게 지금의 이 비참함은 견딜 수 없이 고통스러운 일이니, 당신이 나를 용서해야만 한다고 말하고 싶습니다. 물론 허울만 그럴듯한 주장처럼 들릴 수도 있어요. 솔직히 말하죠. 고백하건데, 당신 앞에 서 있는 이 변변치 않은 사람은 지금 이상하리만치 격정적인 기쁨을 맛보고 있습니다. 참으로 혼란스러운 감정이라고 할까요? 하지만 당신은 여성의 직감으로 그 감정이 뭔지 이미 눈치챘을 것입니다. 그 감정의 원인은 여기 내 눈 속에 있는 바로 당신인데, 증거가 달리 필요 없겠죠. '눈은 마음의 창'이라는 말을 찾아내려고 굳이 사전을 뒤적거릴 필요도 없을 겁니다. 나는 알고 있습니다. 활짝 열린 창문을 통해 나의 영혼이 몸을 숙여 당신에게 신호를 보내고 있는 것을 말입니다. 나의 입에서 나오는 말보다 훨씬 더 확실하고 빠른 신호를 말이죠. 당신을 사랑합니다."

공작의 말을 듣고 있던 쥴리카의 낯빛이 점점 더 창백해져 갔다. 마치 공작이 자신을 때리기라도 하는 듯이, 쥴리카는 두 손을 든 채 겁을 집어먹은 듯 몸을 웅크렸다. 그러고는 공작이 "당신을 사랑합니다"라는 마지막 말을 내뱉는 순간, 쥴리카는 두 손으로 자신의 얼굴을 감싸고 격정적으로 흐느끼면서 공작에게서 홀연히 달아났다. 이제 쥴리카는 고개를 숙인 채로 어깨를 들썩이며 창문에 기대어 서 있었다.

공작은 조심스레 쥴리카의 뒤로 다가갔다. "왜 우는 거요? 왜 나를 외면하는 겁니까? 내가 갑작스런 말로 당신을 놀라게 했나요? 내가 구애에는 서툴러서 그럽니다. 내가 좀 더 참았어야 했나 보군요. 하지만 당신을 너무나 사랑하기에 잠시도 지체할 수가 없었습니다. 당신도 나를 사랑할 것이라는 은밀한 희망이 나를 아주 대담하게 만들더니, 이내 고백할 수밖에 없게 했습니다. 당신은 분명 나를 사랑해요. 나는 알 수 있습니다. 그것을 알기에 내 여자가 되어 달라고, 내 아내가 되어 달라고 하는 거죠. 그런데 왜 우는 거요? 왜 나를 피하는 거죠? 이런, 뭔가 있다면 . . . 말 못할 비밀이라도 있다면 . . . 사랑하는 사람이 있었고, 그 사람에게 배신을 당하기라도 한 거라면 . . . 그래서 내가 당신을 이토록 깊이 존중하고 소중히 여겨서는 안 된다는 거요? 내게는 당신이 내 여자라는 사실 하나면 충분합니다. 내가 당신을 책망해야 할 그런 일이라도 있는 거요. . . ?"

쥴리카가 공작을 쏘아보았다. "어쩌면 그럴 수 있죠?" 쥴리카는 말을 제대로 잇지 못했다. "어쩌면 그런 식으로 말할 수 있어요?"

공작이 휘청거리며 뒷걸음쳤다. 그의 눈에는 두려움이 서렸다. 공작이 소리쳤다. "당신은 나를 사랑하지 않는군요!"

"당신을 사랑한다고요?" 쥴리카가 쏘아붙였다. "당신을요?"

"더는 나를 사랑하지 않는군요. 왜? 왜죠?"

"그게 무슨 말씀이죠?"

"당신은 나를 사랑했습니다. 나를 가지고 장난칠 생각 말아요. 나를 진심으로 사랑하기에 여기까지 온 거 아닙니까?"

"그걸 당신이 어떻게 아시죠?"

"거울을 보세요."

쥴리카는 공작이 말하는 대로 했다. 그도 그녀를 따라갔다.

"저게 보이시오?" 한참 뒤 공작이 말을 꺼냈다. 쥴리카가 고개를 끄덕였다. 고개를 끄덕이자 진주 귀걸이 한 쌍이 달랑거렸다.

"당신이 여기 왔을 때만 해도 귀걸이는 하얀색이었습니다." 공작이 한숨을 내쉬었다.

"당신이 나를 사랑했기 때문에 하얀색이었던 거죠. 그걸 보고는 내가 당신을 사랑하듯 당신도 나를 사랑한다는 걸 알았습니다. 하지만 이제 귀걸이가 예전 색깔로 돌아왔군요. 나를 향한 당신의 사랑이 식어 버린 것도 알겠습니다."

쥴리카가 수심에 찬 눈빛으로 진주 귀걸이 한 쌍을 바라보더니, 손가락으로 홱 잡아당겼다. 그녀의 눈에 눈물이 고였다. 그녀를 사랑하는 남자의 눈에 비친 자신의 모습과 마주하자, 쥴리카의 눈에서는 눈물이 넘쳐흘렀다. 그녀는 두 손으로 얼굴을 감싸고는 아이처럼 흐느껴 울었다.

울던 아이가 갑자기 울음을 그치듯, 쥴리카도 갑자기 울음을 뚝 그쳤다. 손을 더듬어 손수건을 찾아서 화가 난 사람처럼 눈물을 닦고는, 자세를 바로잡고 옷매무새를 가다듬었다.

"이제 그만 가 볼게요." 쥴리카가 말했다.

"당신 발길이 저절로 여기로 향한 겁니다. 나를 사랑해서 말이죠. 나를 더 이상 사랑하지 않는 이유를 말하기 전까지는 여기를 떠날 수 없소." 공작이 말했다.

"제가 당신을 사랑한다는 걸 어떻게 알았죠? 제가 그냥 다른 색 귀걸이를 한 게 아니라는 걸 어떻게 알았죠?" 잠시 뒤 쥴리카가 물었다.

공작이 우수에 찬 웃음소리를 내더니 조끼 주머니에서 진주 장신구 두 개를 꺼냈다. "이건 어젯밤 내가 패용했던 진주 장신구들이오." 공작이 말했다. 쥴리카가 그 진주 장신구들을 바라보았다. 그녀가 "알아요" 하고 대답하고는 고개를 들면서 물었다. "언제 이렇게 색이 변한 거죠?"

"당신이 학장 관사의 식당에서 나가는 바로 그 순간, 색이 변한 걸 알았소."

"어떻게 이런 일이! 저는 거실로 들어서는 순간 제 귀걸이 색이 변한 걸 알았어요. 거울을 보고 있었거든요. 그럼. . . ." 쥴리카는 흠칫 놀랐다. "어젯밤에도 저를 사랑하신 건가요?"

"당신을 처음 보는 순간 사랑에 빠졌소."

"그런데 어떻게 그렇게 행동할 수 있었죠?"

"그건 내가 지나친 원칙주의자라서 그렇소. 당신을 무시하려고 애썼죠. 원칙주의자들에게는 자기가 귀중히 여기는 원칙과 맞지 않는 것은 늘 무시하려고 애쓰는 경향이 있거든요. 저의 기본 원칙은 금욕입니다. 단순히 독신주의를 말하는 게 아닙니다. 영혼의 금욕을 말합니다. 사실은 이기주의나 다름없죠. 그런데 당신이 그런 나를 완전히 바꿔 놓았습니다."

"어쩜 그렇게 저를 모욕하실 수 있었죠?" 쥴리카가 발을 구르며 소리쳤다. "사람들 앞에서 어쩜 그렇게 저를 바보로 만들 수 있죠? 정말 악질이군요!"

"그래서 아까 용서를 구했잖소. 당신은 용서할 만한 일이 없었다고 했고요."

"당신이 저를 사랑하리라고는 상상도 못했으니까요."

"그게 무슨 차이가 있소?"

"아주 큰 차이가 있죠! 인생이 완전히 달라질 정도로요!"

"앉아 봐요! 당신이 나를 혼란스럽게 하는군요." 공작이 명령하듯 말했다. "어디 설명을 좀 해 보시오!"

"남자가 여자한테 너무 무리한 요구를 하는 것 아닌가요?"

"나는 그런 건 잘 모릅니다. 여자 경험이 전혀 없거든요. 하지만 추상적으로 말해 본다면, 남자에게는 자기 인생을 망쳐 놓은 여자에게 어떤 설명을 요구할 권리가 있죠."

"자기 자신이 끔찍이도 불쌍한가 보죠?" 쥴리카가 쓴웃음을 지으며 말했다. "물론 당신에게는 제가 가엾다는 생각은 좀처럼 들지 않겠죠. 절대로요! 당신은 이기심에 눈이 먼 사람이니까요. 당신은 저를 사랑하지만, 저는 당신을 사랑하지 않아요. 당신이 아는 것이라고는 고작 이것뿐이죠. 아마도 이런 곤경에 처한 남자는 세상에 당신뿐일 거라고 생각하겠죠."

공작이 화해를 청하듯 고개를 숙이며 손을 내밀었다. "당신에게 마음을 빼앗겼던 남자들 십분의 일이 내 방 창문을 넘어온다고 해도, 나는 그 끝없이 계속되는 행렬에 어떤 위안도 받지 못할 거요."

그러자 쥴리카가 얼굴을 붉히며 한결 부드럽게 말했다. "하지만 그 남자들이 당신을 시기하지 않게끔 조심하셔야 할 거예요. 그 남자들 중 단 한 명도 제 마음을 털끝만큼도 건드려 본 적 없으니까요. 당신은 제 마음 깊숙한 곳까지 휘저어 놓았고요. 맞아요. 당신을 미치도록 사랑했어요. 진주 귀걸이가 거짓말을 한 건 아니에요. 당신은 나의 우상이었어요. 이 드넓은 세상에 단 하나밖에 없는 우상 말이에요. 당신은 제가 여태 봐 왔던 남자들과는 아주 달랐어요. 꿈속에서 본 남자들을 제외하고는 말이죠. 당신은 바보처럼 굴지 않았죠. 그래서 저는 당신을 사모하고 존경했답니다. 흠모의 감정이 불타올랐었죠. 그런데 지금은. . . .”

쥴리카는 손으로 눈을 가리며 말을 이었다. “지금은 모든 게 끝났어요. 우상이었던 당신이 다른 얼빠진 남자들처럼 내 발치에 넙죽 엎드려 머리를 조아리며 아양을 떨고 굽실거렸거든요.”

공작은 생각에 잠겨서는 쥴리카를 바라보며 말했다. “내 생각에 당신은 남자들의 마음을 지배하는 걸 한껏 즐겼던 모양이군요. 당신은 남자들이 당신에게 보내는 찬사를 낙으로 여기며 산다는 말을 익히 들었어요.”

“아, 물론 저는 찬사받는 걸 즐겨요. 그렇고말고요. 정말이지 저는 제게 쏟아지는 모든 찬사를 아주 좋아한답니다. 당신이 저를 감탄하며 바라보는 게 아주 기뻤던 것 같아요. 오! 하지만 제가 잃어버린 그 황홀감에 비한다면 그건 정말 보잘것없는 기쁨이죠! 사랑에 빠진 황홀감을 예전에는 미처 몰랐거든요. 늘 갈망해 왔지만 그렇게 멋진 감정이라고는 짐작조차 못했어요. 그런데 그런 감정이 제게 찾아온 거죠. 온몸이 전율했고, 마치 바람 속의 분수처럼 갈피를 못 잡았어요. 더없이 연약한 존재가 되어 깃털보다 더 가볍게 밤하늘의 별들 사이를 날아다녔어요. 당신을 향한 사랑 때문에 밤새 한숨도 못 잤어요. 아니, 잠이 들면 꿈속에서 당신을 만날지도 모른다는 생각을 빼면, 자고 싶은 생각조차 들지 않았죠. 오늘 아침에 무슨 일이 있었는지 아무것도 기억나지 않아요. 정신을 차리고 보니 당신 집 문 앞이었죠.”

“왜 초인종을 눌렀소? 왜 달아나지 않은 거요?”

“왜냐고요? 당신을 보러, 당신 곁에 있고 싶어서, 당신과 함께 있고 싶어서 왔으니까요.”

“당신의 거부할 수 없는 매력을 내게 행사하려고 온 거겠죠.”

“맞아요.”

"'실효적 지배'라는 용어의 뜻을 아시오? 밀고 들어온 뒤에는 어떻게 당신 자리를 지키시오? 아니면. . . ."

"아, 남자는 자기를 찾아온 여자를 사랑하지 않는다는 이유로 굳이 밀어내지 않아요."

"하지만 당신은 어젯밤 내가 당신을 밀어냈다고 생각했잖소?"

"맞아요. 하지만 당신이 오늘 또 그런 수고를 하리라고는 생각하지 않았어요. 만약 당신이 오늘 또 저를 밀어냈다면, 틀림없이 저는 당신을 더 사랑하게 되었을 거예요. 저는 당신이 틀림없이 저의 끈덕짐을 꽤 즐길 거라고, 그리고 아주 감동받을 거라고 생각했어요. 저는 당신이 깊은 사랑의 감정 없이 저를 이용하고 희롱할 거라고 생각했어요. 여름에 기분 전환 삼아 빈둥거리며 몇 시간 데리고 놀다가 지겨워지면 저를 버리고 잊을 거라고요. 그리고 저의 마음은 갈기갈기 찢어질 거라고요. 그 이상은 아무것도 바라지 않았어요. 그게 바로 제가 막연하게나마 바랐던 거라고요. 뚜렷한 계획이라고는 아무것도 없었죠. 그저 당신과 함께 있고 싶어서 온 것뿐이에요. 이제는 그게 마치 몇 년 전 일처럼 느껴지네요! 현관 계단에서 기다릴 때만 해도 가슴이 얼마나 뛰었는지 몰라요! '공작님은 집에 계실까? 모르지. . . . 일단 알아봐야겠어. 그를 뭐라고 불러야 할까?' 그리고 문을 열어 주던 그 여자의 눈빛에서 읽었어요. 그녀도 당신을 사랑하고 있더군요. 당신도 그녀의 눈빛을 본 적이 있나요?"

"나는 한 번도 그녀를 바라본 적이 없습니다."

"의심의 여지가 없어요. 그녀도 당신을 사랑하고 있어요." 쥘리카가 한숨을 내뱉으며 탄식하듯 말했다. "그녀도 저의 비밀을 한눈에 알아채던 걸요. 같은 남자를 사랑하는 여자들은 일종의 씁쓸한 동료애를 느끼게 돼요. 우리는 서로를 원망했죠. 그녀는 저의 미모와 옷을 부러워했죠. 저는 늘 당신 곁에 있을 수 있는 그 조그만 어릿광대 같은 여자의 특권을 부러워했고요. 당신을 사랑하는 저로서는 그녀의 인생보다 더 달콤한 인생은 상상할 수 없을 테니까요. 늘 당신 곁에서 당신 구두에 광을 내고, 당신 방의 벽난로에 석탄을 퍼다 나르고, 당신 집 현관 계단을 청소하고, 늘 당신을 위해 비천한 일을 열심히 도맡아 하지만 결코 고맙다는 말 한마디 듣지 못하는 인생 말이에요. 당신이 저를 만나지 않겠다고 했으면, 저는 그녀에게 제가 가진 모든 보석을 갖다 바쳐서라도 그 자리를 빼앗았을 거예요."

공작이 쥴리카에게 한 발짝 다가섰다. "당신은 지금도 그렇게 할 수 있소." 공작이 나지막한 목소리로 말했다.

쥴리카가 눈썹을 치켜올리며 말했다. "이제 그녀에게는 석류석 하나라도 주지 않을 거예요."

그러자 공작이 외쳤다. "당신은 이제 나를 다시 사랑하게 될 거요. 내가 그렇게 만들 거니까. 내가 여느 남자들과 다를 게 없어서 사랑이 식었다고 했죠? 나는 그런 남자들과 다릅니다. 내 심장은 그저 평범한 밀랍 명판이 아니에요. 순간적으로 열을 가하면 어떤 글자가 새겨져 있든 금세 녹아서는 다시 말랑말랑한 빈 명판이 되어 새로운 글자가 자꾸 자꾸 새겨지는 그런 명판이 아니란 말입니다. 내 심장은 어떤 틀에 넣어도 변하지 않는 단단하고 빛나는 보석이죠. 큐피드가 찾아와 조각용 화살촉으로 보석 같은 나의 심장에 한 번 조각한 것은 결코 지워지지 않을 겁니다. 나의 심장에 당신의 형상이 영원히 깊게 아로새겨진 거죠. 만고의 세월도, 그 어떤 불꽃도, 그 어떤 크나큰 자연재해도 그 위대한 보석에 새겨진 당신의 형상을 지워 낼 수는 없을 겁니다."

"공작님, 그렇게 바보 같이 굴지 마세요. 상황을 분별 있게 바라보셔야 해요. 사랑에 빠진 사람들은 논리적으로 감정 조절이 안 된다는 것쯤은 저도 알아요. 하지만 그럼에도 불구하고 무의식적으로 일종의 논리 체계를 따르게 되죠. 당신이 저를 사랑한다는 것을 알게 된 순간, 저는 당신에 대한 저의 사랑을 거두어들였어요. 이것이 저의 논리에요. 너무나도 명백하죠! 당신이 저를 사랑하는 걸 멈출 수 없다는 이유로, 제가 당신을 다시 사랑하게 될 성싶은가요?"

공작은 고통으로 신음했다. 밖에서 그릇이 달그락거리는 소리가 들렸고, 쥴리카가 잠시나마 부러워했던 그 여자가 점심 식탁을 차리기 위해 들어왔다. 쥴리카의 입술에 희미한 미소가 스쳐갔다.

"석류석 하나라도 아깝지!" 쥴리카가 중얼거렸다.

제5장

점심시간은 대체로 침묵이 깨지지 않은 채로 지나갔다. 엄청난 감정적 스트레스를 겪은 사람들이 그러하듯, 공작과 쥴리카는 둘 다 배가 고파 죽을 지경이었다. 그들은 둘 사이에 놓인 식은 닭고기와 샐러드, 구스베리 타르트와 카망베르를 순식간에 해치웠다. 공작은 잔을 채우고 또 채웠다. 영혼을 압도하는 새로운 연애 감정 때문에, 공작의 얼굴에서는 고전적인 차가움이 싹 가셨다. 내가 그를 처음 독자 여러분께 선보였을 때보다 훨씬 더 나이 들어 보였다.

공작은 커피를 한 번에 쭉 들이키더니 의자를 뒤로 밀치면서 일어나막 불을 붙인 담배를 내던졌다. "내 말을 좀 들어 봐요!" 공작이 말했다.

쥴리카가 양손을 무릎 위에 포갰다.

"당신은 나를 사랑하지 않죠. 나를 사랑하는 일은 절대 없을 거라는 당신 말을 확실히 받아들이겠습니다. 당신이 나에게 얼마나 크나큰 고통을 주었는지는 굳이 말할 필요도 없고, 아니 이루 다 말할 수 없죠. 나의 사랑은 거절당했습니다. 하지만 당신의 거절이 나의 구애를 멈추진 못할 거요." 공작이 테이블을 내리치며 말을 이었다. "그건 나를 논쟁에 끌어들일 뿐이죠. 내가 당신과 논쟁을 해야 한다니 자존심이 상하기는 합니다. 하지만 사랑은 자존심보다 더 위대한 것. 나, 그리고 존, 앨버트, 에드워드, 클로드, 오드, 앤거스, 택턴, 태블-택턴, 도싯 공작 14세, 도싯 후작, 그로브 백작, 체이스터메인 백작, 브루즈비 자작, 그로브 남작, 펫스트랩 남작, 월락 남작까지, 잉글랜드 귀족의 이름으로 당신에게 청혼합니다. 날 막을 생각 말아요. 거절하지도 말아요. 내가 하는 말을 잘 생각해 봐요. 내 청혼을 수락할 때 얻을 수 있는 이점들을 잘 따져 보란 말이오. 실로 다양하고 굉장할 겁니다. 또한 확실한 것들이기도 하죠. 그런 이점들을 외면하지 말란 말이오. 돕슨 양, 당신은 도대체 뭐요? 떠돌이 마술사에 불과하죠. 손재주를 부려 거두어들일 수 있는 수입을 제외하고는 딱히 돈도 없고, 지위랄 것도 없고, 집도 절도 없죠. 자존심 빼면 시체 아니오. 당신이 소명의식을 가지고 있다는 사실은 단 한순간도 부인하지 않습니다. 하지만 마술사라는 직업의 위험과 고충이 얼마나 큰지, 또 얼마나 피곤하고 불편이 따르는지 잘 생각해 보기를 바랍니다. 난 당장에 그런 모든 어려움을 피할 안식처를 당신에게 제공할 수 있소. 돕슨 양, 난 당신이 아주 비현실적인 몽상에서조차 바라거나 상상할 수 없었던, 더없이 영예롭고 위엄 있게 빛나는 안식처를 마련해 줄 겁니다. 나에게는 340,000에이커의 땅이 있소. 세인트제임스 스퀘어에도 저택이 있고요. 사진으로 봤는지 모르겠지만 택턴에 있는 저택은 나의 가장 큰 별장이오. 계곡의 산등성이에 위치한 튜더 양식 저택이죠. 계곡과 저택에 딸린 사유지 공원은 시냇물을 따라 갈라지는데, 아주 얕아서 사슴이 뛰놀죠. 정원은 산비탈에 우뚝 솟아 있고요. 널돌을 깔아 만든 넓은 테라스가 저택 주변을 둘러싸고 있죠. 공작 두세 마리가 늘 웅크린 깃털을 질질 끌며 난간을 따라 노니는데, 걸음걸이는 또 어쩌나 도도한지! 마치 주노 여신이 끄는 전차에서 막 풀

려나기라도 한 것 같죠. 낮은 계단을 두 걸음 내려가면 꽃과 분수가 나오죠. 오, 정원은 정말 훌륭합니다. 백장미가 가득한 자코비언 양식 정원도 있죠. 나뭇가지가 우거진 두 갈래 오솔길의 끝에는 둥근 지붕처럼 늘어진 나뭇가지들 아래로 조그만 호수가 있는데, 거기에는 반인반어半人半魚의 해신海神 트리톤의 대리석상과 수련이 있죠. 무수히 피어 있는 수련 밑에는 마치 불꽃처럼 헤엄치는 금붕어가 어둑어둑한 물속에서 이리저리 쏜살같이 움직입니다. 잔가지들이 잘 손질된 주목나무들이 늘어서 있는, 좁다랗고 긴 오솔길도 있죠. 길이 끝나는 곳에는 채색된 자기磁器가 담긴 탑이 있는데, 리젠트 왕자—삼가 고인의 명복을 빕니다!—가 우리 증조부께 선물하신 거죠. 굽은 길들도 많고, 생각지도 않은 외진 곳에 환상적인 정자도 있습니다. 말을 좋아하시오? 소나무로 만들어 은색을 덧칠한 마구간에는 말 70필이 있죠. 하지만 그 모든 것들조차도 보잘것없는 내 자동차들 중 한 대와 비교하면 상대가 안 되죠."

"아, 저는 자동차는 절대 타지 않아요. 자동차를 타는 사람은 여느 사람들처럼 하잘것없어 보이거든요." 줄리카가 말했다.

"나도 바로 그런 이유 때문에 자동차를 거의 타지 않습니다. 농사에는 관심이 있소? 택턴에 시범 농장이 하나 있는데, 어쨌든 당신을 즐겁게 해 줄 거요. 어린 암소며 암탉이며 돼지며 모두 커다란 장난감 같을 겁니다. '공작부인의 낙농장'이라는 이름의 조그만 낙농장도 있소. 진짜 버터를 손수 만들어 볼 수 있는 곳이죠. 동그랗게 반죽해 작고 납작한 버터 덩어리를 만든 다음에, 다양한 장비로 버터 덩어리를 하나씩 눌러 주는 거죠. 당신 차지가 될 안방은 파란색입니다. 장 앙뚜완 와또26의

---

26) Jean-Antoine Watteau (1684-1721): 프랑스의 화가.

그림이 네 점이나 걸려 있죠. 식당에는 거장들이 그린 내 선조들—우리 끼리 하는 얘기지만, 당신의 시조부가 될 분들 말이오—의 초상화들이 걸려 있소. 농부들을 좋아합니까? 내 소작농들은 유쾌한 사람들이죠. 누구 하나 워털루 전쟁을 기억하는 사람이 없다니까요. 새로운 공작부 인이 택턴에 도착하면 공원에서 가장 오래된 느릅나무를 쓰러뜨려야만 하죠. 수많은 이상하고 낡은 관습들 중 하나라오. 공작부인이 마을을 지나가면 소작농의 자녀들은 길에 데이지 꽃을 흩뿌려야 합니다. 신부 의 방에는 그 집안이 공작의 지위를 유지해 온 세월만큼 촛불을 밝혀 야 하고요. 만약 당신이 여기 들어오게 된다면 말이죠, (공작이 눈을 감 고 빠르게 셈을 한다.) 정확히 388개의 촛불을 밝혀야겠죠. 도싯 공작 의 기일忌日 전날 밤이면, 검은 올빼미 두 마리가 날아와 흉벽의 횃대에 올라앉습니다. 올빼미들은 그 자리에서 밤새 부엉부엉 울어 대죠. 그러 고는 새벽녘에 멀리 날아가 버리는데, 어디로 가는지는 아무도 모릅니 다. 태블-택턴에서는 계절에 관계없이 사람이 죽기 전날 밤에 올빼미가 날아들죠. 한 시간 쯤 부엉부엉 울어 대다가 날아가 버리는데, 어디로 가는지는 아무도 모릅니다. 이런 불길한 전조가 일어날 때마다 하인이 내게 전보를 칩니다. 가족이나 친지의 사망의 충격에도 나는 한 집안의 수장으로서 긴장의 끈을 놓을 수 없죠. 지하 가족 납골당을 열고 시신 을 안치하는 권한이 나에게 부여되기 때문이죠. 내 선조들이 모두 장식 쇠가 달린 대리석 아래서 조용히 쉬고 계신 것은 아닙니다. 분노와 회 한에 휩싸여 옛날에 자신들이 악에 시달렸던, 혹은 악을 행했던 장소 로 다시 찾아가는 분도 있죠. 매년 할로윈이 되면 식당으로 찾아와서는 한스 홀바인[27]이 그려 준 자신의 초상화 앞에서 떠도는 분도 있죠. 속이

---

27) Hans Holbein (1497-1543): 독일의 화가.

비치는 회색 몸체를 캔버스 위에 비벼대면서, 초상화 속의 불타는 듯한 살빛과 단단한 사지를 되찾아 환생이라도 하기를 바라는 것일지도 모르죠. 하지만 그림을 향해 날아들어도 그림이 걸린 벽마저 통과해 버리고 말죠. 저택 오른편에는 유령 다섯, 왼쪽에는 유령 둘, 공원에는 유령 열한 명이 거주하고 있소. 하지만 좀처럼 소리를 내지도 않고 해를 끼치는 일도 없습니다. 내 하인들은 복도나 층계에서 유령을 마주치면 옆으로 비켜서서 유령이 지나가도록 길을 내주죠. 투숙객들에게 경의를 표하는 셈이죠. 신참 하녀조차 유령들을 보고 소리를 지르거나 도망치는 일은 절대 없습니다. 집주인인 나는 종종 유령들을 불러 세워 대화를 해보려고 하지만, 유령들은 늘 미끄러지듯 날 스쳐지나가죠. 유령들의 그 모습이 어찌나 우아한지! 그들을 지켜보는 것은 참 즐겁습니다. 몸가짐에 대한 교훈도 얻게 되죠. 그 유령들은 아마 평생 눕지를 않을 겁니다! 그분들은 내가 우리 집에서 가장 아끼는 분들이오. 나는 스코틀랜드 귀족이기도 한데, 스트라쓰스포런 공작이고, 케언곰 공작이며, 소비 후작이자, 케언곰 백작이오. 스트라쓰스포런 인근 언덕의 협곡에는 고상하고 날렵한 사슴들이 많죠. 하지만 거기에 있는 내 집에는 단 한 번도 발을 들여놓은 적이 없소. 우리 문중의 타탄 문장紋章이 집안 도처에 깔려 있어서요. 당신은 타탄 무늬를 좋아하는 모양이군요. 지금 입고 있는 타탄 무늬 옷은 어디 거요?"

줄리카는 자기 치마를 내려다보며 대답했다. "몰라요. 그냥 파리에서 샀어요."

"사실 그건 아주 흉측하네요." 공작이 말을 이었다. "달브레드 타탄은 비교적 보기 좋게 조화를 이루고 있고, 최소한 역사적으로 유서가 있는 무늬라오. 나와 결혼하면 그것을 입을 권한이 생기는 겁니다. 당신은 신기하고도 매력적인 권리를 많이 누리게 될 거요. 궁전에도 가게 될 거요. 하노버 왕가의 궁전은 사실 별것 아닙니다. 그래도 없는 것보다는 낫겠지만 말이죠. 게다가 마술 공연을 할 수 있게 궁전 출입 자격을 얻게 될 거요. 이것이 당신에게 아무런 의미가 없는 건 아니겠죠? 내 의전용 마차가 당신을 궁전까지 모실 거요. 마차는 아주 높아서 행인들은 안에 탄 사람을 좀처럼 볼 수 없죠. 마차의 안감은 장밋빛 비단입니다. 마차의 겉면에도, 마부석 덮개에도, 내 소매에도 타탄 문장이 새겨져 있는데, 너무 많아서 누구라도 그 절반도 세지 못하죠. 당신은 우리 집안 대대로 내려오는 보석도 갖게 될 거요. 고모님이 당신에게 마지못해 내주기는 하겠지만 말이오. 골동품 상자 안에는 그런 감탄을 자아내는 보석들이 아주 많죠. 자랑을 하려는 게 아니오. 사실 당신에게 이렇게 말하는 게 창피합니다. 하지만 내 온 마음을 다해 당신을 갈망하는 만큼, 당신을 얻을 수만 있다면야 무언들 못할 게 없죠. 다이아몬드며, 하얀 사파이어며, 하얀 토파즈며, 전기석電氣石 같은 하얀 보석들을 한가득 상상해 봐요. 금세공으로 장식한 루비와 자수정도 있소. 플로렌타인 핑거스에는 『백설공주』에 나오는 '독이 묻은 빗'처럼 유혹적인 반지가 놓여 있을 겁니다. 당신 머리에 꽂을 붉은 장미에는 꽃잎 하나하나에 루비가 박혀 있을 거고요. 부적과 원숭이 문양이 있는 버클, 허리띠와 머리띠 장식. 아! 이런 장식품들의 십분의 일도 채 보기 전에 당신은 감탄의 눈물을 흘릴 겁니다. 돕슨 양, 나는 프랑스 귀족이기도 한데, 에트르타 공작이자, 로슈 기욤 공작이오. 루이 나폴레옹이 파리 볼로뉴 숲에서 자신의 목을 치지 않은 대가로 내 아버지께 하사한 작위지요. 샹젤리제에도 저택이 있소. 뜰에는 스위스인 하인이 있죠. 양말만 신었을 때 키가 183㎝인데, 스위스 근위병들 키가 그 정도 될 거요. 내가 어디에 가든지, 수행단에는 요리사 두 사람이 꼭 함께합니다. 둘다 요리 장인인데, 서로를 미친 듯이 질투하죠. 내가 둘 중 한 명의 요리를 칭찬하면, 다른 한 명이 도전장을 내밀어요. 다음날 아침, 내 저택 정원에서 칼싸움이 일어나죠. 당신은 욕심이 많은 편입니까? 만약 그렇다면 나에게 세 번째 요리사도 있다는 사실에 귀가 솔깃할 수도 있겠군요. 그 요리사는 수플레와 이탈리아 페이스트리 요리 담당이죠. 물론, 샐러드 담당으로 스페인 요리사, 구이 요리 담당으로 영국 여자 요리사, 커피 담당으로 아비시니아 요리사를 따로 두고 있소. 방금 나와 함께한 식사에서는 그들의 손맛을 조금도 느끼지 못했을 겁니다. 전혀요. 옥스퍼드에서는 내가 하고 싶은 대로 평범한 대학생으로서의 삶을 살고 있으니까요. 이건 내 원칙이자 명예가 걸린 문제라고 말하고 싶군요. 내가 이 방에서 먹는 요리는 하숙집 주인 뱃치 부인이 그 요리사들의 별다른 도움 없이 서툰 솜씨로 만든 것이오. 그 요리를 하숙집 주인의 딸이 누구의 도움도 받지 않고 직접 그 사랑스러운 손으로 내 앞에 차려 놓죠. 여기에는 수행원들이 일체 없습니다. 내 개인 비서들도 모두 없었거든요. 시중드는 하인 한 명 없습니다. 사는 게 너무 단출해서 반감이 드나요? 당신이 이렇게 살 일은 절대 없을 거요. 당신과 결혼하면, 학교는 그만두어야 할 테니까요. 신혼여행은 이탈리아 바이아로 가는 게 어떻소? 바이아에 내 빌라가 한 채 있거든요. 할아버지께서 수집하신 마욜리카 도자기를 그곳에 보관하고 있죠. 그곳은 늘 태양이 비추는 곳입니다. 해변 쪽에서 보면 긴 올리브나무숲이 정원을 숨기고 있죠. 정원을 걷다 보면, 흔들리는 나뭇잎 사이로 흘긋 엿보이는 푸른색을 보고서야 바다가 있다는 걸 알 수 있어요. 올리브나무숲의 우거진 그늘에서 어슴푸레 번져 나오는 하얀 빛깔은 마치 여신의 그것과 같죠. 카노바[28]를 좋아하나요? 난 별로 좋아하지 않아요. 하지만 당신이 좋아한다면, 이런 정경

---

28) Antonio Canova (1757-1822): 이탈리아의 조각가.

이 아주 끌리겠죠. 카노바 양식의 백미를 볼 수 있는 곳이니까요. 바다를 좋아하나요? 내 저택 중에서 바다가 내려다보이는 곳이 여기만은 아니에요. 클래어 주의 해안에도 옛 성이 한 채 있죠. 나는 아일랜드 귀족이기도 한데, 에니스케리 백작이자, 샨드린 남작이거든요. 옛 성은 암벽 위에 수직으로 솟아 있는데, 바닷물이 늘 성벽까지 치솟아 오르죠. 많은 배들이 난파되어 그 요란하고 인정사정없는 바다 밑에 가라앉아 있죠. 하지만 내 성은 태연한 듯 아주 강해요. 어떤 폭풍우도 두려워하지 않죠. 요염한 여자들이 떼로 몰려와서 백 년 동안 애무를 한다한들, 그 성의 엄격한 금욕을 깨고 유혹해 낼 수 없을 거요. 그럴 때 나를 구해 줄 작위가 여럿 있죠. 내 작위는 말이죠... 음... 그러니까.... 당신이 디브렛 귀족 연감[29]을 찾아보면 알게 될 겁니다. 나는 신성로마제국 왕자의 혈통도, 가터 훈장을 받은 기사의 혈통도 이어받았죠. 나를 잘 보란 말입니다! 우리 집안은 대대로 여왕님 애완견의 털을 빗어 주는 역할을 했어요. 나는 젊습니다. 나는 잘 생겼죠. 내 성정은 다정다감하고, 인품은 흠 잡을 데 없어요. 돕슨 양, 결론을 말하자면 나는 가장 바람직한 혼처란 말입니다."

"하지만 저는 당신을 사랑하지 않아요." 쥴리카가 말했다.

공작이 답답해서 쾅쾅거리며 발을 굴렀다. "미안합니다." 공작이 서둘러 말했다. "그러지 말았어야 했는데. 하지만 당신은 내 말의 요점을 완전히 놓친 것 같군요."

"아니오. 놓치지 않았어요." 쥴리카가 말했다.

"그렇다면, 당신 대답은 뭐요?" 공작이 쥴리카에게 소리쳤다.

쥴리카가 공작을 바라보며 말했다. "저의 대답은 당신이 끔찍한 속물

---

29) Debrett's Peerage: 1803년에 디브렛 출판사에서 발간된 영국의 귀족 연감.

John, Thirteenth Duke of Dorset, not cutting Louis Napoleon in the Bois.

(From a painting by Winterhalter in the possession of the Empress Eugénie.)

이라는 거예요."

공작은 휙 돌아서 방 반대편으로 성큼성큼 걸어갔다. 그는 쥴리카에게 등을 보인 채로 얼마간 거기에 서 있었다.

"제 생각엔. . . ." 쥴리카가 생각에 잠긴 듯한 목소리로 천천히 다시 말을 꺼냈다. "당신은 제가 만나본 사람들 중에서 에델바이스 씨 다음으로 가장 끔찍한 속물이에요."

공작은 뒤를 돌아보며 쥴리카에게 신랄한 무언의 질책을 보냈다. 쥴리카는 미안함을 느꼈고, 그 마음이 눈빛에서 모두 드러났다. 쥴리카는 자신이 너무 심했다고 느꼈다. 사실, 이제 공작은 그녀에게 아무 의미도 없었다. 하지만 한때는 그를 사랑했었다. 그 사실까지는 잊을 수 없었다.

"이리 오세요! 우리 좋은 친구로 지내요. 악수해요, 우리!" 쥴리카가 말했다.

공작이 천천히 쥴리카에게 다가갔다. 그는 "그럽시다!"라고 말하며, 그녀에게 손을 내밀었다.

공작은 쥴리카가 쥐었던 손을 놓기도 전에 먼저 손을 빼냈다. 두 번이나 차인 것이 조롱을 당한 것 같아 여전히 마음이 괴로웠다. 속물이라고 불리다니 끔찍했다. '내가 속물이라고!' 어울리지 않는 놀라운 결혼으로 세간의 이목을 끌 것이 확실한 그런 결혼을 기꺼이 하려 했다면, 공작은 속물이라는 비난에 대해 단순히 자신을 변호할 것이 아니라 흥분을 자제해야 했다! 공작은 사랑에 눈이 멀어 이 어울리지 않는 결혼이 얼마나 망측한 것인지 까맣게 잊고 있었다. 하지만 아마도 쥴리카는 이 어울리지 않는 결혼에 대해 신경을 쓰지 않을 수 없었을 것이다. 어쩌면 쥴리카의 거절은 너그럽게도 공작을 위한 것이었는지도 모른다. 아니, 그보다는 쥴리카 자신을 위해서였을 것이다. 분명히 쥴리카는, 공작이 오라고 손짓하는 상류사회가 자신과 같은 부류가 있을 곳이 아니라고 느꼈다. 또, 그런 낯선 화려함 속에서 자신이 시들어 갈까 봐, 전혀 적응하지 못하고 영원히 어울리지 못할까 봐 두려웠다. 공작은 쥴리카를 압도할 생각이었는데, 너무 철저히 압도해 버린 것이었다. 그러니 이제 공작은 쥴리카에게 지운 부담을 덜어주기 위해 노력해야 했다.

공작이 쥴리카의 맞은편에 앉으며 말했다. "내가 택턴에 낙농장이 있다고 한 것 기억나오?"

"낙농장이요? 아, 네."

"이름이 뭐였는지 기억합니까?"

쥴리카가 기억을 더듬으며 눈썹을 찌푸렸다.

공작이 거들었다. "'공작부인의 낙농장'이오."

"아, 당연히 기억하죠!" 쥴리카가 말했다.

"왜 그렇게 부르는지 아시오?"

"음, 잠깐만요. . . . 아까 말씀해 주신 것 같은데. . . ."

"내가요? 아닐 텐데요. 지금 말해 주겠소. 그 멋진 농장의 기원은 18세기 중반으로 거슬러 올라가죠. 고조부님께서 연세가 지긋이 들어서 세 번째 결혼식을 올렸는데, 상대는 택턴 사유지에 사는 낙농장 하녀였소. 이름은 메그 스피드웰이었죠. 고조부님께서 들판을 가로질러 가는 그녀를 눈여겨보게 된 거요. 재능 있는 훌륭한 두 번째 부인 마리아의 장례를 치른 지 몇 달도 채 지나지 않았을 때였습니다. 그녀의 아리따운 자태가 고조부님의 타다 남은 청춘에 부채질을 한 것인지, 아니면 고조부님께서 친구인 듀랩 공작의 기행奇行에 뒤지기 싫었던 것인지, 나도 잘 모르겠소. 그때 마침 듀랩 공작도 낙농장에서 신붓감을 데려왔었거든요. (독자 여러분은 이와 관련된 메러디스[30]의 작품을 읽어

---

30) George Meredith (1828-1909): 영국의 소설가.

Be they never so Wither'd, no M-lk-M-d-n grieves
To lay herself down among Str-wb-rry L—v—s.

본 적 있는가? 안 읽어봤다고? 그렇다면 꼭 읽어 보시라.) 고조부님께서
결혼을 결심하신 것이 진정한 사랑의 발로였든 단순히 유행을 좇은 것
이었든 간에, 고조부님께서는 메그 스피드웰을 위해 종을 울렸고 공원
에서 가장 오래된 느릅나무를 쓰러뜨렸다오. 우쭐대는 말괄량이 어린
신부 메그 스피드웰이 기쁨의 절정 속에서 고개를 치켜들고 내딛는 걸
음마다, 아이들은 데이지 꽃을 흩뿌렸소. 고조부님께서는 메그에게 이
미 멋진 선물들을 한 보따리나 주셨다오. 하지만 고조부님 말씀대로 그
런 것들은 아무것도 아니었소. 메그에게 더할 나위 없는 영원한 행복
을 약속하는 선물에 비하면 하잘것없는 것들이었죠. 결혼 피로연이 끝
난 뒤, 대지주들은 말을 타고 대지주 부인들은 마차를 타고 모두 떠나
자, 고조부님께서는 메그의 팔을 잡고 연회장 밖으로 데려갔고 마침내
그들은 작은 건물에 다다랐다오. 그것은 하얀색 석조로 된 새 건물로
아주 깔끔했고, 두 개의 격자창과 밝은 녹색 문이 달려 있었소. 고조부
님께서 메그에게 안으로 들어가라고 했다오. 그녀는 흥분하여 떨면서
손잡이를 돌렸죠. 하지만 그 순간, 메그는 수치심과 분노로 얼굴이 빨
개져서 몸을 떨며 뒷걸음질 쳤소. 그녀가 그렇게 뛰쳐나왔던 곳이 바로
새하얗고 말쑥하고 근사한 낙농장이었죠. 열정적인 낙농장 하녀라면
누구나가 원하는 최고의 농장 말이죠. 고조부님께서는 메그에게 눈물
을 닦으라고 했소. 훌륭한 숙녀라면 결혼식 날 눈물을 흘리는 법이 아
니니까요. 고조부님께서는 '제기랄, 와인은 묵힐수록 더 좋듯이, 고마
움도 마찬가지인데 말이야'라고 생각하며 싱긋 웃으셨다는군요. 공작
부인이 된 메그는 그 보잘것없는 결혼 선물에 대해 이내 까맣게 잊어버
리게 되었죠. 그녀의 새로운 삶에 딸려온 것들이 너무도 황홀하고 위엄
있는 것들이었기 때문이죠. 멋진 비단 가운이며, 파딩게일, 화장방, 캐
노피가 드리워진 침대. 그 침대는 예전에 자매들과 함께 쓰던 방보나 훨

씬 더 컸소. 친정아버지네 오두막집보다 훨씬 더 큰 방. 하녀 베티. 동네
학교에 다닐 때는 메그를 꼬집고 놀려대던 베티가 이제는 온순하게 메
그의 시중을 들며 꾸중을 들을까 두려워 벌벌 떨었으니까요. 매일 메그
앞에 차려지는 훌륭하고 따뜻한 밥상. 고조부님께서 런던에서 초대하
신 젊고 멋진 신사들이 건네는 정중한 말과 눈길까지. . . . 메그는 잉글
랜드를 통틀어 가장 행복한 공작부인이었소. 한동안 그녀는 건초더미
속을 뒹구는 아이처럼 행복했죠. 하지만 오래지 않아 새로운 것이 주
는 기쁨은 점차 사그라졌고, 메그는 자신의 위치에 대해 좀 더 진지하게
받아들이기 시작했죠. 자신의 책임에 대해 깨닫기 시작한 거죠. 훌륭
한 귀부인으로서 해야 할 모든 것을 해 보리라 단단히 결심했소. 하루
두 번씩 목욕을 했죠. 수수께끼 같은 옴버 게임과 마카오 게임을 독학
하기도 했고요. 자수판 앞에서 몇 시간씩 보내기도 했죠. 승마 선생과
함께 말을 타기도 했소. 전자 오르간을 가르쳐 주는 음악 선생도 있었
고, 미뉴에트, 트라이엄프, 가우디 음악에 맞춰 춤을 추는 법을 가르쳐
주는 춤 선생도 있었죠. 메그는 그 모든 것들이 아주 힘든 일이라는 것
을 알게 되었소. 메그는 말을 무서워했어요. 그래서 매일 아침 마구간
에서 말을 데려오는 시간이 두려웠죠. 춤을 배우는 시간도 두려웠어요.
아무리 애를 써 봐도 동네 잔디를 납작하게 짓밟듯이 마룻바닥 위를 발
로 쿵쿵거리는 것 외에는 도리가 없었죠. 음악 수업도 두려웠죠. 마음
만 앞설 뿐 손가락은 전자 오르간 건반을 서투르게 두드려 댔고, 앞에
놓인 악보의 음계를 읽을 때면 몹시도 당황했죠. 게임 테이블에서 검은
색 카드와 빨간색 카드를 가지고 게임을 할 때에도 당황했고, 자수틀에
서 붉은색 실과 금색 실이 툭툭 끊어질 때에도 당황하기는 마찬가지였
죠. 그래도 끝까지 버텼죠. 해가 떠도, 해가 져도, 시무룩한 얼굴로 귀
부인이 되기 위해 열심히 노력했죠. 하지만 솜씨는 좀처럼 늘지 않았고

희망은 점점 사그라졌소. 그저 따분하게 노력만 할 뿐이었죠. 그래도 한 가지 성취는 있었다는군요. 다름 아닌 목욕이었죠. 어쨌든 모든 게 끔찍한 현실이 되었죠. 메그는 따끈따끈한 진수성찬 앞에서도 식욕을 잃고 말았죠. 멋진 비단 캐노피 아래 침대에서 눈물을 흘리며 뜬눈으로 밤을 지새우다가 새벽녘이 되어서야 겨우 잠이 들었죠. 베티를 꾸짖는 일도 드물어졌소. 활력이 넘치고 활짝 핀 꽃 같던 메그는 이제 거울 속에서 창백하고 여윈 자신의 모습을 발견했죠. 젊고 멋진 신사들 또한 메그의 그런 모습을 보고는, 그녀를 향한 시선을 거두고 와인과 게임에 집중했소. 고조부님께서도 메그를 만날 때면 늘 조롱하는 듯한 미소를 지었죠. 메그 공작부인은 천천히, 하지만 확실히 시들어 갔어요. 그러던 어느 봄날 아침, 메그가 홀연히 사라져 버린 겁니다. 베티가 침실로 코코아 한 잔을 가져갔는데, 침대가 텅 비어 있는 걸 발견했죠. 베티가 동료 하인들에게 경보종을 울렸소. 그들은 메그를 찾으러 구석구석을 뒤졌죠. 하지만 그들의 안주인은 어디에도 없었죠. 그 소식이 주인에게 전해졌고, 고조부님께서는 아무 말도 없이 일어나 하인에게 옷 수발을 들게 하더니만, 곧장 메그가 있을 거라고 짐작한 장소로 향했죠. 역시 메그는 그곳에서 버터를 만드는 교유기를 죽어라 마구 휘젓고 있었소. 옷소매는 팔꿈치 위로 걷어붙인 채였고, 치마도 높이 걷어올린 채 말이죠. 메그가 고개를 돌려 고조부님을 보았을 때, 그녀의 뺨은 장밋빛 홍조를 띠었고, 눈은 한없는 감사의 마음으로 빛났죠. 메그가 소리쳤소. "아, 당신에게 무릎을 굽혀 예우를 표하고 싶지만, 교유기 손잡이를 놓치면 모든 게 엉망이 되고 말거든요." 그날 이후로 메그는 매일 아침 새가 깰 때 함께 깨고 새가 일어날 때 함께 일어나, 노래를 부르며 새벽길을 뚫고 낙농장으로 향했죠. 한때는 어쩔 수 없이 했던 비천한 낙농장일을 이제는 기쁜 마음으로 기꺼이 했죠. 예전에 해 왔던 대로, 매일 저

녘 착유용 삼각의자를 겨드랑이에 끼고 우유 통을 한 손에 쥔 채 들판으로 가서 암소들을 불러 모았죠. 더 이상 고상한 척하지 않았죠. 그런 것들은 아예 모르는 듯 살았소. 그러자 예전에 맛보았던 삶의 열정과 기쁨이 모두 되살아났죠. 메그는 멋진 비단 캐노피 아래 침대에서 새들이 일하러 가자고 부르러 올 때까지, 그 어느 때보다 더 달콤한 꿈을 꾸며 잠에 푹 빠져들었죠. 과시를 위한 화려하고 멋진 옷단 장식에 대한 애정은 그 어느 때보다 더 커졌고, 따뜻한 진수성찬에 대한 식욕도 더 강해졌소. 가엾은 하녀 베티도 더 호되게 꾸짖었고요. 젊고 잘생긴 신사들은 메그를 그 어느 때보다 더 열렬히 사모했고, 그녀는 그들의 시선을 한눈에 사로잡았죠. 고조부님께서는 세상에서 가장 현명하고 다정한 남편으로서, 메그에게 존중받으며 살았소."

"메그는 그 젊고 잘생긴 신사들 중 한 명과 사랑에 빠졌나요?" 쥴리카가 물었다.

"잊으셨나 본데, 메그는 저의 고조부님과 결혼했습니다." 공작이 차갑게 말했다.

"오, 죄송해요. 하지만 말해 주세요. 그 신사들이 모두 메그를 사모했나요?"

"예, 모두가 격정적으로 미친 듯이 사랑했죠."

"아." 쥴리카는 알겠다는 듯 미소 지으며 중얼거렸다. 쥴리카의 얼굴에 어두운 그늘이 드리워졌다. "그렇다 해도 메그를 사모하는 신사들이 그리 많지는 않았을 거예요. 그녀는 세상 밖으로 나가 본 적이 전혀 없잖아요." 쥴리카가 언짢아하며 말했다.

"택턴은 대저택이고, 내 고조부님은 손님들에게 극진한 대접을 하는 신사였죠." 공작은 쥴리카가 또 논점에서 완전히 벗어났다는 듯 혀를 내두르며 말을 이었다. "내가 메그 얘기를 한 목적은 누가 더 많은 신사들의 마음을 정복했는지 과거의 경쟁자 얘기를 끄집어내 당신과 비교하려고 한 게 아닙니다. 내 아내로서 당신이 누리게 될 고상한 상류사회의 삶을 내가 다소 상세하게 묘사하는 바람에, 당신에게서 두려움을 자아낸 것 같아 안심시키려 한 것뿐이오."

"두려움이라뇨? 어떤 두려움이요?"

"고위 귀족들 사이에서 맘껏 숨도 쉬지 못하고 죽을 것이라는 두려움 말이죠. 그래서 당신에게 메그 스피드웰 이야기를 한 겁니다. 그녀가 얼마나 오래오래 행복하게 살았는지 말해 주려고요. 아니, 내 말을 끝까지 들어 보시오! 메드 스피드웰의 주인이었던 내 고조부님의 피가 내게도 흐르고 있소. 내 생각엔 그분의 현명함을 내가 어느 정도 물려받았다고 자부해도 좋을 것 같네요. 어쨌든 나는 고조부님을 본받아 살아갈 거요. 나와 결혼하면, 내가 당신의 자아를 탈바꿈하라고 요구할 거라는 두려움은 버리시오. 나는 당신을 있는 그대로 기꺼이 받아들일 거니까요. 나는 늘 당신의 있는 그대로의 모습을 그대로 지킬 수 있도록 응원할 겁니다. 환하게 빛나는 너무나 매혹적인 상류층 여인, 고유한 자유를 누리고 살면서 얻게 된 확고한 자유로운 태도를 가진 여인으로 말이죠. 내가 결혼 선물로 당신에게 무엇을 줄 지 짐작해 보시오. 메그 스피드웰은 낙농장을 받았죠. 나는 당신을 위해 건물 하나를 더 지을 생각이오. 당신은 그 깔끔한 연회장에서 마술 공연을 하게 될 거요. 일요일을 제외한 매일 저녁, 나와 내 소작인들, 하인들, 그리고 마술 공연을 보러 올만한 이웃들 앞에서 말이오. 내 장담컨대, 당신의 마술 공연을 보고도 당신을 존경하지 않을 사람은 아무도 없을 거요. 그렇게 당신은 메그 스피드웰의 기분 좋은 역사를 되풀이하게 되겠죠. 당신은 그저 즐거운 마음으로 마술 공연을 하기만 하면. . . . 아니오, 내 말을 끝까지 들어 보란 말이오! 미천하지만 매력적인 그 손재주를 발휘하기만

하면. . . .”

“더는 한마디도 듣지 않겠어요!” 쥴리카가 소리쳤다. “당신처럼 무례한 사람은 처음이에요. 저도 꽤 좋은 집안 출신이에요. 이제 상류사회에도 진입했고요. 그리고 몸가짐도 흠잡을 데 없이 완벽하죠. 스무 군데에서 공작부인 혼처를 동시에 제안받는다고 해도, 어떻게 행동해야 할지 아주 잘 안다고요. 당신이 저에게 제안한 공작부인 자리 따위는 멀리 걷어차 버리겠어요. 그 자리는 당신에게 돌려 드리겠어요. 당신에게 한말씀 드리면. . . .”

“쉿!” 공작이 말했다. “쉿! 당신 지금 지나치게 흥분했소. 창문 아래에 사람들이 모여 있을 거요. 저기, 저기 말이오! 미안해요. 내 생각은. . . .”

“오, 당신 생각은 잘 알아요.” 쥴리카가 목소리를 조금 낮추어 말했다. “물론 좋은 뜻으로 하신 말씀이겠죠. 흥분해서 죄송해요. 당신을 사랑하지 않기 때문에 당신과 결혼하지 않을 거라는 내 말이 진심이라는 것을 당신이 인정했을지는 모르지만요. 감히 말씀드릴게요. 공작부인이 되면 분명 큰 이점이 있겠죠. 하지만 저는 처세라고는 전혀 할 줄 모르는 사람이에요. 저에게 결혼이란 신성한 예식이거든요. 저를 바보로 만들지 못하는 남자와 결혼할 수 없듯이, 저 때문에 바보짓을 하는 남자와도 결혼할 수 없어요. 그렇지 않았다면 이미 오래 전에 독신녀 신세를 면했겠죠. 오, 그렇다고 제가 당신만큼이나 괜찮은 수십 명의 구혼자를 다 받아 줬을 거라고는 상상하지 마세요.”

“나만큼 괜찮은 구혼자요? 그 사람들이 누구였죠?” 공작이 얼굴을 찌푸렸다.

“오! 아치 공작, 그랜드 공작, 뭐 이런저런 신사들이 있었죠. 무슨 왕도 한 명 있었는데. 제가 이름 외우는 데는 젬병이라서요.”

“내 이름도 곧 당신 기억에서 사라지겠군요. 어쩌면?”

"아니오. 오! 그럴 리가요. 당신 이름은 영원히 기억에 남을 거예요. 아시다시피, 저는 한때 당신과 사랑에 빠졌어요. 당신에게 현혹되어서 사랑에 빠진 것이기는 하지만요. . . ." 쥴리카가 한숨을 내쉬었다. "오! 당신이 제가 생각했던 것처럼 강한 남자였다면. . . . 그래도 여전히 당신은 굉장한 분이에요. 그건 정말 중요한 사실이죠." 쥴리카가 몸을 앞으로 숙이며 장난스럽게 미소 지었다. "진주 장신구, 그걸 다시 좀 보여 주세요."

공작이 손에 쥐고 있던 진주 장신구들을 보여 주었다. 쥴리카가 마치 교회를 찾은 관광객이 신성한 유물을 다루듯이 경건하게 진주 장신구들을 살짝 건드렸다.

마침내 쥴리카가 말했다. "그 진주 장신구들을 저에게 주세요. 저의 보석함 깊숙이 작고 은밀한 곳에 보관할게요."

공작이 주먹을 움켜쥐었다.

"주세요!" 쥴리카가 애원했다. "저의 다른 보석들은 저에게 각별한 의미가 없어요. 누가 어떤 것을 주었는지도 전혀 기억 못하거든요. 하지만 진주 장신구는 완전히 달라요. 이 진주 장신구의 역사를 영원히 기억할 거예요. 어서 주세요!"

"이것 말고 차라리 다른 것을 달라고 하시오." 공작이 말했다. "이것만은 설령 당신이라도 줄 수 없소. 당신 때문에 이것이 신성해진 걸요."

쥴리카의 입이 뾰로통해졌다. 그녀는 고집을 부릴 것처럼 하더니 마음이 바뀌었는지 잠자코 있었다.

"좋아요!" 쥴리카가 불쑥 말했다. "경기는 어떻게 하실 거죠? 저를 경기장에 데려가 주실 건가요?"

"경기라니? 무슨 경기요?" 공작이 중얼거렸다. "아, 그렇지. 깜빡했네. 조정 경기를 정말 보고 싶은 거요?"

"그럼요, 물론이죠! 정말 재미있잖아요. 안 그래요?"

"당신은 지금 경기를 재미있게 즐길 기분인가 보죠? 글쎄요, 시간은 많소. 2부 리그는 네 시 반이 지나서야 시작되니까요."

"2부 리그라고요? 1부 리그에는 왜 안 데려가나요?"

"1부 리그는 여섯 시가 지나야 열리니까요."

"경기 시간이 좀 이상하지 않나요?"

"확실합니다. 내가 숫자에 강한 옥스퍼드 학생이라고 잘난 척하는 건 아니고요."

"이런, 아직 세 시도 안 됐네요!" 쥴리카가 시계를 쳐다보며 침울하게 소리쳤다. "그동안 뭘 하죠?"

"나와 함께 있는 것으로는 충분히 기분 전환이 안 되나 봐요?" 공작이 씁쓸하게 물었다.

"정말 솔직히 얘기하면, 당신으로는 기분 전환이 안돼요. 당신과 여기서 하숙하는 친구는 없나요?

"위층에 하나 있소. 녹스라는 친구죠."

"키 작고 안경 낀 남자요?"

"키가 아주 작죠, 안경은 엄청 크고요."

"어제 봤어요. 역에서 마차를 타고 오는 길에요. . . . 싫어요. 그분은 만나고 싶은 생각이 없네요. 당신과 그분 사이에 무슨 공통점이라도 있나요?"

"적어도 한 가지 약점은 공유하고 있죠. 돕슨 양, 녹스도 당신을 사랑합니다."

"물론 그렇겠죠. 어제 내가 지나가는 걸 봤을 테니까요. 그나저나 다른 학생들은 보이지가 않네요." 쥴리카가 일어나 기지개를 켜면서 말했다. "저를 좀 보세요. 밖에 나가서 학교 구경이라도 좀 하자고요. 저는 기분 전환이 필요해요. 당신이 의사였다면 진즉에 그렇게 처방해 주었겠죠. 여기 있는 건 별로에요. 마치 신데렐라처럼 당신을 향해 타올랐던 저의 사랑의 재를 큰 걸레로 닦는, 뭐 그런 상황이잖아요. 당신 모자는 어디에 있나요?"

쥴리카는 주위를 둘러보며 거울에 비친 자신의 모습을 흘끗 쳐다보았다. "아, 몰골이 엉망이에요! 이런 몰골로는 절대 나갈 수 없어요!"

"당신은 정말 아름답소."

"그렇지 않아요. 그건 사랑에 빠진 사람의 환상이죠. 이 타탄은 더할 나위 없이 흉측하다고 당신 입으로 말하셨잖아요. 저에게 그렇게까지 말씀하실 필요는 없었어요. 저는 당신을 만나러 여기에 왔어요. 제가 이따위 드레스를 입고 온 건 정말 신중하게 생각해서 그렇게 한 거예요. 제가 남 앞에 설 때처럼 제대로 꾸미고 왔다면, 당신은 저를 보고 무릎을 꿇었을지도 모르니까요. 부대자루를 주문해서 입고, 불에 탄 코르크로 얼굴을 온통 새까맣게 칠할 수도 있었어요. 하지만 당신을 만나러 오는 길에 사람들한테 구경거리나 되지는 않을지 염려스럽더라고요."

"그런 몰골로 나왔더라도 당신의 그 어찌할 수 없는 아름다움 때문에 사람들한테 둘러싸였겠죠."

"제 미모요! 이제는 정말 지긋지긋해요!" 쥴리카가 한숨을 내쉬었다. "우리 여기 계속 있을 건가요? 몰골은 이래도 어쨌든 최선을 다할래요. 어서요. 주더스 칼리지로 데려다주세요. 옷을 좀 갈아입어야겠어요. 조정 경기장에 어울리게 단장을 해야 하니까요."

둘이서 나란히 거리에 나타나자 황제들은 차갑게 곁눈질을 주고받았다. 공작의 얼굴이 평소보다 훨씬 창백해 보이는 데다가, 눈에서는 절망 같은 것이 엿보였기 때문이다. 황제들은 비극이 예견된 결말을 향해 치닫는 것을 보았다. 황제들도 평정심을 잃었는지, 이제는 우울하게 넋을 놓고 있었다.

제6장

"인간이 저지른 악행은 사후에도 살아남지만, 선행은 흔히 인간의 뼈와 함께 땅에 묻힌다."[31] 어쨌든 죄인은 성인聖人보다 사후에 기억될 가능성이 더 높다. 원죄가 우리를 지배하고 있기에, 우리는 죄인을 더 이해하기 쉽다. 죄인은 우리와 가까우며 우리 눈에 선히 보인다. 반면에 성인은 요원하고 흐릿하다. 물론, 아주 위대한 성인은 그 특유의 내면의 순수함 덕분에 우리 기억에 오래 남을 수도 있다. 뿐만 아니라 그 성인이 지닌 신비함 때문에 우리는 그를 더더욱 잊지 못한다. 위대한 성인이 우리 뇌리에서 좀처럼 떠나지 않는 것은 우리가 결코 그를 이해할 수 없기 때문이다. 그러나 평범한 성인은 후대에 가면 점점 그 존재가 희미해진다. 반면에 죄인의 경우에는 지극히 평범한 죄인일지라도 생생하게 후대까지 전해진다.

예수의 제자 중에서 우리가 가장 자주 기억하고 언급하는 제자는 누구인가? 예수가 아꼈던 제자가 아니다. 야고보와 요한도 아니다. 예수를 변함없이 따르고 도왔던 제자들 중 그 누구도 아니다. 그는 바로 은전 30냥에 예수를 배신한 제자, 가롯 유다이다. 유다는 단연 눈에 띄는 인물로, 다른 제자들은 그의 그늘에 가려 빛을 잃고 만다. 아마도 그러한 이유로 헨리 6세 때의 기사 크리스토퍼 위트리드는 자신이 설립

---

31) 윌리엄 셰익스피어(William Shakespeare)의 『줄리어스 시저』(*Julius Caesar*) 에서 시저가 살해된 뒤 로마 군중에게 연설을 하던 안토니우스의 말에서 인용한 것.

한 대학에 '주더스'[32]라는 이름을 붙였는지 모른다. 아니면 기독교 공동체에서는 아무리 비열하고 비천한 인간이라 할지라도 경멸할 가치조차 없는 구제불능으로 여겨서는 안 된다고, 그 기사가 생각했기 때문인지도 모른다.

어쨌든 위트리드는 자신이 설립한 대학에 '주더스'라는 이름을 붙였다. 비록 옥스퍼드 학생들에게는 '주더스'라는 이름이 지역적 연관성이 없다 보니 그 이름의 풍미가 사라진 지 오래되었지만, 설립자에게는 공허한 이름이 아니라는 사실을 보여 주는 증거가 여럿 있다. 정문 명당자리에 거칠게 조각해 놓은 유다의 동상은 오른손에 돈 주머니를 들고 있다. 학칙에는 '수난주'에 '속죄'의 의미로 대학 재무처에서 가난한 학생들에게 은전 30냥을 나누어주어야 한다는 규정이 있다.

학교 뒤편에 인접한 목초지는 태곳적부터 '포터스 필드'라고 불렸다. '솔트 셀러'[33]라는 이름도 그에 못지않게 중요하고 오래된 이름이다. 쥴

---

32) '유다'의 영어식 표기는 'Judas'이며, 이에 따라 'Judas College'는 앞서 밝혔듯 '주더스 칼리지'로 표기함.

33) 포터스 필드(Potter's Field), 솔트 셀러(Salt Cellar): 영어의 'potter's field'를 우리말로 옮기면, '도공陶工의 들판' 정도가 될 것이고, 'salt cellar'는 소금을 담아 놓는 도자기를 말한다. 음식의 간을 맞출 때 이 도자기에 담긴 소금을 작은 숟갈로 떠서 음식에 넣는다. 간을 맞출 때 사용하기 위해 소금을 담아 넣어두는 '소금 통'(salt shaker)을 'salt cellar'라고도 한다.

리카가 묵고 있는 방에서 내다보이는 솔트 셀러는 회색과 녹색이 어우러진 사각형 정원으로서, 아주 아름다웠다. 얼마나 고요한지 세상과는 물론 옥스퍼드와도 동떨어진 곳처럼 보여서, 옥스퍼드 심장부 저 깊숙한 곳에 숨어 있는 듯했다. 또한 얼마나 평온한지 그 안에서는 어떤 일도 일어나지 않았을 거라고 짐작들 할 것이다. 누군가는 그렇게 말할 것이다. 500년간 벽이 우뚝 선 채로 김매기, 풀베기, 땅 고르기를 지켜보아 왔고, 그리하여 마침내 잔디가 아주 좋은 본보기가 될 만한 모습을 갖추게 되었다고 말이다. 남동쪽에 자리하고 있는 회랑에는 500년이 지나도록 속세의 모든 행과 불행이 맹렬하고도 소란스럽게 남기고 간 그 어떤 메아리도, 흔적도 찾아볼 수 없었다.

하지만 옥스퍼드의 유물에 조예가 깊은 사람이라면, 이 작고 고요한 정원, 솔트 셀러가 역사의 부침 속에서 많은 역할을 해 왔다는 사실을, 또한 격정과 얄궂은 운명의 배경 역할을 해 왔다는 사실을 알고 있을 것이다. 솔트 셀러 한가운데 자리 잡은 해시계는 선왕들에게 시간을 알려 주었다. 찰스 1세는 주더스 칼리지에서 12일 밤을 묵은 바 있다. 그리고 바로 여기 솔트 셀러에서 피로 얼룩진 연락병의 숨 가쁜 입을 통해 찰그로브 전쟁[34] 소식을 전해 들었다. 60년 후에는 찰스 1세의 아들인 제임스 2세가 여기에 왔다. 학장 관사, 그러니까 아마도 지금 줄리카가 드레스를 갈아입고 있는 바로 그 방일 것인데, 관사의 뒤쪽 창가에서 제임스 2세는 협박조로 연구원들에게 명령하여 그들이 선출한 개신교 신자 대신 자신이 선택한 가톨릭 신자를 학장 자리에 앉혔다. 국왕 폐하의 협박에도 불구하고 파머 주교를 거절한 막달레나 칼리지 연구원들만큼, 주더스 칼리지 연구원들은 그렇게 완고하지 않았던 것이다. 그

---

34) The Battle of Chalgrove Field: 영국 시민혁명 중에 옥스퍼드셔에서 일어났던 전쟁.

당시 바깥세상에서는 가톨릭 신자가 어떠한 반대 없이 이 자리 저 자리에 선출되곤 했다. 주더스 칼리지 연구원들이 해시계 주위에서 폭풍우 속의 양떼처럼 서로 꼭 붙어 있는 모습이 머릿속에 그려지지 않는가? 당대의 문헌에 따르면, 주더스 칼리지 연구원들의 순종으로 왕의 분노가 많이 누그러져서 왕은 주더스 칼리지에서 이틀 밤을 머물렀으며, 연회장에서 열린 화려한 다과회 자리에서 "품위 있게 즐거워했다"고 한다. 그것은 아마도 의기양양한 헤렌하우젠 궁[35]이 영원히 우리 영국 손에 넘어온 후에도 주더스 칼리지가 아주 독실한 가톨릭으로 남아 준 충정에 대한 오랜 감사의 마음에서였을 것이다. 확실히 모든 칼리지 중에서 주더스 칼리지만큼 제임스 2세를 더 열렬히 지지하는 곳은 없었다. 또한 이곳은 젊은 해리 엣슨 경이 주변 마을에서 징집한 60명의 병사들을 밤중에 지휘했던 곳이기도 하다. 당시 솔트 셀러 회랑에는 무기와 군수품이 쌓여 있었다. 잔디 위에서는 . . . 그 신성한 잔디 위에서는 . . . 오먼드가 병사들을 데번[36]에 상륙시킬 날을 대비하여 1개 분대가 끊임없이 훈련을 받고 있었다. 솔트 셀러는 그렇게 꼬박 한 달을 비밀 주둔지 역할을 했다. 하지만 어찌된 일인지 헤렌하우젠 궁은 결국 "잃어버린 명분, 불가능한 충성심"[37]의 고향 옥스퍼드에서 일어나고 있는 비애의 낌새를 눈치채고 말았다. 어느 날 밤, 하얀 계급장을 단 병사들이 하늘을 지붕 삼아 코를 골며 자고 있을 때, 창백한 얼굴을 한 주더스 칼리지 학장이 몰래 관사 뒷문 빗장을 벗겼고, (지금 줄리카가 침실로 가는 길에 지나가는 바로 그 뒷문이다.) 왕의 근위 보병 연대가 한 명씩 발

---

35) Herrenhausen: 하노버 왕가의 궁전.
36) Devon: 잉글랜드 남서부의 주州.
37) 옥스퍼드 대학 교수를 지내기도 했던 영국의 비평가 매슈 아놀드(Matthew Arnold)는 『비평론』(*Essay in Criticism*)에서 옥스퍼드를 일컬어 "잃어버린 명분, 버려진 믿음, 인기 없는 이름, 그리고 불가능한 충성심의 고향"이라고 말한 바 있다.

끝으로 살금살금 걸으며 은밀하게 뒷문으로 잠입해 들어갔다. 밤공기 속으로 총성이 거의 울려 퍼지지도 않았고, 칼이 부딪히는 소리도 거의 들리지 않았다. 그 기습 작전은 법과 질서를 위한 것이었다. 잠을 자고 있던 반란군은 대부분 진압 당했다. 그나마 무기를 움켜쥘 시간이 있었던 병사들도 막 잠에서 깨어나서 멍한 터라 제대로 저항하지 못했다. 그들은 모두 생포되어 교수형을 당했다. 생포되지 않은 사람은 해리 옛슨 경이 유일했다. 그는 침입을 알리는 첫 경보 소리에 기민하게 벌떡 일어나서는 손에 칼을 쥐고 회랑에 등을 붙인 채 침착하지만 맹렬한 기세로 싸웠다. 하지만 결국 총알이 그의 가슴을 관통하고 말았다. "오, 하느님, 이 칼리지는 이름 하나는 기가 막히게 잘 지었군요!" 그가 쓰러져 죽으면서 남긴 마지막 말이었다.

그에 비하면 지금 이곳에서 벌어지고 있는 장면은 시시했다. 공작이 고개를 숙인 채 잔디와 회랑 사이로 난 길을 서성이고 있었다. 솔트 셀러 앞쪽으로 이어지는 아치형 입구 아래서 그를 지켜보며 서 있던 두 명의 학생이 서로에게 속삭였다. 그들은 이내 수줍은 듯 공작에게 다가갔다. 공작은 발길을 멈추고 그들을 쳐다보았다.

"저. . . ." 두 학생 중 첫 번째 학생이 더듬거리며 말을 꺼냈다.

"왜?" 공작이 말했다.

두 학생 모두 공작과 약간 안면이 있는 사이였다. 하지만 공작은 자신이 먼저 말을 걸지 않았는데도 상대가 먼저 말을 걸어오는 것에 익숙하지 않았다. 게다가 우수에 찬 상념에 잠겨 있었는데 방해받는 것이 너무도 싫었다. 그래서인지 공작의 태도는 고압적이었다.

"조정 경기하기에 아주 좋은 날 아닌가?" 첫 번째 학생이 머뭇거리며 말했다.

"내 생각에는 다른 질문이 있는 것 같은데. . . ." 공작이 말했다.

첫 번째 학생은 힘없이 미소 짓다가, 옆에 있던 두 번째 학생이 팔꿈치로 쿡 찌르자 "네가 직접 물어봐!"라고 투덜거렸다. 공작이 옆에 있던 두 번째 학생에게 눈길을 돌리자, 그 학생은 화가 난 듯 첫 번째 학생을 째려보더니 목을 가다듬고 물었다. "돕슨 양이 내일 우리와 함께 점심 식사를 하러 와 줄까? 그걸 물어보려고 했어."

"내 여동생도 내일 점심 식사에 올 거거든." 첫 번째 학생이 공작이 까다로운 사람이라는 것을 잘 안다는 듯 설명을 덧붙였다.

"돕슨 양을 안다면, 직접 초대를 하시지." 공작이 말했다. "돕슨 양을 모른다면. . . ." 말을 하다가 도중에 그치는 태도가 여간 쌀쌀맞은 게 아니었다.

"그러니까 . . . 그게 좀 애매해서. 나는 돕슨 양을 알지만, 그녀도 나를 알까? 오늘 아침 식사 시간에 학장 관사에서 만나기는 했는데." 두 번째 학생이 말했다.

"나도 만났어." 첫 번째 학생이 거들었다.

"하지만 돕슨 양이 . . . 그러니까, 돕슨 양이 그다지 우리를 주의깊게 보는 것 같지는 않았어. 그녀는 마치 꿈을 꾸고 있는 것 같았어." 두 번째 학생이 말을 이었다.

"아!" 그 말에 솔깃한 공작이 우수에 찬 태도로 속삭이듯 탄식했다.

"돕슨 양이 입을 연 것은 우리에게 차나 커피를 마셨냐고 물어봤을 때뿐이야." 두 번째 학생이 말했다.

"돕슨 양이 내 차에 따뜻한 우유를 부어 주다가 그만 내 손에 잔을 엎질렀어. 그런데 멍하니 미소 짓고 있었어." 묻지도 않았는데 첫 번째 학생이 계속해서 말했다.

"멍하니 미소 지었다고?" 공작이 한숨을 내쉬었다.

"돕슨 양은 마멀레이드 잼이 나오기도 전에 자리를 떴어." 첫 번째 학생이 말했다.

"한마디 말도 없이." 두 번째 학생이 말했다.

"눈길 한번 주지 않고?" 공작이 물었다.

두 학생은 돕슨 양이 눈길조차 주지 않았다고 대답했다.

"돕슨 양은 분명 두통이 있었던 게 틀림없군. . . . 그녀의 안색이 창백했어?" 공작이 아무것도 모르는 척하며 물었다.

"아주 창백했어." 첫 번째 학생이 대답했다.

"건강한 창백함이었지." 끊임없이 소설을 읽어 대는 애독자인 두 번째 학생이 말했다.

"뜬눈으로 밤을 새운 사람처럼 보였어?" 공작이 물었다.

두 학생이 받은 인상은 정확히 그러했다.

"그래도 무기력하거나 불행해 보이지는 않았지?"

아니, 두 학생도 그런 질문에는 답을 할 수 없으리라.

"돕슨 양의 눈에서 부자연스러울 정도로 광채가 나지 않았어?"

"아주 부자연스러웠어." 첫 번째 학생이 털어놓았다.

"마치 쌍둥이별 같았지." 두 번째 학생이 덧붙였다.

"뭔가 내적인 황홀경에 사로잡힌 사람 같지 않았어?"

그렇다. 이제 두 학생은 그렇게 생각하게 되었다. 바로 그것이 돕슨 양을 정확히 묘사하는 말이었다. 그것이 공작에게는 달콤하면서도 격렬한 감정을 불러일으켰다. "오늘 아침에 무슨 일이 있었는지 아무것도 기억나지 않아요. 정신을 차리고 보니 당신 집 문 앞이었죠." 쥴리카가 공작에게 그렇게 말하지 않았던가. 소박한 연필로 그려진 이런 흐릿한 윤곽밖에 기억이 나지 않아서 공작은 달콤쌉싸름한 기분이 들었다. 아니, 이렇게 한창 나이 때 과거 속에 살고 있다는 사실에는 그저 쓸쓸하기만 했다.

"그런데 나한테 이렇게 낱낱이 고해바치는 이유가 뭐야?" 공작이 차갑게 물었다.

공작이 갑자기 태도를 확 바꾸자 두 학생은 서둘러 요점을 말했다. "방금 전에 돕슨 양이 당신과 함께 지나갈 때, 그녀는 확실히 우리를 전혀 알아보지 못했어." 첫 번째 학생이 말했다.

"돕슨 양을 내일 점심 식사에 초대하고 싶거든." 두 번째 학생이 말했다.

"그런데?"

"그러니까, 당신이 우리를 돕슨 양에게 소개해 줄 수 있는지 해서. 그렇게만 해 주면. . . ."

잠시 침묵이 흘렀다. 공작은 자신과 같은 처지에 있는 학우이자 함께 돕슨 양을 좋아하는 사람으로서, 그들의 다정한 마음씨에 감동받았다. 그리고 지금 자신을 괴롭히고 있는 그 고통 속에 그들이 빠지지 않게 지켜 줄 생각이었다. 누군가에게 인도적으로 행동한다는 것은 참으로 슬픈 일이다.

"돕슨 양을 좋아해?" 공작이 물었다.

둘 다 고개를 끄덕였다.

"그렇다면, 내가 당신들을 그 숙녀분과 더 이상 엮이지 않게 한 데 대해 나에게 감사해 할 날이 올 거야. 사랑을 하고 멸시받는 것. 운명이 우리에게 주는 이보다 더 큰 시련이 어디 있겠어? 내가 사실이 아닌 일을 단정적으로 말한다고 생각할지도 모르겠어. 사실을 말하면, 나 또한 돕슨 양을 사랑하지만 그녀는 나를 경멸하고 있어."

그 말은 곧 '돕슨 양이 너희들을 좋아할 것 같니?'라는 질문을 함축하고 있었고, 그 질문에 대한 답은 명백했다.

두 학생은 놀라고 수치스러운 나머지 발길을 돌렸다.

"잠깐만!" 공작이 말했다. "나를 공정하게 평가해 달라는 의미에서 두 사람이 가졌을 나에 대한 생각을 정정하게 해 줘. 나한테 무슨 결점이 있어서 돕슨 양이 나를 경멸한다는 뜻이 아니야. 그녀가 나를 경멸하는 이유는 단순히 내가 그녀를 사랑하기 때문이지. 그녀는 자신을 사랑하는 사람은 모두 경멸하거든. 하지만 그녀를 보면 이내 사랑에 빠질 수밖에 없지. 그러니까 그녀에게로 향하는 눈을 아예 감아 버려. 그녀를 시야에서 완전히 없애 버리라고. 그녀를 못 본 척해. 그렇게 할 거지?"

"노력해 볼게." 잠시 후 첫 번째 학생이 대답했다.

"정말 고마워." 두 번째 학생이 덧붙였다.

공작은 두 학생이 시야에서 사라지는 것을 지켜보았다. 공작은 자신이 그들에게 해 준 좋은 충고를 자신도 받아들일 수 있기를 바랐다. 공작이 그 충고를 받아들였다고 가정해 보라! 그가 학생처에 가서 기숙사 외박 허가서를 받아 곧장 런던으로 가 버렸다고 가정해 보라! 쥴리카가 와서 자신의 사랑의 포로가 떠나 버린 것을 알게 된다면 얼마나 굴욕적일까! 공작은 쥴리카가 솔트 셀러 주변을 둘러보고는 회랑을 배회하면서 자신을 부르는 모습을 머릿속에 그려 보았다. 공작은 쥴리카가 급히 대학 정문으로 뛰어가서 수위실에 문의하는 모습도 머릿속에 그려 보았다.

"아가씨, 공작님은 조금 전에 나가셨는데요. 공작님은 오늘 오후부터 방학에 들어가실 겁니다."

상상 속에서는 책략이 넘쳐났지만, 공작은 정작 자신이 그중 어떤 것도 실행하지 못하리라는 것을 잘 알고 있었다. 그리고 자신이 여기에서 간절한 마음으로 초라하게 기다리게 될 것임을 잘 알고 있었다. 쥴리카가 오랜 시간 동안 몸단장을 하느라 미적거리며 최후의 심판일이 왔음을 알리는 천둥소리가 울려 퍼질 때까지 시간을 끈다고 해도 말이다. 공작의 모든 욕망이 그녀에게로 집중되었다. 그에게서 쥴리카를 향한 사랑을 빼앗는다면 무엇이 남겠는가? 아무것도 남지 않을 것이다. 비록 공작이 사랑에 빠진 지 불과 24시간밖에 되지 않았다고 해도 말이다. 아, 그는 왜 하필 쥴리카를 만났단 말인가? 공작은 화려하고 태평했던 과거를 생각했다. 하지만 그는 예전으로 돌아갈 수 없으리라는 것을 알았다. 공작의 배는 이미 타 버렸기 때문이다. 사랑의 여신 아프로디테의 아기들이 횃불로 공작의 함대에 불을 지폈고, 배는 불쏘시개처럼 활활 타올랐다. 공작은 고혹적인 여자 마법사의 섬에 영원히 좌초된 것이다. 그와는 아무 상관도 없을 법한 여자 마법사의 섬에 영원히 좌초되었단 말이다! 공작은 이런 가련한 진퇴양난의 상황에서 어떻게 해야 할지 고민했다. 두 가지 길이 있는 듯했다. 하나는 천천히 고통스럽게 여위어 가는 것. 다른 하나는. . . .

공작은 행복할 가능성이 전혀 없는 사람은 삶을 빨리 포기하는 것이 당연하다는 생각을 종종 해 왔다. 그는 이제 갑자기 그 생각을 생생하게 적용할 수 있게 되었다. '고대 로마인이 데인 족보다 더 고통스러웠을 것이라는 주장이 타당한가?' 그런 문제는 이제 공작이 전혀 고민할 문제가 아니었다. 공작은 소위 여론이라는 것이 닭처럼 꼬꼬댁 울어 대는 소리에는 결코 귀 기울이지 않았다. 그는 종종 이렇게 혼잣말을 했다. "내가 따를만한 유일한 의견은 동료 귀족들이 내리는 판단일 뿐이야." 그렇다면 판사석에는 누구를 앉혀야 하지? 그런데 공작은 친구가 없었기에 누군가의 의견을 따르려고 해도 따를 수가 없었다. 그의 영혼의 선장이자 미래에 대한 전제 군주는 바로 자신뿐이었다. 공작은 스스로 내린 명령을 제외하고는 그 어떤 명령에도 복종하지 않을 생각이었다. 공작이 스스로 내린 명령은 늘 단호하고 명료했다. 그리고 바로 지금 공작은 그 자신에게 단호하고 명료한 명령을 내렸다.

"오래 기다리게 해서 정말 미안해요." 즐겁게 노래하는 듯한 목소리가 위에서 들려왔다. 공작이 위를 쳐다보았다. "이제 거의 준비됐어요." 쥴리카가 창가에서 소리쳤다.

그 잠깐의 환영幻影과도 같은 쥴리카의 모습에 공작이 내린 단호한 결심이 달라졌다. 그는 이 숙녀를 향한 사랑을 위해 죽는 것이 절망을 면하는 단순한 예방책이나 수단은 아니라는 사실을 깨달았다. 그것은 그 자체로서 격정적인 탐닉이었다. 포기할 수 없는 불타는 듯한 황홀감. 사랑을 위해 죽는 것보다 더 나은 것이 있을까? 이제 공작에게 결혼의 성례는 죽음의 성례에 비하면 정말로 하찮게 느껴졌다. 죽음은 비교가 안 될 정도로 위대하고 고상한 보증수표였다. 죽음이야말로 하나뿐인 진정한 신부였다.

공작은 고개를 뒤로 젖히고 양팔을 넓게 벌리더니 걸음을 재촉하여 거의 뛰다시피 했다. 아, 그는 해가 지기 전에 신부를 맞이할 것이었다. 공작은 신부를 맞이한다는 것이 무슨 의미인지도 몰랐다. 지금 이 순간 만큼은 용기 있게 한걸음에 신부에게 달려가는 것, 그리고 자신이 달려 가는 소리를 신부가 듣는 것만으로도 충분했다.

하얀 안개에 둘러싸인 미美의 화신인 쥴리카는 뒷문을 통해 나오다 가 공작이 왜 이렇게 놀라운 속도로 뛰어오고 있는지 궁금했다. 공작 에게 그녀는 아름다운 신부처럼 보였고, 이런 그의 속마음을 행동으로 거칠게 표현한 것이었다. 공작은 환희에 차서 소리를 지르며 쥴리카를 향해 달려갔고, 쥴리카가 재빠르게 옆으로 비켜서지 않았다면 그녀를 끌어안기라도 했을 것이다.

"나를 용서하시오!" 잠시 뒤 공작이 말했다. "실수였소. 바보 같이 당신을 잘못 알아본 것 말이오. 나는 당신이. . . ."

그러자 쥴리카가 뻣뻣하게 대꾸했다. "저와 똑같은 사람이 그렇게 많 았나 보죠?"

"당신도 잘 알겠지만 이 세상에 당신을 닮았다는 큰 축복을 받은 사람은 단 한 사람도 없죠. 내가 잔뜩 긴장했다는 말밖에는 할 말이 없습니다. 다시는 이런 일이 없을 거라는 말밖에는 할 말이 없소."

쥴리카는 정말 화가 아주 많이 났다. 공작이 뉘우치고 있는 것은 틀림없었다. 하지만 어떤 뉘우침으로도 속죄할 수 없는 분노라는 것이 있다. 이번이 그런 경우 같았다. 쥴리카는 처음에는 충동적으로 공작을 당장에, 그리고 영원히 묵살해 버릴 생각이었다. 하지만 그녀는 조정 경기장에 모습을 드러내고 싶었고, 혼자서는 그곳에 갈 수 없었다. 공작 말고는 쥴리카를 경기장에 데려갈 사람이 아무도 없었다. 사실, 오늘밤에 콘서트가 있는데 쥴리카가 그곳에 모습을 드러내는 것이 더 돋보일 수 있었다. 하지만 그녀는 옥스퍼드 학생 모두가 자신을 바라봐 주기를 원했다. 그것도 지금 당장 말이다.

"나를 용서한 거요?" 공작이 물었다.

안타깝게도 쥴리카는 자비심보다 자존심이 훨씬 더 센 사람이었다. 쥴리카는 그저 "공작님의 행동을 잊으려 노력해 보죠"라고 말할 뿐이었다. 그녀는 공작에게 자기 옆으로 오라는 몸짓을 해 보이더니, 양산을 펼치면서 출발할 준비가 되었음을 내비쳤다.

두 사람은 함께 솔트 셀러의 넓디넓은 자갈길을 걸어갔다. 대학 정문에는 여느 때처럼 묶어 놓은 개 몇 마리가 참을성 있게 주인을 기다리고 있었다. 쥴리카는 물론 개를 좋아하지 않았다. 개를 싫어하는 사람치고 좋은 사람 없다고 했다. 하지만 최고의 여성들 중 상당수가 개를 싫어한다. 반면, 개를 좋아하는 여자치고 남자의 환심을 사는 여자는 없다는 것을 당신도 알 것이다. 매력적인 여자에게 개란 잠시도 가만있지 못하는, 말 못하는 짐승일 뿐이다. 위험한 데다가 도무지 마음을 끄는 구석이라고는 전혀 없는 짐승 말이다. 하지만 여자는 자신의 매력에

사로잡힌 남자 앞에서라면 어떤 개든 어루만지며 교태를 부려야 한다
는 것을 알고 있다. 쥴리카조차도 남자에게 선망의 감정을 일깨우는 제
법 확실한 수단인 이 방법에서 초연하지 못한 듯했다. 쥴리카는 덩치가
아주 큰 불독이 수위실 바깥에 쪼그리고 앉아 있는 꼬락서니를 싫어하
는 것이 분명했다. 아마도 쥴리카가 지금 공작에게 화가 나 있는 상태가
아니었다면, 그녀가 지금처럼 개 앞에 친밀하게 웅크리고 앉아서 개에
게 정답게 말을 건네며 머리를 쓰다듬어 주는 일은 없었을 것이다. 아,
하지만 쥴리카의 어여쁜 행동은 실패로 돌아가고 말았다. 불독이 몸
을 웅크리며 그녀에게서 떨어지더니 오만상을 찌푸렸다. 이상한 일이었
다. 대다수의 불독이 그러하듯, 코커(불독의 이름)도 역시 늘 누군가가
인사를 건네주기를 갈구해 왔기 때문이다. 코커는 사람들이 건네는 말
한마디, 손길 한번에도 좋아서 어쩔 줄을 몰라 했고, 누구에게나 늘 꼬
리를 흔들고 코를 부빌 준비가 되어 있는 개였다. 코커는 거지에게도 도
둑에게도 퇴짜 놓는 법이 없는 카톨릭 신자인 불독이었다. 하지만 그런
코커도 쥴리카에게는 선을 그었다.

성질이 사나운 불독이라도 좀처럼 으르렁대지는 않는다. 하지만 코
커는 쥴리카에게 으르렁댔다.

제7장

줄리카는 차가운 침묵을 지키며 걸었고, 공작은 그 침묵을 굳이 깨려하지 않았다. 그녀가 불쾌해 하는 모습마저도 그에게는 사치였다. 곧 있으면 이마저도 못 보게 될 테니까 말이다. 머지않아 줄리카는 옹졸했던 그녀 자신을 미워하게 될 것이다. 여기 줄리카를 위해 죽으려 하는 공작이 있고, 여기 그런 공작의 태도를 예의범절에 어긋난 짓이라고 비난하는 줄리카가 있다. 확실히 노예가 칼자루를 쥐고 있는 상황이었다. 공작은 곁눈질로 줄리카를 훔쳐보았고, 미소가 스며 나오는 것을 참기 힘들었다. 공작은 재빨리 표정을 가다듬었다. 죽음의 승리가 값싼 것으로 취급되어서는 안 되니까 말이다. 공작이 죽고자 하는 이유는 그렇게 해야만 자신의 사랑이 가슴에 사무치게 극점에 달할 것이며, 또 완전하게 표현될 것이기 때문이었다. 공작이 자신을 위해 죽었다는 사실을 알게 되어도 줄리카가 그를 사랑하게 되지 않을 것이라고, 누가 그런 터무니없는 말을 하겠는가? 아마도 줄리카는 평생 공작을 애도하며 살아갈 것이다. 공작은 줄리카가 별 한 점 없는 하늘 아래서 자신의 무덤 앞에 몸을 숙이고는 아름답지만 수수한 곡선을 드러내며 제비꽃을 눈물로 적시는 장면을 상상했다.

노발리스, 프리드리히 슐레겔[38] 등등 너절하게 푸념만 늘어놓는 시인들이란! 공작은 머릿속에서 그들을 털어내 버렸다. 자신은 실행하는 사

---

38) Novalis(1772-1801)와 Friedrich Schlegel(1772-1829): 독일의 낭만주의 시인.

람이 될 테니까 말이다. 언제 어떻게 죽을 것이냐? 그것이 문제로다. 빠르면 빠를수록 좋았다. 하지만 방법은 . . . 결정하기 쉽지 않았다. 공작은 끔찍하게 죽어서도, 품위 없이 죽어서도 안 된다. 로마 철학자들이 했던 방식으로 목욕탕에서 죽어 볼까? 하지만 학부생이 이용할 수 있는 목욕 방식은 반신욕뿐이었다. 가만있자! 강이 있었지. (그가 종종 들어 본 바에 따르면,) 익사는 꽤 쾌감을 불러일으킨다고 했다. 심지어 공작은 지금 강을 향해 걷는 길이었다.

문제는 공작이 수영을 잘한다는 사실이었다. 사실 공작은 요트에서 뛰어내려 헬레스폰트 해협을 두 번이나 헤엄쳐 건넌 적도 있었다. 또한 절망적인 순간에 강하게 발휘되는 동물적인 자기 보호 본능은 어쩌란 말인가? 상관없다! 공작의 영혼에 자리잡은 목적의식이 그런 본능 따위는 억눌러 버릴 것이기 때문이다. 사람을 수면 위로 밀어 올리는 부력의 법칙은? 그건 바로 공작의 수영 실력이 해결해 줄 것이다. 그는 물속에서 강바닥을 따라 헤엄쳐 수초를 발견하고는 매달릴 것이다. 그리고 희미한 환희를 내비치며 그 기괴하고 억센 수초에 자신의 몸을 감을 것이다.

공작과 쥴리카가 래드클리프 스퀘어로 들어갈 때, 공작의 귀에 멀리서 나는 총성이 들려왔다. 그는 흠칫 놀라며 세인트 메리 교회의 시계탑을 올려다보았다. 4시 반이었다! 조정 경기가 이미 시작된 것이다.

공작이 아는 바로는 여자가 실망해서 남자를 탓하려 들 때 그 순간을 모면하는 최선의 방법은 먼저 자신의 죄를 자진해서 고백하는 것이었다. 공작은 쥴리카가 나중에 후회할 일을 더는 만들고 싶지 않았다. 그래서 그는 말했다. "미안합니다. 저 총소리 . . . 들었소? 경기 시작을 알리는 신호입니다. 나 자신을 절대 용서할 수 없을 것 같네요."

"그럼 경기를 아예 못 보는 건가요?" 쥴리카가 소리쳤다.

"아, 우리가 강 근처에 다다르기도 전에 끝나 버릴 겁니다. 그때 쯤이 면 아마 관중들 모두가 목초지를 지나 돌아오고 있을 거요."

"그럼 가서 관중들을 만나요."

"마구 쏟아져 나오는 관중들을 만나겠다고요? 차라리 내 방에 가서 차 한 잔 하시고, 조용히 다른 리그 경기를 보러 가는 게 어떻소?"

"아니오, 그냥 곧장 가요."

공작과 쥴리카는 광장을 지나 하이 가街를 건너 그로브 가街로 내려 갔다. 공작은 머튼 탑을 올려다보았다. 머튼 탑은 오늘밤에도 여전히 냉철하고 견고한 아름다움을 뽐내며 여기 서 있을 것이라는 사실이 낯 설게 느껴졌다. 그리고 머튼 탑이 오늘밤에도 여전히 그 신부 격이라 할 수 있는 매그덜린 탑을 지붕과 굴뚝 너머로 응시할 것이라는 사실도 낯 설게 느껴졌다. 앞으로 펼쳐질 수백 수천 년의 시간 동안에도 머튼 탑 은 오늘과 같은 모습으로 서서 오늘과 같은 시선으로 매그덜린 탑을 바 라볼 것이다. 공작은 당혹감에 움츠러들었다. 이렇듯 옥스퍼드 건물들 은 우리 인간을 하찮게 만들고 만다. 공작은 자신의 죽음이 하찮게 여 겨지는 것이 끔찍이도 싫었다.

그렇다. 한낱 건축물도 인간을 조롱한다. 그래서인지 공작은 매년 낙 엽을 흩날리는 식물에게 훨씬 더 정이 갔다. 크라이스트처치의 목초지 로 이어지는 철로를 아름답게 수놓은 라일락과 싸리나무들이 공작이 지나가자 일제히 손을 흔들고 고개를 끄덕이며 인사를 건넸다. "안녕, 잘 가요, 공작님."

식물들이 속삭였다. "아주 유감이에요. 정말로요. 공작님께서 우리 보다 먼저 갈 줄은 꿈에도 생각 못했거든요. 우리는 공작님께서 세상 을 뜨는 게 엄청난 비극이라고 생각해요. 잘 가요! 어쩌면 우리는 다음 세상에서 다시 만나게 될 거예요. 동물의 왕국에 사는 당신네들에게도 우리처럼 불멸의 영혼이 있다면 말이죠."

공작은 꽃들의 언어를 잘 몰랐다. 하지만 다정한 수다쟁이 꽃들 사이를 지나면서 적어도 꽃들이 건네는 인사의 맥락은 알아들었기 때문에, 공작은 좌우를 번갈아 살피며 희미하게 미소 지으면서 그들의 인사를 정중하게 받았다. 공작은 그렇게 매우 호의적인 인상을 남겼다.

바지선으로 향하는 곧은길을 따라 늘어선 어린 느릅나무들도 공작이 다가오는 것을 본 것이 분명했다. 하지만 느릅나무 잎들의 속삭임은 경기를 보고 돌아오던 군중들의 소리에 묻히고 말았다. 공작의 표현대로, 한참 있다가 관중들이 마구 쏟아져 나왔다. 쥴리카는 가슴이 요동쳤다. 여기가 바로 옥스퍼드다! 거리 이곳저곳이 젊은이들의 행렬로 넘쳐났다. 청년들 사이사이에는 아가씨들이 섞여 있었는데, 그들이 펼쳐든 양산은 소용돌이치는 급류 같은 밀짚모자들 위를 떠다니는 부유물 같았다. 쥴리카는 걸음을 재촉하지도 늦추지도 않았다. 하지만 쥴리카의 눈은 점점 더 빛을 발하고 있었다.

행렬의 선두에 선 젊은이들이 쥴리카를 발견하고는 멈칫하며 동요했다. 쥴리카는 앞에 펼쳐진 길을 여왕처럼 지나갔다. 마치 눈에 보이지 않는 거대한 빗으로 빗질이라도 한 것처럼, 군중들이 양쪽으로 갈라지더니 길을 따라 늘어섰다. 예전에 쥴리카를 보고 그녀의 미모를 대학 전체에 퍼트린 몇몇 청년들도 새삼스럽게 또 넋을 잃고 말았다. 쥴리카의 실제 모습이 기억 속 모습과는 비교도 안 될 만큼 아름다웠기 때문이다. 또한 쥴리카를 처음 보는 학생들도 그녀를 알아보지 못했다. 쥴리카의 실제 모습이 기대했던 모습과는 비교도 안 될 만큼 아름다웠기 때문이다.

쥴리카가 군중들 사이로 지나갔다. 그녀가 공작의 에스코트를 받을 자격이 있는지 여부에 대해 누구도 의문을 제기할 수 없었다. 우리의 공작님이 느꼈을 경외감을 이보다 더 잘 나타내 줄 증거가 있을까? 남자라면 누구나 아주 매력적인 여인을 에스코트하는 모습을 남들에게 보여 주는 것이 즐거운 법이니까 말이다. 공작은 이런 모습이 자신의 위신을 드높인다고 생각했다. 하지만 청년들은 "쥴리카와 함께 있는 저 끔찍한 녀석은 누구야?"라든가, "쥴리카가 왜 저런 그렇고 그런 자식과 함께 다니지?"라고 말할 뿐이었다. 그런 트집은 어느 정도 시기심에서 비롯된 것일지 모른다. 하지만 제아무리 품위 있는 남자라도 아주 매력적인 여인 옆에 나란히 서면 빛을 발할 수 없는 것이 사실이다. 공작도 쥴리카 옆에서는 초라하게 보일 뿐이었다. 하지만 쥴리카가 더 현명한 선택을 할 수 있으리라고 생각하는 학생은 한 명도 없었다.

쥴리카가 학생들 사이를 휩쓸 듯이 지나갔다. 쥴리카가 발산하는 고유의 광채는 오롯이 그녀에게서 나오는 것이 아니었다. 쥴리카는 자신에게 집중되는 사람들의 시선에서 뿜어져 나오는 광채의 반사경이자 굴절기였던 것이다. 쥴리카의 태도는 그녀가 살아온 나날들을 드러냈다. 반짝이는 눈과 가벼운 발걸음. 쥴리카는 몸을 꼿꼿이 세운 채 군중 속에서 걸어 나왔고, 그녀의 광채에 보는 이들 모두의 눈이 부셨다. 쥴리카가 그들 사이를 휩쓸 듯이 지나가는 모습은 압도적이고 숨막히는 기적이었다. 쥴리카 같은 여인이 옥스퍼드에 모습을 드러낸 적은 아직까지 없었으니까 말이다.

옥스퍼드의 미인은 주로 건축물이었다. 그건 사실이었다. 옥스퍼드는 한 가지 성性만 존재하는 곳이 아니었다. 서머빌 홀과 레이디 마거릿 홀이라는 처녀 총각의 홀 한 쌍이 있었으니까 말이다. 하지만 옥스퍼드에서 미인과 학문을 향한 열망은 아직 한편이 되지 못했다. 공원 주변의 붉은 벽돌집 주택가에는 부인들과 딸들이 수없이 많았다. 하지만 옥스퍼드 교수들에게는 질투심 많은 독신주의 유령이 씌어서, 미인과 결혼하지도 못하게 하고 예쁜 딸을 낳지도 못하게 하는 천벌을 내렸나 보다. (쥴리카는 학장의 아들이자 불행한 부목사였던 아버지로부터 눈곱만큼의 매력도 물려받지 못했다. 그녀는 곡마단 기수였던 어머니로부터 그 매력을 물려받은 것이 틀림없다.)

그렇다면 평상시에 옥스퍼드를 찾아오는 여자 방문객들은 어떤가? 사실 옥스퍼드 학생을 만나러 온 누이나 자매, 사촌들이 그 학생 이외에 다른 학생들을 마주칠 일은 거의 없었다. 대체로 성적 본능이라는 것이 옥스퍼드인들에게는 들러붙지 않는가 보다. 하지만 한때는 그랬는지 몰라도 지금은 성적 본능이 휴면기는 아니다. 현대에 들어서 여성성을 대표하는 표본들이 유입되면서, 성적 본능을 충족시키지는 못해도 깨어 있게는 했다. 비슷한 결과를 성취해 낸 현대적 발달이 하나 더 있는데, 그것은 바로 사진이었다. 대학생들은 대중들에게 알려진 예쁜 여자 사진을 가까이 둘 수 있게 되었고, 실제로 대부분 그렇게들 했다. 환상 속의 첩들 말이다! 하지만 천상의 미녀란 술탄에게도 영향력을 뻗치는 법. 주변에 여자라고는 혈육이거나 벽에 붙여 놓은 미녀 사진뿐이니, 대학생들은 살아 있는 미녀의 가장 손쉬운 사냥감이 되었다. 불씨가 닿기만 해도 활활 타오르는 불꽃처럼 말이다. 그런데 만약 그 불씨가 쥴리카처럼 확 타오르는 횃불이라면 어떨까? 독자들이여, 큰불에 혀를 내두를 것 없소.

쥴리카가 지나가자 젊은이들의 인파 전체가 그녀 앞에서 양쪽으로 쫙 갈라지더니, 많은 사람들이 줄을 지어 쥴리카를 뒤따랐다. 강 쪽에서 오는 인파와 강 쪽으로 돌아가는 인파, 두 무리가 합류하면서 아직 경기장 쪽으로 절반도 채 가지 못한 쥴리카와 공작 주위에는 일대 혼란이 일어났다. 쥴리카와 공작의 뒤쪽과 양쪽에서 군중들이 어찌할 바 없이 충돌하면서 이쪽저쪽으로 서로 밀쳐대고 밀렸다. "도와주세요!"

여자들의 비명소리가 수없이 울려 퍼졌다. "밀지 말란 말이에요!," "저 좀 지나가게 해 주세요!," "야, 이 짐승들아!," "저 좀 구해 주세요. 구해 주세요!" 많은 숙녀들이 실신했고, 곁에서 에스코트하던 남자들은 최선을 다해 숙녀들을 부축하고 보호하면서도 신성한 돕슨 양을 한 번이라도 더 보려고 동료 학생들의 머리 너머로 그녀를 힐끗힐끗 쳐다보았다. 엄청나게 미어터질 듯한 상황이었는데도 쥴리카와 공작에게는 충분한 공간이 확보되었다. 쥴리카에 대한 경의의 표시로서, 쥴리카와 공작 앞으로는 길이 막힘없이 뚫려 있었다. 두 사람은 거칠 것 없이 침착한 걸음걸이로 길 끝에 이르렀다. 바지선 옆으로 난 좁은 통로를 따라 왼쪽으로 돌아갈 때도 두 사람을 방해하는 것은 아무것도 없었다. 두 사람은 떠밀리지도 흐트러지지도 않고 멋진 모습 그대로 차분히 앞으로 나아갔다.

공작은 자신의 생각에 몰두한 나머지 그 이상한 광경을 의식하지 못했다. 반면 쥴리카는 기분이 좋아 쾌활함이 절정에 달했다.

"선상 가옥이 정말 많네요!" 쥴리카가 소리쳤다. "저도 태워 줄 거죠?"

공작이 흠칫 놀랐다. 쥴리카와 공작은 이미 주더스 칼리지의 바지선 옆에 와 있었기 때문이다.

"여기가 우리 목적지입니다." 공작이 말했다.

공작은 난간으로 된 출입구를 통과해서는 바지선에 걸쳐 놓은 판자를 밟고 올라서서 쥴리카에게 손을 내밀었다.

쥴리카가 뒤를 돌아보았다. 선두에 선 청년들이 뒤따라오는 행렬에 자리를 빼앗기지 않으려고 어깨싸움을 하고 있었다. 쥴리카는 그들 한복판을 헤치며 돌아가고 싶은 마음도 반쯤 있었지만, 차 한 잔 생각이 간절했기에 공작을 따라 바지선에 올랐다. 쥴리카는 공작의 도움을 받으며 계단을 밟고 바지선 갑판으로 올라갔다.

빨간색과 하얀색 줄무늬 차양이 덮여 있는 갑판은 아주 멋지고 화려했다. 갑판의 양쪽으로는 빨갛고 하얀 꽃들이 자리하고 있었다. 쥴리카는 강둑이 훤히 내려다보이는 쪽으로 걸어갔다. 그러고는 난간에 팔을 기댄 채 아래를 응시했다.

인파는 쥴리카의 시야에 꽉 찰 정도로 넓게 퍼져 있었는데, 그녀를 올려다보고 있는 수많은 얼굴들이 풍경처럼 펼쳐져 있었다. 그런데 갑자기 인파의 앞쪽이 들썩거렸다. 선두에 있던 젊은이들이 버티지 못하고 바지선 쪽으로 쓰러졌다. 쥴리카를 조금이라도 더 가까이에서 보고 싶은 뒷줄 청년들의 욕망이 선두 무리를 쓰러뜨려 버린 것이었다. 그 욕망의 추동력이 어찌나 강하던지, 청년들의 눈에서는 섬광이 비쳤다. 시각을 통해 전달된 메시지가 뇌에 채 전해지기도 전에, 학생들은 현기증이 나는지 몸부림을 쳤다.

주더스 칼리지 학생들은 바지선에 올라타기 위해 필사의 노력을 다하며 난간으로 된 출입구를 향해 몸을 내던지려 했지만, 이리저리 부질없이 휩쓸려 다니기만 했다.

급류처럼 쏟아져 나오던 인파는 점차 잦아들어 이제 한 줄기 강물을 이루었고, 한 줄로 늘어선 젊은이들은 수줍게 바지선 위를 올려다보고 있었다.

마지막 낙오자들이 미처 다다르기도 전에 쥴리카는 맞은편 갑판으로 걸어가서 햇살을 머금은 강을 흘끗 한 번 쳐다보더니 버들가지로 만든 의자에 털썩 앉았다. 그러고는 공작에게 못마땅한 표정은 그만 짓고 차를 좀 달라고 했다.

작은 간이식당 근처를 배회하는 무리 중에는 내가 앞서 이야기했던, 공작에게 돕슨 양을 소개해 달라던 두 학생도 있었다.

쥴리카는 두 학생이 끈질기게 보내오는 특별한 시선을 느꼈다. 공작이 차를 들고 돌아오자 쥴리카는 그에게 저 사람들이 누구냐고 물었다. 공작은 그들의 이름을 모른다고 대답했다.

"그러면 저 사람들의 이름을 물어봐 주시고 저에게 소개해 주세요." 쥴리카가 말했다.

"안 됩니다." 공작이 쥴리카 옆에 있는 의자에 털썩 앉으며 말했다. "그렇게는 못하겠습니다. 난 당신의 포로이지 뚜쟁이는 아니거든요. 그들은 이제 막 누구나 인정하는 훌륭한 옥스퍼드의 문턱에 들어선 학생들입니다. 당신을 위해 그들의 다리를 걸어 넘어뜨리지는 않을 겁니다."

"당신이 그렇게 정중한 분인지 미처 몰랐네요." 쥴리카가 말했다. "분명한 것은 당신이 어리석다는 거죠. 남학생이 사랑에 빠지는 것은 자연스러운 일이잖아요. 저 두 학생이 저한테 푹 빠진 것이라면, 저한테 말을 건네면 안 되는 이유라도 있나요? 낭만적인 기쁨에 젖어 회상할 수 있는 그런 추억거리가 될 텐데 말이죠. 그들은 저를 다시는 볼 수 없을 테니까요. 그들이 이 소소한 행복을 누리는 게 배가 아픈가요?" 쥴리카가 차 한 모금을 홀짝거리며 마셨다. "옥스퍼드의 문턱에 들어선 그들의 다리를 걸어 넘어뜨린다고요? 말도 안돼요. 짝사랑이 누군가에게 해라도 끼치던가요?" 쥴리카가 소리 내어 웃었다. "저를 보세요! 제가 헛되이 당신을 사랑하여 오늘 아침 당신 방을 찾아갔을 때, 짝사랑 때문에 제 꼴이 조금이라도 엉망이 되어 있던가요? 이전과 달라 보이던가요?"

"당신이 더 고상하고 영적으로 보였다고 말하지 않을 수 없소."

"더 영적으로 보였다고요?" 쥴리카가 외쳤다. "제가 피곤하거나 아파 보였다는 말인가요?"

"아니오, 아주 생생해 보였죠. 당신은 독보적인 사람이었소. 어떤 평범한 기준 따위는 비할 바 못되오."

"당신 말은 저를 기준으로 저 두 학생을 평가할 수는 없다는 뜻인가요? 맞아요. 여기서 저는 유일한 여자에요. 아무도 자신을 사랑해 주지 않아서 젊음을 잃고 쇠약해지는 여자들이 있다고 들었어요. 물론 어떤 남자가 자신을 사랑해 주지 않아서 짝사랑에 속이 타는 젊은 여자들에 대한 얘기도 종종 들었죠. 하지만 여자가 짝사랑에 빠져서 쇠약해졌다는 말은 못 들어 봤네요. 분명한 건 젊은 남자가 어떤 여자를 향한 사랑 때문에 쇠약해질 일은 없다는 거예요. 머지않아 다른 여자를 사랑하게 될 테니까요. 만약 그 남자가 열정적인 천성의 소유자라면, 변심이 더 빠르겠죠. 과거에 저를 사모했던 남자들 중 열정적인 사람들은 죄다 이미 결혼했거든요. 제 찻잔 좀 치워 주시겠어요?"

"과거에?" 공작이 찻잔을 치우면서 쥴리카의 말을 메아리처럼 반복했다. "과거에 당신을 사모하다가 사랑이 식어 버린 남자가 있다고요?"

"아, 아니요. 아니에요. 돌이켜 생각해 보면 그런 남자는 없었어요. 물론 저는 그들 모두에게 이상형으로 남아 있죠. 그들은 아직도 저를 마음속에 간직하며 살고 있어요. 그들은 세상을 저와 연관시켜 바라보죠. 하지만 저는 영감을 주는 존재이지 집착의 대상은 아니에요. 빛이지 그림자가 아니란 말이에요."

"사랑이 변하기도 하고 깨지기도 한다는 것을 믿지 않는군요?"

"믿지 않아요." 쥴리카가 소리 내어 웃었다.

그러자 공작이 물었다. "당신은 그리스 목가 시에 흠뻑 빠져 본 적도 없고, 엘리자베스 시대의 소네트를 읽어 본 적도 없나 보군요?"

"예, 전혀 없어요. 저를 한심하고 천박하다고 생각하시겠죠. 제 인생 경험은 삶 그 자체에서 나오는 거예요."

"하지만 당신은 종종 글 꽤나 읽은 사람처럼 말할 때가 있소. 당신이 말하는 방식에는 이른바 '문학적 향취'라는 게 배어 있거든요."

"아, 애석하게도 그건 비어봄 씨[39]라는 작가에게서 배운 요령이에요. 예전에 어디선가 저녁 식사를 할 때 제 옆에 앉았던 분이죠. 그때 배운 습관을 버릴 수가 없네요. 단언컨대, 앞으로도 제가 책을 펼칠 일은 거의 없을 거예요. 하지만 제 인생 경험은 폭이 아주 넓은 편이죠. 아닌가요? 하지만 제 생각에 지난 2-3년간 인간의 영혼은 엘리자베스 시대와 그리스 목가 시대의 영향을 많이 받았던 것 같아요. 그리스 목가 시대가 어떤 왕의 치세 아래 있었는지는 그다지 중요하지 않죠. 감히 말하건대, 현대 시인들도 예전과 똑같이 어리석은 왜곡을 하고들 있어요." 그러고는 쥴리카가 부드럽게 말을 덧붙였다. "혹시 당신이 시인이라면 미안한 말이지만요."

"바로 어제부터 시인이 되었습니다." 공작이 대답했다. 공작은 자기 자신을 특별히 극적劇的인 시인이라고 생각했다. 쥴리카가 곁에 앉아 공작의 눈을 똑바로 바라보며 그를 향해 예쁜 몸짓을 수없이 해대면서 재잘재잘 이야기를 늘어놓는 내내, 공작의 내면을 지배한 것은 비극적인 감정이었다. 그를 휘저어 놓은 감정, 주더스 칼리지에서 여기까지 오는 내내 억눌려 왔던 그 감정 말이다. 쥴리카가 바지선 갑판 쪽으로 떼를 지어 몰려든 청년들을 의식하며 그들에게 인상적인 모습을 보이려 노력하고 있다는 것을 공작은 알았다. 하지만 그녀는 공작만을 바라보는 것처럼 행동했다. 쥴리카의 태도를 보면 마치 공작과 사랑에 빠진 것처럼 보였을 것이다. 공작은 쥴리카가 의도적으로 질투심을 유발하려고 하는 그들이 부러웠다. 공작에게는 쥴리카의 속내가 훤히 들여다보였지만, 그녀의 관심이 향해 있는 그 남자들이 부러웠던 것이다. 하지만

---

39) Mr. Beerbohm: 이 소설의 작가인 맥스 비어봄(Max Beerbohm) 자신을 뜻한다. 비어봄 특유의 장난기 어린 위트가 엿보인다.

공작은 그런 아이러니한 상황을 위안 삼았다. 쥴리카가 공작을 허수아비로 이용하고 있기는 했지만, 어쨌든 고양이가 쥐와 장난을 치듯이 그는 그녀와 장난을 치고 있는 셈이었으니 말이다. 쥴리카는 공작이 평범한 연인이 아니라는 사실을 아는지 모르는지 끊임없이 수다를 떨면서, 자신에게 시선을 보내던 아주 평범한 두 남학생을 소개해 달라고 공작을 구슬렸다. 공작은 쥴리카의 사랑을 얻기 위해 죽으리라는 사실을 그녀에게 밝히려 했던 것을 잠시 미루기로 했다.

공작은 쥴리카의 아름다움이 내뿜는 광채에 흠뻑 취해서, 그녀가 계속 재잘대는 소리를 듣고 있었다.

"곧 알게 될 거예요." 쥴리카가 말했다. "저 젊은 남자 분들한테 아무런 해도 끼치지 않는다니까요. 짝사랑이 고통이라면, 훈련하는 게 유익하지 않겠어요? 제가 일종의 용광로 역할을 하는 거죠. 제가 저분들을 씻어 내고 다듬고 단련시키는 역할을 하는 게 아닐까요? 저 두 분은 여기 용광로에서 불에 그슬리기만 하면 되는 거예요. 지독하게 들리나요? 저분들을 저에게 소개시켜 주지 않는 것이 저분들에게 무슨 도움이 될까요?" 쥴리카가 한 손을 공작의 팔에 얹었다. "공작님, 다름 아닌 저분들을 위해서 용광로로 밀어넣는 거라고요! 아니면 둘 중 한 분만이라도 밀어넣으세요. 아니면. . . ." 쥴리카가 주변에 몰린 인파를 흘끗 쳐다보며 말을 이었다. "여기 있는 분들 중 누구 하나라도요!"

"저들을 위해서라고요?" 공작이 쥴리카의 팔을 밀어내며 메아리처럼 그녀의 말을 따라했다. "당신이 온 세상이 인정하듯 완벽하게 존중할 만한 사람이라면, 당신 말도 일리가 있을지 모릅니다. 하지만 현 상황으로 봐서 당신은 피해를 유발하는 엔진일 뿐입니다. 당신의 궤변은 나를 조금도 설득하지 못했소. 이 얘기는 나만 알고 있을게요."

"당신이 정말 싫어요." 쥴리카가 토라져서 오히려 공작에게 무례한 말을 내뱉었다.

"내가 살아 있는 한 당신은 나 이외에는 어떤 남자도 소개받지 못할 겁니다." 공작이 침착한 말투로 중얼거렸다.

"당신의 예언이 이루어진다면, 그건 당신의 마지막 순간이 임박했다는 얘기겠죠." 쥴리카가 웃으면서 의자에서 일어났다.

"그렇겠죠." 공작도 자리에서 일어나며 대답했다.

"그게 무슨 뜻이죠?" 쥴리카가 공작의 말투에 흠칫 놀라며 물었다.

"말한 그대로입니다. 내 마지막 순간이 임박했다고요." 공작은 쥴리카에게서 시선을 거두고 팔꿈치를 난간에 기댄 채 사색에 잠긴 듯 강을 바라보았다. "내가 죽고 나면. . . ." 공작이 말을 이었다. "여기 이 친구들은 모두 당신의 접근을 피하게 될 거요."

공작의 사랑 고백을 받은 이후, 쥴리카는 처음으로 그에게 진심으로 관심이 갔다. 공작의 말뜻에 대한 의혹이 쥴리카의 영혼을 번개처럼 스치고 지나갔다. '설마 . . . 아니겠지! 공작이 분명 그런 뜻으로 말한 것은 아닐 거야. 그저 은유적으로 한 말이 틀림없어. 하지만 공작의 눈에 뭔가. . . .' 쥴리카가 공작에게 몸을 기댔다. 그녀의 어깨가 그의 어깨에 가 닿았다. 쥴리카가 미심쩍은 눈초리로 공작을 바라보았다. 그는 그녀의 얼굴을 외면했다. 공작은 햇살이 비치는 강을 바라보았다.

주더스 칼리지의 에이트 참가 선수들이 출발지로 가기 위해 막 승선을 마쳤다. 백발의 윌리엄이 바지선의 수상 승강장 역할을 하는 뗏목 끝에 서서 갈고리가 달린 긴 장대로 보트를 밀어내며 선수들에게 경의를 표하는 친근한 태도로 행운을 빌어 주었다. 뗏목으로 만든 승강장은 나이 든 주더스인들로 붐볐다. 그들은 대부분 성직자였는데, 따뜻한 응원의 말을 외쳐대며 노인처럼 보이지 않으려고 애쓰고 있었다. 동년배들만큼 나이 들어 보일까 봐 안간힘을 쓰고 있었던 것이다. 공작은 이

승에서 자신이 '나이 든' 주더스인이 되는 일은 결코 없을 거라는 것이 이상하면서도 다행이라는 생각이 들었다. 쥴리카가 자신의 어깨를 공작의 어깨에 바짝 밀착시켰다. 하지만 그는 아무런 감흥도 느끼지 못했다. 사실상 공작은 이미 죽은 것이나 다름없었다.

수많은 에이트 참가 선수들을 태운 보트들은 실 가닥처럼 어찌나 가느다란지, 선수들 맞은편에 앉은 왜소한 '키잡이'에게도 적절한 운송 수단으로 보이지 않았다. 보트에 탄 선수들은 하나같이 쥴리카를 올려다보며 투지를 불태우고 있었다. 그러한 단결력 덕분인지 이틀 전 주더스 팀은 보트 한 대를 다른 방향으로 밀쳐 낼 수 있었다. 오늘 유니버시티 팀마저 제치면 주더스 팀은 3위로 올라서게 될 것이다. 그리고 주더스 팀은 내일 쯤이면 '범프 서퍼'[40]를 열지도 모르겠다. 오늘 유니버시티 팀을 제치면, 내일은 막달레나 팀을 제치게 될지도 모른다. 그러면 주더스 팀은 역사상 최초로 챔피언 자리를 차지하게 되는 것이다. 오, 기대감에 가슴이 떨린다! 하지만 지금 이 순간 에이트 참가 선수들은 잘 발달된 두 어깨에 짊어진 막중한 책임감을 잊은 듯 보였다. 노 젓기로 혹사당한 그들의 심장에 오늘 오후 에로스 신의 화살이 날아와 박힌 것이다. 그들 모두는 강으로 내려오는 쥴리카의 모습을 보았고, 이제 그들은 입을 크게 벌린 채 넋을 잃고 그녀를 바라보고 앉아서 노를 만지작거리고 있었다. 왜소한 몸집의 키잡이도 역시 입을 헤벌쭉 벌리고 있었다. 하지만 자신의 임무를 가장 먼저 기억해 낸 사람은 다름 아닌 키잡이였다. 그는 엄명을 내리듯이 호루라기를 불어 거인 같은 선수들이 정신을 바짝 차리게 했다. 노 젓는 동작이 꽤 안정을 되찾더니, 보트는 다시 강을 따라 나아갔다.

---

40) Bump Supper: 에이트 대회의 승리 축하연.

옥스퍼드의 전통이 하루아침에 무너질 수는 없는 노릇이다. 선수들이 여느 때처럼 펀트를 들고는 배 운반로로 건너갔다. 바지를 무릎까지 걷어붙인 선수들은 종, 나팔, 모터사이렌, 징 등 요란스러운 소리를 내는 악기들로 무장하고 있었다. 머릿속은 온통 쥴리카 생각으로 가득 찼지만, 선수들은 전통대로 배 운반로를 따라 서둘러 출발점으로 향했다.

한편, 쥴리카는 공작의 옆모습을 뚫어져라 바라보고 있었다. 방금 공작이 한 말이 무슨 뜻인지 차마 그에게 물어볼 용기가 나지 않았다. 실망하게 될까 두려웠기 때문이었다.

"이 남자들 모두 당신의 접근을 피하게 되리라." 공작이 꿈을 꾸듯 곱씹어 말했다. 공작은 자신의 죽음이, 자신의 끔찍한 선례가 동문들을 사랑의 열병에서 헤어나게 해 준다면 좋은 일일 것이라고 생각했다. 공작은 이제까지 공적인 마음이라고는 도무지 의식하지 않은 채 살아왔다. 자신만을 위해 살아온 것이다. 하지만 어젯밤 공작에게 사랑이 찾아왔고, 오늘은 그 사랑이 공작의 내면에 잠들어 있던 인류에 대한 동정심을 일깨웠다. 구원자가 된다는 것은 좋은 일이다. 인간적인 사람이 된다는 것은 멋진 일이다. 공작은 자신에게 그런 변화를 일으킨 쥴리카를 재빨리 돌아보았다.

하지만 아무리 세상에서 가장 아름다운 얼굴이라도 느닷없이 정면으로, 그것도 1센티미터 정도 되는 가까운 거리에서 쳐다보면 마음에 들 수 없다. 공작은 아주 잠깐이기는 했지만, 괴물 같이 쌀쌀맞은 쥴리카의 얼굴을 보게 되었다. 흠칫 놀란 공작은 곧 자신이 본래 알고 있던 그 사랑스러움을 다시 보게 되었다. 무언가를 애타게 궁금해 하는 그 표정 안에 담긴 강렬한 사랑스러움을 말이다. 쥴리카로 인해 공작은 온몸의 세포 하나하나까지 황홀감에 휩싸였다. 어젯밤과 오늘 아침, 쥴리카가 공작을 바라볼 때도 그런 기분이었다. 아, 그때처럼 지금도 쥴리카의 영혼이 공작으로 가득 차 있으면 좋으련만. 공작은 쥴리카의 사랑은 아니더라도 그녀를 기쁘게 해 줄 힘은 되찾았다. 그것만으로 충분했다. 공작이 목례를 했다.

"죽기 전에 당신에게 인사드립니다." 공작이 조용히 입모양으로 만들어 낸 말이었다. 공작은 자신의 죽음이 대학의 공익에 기여할 것이라는 생각에 기뻤다. 하지만 언론에서 '무모한 행동'이라 부를 그의 죽음이 남긴 유익한 교훈 따위는 부차적인 문제에 불과했다. 공작이 얼굴에 홍조를 띠면서 했던 생각은 오로지 사랑을 위해 목숨을 내놓음으로써 그 사랑을 완성한다는 것은 위대하다는 것이었다. 공작은 쥴리카와 눈이 마주치자 아까부터 뇌리를 스치던 질문을 더듬더듬 입 밖에 꺼냈다. "당신은 저의 죽음을 애도할 거요?" 공작이 쥴리카에게 물었다.

하지만 쥴리카가 알아들을 리 없었다. "당신 도대체 뭘 하실 작정인 거죠?" 쥴리카가 속삭였다.

"몰라서 묻습니까?"

"말해 봐요."

"마지막으로 한 번만 묻겠습니다. 나를 사랑할 수는 없는 거요?"

쥴리카가 천천히 고개를 저었다. 부들부들 떨리는 흑진주와 분홍진주가 쥴리카의 최후통첩에 힘을 실었다. 하지만 쥴리카의 동공이 팽창된 때문인지 그녀의 보랏빛 눈은 거의 가려지다시피 했다.

"당신 없는 삶이 허무해서 내가 죽으면, 당신이 나를 위해 흘릴 눈물을 신께서 내려 주실까요? 돕슨 양, 당신의 영혼은 깨어 있겠죠? 오늘 오후 여기 젊은 선수들이 힘차게 노를 젓던 저 수면 아래로 내가 영원히 잠겨 버리면, 부싯돌처럼 단단한 당신의 심장이 뒤늦게나마 잠시라도 저를 위한 연민의 불꽃을 일으키겠죠?" 공작이 속삭였다.

"왜 아니겠어요. 그렇고말고요!" 쥴리카가 눈을 반짝이며 손뼉을 치면서 횡설수설했다. "하지만, 그건 . . . 그건 . . . 아, 그런 생각은 하지도 말아요! 용납할 수 없어요! 저 자신을 결코 용서하지 못할 거예요!" 쥴리카는 마음을 가다듬고 말했다.

"당신은 영원토록 나를 애도하겠죠?"

"그럼요! 예 . . . 에. . . . 영원히요." 쥴리카가 달리 무슨 말을 할 수 있겠는가? '쥴리카 당신에게 감히 일평생 고문형을 선고할 수 없군요.' 공작의 대답이 과연 그러했을까?

대신 공작의 반응은 이랬다. "그렇다면 당신을 위해 죽음으로써 내가 느끼게 될 기쁨이 온전해질 겁니다."

쥴리카는 긴장이 풀렸다. 입술 사이로 한숨이 터져 나왔다. "결심을 확실히 굳힌 건가요?"

"확실히요."

"제가 무슨 말을 해도 당신의 결심을 바꿀 수는 없는 건가요?"

"무슨 말을 해도요."

"아무리 애처롭게 간청해도 당신을 설득할 수는 없는 건가요?"

"아무리 간청해도요."

쥴리카는 온갖 재간과 달변을 발휘해 무한한 매력을 발산하며 설득하고 간청하고 회유하고 명령했다. 만류하는 말을 그녀처럼 폭포수 쏟아지듯 하는 사람은 없을 성싶었다. 다만 쥴리카는 공작을 사랑할 수 있을 거라는 말만은 하지 않았다. 그런 뜻은 결코 내비치지 않았다. 사실 쥴리카는 공작을 설득하는 내내 한 가지 주제만을 되풀이했다. 그것은 다름 아닌 공작은 죽지 말고 반드시 살아서 아이 엄마가 될 자격이 있는 착하고 진지하고 현명한 짝을 얻어야 한다는 것이었다.

쥴리카는 공작이 아직 젊고 신분이 높은 데다 이제껏 이룩해 놓은 탁월한 성취도 뛰어나 장래가 촉망된다는 점을 강조했다. 물론 쥴리카는 바지선에 모여 있는 군중들이 엿듣지 못하도록 조용한 목소리로 말했지만, 그것은 마치 공식 연회석상, 말하자면 대저택에서 소작농들을 불러 놓고 베푸는 만찬장에서 화려한 미사여구를 동원해 공작의 행복을 비는 건배 제의 같았다. 쥴리카가 말을 멈추자, 공작은 집사 젤링스가 불쑥 나타나 잔을 들면서 우렁찬 목소리로 "위하여~어~"를 선창하고 모든 손님들이 따라서 "쾌활하시고 훌륭하신 우리 공작님을 위하여"라고 건배사를 외칠 것만 같은 생각이 들 정도였다. 그런 상황에 공작이 늘 건넸던 짤막한 답사는 이런 식이었던 것 같다. "제가 어떤 모습으로 보이든지, 사실 저는 쾌활한 사람도, 훌륭한 사람도 아닙니다." 하지만 쥴리카의 찬사에는 공작도 정말 감동했다. "고맙습니다. . . . 정말 고마워요." 공작은 말을 제대로 잇지 못했다. 눈에는 눈물이 글썽였다. 이런. . . . 공작은 쥴리카가 자신을 더없이 존경하며 자신이 죽지 않기를 간절히 바란다고 생각했다. 하지만 이런 생각은 자신이 쥴리카를 위해 죽는다는 한 줄기 소박하고 희미한 기쁨의 빛에 불과했다.

이제 시간이 왔다. 지금이야말로 아득한 먼 곳에 몸을 담금으로써 성례를 치를 순간이다. "잘 있어요." 공작은 담담하게 인사말을 남기고는 난간 옆의 절벽에서 튀어나온 바위 위로 올라서려 했다.

쥴리카는 공작의 의중을 짐작하고는 자리를 비켜 주었다. 쥴리카의 가슴이 아주 빠르게 뛰었고 안색은 창백해졌다. 하지만 쥴리카의 눈은 그 어느 때보다 반짝거렸다.

공작은 이미 발을 바위 위에 올려놓았다. 잘 들어라! 바로 그때 멀리서 총성이 울렸다. 영혼의 현絃이 죄다 극도의 긴장상태로 팽팽하게 당겨져 있던 쥴리카에게, 이 총성은 마치 자신이 직접 총에 맞은 것 같은 기분이 들게 했다. 그녀가 겁을 집어먹은 아이처럼 공작의 팔을 움켜잡았다. 그러자 그가 웃었다. "그건 경기 시작을 알리는 신호입니다." 공작은 아주 씁쓸하게 웃으며 말했다. 세속적이고 하찮은 일 따위로 숭고한 일이 방해받았다는 생각이 들었나 보다.

"조정 경기요?" 쥴리카가 발작을 일으키듯 웃었다.

"맞아요. 보트들이 출발한 모양입니다." 공작의 웃음이 쥴리카의 웃음과 한데 섞일 때를 틈타, 그는 그녀의 손에서 살며시 팔을 빼내려고 했다. 공작이 말했다. "어쩌면 저는 강바닥 수초에 매달려서 어렴풋이 제 위를 지나는 노 젓는 보트들을 바라보며 주더스 칼리지를 응원하면서 깔깔대며 웃게 될지도 모르겠소."

"안돼요!" 쥴리카는 여성 특유의 느낌으로 그의 농담이 경솔한 것이라는 생각이 들어 몸서리를 쳤다. 그녀는 심란한 생각이 들었고, 모든 것이 혼란스러웠다. 공작이 아직 죽어서는 안 된다는 생각뿐이었다. 조금 전이었다면 공작의 죽음이 아름다웠을 테지만, 지금은 아니다! 쥴리카는 공작의 팔을 단단히 움켜쥐었다. 쥴리카의 손목이 부러지기라도 해야, 공작이 그녀의 손에서 벗어날 수 있었을 것이다. 조금 전까지만 해도 쥴리카는 비할 바 없는 행복 속에 있었다. . . . 남자들은 쥴리카의 사랑을 얻기 위해서라면 죽음도 마다하지 않았다. 하지만 실제로 쥴리카에 대한 사랑이 죽음으로 입증된 적은 결코 없었다. 늘 무언가가 있었다. 도박 빚, 건강상의 문제 등, 비극이 성립되기에 어울리지 않는 이유들 말이다. 쥴리카의 기억이 맞는다면, 그녀를 위해 죽겠다는 뜻을 내비친 남자는 한 명도 없었다. 더군다나 행동으로 실행한 남자는 당연히 없었다. 그런데 공작이 나타난 것이다. 쥴리카가 처음으로 사랑한 남자가 여기 그녀의 눈앞에서 죽으려 한다. 그녀가 더는 그를 사랑하지 않는다는 이유로 말이다. 하지만 공작이 죽어서는 안 된다는 것을 쥴리카는 이제야 깨달았다. 아직은 안 된다!

경기의 시작을 알리는 신호가 울려 퍼지는 순간, 옥스퍼드에 흐른 정적이 쥴리카의 주위를 뒤덮었다. 멀리서 시끄러운 응원 소리가 어렴풋이 들려왔다. 단조롭고 작은 소리가 점점 더 가까워졌다.

아, 쥴리카는 어떻게 공작이 그렇게 빨리 죽도록 그냥 내버려둘 생각을 할 수 있었단 말인가? 쥴리카가 공작의 얼굴을 빤히 바라보았다. 다시는 못 보게 될 수도 있던 얼굴이었다. 저 총소리가 없었다면 지금 이 순간 저 강물이 공작을 삼켰을 것이고, 그의 영혼은 세상을 떠났을지도 모른다. 천만다행으로 쥴리카가 공작을 구했다! 그녀는 아직 그를 곁에 둘 수 있었다.

공작이 쥴리카의 손을 부드럽게 팔에서 떼어내 보려 했지만 헛된 시도였다. "지금은 아니에요!" 쥴리카가 속삭였다. "아직은 안돼요!"

시끄러운 응원 소리와 트럼펫 소리, 종소리가 점차 가까워지면서 쥴리카가 연인을 구한 기쁨에 반주 역할을 해 주었다. 그녀는 공작을 계속 곁에 둘 생각이었다. 당분간은 말이다! 모든 것에는 순서가 있는 법이다.

쥴리카는 자신의 사랑을 얻기 위해 목숨까지 바치겠다는 공작의 희생이 주는 충만한 달콤함을 온전히 만끽할 작정이었다. 내일. . . . 그래, 죽음에 대한 공작의 마음속 욕망은 내일에나 누리게 하자. 지금은 아니다! 아직은 아니지! "내일 . . . 정말 죽을 거라면 내일이요. 지금은 아니에요!" 쥴리카가 속삭였다.

첫 번째 보트가 강 한가운데로 휙 하고 지나갔다. 무리를 지어 빽빽이 늘어선 선수들에게 보조를 맞추어 출렁이는 모습 때문에, 배 운반로는 마치 살아 있는 생명체 같았다. 쥴리카는 꿈을 꾸듯 그 광경을 지켜보았다. 시끌벅적한 소음이 쥴리카의 귀에 들려왔다. 바그너[41]의 작품에

---

41) Wilhelm Richard Wagner (1813-1883): 독일의 작곡가.

나오는 그 어떤 여자 주인공도 쥴리카의 가슴속에서 치밀어 오르는 영혼의 반주보다 더 큰 소리의 반주를 들어본 적이 없었을 것이다.

쥴리카가 공작을 꽉 붙잡자, 그는 강력한 전류에 감전이라도 된 듯 몸을 부르르 떨었다. 쥴리카의 매력이 공작을 헤집어 놓았고, 그는 그녀를 뿌리칠 수 없었다. 아, 죽지 않아서 얼마나 다행인가! 참으로 바보 같은 공작은 정말로 쥴리카의 손을 뿌리치고 죽음이라는 우아한 와인을 거칠게 한 모금 쭉 들이킬 셈이었다. 위엄 있어 보이는 와인 잔을 입술로 애무하려 했었다. 와인에서 풍겨 나오는 향을 음미하려 했었다. "그렇게 합시다!" 공작이 쥴리카의 귀에 대고 큰 소리로 외쳤다. 마치 유럽의 모든 바그너 오케스트라에 슈트라우스 오케스트라까지 합세하여 가장 높은 음량으로 일제히 사형 집행 유예의 영광에 걸맞은 음악을 연주하는 듯했다.

그때 마침 주더스 칼리지 팀 보트가 유니버시티 팀 보트를 정확히 반대쪽으로 밀쳐 냈다. 격렬했던 경주를 마치고 두 보트에 탄 선수들은 보트 위에 불쑥 솟아 있는 의자에 앉아서는 숨을 헐떡거렸고, 몇몇은 온몸을 비틀고 흔들어 댔다. 하지만 그러면서도 눈을 위로 치켜뜨고 쥴리카를 쳐다보지 않는 선수는 한 명도 없었다. 배 운반로에서 춤을 추고 발을 구르던 관중들의 노래 소리와 악기 소리는 이쯤 되자 승리에 대한 기쁨이나 패배에 대한 위로의 의미는 사라지고, 차츰 돕슨 양을 찬양하는 열렬한 무언의 찬가로 바뀌어 갔다. 바지선 갑판에 있는 쥴리카의 주위를 둘러싼 젊은 주더스인들은 자신들의 마음을 목청껏 터뜨렸다. 하지만 그녀는 전혀 관심이 없었다. 쥴리카는 마치 세계에서 가장 높은 어느 조용한 첨탑에서 연인과 단둘이 서 있는 듯 보였다. 그녀는 마치 아주 비싼 새 인형에 온통 마음이 뺏겨 조그맣고 낡은 다른 장난 감들의 존재를 잊어버린 어린 소녀 같았다.

줄리카는 천진난만한 아이가 느낄 법한 황홀감에 사로잡혀 공작에게서 눈을 뗄 수가 없었다. 선수들 대부분은 이제 다시 보트를 타고 강을 가로질러 배 운반로에 있는 관중들과 바지선 갑판에 있는 학생들에게로 돌아가는 중이었다. 공작에게 몰두해 있는 줄리카의 모습은 그들에게 틀림없이 낯설어 보였을 것이다. 공작은 줄리카를 사랑하지만 줄리카는 공작을 사랑하지 않을 뿐더러, 그녀는 자신을 사랑하는 남자에게 결코 마음을 주는 일이 없다는 소문이 이미 학생들 사이에서 들불처럼 퍼져 있었기 때문이다. 공작이 자신의 격에 떨어지지만 속마음을 털어놓았던 그 두 남학생들도 마음의 평정을 찾지 못했다. 줄리카가 강가로 내려가자 그녀가 일으킨 파장은 더욱 커졌는데, 그것은 줄리카가 어떤 훌륭한 귀감이 되는 인물도 대수롭지 않게 여긴다는 인상을 주었기 때문이다. 줄리카를 본 순간, 젊은 옥스퍼드생들은 그녀의 매력에 단번에 사로잡혔다. 줄리카의 오만함이 하늘을 찌른다는 소문은 결정적으로 그녀의 매력을 더했다.

"자!" 공작이 마침내 운을 떼더니 꿈에서 막 깬 듯한 눈빛으로 주위를 둘러보았다. "자! 당신을 주더스 칼리지로 다시 데려다줘야겠군요."

"설마 저를 혼자 그곳에 내버려두시려는 건 아니겠죠?" 줄리카가 애원했다. "저녁 식사 때까지는 함께 계실 거죠? 할아버지께서 분명 기뻐하실 거예요."

"분명 기뻐하시겠죠." 공작이 바지선 계단 아래로 줄리카를 안내하며 말했다. "아, 하지만 나는 오늘밤 준타 클럽에서 개최하는 만찬에 참석해야만 합니다."

"준타 클럽이요? 그게 뭔데요?"

"매주 화요일 사교 모임을 갖는 대학 내 작은 클럽 이름이죠."

"설마 그 모임 때문에 저에게 퇴짜를 놓겠다는 뜻은 아니죠?"

"나도 그러긴 싫지만 선택의 여지가 없습니다. 제가 모신 손님이 있어서요."

"그럼 손님을 한 명 더 부르세요. 저를 부르면 되겠네요!"

쥴리카에게 옥스퍼드 생활이란 막연한 것이었다. 공작이 그럴 수 없다는 것을 그녀에게 이해시키는 데는 어려움이 따랐다. 쥴리카가 제안한 대로 그녀가 남장을 한다 해도, 쥴리카를 준타 클럽에 초대하는 것은 불가능한 일이었다. 이제 쥴리카는 공작이 오늘밤, 이 세상에서의 마지막 밤에 자신과 저녁 식사를 하지 않을 거라는 사실을 받아들이는 수밖에 없었다. 쥴리카는 사회적 약속에 대한 존중과 신의가 귀족사회 구성원들에게 깊이 뿌리내린 덕목 중 하나라는 사실을 알지 못했다. 직업적으로 단련된 보헤미안 기질을 가진 쥴리카는 공작의 거절을 자신에 대한 잔인한 모욕의 처사요, 우둔한 바보짓으로 이해했다. 쥴리카와 한순간이라도 떨어져야 한다는 생각은 공작에게는 고문과도 같았다. 하지만 '노블리스 오블리제' 아니던가. 단지 더 매력적인 약속이 생겼다는 이유로 선약을 지키지 않는 것은 공작에게는 상상조차 할 수 없는 일이었다. 차라리 카드 게임에서 속임수를 쓸지언정 선약은 절대 깨지 않을 것이었다.

공작과 쥴리카는 나란히 길을 걸었고, 서쪽으로 기우는 해가 그들의 앞길을 그윽하게 비추었다. 함성을 지르느라 목이 쉬고 넋이 나간 청년들 무리에 둘러싸인 쥴리카는 뾰로통한 어린 소녀의 얼굴을 하고 있었다. 공작이 그녀를 논리적으로 설득해 보려 애썼지만 허사였다. 쥴리카는 그를 이해할 수 없었다. 화가 난 여자가 좋은 논쟁거리를 우연히 생각해 냈을 때 갑자기 표정이 누그러지듯, 쥴리카가 공작을 쳐다보며 물었다. "제가 좀 전에 당신의 목숨을 구해 주지 않았다면 어땠을까요? 물에 빠져 죽으려고 할 때나 당신 손님 생각 많이 하시지 그랬어요?"

"나는 그 손님을 잊지 않았소." 공작이 쥴리카의 궤변에 미소를 띠며 말했다. "그 손님을 실망시키게 된다 해도 일말의 양심의 가책도 느끼지 않았을 거요. 죽음은 모든 약속을 취소시키는 법이니까요."

논쟁에서 패한 쥴리카의 표정이 다시 뾰로통해졌다. 하지만 주더스 칼리지가 가까워 오자 화가 누그러졌다. 자신을 위해 죽을 결심을 했고 내일이면 실제로 죽을 공작에게 화를 내는 것은 쓸데없는 짓이었다. 그리고 어쨌든 쥴리카는 오늘밤 콘서트에서 그를 다시 만날 터였다. 두 사람은 함께 앉게 될 것이다. 내일도 헤어질 때까지는 하루 종일 함께 있을 터였다. 쥴리카는 타고난 천성이 낙천적이었다. 게다가 황금빛 노을에 잠긴 저녁도 더없이 아름다웠다. 쥴리카는 자신의 기분이 언짢았다는 사실이 새삼 부끄러웠다.

"용서해 주세요." 쥴리카가 공작의 팔을 어루만지며 말했다. "제가 못되게 군 거 용서해 주세요."

공작은 곧바로 쥴리카를 용서했다.

"그리고 내일은 온종일 저와 함께하겠다고 약속해 주세요."

물론 공작은 그러겠다고 약속했다.

공작과 쥴리카가 학장 관사의 현관 계단에 함께 올라섰을 때, 그녀는 그에게 콘서트에 늦지 말라고 말했다.

"나는 결코 약속 시간에 늦는 법이 없습니다." 공작이 미소 지었다.

"아, 가정교육을 정말 잘 받으셨군요!"

현관문이 열렸다.

"저. . . . 오, 게다가 당신은 정말 멋진 분이에요!" 쥴리카가 속삭였다. 그러고는 공작에게 손을 흔들며 현관 안으로 사라졌다.

제8장

시간이 7시 30분을 향해 가던 때, 공작이 한가로이 하이 가街쪽으로 걸어갔다. 공작의 복장에서 시선을 끌 만한 특징이라면, 그것은 놋쇠 단추가 달린 짙은 자주색 코트였다. 옥스퍼드의 전통을 잘 아는 사람이라면 누구든지 그 옷을 보면 공작이 준타 클럽 회원이라는 것을 알아볼 것이다. 무심한 이방인이라면 공작을 하인으로 잘못 보았을지도 모른다는 생각을 하니 끔찍하다. 그런 생각을 하는 것 자체가 아무 소용도 없지만 말이다.

가게 문 앞에 서 있던 점원들은 공작이 지나가자 정중히 인사하며 양손을 비벼가면서 미소를 지었다. 하지만 다들 마음속으로는 저녁이 선사하는 시원한 장밋빛 분위기를 공작과 함께 누리는 것은 원치 않았다. 점원들은 공작의 셔츠 앞섶에 달린 흑진주와 분홍진주를 눈여겨보았고, 이렇게 인사말을 건네기도 했다. "대담한 패션이지만 아주 잘 어울립니다."

준타 클럽 모임이 열리는 장소는 마이터 호텔 바로 옆 건물인 문구점 위층에 있었다. 방은 작았다. 하지만 회원이라고는 공작을 제외하고 고작 두 명이 전부였고, 회원들은 각각 손님 한 명씩만을 초대했기 때문에 공간은 충분했다. 공작은 지난번 두 번째 회기에도 회장으로 선출되었다. 그 당시에는 회원이 네 명이었지만, 여름 학기가 끝나자 모두 옥스퍼드를 떠났다. 벌링턴과 로더 클럽 수준의 클럽들 중에서, 성인聖人 중의 성인만 모인다는 준타 클럽에 적격인 회원은 한 사람도 없었다. 그래서 공작은 회장으로서의 두 번째 회기를 외로이 시작했었다. 때때로 공작은 몇몇 후보를 두고 가입 의사를 확인한 뒤 추천도 하고 재청도 해 보았다. 하지만 막상 회원 선출일 저녁(임기의 마지막 화요일)이 다가오면, 공작은 그들에게 의구심이 들기 시작했다. 어떤 이는 너무 수다스러워서 싫었고, 또 어떤 이는 옷을 지나치게 차려입어서 싫었다. 또 어떤 이는 말을 타고 사냥할 때 사냥개를 똑바로 쫓아가지 못해서 싫었다. 또 어떤 이는 서자 출생이라서 미심쩍었다. 회원 선출일 저녁은 언제나 우울한 시간이었다.

저녁 식사를 마친 뒤 두 명의 클럽 하인들이 마호가니 책상 위에 낡아빠진 후보자 명부와 투표함을 놓고 소리 없이 물러나면, 공작은 목을 가다듬고 혼자서 큰 소리로 읽었다. "도싯 공작이 추천하고 도싯 공작이 재청한 ○○ 칼리지의 ○○ 씨!" 매번 투표함을 열 때면 공작 자신이 상자 안에 미리 넣어 둔 검은 공이 나왔다. 여름 학기가 끝나고 매년 찍는 단체 사진에도 늘 공작 혼자였다. 힐스 앤 숀더스 스튜디오에는 언제나 공작 혼자 나타났다.

세 번째 회기에는 공작의 배타성이 조금은 줄어들었다. 준타 클럽에 정말 적격인 누군가가 나타나서가 아니라, 18세기 이후로 쭉 번창해 온 준타 클럽이 이대로 사라져서는 안 된다는 생각 때문이었다. 생각해 보라. 공작이 번개라도 맞는 날이면 (누가 아는가?), 준타 클럽은 더 이상 존재하지 않을 것이다. 그래서 공작은 주저하지 않은 것은 아니었지만 만장일치로 베일리얼 칼리지의 맥퀸 경과 브레이지노스 칼리지의 존 머레비 경을 회원으로 선출했다.

오늘밤 비운의 남자가 될 공작은 늘 가던 모임 장소로 올라가면서 자신이 회원 선출에 마침내 동의했다는 사실에 크게 기뻐했다. 공작은 아직 회원 선출이 아무 소용없는 일이 될 것이라는 비극적 사실을 모르고 있었던 것이다.

맥퀸 경과 젊은 남자 두 사람이 이미 자리에 와 있었다.

"회장님, 크라이스트처치 칼리지에서 온 트렌트-가비 씨를 소개합니다." 맥퀸 경이 말했다.

"영광입니다." 공작이 인사로 화답했다.

준타 클럽의 의례적인 절차였다.

다른 손님은 그를 초대한 존 머레비 경이 아직 도착하지 않아 정식으로 인사를 나눌 권한이 없었다. 그 손님은 맥퀸 경과는 친구 사이고 공작과도 잘 아는 사이였지만 아직 정식으로 인사를 나눌 수 없었다.

잠시 후 존 머레비 경이 도착했다. "회장님, 막달레나 칼리지의 세이즈 경을 소개합니다." 존 머레비 경이 말했다.

"영광입니다." 공작이 이번에도 역시 인사로 화답했다.

손님을 초대한 회원이나 초대받은 손님이나 모두 한 시간 전에는 쥴리카 주변에서 큰 소리로 함성을 지르던 무리들 속에서 비교적 눈에 잘 띄는 사람들이었다. 그래서인지 다들 공작 앞에서 조금은 겸연쩍어 했다.

하지만 공작은 누구도 특별히 알아보지 못했다. 설령 알아보았다 하더라도 클럽의 고상한 전통 때문에 공작은 불쾌감을 표출하지 못했을 것이다.

준타 클럽의 전통은 다음과 같다. "준타 클럽 회원은 그릇된 행동을 할 리가 없으며, 그러므로 준타 클럽에서 초대한 손님도 실수를 할 리가 없다."

그때 덩치 큰 한 장정이 출입구에 들어섰다. "영광입니다." 공작은 자신이 초대한 손님에게 인사를 하며 말을 건넸다.

"공작님, 흥미롭고 유서 깊은 모임을 경험할 수 있는 특권을 누리게 되어 저 역시 영광입니다." 새로 온 인물이 차분하게 말했다.

공작이 존 머레비 경과 맥퀸 경을 바라보며 말했다. "트리니티 칼리지의 아비멜렉 V. 우버를 소개합니다."

"영광입니다." 회원들이 인사를 했다.

로즈 장학생[42]인 우버가 말했다. "신사 여러분, 유서 깊은 준타 클럽 회원들답게 제가 기대했던 대로 참 정중하시네요. 우리나라 사람들 대부분이 그렇듯, 저도 말수가 적은 편입니다. 우린 말보다는 행동에 익숙합니다. 아름답고 유구한 문명의 관점에서 본다면, 저의 퉁명스러운 태도가 투박해 보일 수 있다는 것을 저도 잘 압니다. 하지만 신사 여러분, 저를 믿어주세요. 여기서는. . . ."

"공작님, 저녁 식사 올리겠습니다."

노련한 웅변가 우버의 재치 있는 말은 이렇게 중단되었는데, 그는 재빨리, 하지만 급하지 않게 감사 인사를 마무리했다. 회원들은 거실로 들어갔다.

창문을 통해 들어오는 하이 가街의 저물어가는 햇살이 촛불과 뒤섞였다. 회원들이 입은 자주색 외투 사이사이로 손님들이 입은 검은색 외투가 섞이면서, 수많은 특이한 금은 접시들로 번들거리는 타원형 테

---

42) 로즈 장학금(Rhodes scholarship)은 세실 로즈(Cecil Rhodes)의 유언에 따라 영연방, 미국, 독일 등에서 옥스퍼드 대학으로 유학을 오는 학생들에게 수여되는 장학금이다. 미국에서는 매년 32명이 선발되는데, 전 미국 대통령 빌 클린턴(Bill Clinton)을 비롯해 많은 유명 인사가 이 장학금을 받았다.

이블 주위로 멋진 문양이 만들어졌다. 그것은 준타 클럽에서 수년간 반복되어 온 익숙한 풍경이었다.

공작은 회장으로서 자신이 초대한 손님에게 각별히 존중을 표했다. 공작은 우버가 저녁 식사를 시작하며 꺼낸 미국식 유머를 주의깊게 듣는 것 같았다.

사실 공작은 로즈 장학생들 모두에게 늘 정중하게 대했다. 그는 그들과 관계를 구축하기 위해 무던히 애를 썼다. 이는 공작의 일시적인 기분에서 기인한 것이 아니라, 밀너 경[43]에게 호의를 베풀고자 한 것이었다. 공작은 로즈 장학생들이 훌륭하기는 하지만 꽤나 답답한 면이 있다고 생각했다. 그들에게는 학부생으로서의 덕목이라 할 수 있는, 옥스퍼드를 당연한 듯 일상으로 대하는 태도가 없었다. 하긴 그들이 어떻게 그런 태도를 가질 수 있겠는가? 독일 학생들은 옥스퍼드를 그리 좋아하지 않았고, 반대로 식민지 국가의 학생들은 옥스퍼드를 너무 좋아했다. 그런데 예민한 관찰자 타입인 미국 학생들이 가장 큰 골칫거리였다. 공작은 미국에 저급한 조롱을 퍼붓거나, 혹은 미국에 대한 조롱을 듣는 것을 즐기는 그런 부류의 영국인은 아니었다. 공작 앞에서 누군가가 미국은 영토가 큰 축에 속하는 나라가 아니라고 말하면, 공작은 단호하게 미국은 큰 나라라고 주장했다. 또한 그는 배운 사람답게 미국인에게도 엄연히 권리가 있다고 생각했다. 하지만 세실 로즈가 미국 학생들에게는 옥스퍼드에서의 장학금 혜택을 주지 않았더라면 좋았을 텐데, 하고 공작은 종종 생각했다. 미국 학생들은 자신들의 불굴의 국민성이 이곳 옥스퍼드에서 누리고 있는 기쁨 때문에 약화될까 봐 끔찍이도 두려

---

43) Lord Milner: 로즈가 결성한 로즈 소사이어티(Rhodes Society)의 멤버 중 한 명이었다. 로즈 소사이어티의 멤버들은 하나같이 부와 명예, 사회적 영향력을 갖춘 지도층이었다. 그 멤버로는 밀너 경 이외에도 영국 총리를 세 차례나 역임한 솔즈베리 경(Lord Salisbury), 사상가 아놀드 토인비(Arnold Toynbee) 등이 있다.

위했다. 미국 학생들은 미래라는 영광스러운 자산이 자신들의 것이며, 미래는 과거보다 훨씬 더 눈부시게 아름다울 것이라고 생각했다. 하지만 공작이 보기에는 이론과 감정은 별개의 것이었다. 자신이 가지지 않은 것을 갈망하는 것이 가진 것을 한껏 즐기는 것보다 훨씬 더 쉽다. 또한 존재하지 않는 것에 열광하는 것이 존재하는 것에 열광하는 것보다 훨씬 더 쉽다. 미래는 현재 존재하지 않는 것이다. 하지만 과거는 존재하는 것이다. 누구나 배울 수 있게 되면서, 예언이라는 재능은 자취를 감추었다. 이제 사람들은 가능할 법하지 않은 일에는 가슴속에 진정한 열정을 품고 일할 수 없게 되었다. 반면 과거에도 일어난 바 있는 가능한 일이라면 감정적으로 큰 흥미를 느낄 수밖에 없었다. 한편, 사람이란 국가에 의무를 진다. 미국인의 경우에는, 미래에 대해서는 열렬한 동경을 가지는 반면, 과거에 대해서는 차가운 경멸감을 가진다. 또한 미국인이 힘없는 외국인을 감동시키고 외국인의 목소리에 힘을 실어 줄 뜻을 품고 최고의 도덕성과 육체와 지성을 대표하는 표본 인물로 선출된다면, 그는 놀라움을 주는 위상을 떨치는 인물이 되기 위해 최선을 다해야 할 것이다. 그래야 하지 않겠는가? 하지만 여기에서 어려움이 발생한다. 그것은 젊은이들이 사람들에게 놀라움을 주는 위상을 떨치는 인물이 되기를 꺼려한다는 것이다. 그런데 미국인들은 세계에서 그 누구보다도 다른 사람의 호감을 사려고 가장 애쓰는 사람들이다. 미국인들은 지나치게 말이 많은 것을 자기 만족감의 징후로 여기는 경우가 종종 있는데, 그것은 단순히 버릇일 뿐이다. 장황한 수사修辭는 그들의 타고난 본성에 지나지 않는다. 하지만 미국인들은 이를 전혀 의식하지 못한다. 미국인들에게는 말을 많이 하는 것은 숨을 쉬는 것만큼이나 자연스러운 일이다. 미국인들은 쉴 새 없이 말을 하는 동안 급작스럽게 일을 성사시킴으로써, 자신들이 재빠르고 효율적인 사람이라고 굳게 믿는다. 미국인들의 그러한 신념은 인내심이 강한 영국인들을 꽤 혼란스럽게 한다.

종합적으로 말하자면, 미국인 로즈 장학생들은 유려한 웅변술을 타고 났고, 다른 사람들에게 호감을 사려는 지극히 일반적인 욕구가 있으며, 고양시킬 필요가 있는 저속한 감각을 지니고 있다. 또한 그들은 옥스퍼드 생활을 통해 영국 학생들은 느끼지 못하는 무한한 기쁨을 누리고, 동시에 자신들이 대학 사교 생활에서 편안한 부류가 아닌 부패한 귀족 같은 부류가 될까 봐 무한한 두려움을 느끼기도 한다. 적어도 공작의 눈에는 그렇게 보였다.

오늘밤 우버를 초대해 저녁 식사를 함께 하지 않았다면, 공작은 쥴리카와 함께 식사를 할 수 있었을 것이다. 그것은 공작이 지상에서 갖는 최후의 만찬이 될 것이었다. 생각이 여기에 미치자 공작은 손님으로 초대한 우버가 별로 달갑지 않았다. 하지만 공작은 더할 나위 없이 정중한 태도로 손님을 대했다.

공작의 그러한 태도는 상찬받아 마땅한 것이었는데, 우버가 풍기는 전반적인 분위기가 일반적인 로즈 장학생들과는 달리 강한 불안감을 조성했기 때문이다. 오늘밤 우버라는 젊은이의 가슴속에는 평상시 잠재되어 있던 불만에 더해, 예의 바르게 행동하고 싶은 욕구와 오늘 돕슨 양을 에스코트한 공작에 대한 질투심이 충돌하면서 생겨난 특별한 갈등이 격렬하게 타올랐던 것이다. 우버는 머리로는 공작에게 그런 영광을 누릴 권한이 있다고 인정하지 않았다. 하지만 마음으로는 인정했다. 그리고 또 다른 갈등이 일어났다. 다른 갈등 말이다. 우버는 자신의 마음을 빼앗은 여인 쥴리카에 대해 멋지게 연설을 하고 싶은 마음이 간절했다. 하지만 쥴리카는 피해야만 하는 화제였다.

맥퀸 경, 트렌트-가비, 존 머레비 경, 세이즈 경도 비록 달변가는 아니었지만, 쥴리카에 관한 말을 늘어놓으며 자신의 마음을 기꺼이 내보이고 싶었을 것이다. 그들은 무의식적으로 이런저런 말을 해 댔는데, 상대방의 말을 듣고 있는 이는 아무도 없었다. 그들은 각자 눈을 크게 뜬 채로 자신의 가슴에서 흘러나오는 쥴리카를 주제로 한 솔로 연주를 들으며, 몸에 좋은 정도의 양을 넘어 꽤 많은 양의 샴페인을 마셔 댔다. 어쩌면 그들 젊은이들은 오늘밤 평생 동안의 폭음의 씨앗을 심고 있는 것인지도 모르겠다. 물론 알 수 없다. 그들이 평생 얼마나 많은 술을 마시게 될지 우리가 가늠하기에는 그들이 살아온 생애가 너무 짧기 때문이었다.

그렇게 여섯 명이 식사를 하는 동안, 그들에게는 보이지 않는 일곱 번째 손님이 벽난로에 침울하게 기대서서 그들을 바라보고 있었다. 그는 그 시대의 사람이 아니었다. 그는 긴 갈색 머리를 뒤로 넘겨 검은색 끈으로 묶고 있었다. 금은색 명주실로 두껍게 짠 비단으로 만든 빛바랜 외투를 입고 있었고, 레이스 주름장식에 실크 스타킹을 신고 있었으며, 칼까지 차고 있었다. 젊은이들을 바라보고 있는 그 남자는 그들에게 닥칠 비운을 미리 알고 있었다. 그는 한때 자신이 몸담았던 준타 클럽이 사라져야만 할 운명이라는 것이 몹시도 싫었다. 그렇다. 준타 클럽은 그의 것이었다. 식사를 하던 젊은이들이 그를 볼 수 있었다면, 메조틴트 기법[44]으로 그려진 벽에 걸린 초상화를 쏙 빼닮은 그를 알아보았을 텐데. . . . 그리고 그들은 준타 클럽의 창립자이자 초대 회장인 험프리 그레든 앞에서 일동 기립을 했을 텐데. . . .

험프리는 초상화에 그려진 것처럼 얼굴이 계란형도 아니었고, 눈이

---

44) mezzotint: 동판화에서, 동판에 가늘게 교차하는 줄을 긋고 그 줄을 메우거나 깎거나 하여 명암을 나타내는 기법.

그리 크지도 않았다. 입술이 그리 두껍지도 않았고, 손도 그리 섬세하지 않았다. 하지만 18세기 초상화 기법과는 달리, 실제와 꽤 닮아 있었다. 험프리 그레든은 화가가 그린 그림만큼이나 건장하고 우아했다. 얼굴선이 뚜렷한데도 우리 시대 사람이 아니라는 사실만으로는 설명할 수 없는 아주 낭만적인 분위기를 풍겼다. 당신이 그를 본다면, 넬리 오모라가 도저히 거부할 수 없었던 그 위대한 사랑이 이해가 갈 것이다.

메조틴트 화 아래에 걸려 있는, 존 호프너[45]가 그린 정밀화에는 은은한 검은 눈동자에 작고 푸른 터번 아래로 아무렇게나 삐져나온 곱슬머리를 가진, 사랑스럽지만 불운해 보이는 소녀가 있었다. 공작은 우버에게 그 소녀에 대한 이야기를 하고 있었다. 그녀는 고작 열여섯 살 때 험프리 그레든을 위해 가출을 했다. 그때 험프리는 크라이스트처치 칼리지의 학생이었다. 소녀는 그를 위해 리틀모어[46]에 있는 오두막집에서 살았다. 험프리는 거의 매일 말을 타고 가서는 그녀와 함께 시간을 보냈다. 하지만 그는 곧 소녀에게 싫증을 느껴 결혼 약속을 깼고, 그리하여 그녀의 마음을 찢어 놓았다. 소녀는 결국 물방앗간 연못에 스스로 몸을 던져 세상을 등졌다. 그로부터 2년 후 험프리는 상원 의원의 딸을 유혹했다가 리바 스키아보니[47]에서 그 의원과 결투를 벌였고, 결투 중에 결국 죽임을 당했다.

---

45) John Hoppner(1758-1810): 18세기 영국에서 활동한 초상화가.
46) Littlemore: 옥스퍼드의 지방 행정구.
47) Riva Schiavoni: 이탈리아 베니스의 지역명.

험프리 그레든은 그 이야기를 별로 귀담아듣고 있지 않았다. 그는 그 방에서 그 이야기를 수없이 들었지만, 현대 사회의 감성을 이해할 수 없었다. 넬리는 형용할 수 없는 미모의 소유자였다. 험프리는 넬리를 아주 좋아했지만, 그녀와의 관계를 끝냈다. 그가 넬리를 사랑했던 시절처럼, 준타 클럽 회원들은 만찬이 끝나면 어김없이 넬리를 위해 마땅히 건배를 해야 했다. "최고로 아름다웠고 앞으로도 아름다울 요부 넬리 오모라를 위하여!" 이 건배사가 빠졌다면 험프리는 분개했을 터였다.

하지만 험프리는 사람들이 정밀화 속 넬리에게 동정과 연민의 시선을 던지는 데에 넌더리가 났다. 넬리는 아름다웠다. 하지만, 아! 신이시여! 그녀는 지진아에 얼간이였다. 그러니 험프리가 어떻게 넬리와 평생을 함께할 수 있었겠는가? 하느님 맙소사, 넬리는 바보였다. 어쩌다 그녀를 보고 좋아하게 된 머턴 칼리지의 바보 트레일비와 결혼하지 않았으니까.

우버의 도덕적 논조와 기사도 정신은 다분히 미국적이었다. 미국인들의 이러한 정신은 우리 영국인들보다 훨씬 더 강하며, 그들은 표현도 훨씬 더 잘한다. 반면 준타 클럽에 초대받은 영국인 손님들은 넬리 오모라 이야기를 들으면서 단지 "불쌍한 소녀군!" 혹은 "그거 참 안됐네!"라고 중얼거릴 뿐이었다. 하지만 우버는 조용하고 권위 있는 말투로 말했기 때문에, 험프리는 귀를 기울여 듣게 되었다. "공작님, 초대한 사람과 초대받은 사람 사이의 규율을 제가 모르는 바 아닙니다. 하지만 공작님, 찬찬히 생각해 보니 오늘밤 저를 굉장히 즐겁게 해 주고 있는 이 유서 깊고 멋진 준타 클럽의 창립자는 단언컨대 순전히 악당이었던 게 틀림없습니다. 훌륭한 분은 아니었던 것 같아요."

"악당"이라는 말에 험프리 그레든은 몸을 앞으로 불쑥 내밀고 칼을 뽑아 들며 크게 소리쳤지만, 그 목소리는 자기 혼자만 들을 수 있었다. 험프리는 미국인 신사 우버에게 도전장을 내밀었지만 그가 이를 알아채지 못하자, 달려가 단칼에 우버의 심장을 찌르며 외쳤다. "죽어라, 이 빌어먹을 중상모략이나 하는 간신배 놈아! 조지 3세에 맞서는 반역자 놈들은 죄다 죽어라!" 험프리는 검을 거두어들이고는 우아하게 케임브릭 손수건으로 검을 닦았다. 하지만 피는 묻어 있지 않았다. 가슴팍에 찔린 자국 하나 없는 우버는 "험프리는 훌륭한 분은 아니었던 것 같아요"라고 거듭 말하고 있었다. 험프리는 그제야 자신이 손에 잡히지도 않는 무력하고 하잘것없는 한낱 유령에 지나지 않는다는 사실을 기억해 냈다. "하지만 우린 내일 지옥에서 만나게 될 거야." 험프리가 우버의 면전에 대고 이죽거렸다. 하지만 험프리가 틀렸다. 우버는 천국에 갈 것이 확실하기 때문이다.

복수에 실패한 험프리는 공작이 자신을 위해 행동에 나서 줄 것을 기대하며 그를 바라보았다. 하지만 공작이 우버에게 미소를 지으며 변명하는 듯한 모호한 제스처를 취하자, 험프리는 분노에 휩싸인 나머지 다시금 자신이 한낱 유령일 뿐이라는 사실을 잊고 말았다. 험프리는 위엄 있게 가슴을 쫙 펴고는 아주 신중한 태도로 코담배 한 줌을 집더니, 공작에게 고개 숙여 인사하며 말했다. "공작님, 이 변변치 않은 소인을 대신하여 당신이 보여준 훌륭하고 드높은 용기에 깊은 감사의 인사를 드리지 않을 수 없군요." 그런 다음 셔츠 앞섶의 주름장식에 묻은 담뱃재를 털어내며 홀연히 사라졌다. 클럽 하인 중 한 명이 양손에 디캔터[48] 하나씩을 들고 출입구를 지날 때, 험프리는 그 하인을 곧장 통과해 지나치면서야 자신이 공작의 만찬을 망쳐놓는 데 실패했다는 사실을 깨달았다. 험프리는 18세기 당대의 가장 험한 욕설을 쏟아부으면서 저승으로 돌아갔다.

---

48) decanter: 술의 침전물을 거르기 위한 도구. 입구는 좁고 길며 내부는 넓은 구조로, 주로 유리나 크리스털로 만든다.

공작에게 넬리 오모라는 중요한 인물이었던 적이 결코 없었다. 그가 그녀에 관한 전설을 자주 반복해서 이야기하고 다녔던 것은 사실이다. 하지만 사랑이 무엇인지 전혀 몰랐던 공작은 넬리가 느꼈을 황홀감이나 괴로움을 상상조차 할 수 없었다. 자신 역시 메이페어의 총명한 처녀들이 모두 탐내는 목표물이었기에, 공작은 늘 넬리의 죽음이 험프리와 결혼하지 못한 그녀의 좌절된 욕망 때문이라고 생각해 왔다. 하지만 오늘밤 우버에게 넬리에 대한 이야기를 하는 동안에는 그녀의 영혼을 들여다볼 수 있었다. 공작은 넬리에게 연민을 느끼지 못했다. 왜냐하면 넬리는 사랑을 했기 때문이다. 그녀는 삶과 죽음을 바칠만한 가치가 있는 단 한 가지, 바로 사랑이 무엇인지를 알았던 것이다. 넬리는 물방앗간 연못에 스스로 몸을 던지면서 공작이 오늘 느꼈던, 그리고 내일 느끼게 될 감정과 똑같은, 자기희생에서 오는 황홀경을 느꼈던 것이다. 그리고 그녀는 한동안 (족히 일 년 동안은) 사랑받는 기쁨을 누렸으며, 험프리에게 "최고로 아름다웠고 앞으로도 아름다울 요부"였다. 그래서 공작은 넬리가 겪은 고통에 대해 우버가 늘어놓는 일장 연설에 동의할 수 없었다. 공작은 길이길이 기억될 초상화 속 넬리를 힐끗 쳐다보다가, 도대체 그녀의 어떤 점이 험프리를 사로잡았는지 궁금해졌다. 공작은 자신의 마음을 빼앗은 쥴리카 외에도 이 지구상에 아주 아름답고 매력 있는 여자가 발을 딛고 살았다는 사실이 믿기지 않아서 성스러운 기분이 들 정도였다.

드디어 식탁보를 걷어 낼 순간이 왔다. 준타 클럽의 마호가니 식탁이 모습을 드러냈다. 나뭇가지 모양의 촛대, 과일 그릇, 가느다란 유리잔, 오래되었지만 튼튼해 보이는 디캔터, 게임용 상자, 코담배갑 등, 디저트의 위엄에 어울리는 여러 용품들이 이내 선명하고 짙은 호수 같은 마호가니의 고요하고 불그스름한 심연에 비춰 보였다. 이 훌륭한 용품들은 빛을 발하며 우뚝 선 채로 마호가니의 심연에 거꾸로 뒤집힌 모습으로 비춰 보였다. 와인이 모두의 잔에 채워지자, 공작은 자리에서 일어나 잔을 치켜들고는 준타 클럽의 전통 건배사를 선창했다. "신사 여러분! 교회와 국가를 위하여!"

모두가 영광스러운 마음으로 건배사를 제창하고는 서로 담배를 주고받으며 과일을 먹었다. 우버는 피츠버그 재침례교[49]와 공화주의적 이상의 입장에 서 있었기에 마음에 거리낌이 많았지만, 그 누구보다 더 깊은 숭배를 표하며 건배사를 제창했다.

와인이 모두의 잔에 다시 채워지자, 공작이 자리에서 일어나 잔을 치켜들며 말했다. "신사 여러분. . . ." 그러더니 잠시 말이 끊겼다. 공작은 붉게 상기된 얼굴을 찌푸린 채로 침묵을 지키며 몇 분간을 서 있다가, 잠시 신중히 생각하는 듯하더니 잔을 기울여 와인을 카펫 위에 쏟았다. 그러고는 테이블을 둘러보면서 말했다. "아니오. 넬리 오모라를 위하여 건배를 할 수가 없군요."

"왜죠?" 숨이 턱 막힌 존 머레비 경이 간신히 물었다.

"당신에게는 그렇게 물어볼 권리가 있습니다." 공작이 여전히 선 채로 대답했다. "클럽 관습에 따른 정서보다는 제 양심이 더 강하다고 답할 수밖에 없겠군요. 넬리 오모라는 말이죠. . . ."

공작이 손으로 이마를 만지작거리며 말을 이었다. "넬리 오모라는 당대 최고로 아름다웠던 요부였을 겁니다. 우리 준타 클럽의 창립자께서 그녀를 최고로 아름다운 요부라고 생각할 정도였으니 정말 아름다웠겠죠. 하지만 '앞으로도 최고로 아름다울 요부'라는 그분의 예견은 빗나갔어요. 적어도 저에게는 그렇게 보입니다. 이런 견해를 갖고서 이 클

---

49) Anabaptism: 유아 침례를 인정하지 않고 성년 후 재침례를 주장하는 개신교의 교파.

럽의 회장으로 남아 있을 수는 없습니다. 맥퀸 경, 존 머레비 경, 두 분 중 누가 부회장이죠?"

"맥퀸 경입니다." 존 머레비 경이 대답했다.

"그렇다면 맥퀸 경, 지금부터 사임하는 저를 대신하여 당신이 회장이 되는 겁니다. 회장석에 앉아 건배 제의를 하시죠."

"그러고 싶지 않습니다." 맥퀸 경이 잠시 머뭇거리더니 말했다.

"그럼 머레비, 당신이 회장이 되어야 합니다."

"저도 싫습니다!" 존 머레비 경이 말했다.

"왜들 그러는 거요?" 공작이 두 사람을 차례로 바라보며 물었다.

맥퀸 경은 신중한 스코틀랜드 사람답게 말이 없었다. 하지만 브래스노스 칼리지에서 "좌충우돌 머레비"로 불리는 충동적인 존 머레비 경이 말했다. "왜냐하면 저는 거짓말을 못하기 때문이죠!" 그러고는 벌떡 일어나 잔을 높이 들면서 외쳤다. "최고로 아름답고 앞으로도 아름다울 요부, 쥴리카 돕슨을 위하여!"

우버, 세이즈 경, 트렌트-가비도 벌떡 일어났다. 맥퀸 경도 일어났다. 그들은 "쥴리카 돕슨을 위하여!"라고 외치고는 잔을 비웠다.

그들이 다시 자리에 앉자 어색한 정적이 흘렀다. 공작은 여전히 자신이 비워 놓은 회장석 옆에 꼿꼿이 서 있었는데, 얼굴이 아주 심각하고 창백해 보였다. 존 머레비 경의 건배사는 너무나 충격적인 것이었다. 하지만 "준타 클럽 회원은 그릇된 행동을 할 리가 없으니," 그의 건배사 또한 그릇된 것일 리 없었다. 그러한 자유 행사는 더더욱 나무랄 수 없었다. 비판받아야 할 사람은 존 머레비 경을 준타 클럽 회원으로 선출한 자기 자신이라고 공작은 생각했다.

우버도 자못 심각해 보였다. 내면에 고고함이 꽉 들어찬 그는 옥스퍼드의 훌륭하고 오랜 전통이 갑작스레 무너진 데 대해 개탄했다. 한편으로는 내면에 기사도적 미국인 기질이 잠재해 있는 우버는 봉건제의 아름다운 피해자, 오모라 양에 대한 모욕에 분개했다. 그러면서도 또 한편으로는 내면에 아비멜렉 가문의 기질을 지닌 그는 세상에 하나뿐인 여자, 쥴리카를 말과 행동으로 예우했다는 사실에 흐뭇해 했다.

만찬에 참석한 회원들의 붉게 상기된 얼굴과 규칙적으로 들썩거리는 셔츠 앞섶을 둘러보는 순간, 공작은 존 머레비 경이 저지른 그릇된 행동을 까맣게 잊어버렸다. 공작에게 그보다 훨씬 더 중요한 문제는 여기 다섯 명의 젊은이가 쥴리카의 마력에 흠뻑 빠져 있다는 사실이었다. 그들을 구해 내야 한다. 할 수 있다면 말이다. 공작은 옥스퍼드 대학에서 자신의 영향력이 얼마나 큰지 잘 알고 있었다. 물론 쥴리카의 영향력이 얼마나 큰지도 잘 알고 있었다. 공작은 그 문제에 대해 큰 희망을 걸 형편이 아니었다. 하지만 동료 학생들을 위해 새롭게 솟아난 의무감이 공작을 자극했다. "여러분 중에서 돕슨 양을 온 마음을 다해 사랑하지 않는 이가 있습니까?" 공작이 씁쓸한 미소를 띠며 물었다. 아무도 손을 들지 않았다. "과연 제가 염려한 대로군요." 공작은 만일 어느 한 사람이라도 손을 들었다면 자신이 그것을 개인적 모욕으로 받아들였을 거라는 것도 모른 채 말을 이었다. 진정으로 사랑에 빠진 남자라면 누구나 자신의 열정에 공감하지 못하는 사람을 용서하지 못하기 마련이다. 사랑하는 여자가 다른 남자들에게 사랑받지 못할 때 남자가 느끼는 분노가 사랑하는 여자가 다른 남자를 좋아할 때 느끼는 질투심보다 더 강렬한 법이다.

"당신들이 쥴리카에 대해 아는 것이라고는 오직 눈으로 본 것뿐이거나 귀로 들은 그녀의 명성뿐이지 않습니까?" 공작이 물었다. 그들은 모두 그렇다는 뜻을 내비쳤다.

"공작님이 저를 쥴리카에게 소개해 줬으면 합니다." 존 머레비 경이 말했다.

"오늘밤 모두들 주더스 콘서트에 올 겁니까?" 공작이 존 머레비 경의 말을 무시하며 물었다.

"모두들 입장권은 확실히 가지고 있겠죠?"

모두 고개를 끄덕였다.

"그런데 제 연주를 감상하려고 오는 겁니까? 아니면 돕슨 양을 보려고 오는 겁니까?"

"둘 다. . . . 둘 다지 뭐"라는 웅얼거림이 들려왔다.

"머레비처럼 여러분도 모두 돕슨 양을 소개받고 싶겠죠?"

그들의 눈이 하나같이 휘둥그레졌다.

"그렇게 하면 행복할 것 같소?"

"오, 행복이여, 교수형이나 당해라!" 존 머레비 경이 말했다.

공작에게는 그것이 아주 심오하고 분별 있는 말처럼 들렸다. 자신의 감정을 대변해 주는 완벽한 본보기 같았으니 말이다. 하지만 공작이 온당하다고 생각하는 것이 모두에게도 온당하리라는 법은 없었다. 그는 사람들에게 최선의 방식인 관습의 존재를 믿었다. 공작은 만찬에 참석한 동료들에게 몇 시간 전 솔트 셀러에서 두 남학생에게 했던 말을 천천히, 그리고 차분하게 그대로 전했다. 공작은 자신이 했던 말이 이미 옥스퍼드에 파다하게 퍼진 사실을 몰랐기 때문에, 동료들이 아무런 반응을 보이지 않자 깜짝 놀랐다. 모두에게 쥴리카라는 사이렌[50]을 피해야 한다고 호소하려던 공작의 계획은 완전히 수포로 돌아갔다.

---

50) siren: 여자의 모습을 하고 바다에 살면서 아름다운 노래 소리로 선원들을 유혹하여 위험에 빠뜨렸다는, 그리스 신화 속 마녀의 이름이다. 호메로스(Homeros)가 쓴 『일리아스』(Ilias)와 『오디세이아』(Odysseia)에도 사이렌이 등장하는데, 배를 타고 집으로 돌아가는 오디세우스가 사이렌이 활동하는 지역에 다다랐을 때 밀랍으로 선원들의 귀를 틀어막아 그 위험을 벗어나도록 했다는 이야기가 나온다.

우버는 런던에 거주하는 동안 사적인 만찬 자리에서는 공개 연설을 하지 않는 영국인들의 진기한 관습에 완전히 적응되었다. 그럼에도 그는 자리에서 일어나 깊은 숨을 몰아쉬며 말했다.

"공작님," 우버가 목소리를 낮추어 말했지만, 그의 목소리는 방 안에 울려 퍼졌다. "늘 그렇듯이 공작님의 말씀이 당신의 선한 마음을 드러내 보여 준다는 것은 여기 계신 신사분들 모두 알 것입니다. 우리 모두가 인정하듯이 공작님의 사고방식은 도전적입니다. 공작님의 학문적·사회적 성취가 태양계 도처에서, 아니 태양계 밖에서까지 모범이 된다고 해도 과장이 아닐 것입니다. 우리는 마땅히 당신을 준타 클럽의 회장으로서 존중합니다. 공작님, 우리는 당신이 딛고 서 있는 이 땅마저 숭배합니다. 하지만 우리는 자유롭고 독립적인 인간으로서의 권리를 가지고 있습니다. 공작님, 우리는 쥴리카 돕슨 양이 딛고 서 있는 이 땅 또한 숭배합니다. 우리는 바로 그 자리에서 죽을 권리가 있습니다. 우리는 그 자리에서 꿈쩍도 하지 않을 것입니다. 맹세코 단언하건대, 우리는 어떤 일이 있어도 우리가 앉아 있는 그 자리에 앉아 있을 것입니다. 공작님은 우리가 쥴리카 돕슨 양의 마음을 얻을 가능성이 없다고 말씀했습니다. 우리도 잘 압니다. 우리는 돕슨 양의 마음을 얻을 자격이 없는 사람들입니다. 그래도 우리는 그 자리에 드러누워, 그녀가 우리를 사뿐히 즈려밟고 가게 할 것입니다. 당신은 돕슨 양의 마음이 차갑다고 했죠. 우리가 그녀의 차디찬 마음을 녹일 수 있다고 공언하는 것이 아닙니다. 하지만 공작님, 그렇다고 우리가 돕슨 양을 사랑하는 것을 그만둘 수는 없습니다. 설령 공작님이라 해도 그만두게 할 수는 없습니다. 아무렴요! 우리는 돕슨 양을 사랑하며, 앞으로도 계속 사랑하게 될 것이며, 사랑할 것입니다. 목숨이 다하는 날까지요."

특히 그 연설의 마지막 부분이 큰 박수를 이끌어냈다. "나는 돕슨 양을 사랑하며, 앞으로도 계속 사랑하게 될 것이며, 사랑할 것입니다." 연설을 듣던 청년들이 제각각 외쳐댔다. 그들은 쥴리카를 떠올리며 다시한 번 와인 잔을 치켜들면서 그녀에게 경의를 표했다. 존 머레비 경은 사냥터에서나 어울릴 법한 소리를 내질렀다. 맥퀸 경은 스코틀랜드 방언으로 감상적인 발라드 몇 구절을 읊어 댔다. "만세, 만세!" 트렌트-가비도 소리쳤다. 세이즈 경은 최신 왈츠를 흥얼거리며 리듬에 맞춰 팔을 흔들어 대다가, 셔츠 앞섶에 흘린 와인이 조끼까지 주르륵 흘러내렸지만 크게 신경 쓰지 않았다. 우버는 옥스퍼드 대학을 위해 건배를 했다.

정다운 소음이 열린 창문을 통해 행인들에게까지 흘러갔다. 길 건너편에서 와인을 파는 상인이 그 소리를 듣고는 수심에 잠긴 듯 미소 지었다. 그는 "청춘이여, 청춘이여!"라고 중얼거렸다.

정다운 소음은 점점 더 커졌다.

다른 때 같았으면 공작은 준타 클럽의 수치라며 불쾌감을 느꼈을 것이다. 하지만 고개를 숙인 채 두 손으로 얼굴을 감싸고 서 있는 지금 이순간에는, 이 젊은이들에게 닥칠 운명을 당장에 거두어 주어야겠다는 생각뿐이었다. 내일 공작이 죽음으로써 비극적 예시를 보여 주는 것은 어쩌면 너무 늦은 것일지도 모른다. 운명의 장난이 너무 깊이 내려앉았고, 그로 인한 고통은 평생토록 이어질 것이기 때문이다. 공작은 가정교육을 잘 받은 사람이었기에, 저녁 식사 테이블에 죽음의 그늘을 드리울 수는 없었다. 하지만 그의 양심은 그렇게 해야만 한다고 고집을 부렸다. 공작은 두 손으로 감싸고 있던 얼굴을 들어올리고는 조용히 하라는 신호로 한 손을 들어올렸다.

"우리는 모두 나이를 먹을 만큼 먹었으니, 영국과 트란스발공화국 간에 전쟁이 선포될 당시 런던 거리에 들끓었던 시위를 생생히 기억할 것입니다. 우버, 당신도 분명히 미국에서 그 용솟음치는 시위의 메아리를 들었을 거요. 전쟁이 아주 간단히 짧은 기간 안에 끝날 거라는 것이 지배적인 생각이었죠. 이른바 '낙승'으로 끝날 거라고요. 당시 어린 소년이기는 했지만, 저의 눈에는 하찮은 적을 쳐부술 생각에 기뻐 날뛰며 자만하는 모양새가 우리 영국인의 균형감에 결점이 있음을 입증하는 것으로밖에는 보이지 않았죠. 하지만 시위대의 관점도 이해할 수 있었소. 아무리 들뜨고 저속해도 승리란 늘 기쁜 법이니까요. 하지만 패배는요? 전쟁이 선포되었을 당시, 만약 영국이 트란스발을 정복하는 데 실패할 뿐만 아니라, 오히려 트란스발이 영국을 정복할 거라고 모두가 확신하는 분위기였다면? 만약 트란스발이 자유와 독립을 쟁취할 뿐만 아니라, 오히려 우리가 자유와 독립을 빼앗길 거라고 모두가 확신하는 분위기였다면? 그랬다면 국민들의 기분이 어땠을까요? 침통한 얼굴로 눈물을 흘리며 속삭이지 않았겠습니까? 이렇게 말씀드려서 죄송합니다만, 여러분이 방금 테이블에 빙 둘러앉아 만들어 낸 소음은 보어 전쟁 발발 직전에 시민들이 냈던 소음과 별반 다를 게 없습니다. 영국이 재앙을 맞이하여 속국이 될 수밖에 없는 운명에 처한다고 했을 때 군중들에게서 볼 수 있는 여러 우스꽝스러운 언행이 이해할 수 없는 것만큼이나, 지금 여러분의 언행도 제게는 그렇게 보입니다. 오늘밤 제가 여기 초대한 손님인 우버는 대단한 웅변과 짜릿한 연설을 통해 인간이라면 누구나 '자유와 독립'을 지켜야 한다고 말했습니다. 저도 그것이 흠잡을 데 없는 이상理想이라고 생각합니다. 하지만 제 친구가 좌중을 깨우치기 위해 책략을 쓰는 것을 보고는 깜짝 놀랐다고 고백하지 않을 수 없습니다. 우버는 자리에 드러누워 돕슨 양이 자신을 사뿐히 즈려밟고 가게 할 것이라고 선언했습니다. 게다가 여러분에게 자신을 따르라고 말했죠. 그리고 오늘 이 자리에서 여러분은 분명히 여기에 찬성을 표했습니다. 신사 여러분, 앞서 언급한 보어 전쟁 발발 직전에 말입니다, 어떤 웅변가가 영국인들에게 이렇게 말했다고 가정해 보십시다. '이번 전쟁은 우리의 적국인 트란스발이 승리할 것입니다. 트란스발의 크루거 대통령이 우리를 그의 손아귀에 움켜쥘 거라고요. 우리는 그의 치하에서 오래도록 자유와 독립을 되찾으려고 애쓰며 살아가게 될 것입니다.' 브리타니아의 대답은 무엇이었을까요? 우버, 당신의 생각은 어떻습니까? 심사숙고하여 결심을 한다면 당신은 어떤 의견을 내실 건가요?" 공작이 잠시 말을 멈추더니 우버에게 미소를 지어보였다.

"공작님, 어서 계속하세요." 우버가 말했다. "저야 제 차례가 오면 그때 대답하겠습니다."

"바라건대, 제 말을 완전히 뒤집으려 하지는 마세요." 공작이 말했다. 그것은 옥스퍼드인다운 태도였다. "신사 여러분," 공작이 말을 이어갔다. "브리타니아가 투구를 허공에 벗어던지며 '노예 상태여, 영원하라!'고 소리쳤다면 그게 가당키나 한 말입니까? 신사 여러분, 노예가 된다는 것이 기쁘고 영광스러운 일이라고 생각하십니까? 노예 상태로 말할 것 같으면, 제가 여러분보다 경험이 더 많죠. 사실 저는 어제 저녁 이후 돕슨 양의 노예가 되었거든요. 여러분은 기껏해야 오늘 오후부터 그렇게 되지 않았습니까? 그리고 저는 돕슨 양과 아주 가까이 지냈지만, 여러분은 먼발치에서 경의를 표하며 바라만 본 것이 전부이지 않습니까? 여러분은 아직 족쇄에 살이 쓸려 벗겨지는 고통은 겪어 보지 않았습니다. 제 손목과 발목은 모두 살이 쓸려 벗겨지고 말았습니다. 그리고 그 쇳덩어리 족쇄는 저의 영혼까지 파고들었죠. 저는 지친 나머지 축 처진 채 비틀대고 있습니다. 피가 철철 흐르고 있죠. 몸을 부르르 떨며 저주를 퍼붓고 있습니다. 극심한 고통으로 몸부림치고 있죠. 태양도 저를 조롱하고, 달도 저의 면전에서 킥킥거려요. 더 이상 참을 수 없습니다. 더는 참지 않을 겁니다. 저는 내일 죽을 겁니다."

만찬 중인 회원들의 붉게 상기된 얼굴이 점점 창백해져 갔다. 그들의 눈은 빛을 잃었고, 혀는 입천장에 착 달라붙었다. 마침내 맥퀸 경이 들릴 듯 말 듯한 목소리로 입을 열었다. "자살을 하겠다는 말입니까?"

"그렇습니다." 공작이 말했다. "말하자면 그렇죠. 우연찮은 일이 생기는 바람에 오늘 오후에 자살하지 못했거든요."

"말도 . . . 안 . . . 돼요." 우버가 말을 제대로 잇지 못했다.

"저는 정말 실행할 겁니다." 공작이 말했다. "여러분 모두가 제 뜻을 잘 숙고해 주셨으면 합니다."

"하지만 . . . 돕슨 양도 이 사실을 압니까?" 존 머레비 경이 물었다.

"오, 물론 알고 있죠." 공작이 대답했다. "사실 내일까지는 죽지 말라고 저를 설득한 사람이 바로 돕슨 양입니다."

"하지만 . . . 하지만. . . ." 세이즈 경이 머뭇거리더니 말을 이었다. "아까 주더스 가街에서 돕슨 양이 공작님에게 작별인사를 하는 걸 봤습니다. 그런데 . . . 그런데. . . . 그때 그녀는 마치 아무 일도 없는 것처럼 보였는데요."

"아직 아무 일도 없었으니까요." 공작이 말했다. "돕슨 양은 제가 아직 그녀 곁에 있다는 사실에 아주 기뻐했습니다. 돕슨 양은 제가 내일 그녀를 위해 죽지 못하게 할 만큼 잔인하지는 않았소. 돕슨 양이 시간까지 정확히 정해 주지는 않았죠. 하지만 그 시간은 에이트 대회가 막 끝나는 시간이 될 것입니다. 그보다 이른 죽음은 에이트 대회에 대한 예의가 아닌 것으로, 제게 오점으로 남을 거요. 이렇게까지 하는 제가 여러분에게는 이상하게 보일 겁니다. 저를 본보기로 삼으시오. 여러분은 모든 의지력을 끌어모아 돕슨 양을 잊어야 합니다. 콘서트 표 따위는 찢어 버리시오. 그냥 여기 앉아서 카드 게임이나 하시라고요. 판돈을 크게 걸어요. 그게 아니라면 차라리 각자의 칼리지로 돌아가셔서 제가 여러분에게 전한 소식을 널리 퍼뜨리시오. 어떤 남자도 사랑하지 못하는 쥴리카에 대해 모든 옥스퍼드인들이 경계심을 갖게 해 주시오. 저 도싯 공작이, 삶을 사랑할 이유가 너무나도 많은 제가, 비할 데 없이 뛰어난 제가, 쥴리카를 향한 사랑 때문에 죽으려고 한다는 사실을 모든 옥스퍼드인들에게 알려 주시오. 제가 죽음을 망설인다고 아무도 오해하지 않게 해 주시오. 저는 도살장에 끌려가는 소가 아니란 말입니다. 저는 피해자일 뿐만 아니라 순교자요. 저는 제 자신에게 경건한 기쁨을 선사하려고 합니다. 하지만 그 차가운 헤브라이즘은 이걸로 족합니다! 제 영혼의 분위기에는 전연 맞지 않아요. 쳇, 자기희생 따위는 저랑 맞지 않는다고요! 저는 쾌락주의자입니다. 저는 그런 사람입니다. 당혹스러운 저의 열정이 저를 죽음의 품 안으로 거세게 몰고 간 것입니다. 쥴리카는 부드럽지만 악의를 품은 여자요. 쥴리카는 제가 결코 그녀 자체를 사랑한 적이 없다는 것을 알고 있죠. 쥴리카는 저를 똑바로 알고 있소. 제가 쥴리카에게 간 것은 그렇게 하지 않으면 제 열정을 억누를 길이 없어서라는 것도 그녀는 잘 알고 있죠.”

오랜 침묵이 흘렀다. 고개 숙인 좌중의 샐쭉한 입을 둘러본 공작은 자신의 말이 씨알도 먹히지 않는다는 사실을 깨달았다. 공작의 말이 아무 소용없다는 사실을 확인시켜 준 사람은 바로 존 머레비 경이었다.

“도싯 공작,” 존 머레비 경이 늠름한 태도로 말했다. “저도 죽을 겁니다.”

공작은 깜짝 놀라는 기색을 감추지 못하며 존 머레비 경을 사납게 노려보았다.

“저도 머레비와 같은 입장입니다.” 우버가 말했다.

“저도 같은 입장입니다!” 세이즈 경이 말했다.

“저도요!” 트렌트-가비가 말했다.

"저도요!" 맥퀸 경이 말했다.

공작이 입을 뗐다. "당신들 미쳤소?" 그는 자신의 목을 부여잡으며 말했다. "다들 미친 거냐고요?"

"아닙니다, 공작." 우버가 대답했다. "만약 우리가 미쳤다 해도, 당신이 그렇게 나설 권한은 없죠. 당신은 우리에게 길을 제시했습니다. 우리는 그저 그 길을 따를 뿐이고요."

"그렇습니다." 맥퀸 경이 무심하게 말했다.

"이 바보들 같으니, 내 말 좀 들어 보시오." 공작이 소리쳤다.

그때 열린 창문을 통해 시계 종소리가 힘차게 들려왔다. 공작이 돌아서서 시계를 꺼냈다. 9시다! 아, 콘서트! 늦지 않기로 약속했는데! 쥴리카!

다른 생각들은 머릿속에서 모조리 사라졌다. 공작은 즉시 창가로 몸을 재빨리 움직였다. 그러고는 창가에 놓여 있는 화초 재배통을 밟고 아래 도로로 뛰어내렸다. (그래서 요즘에도 그 건물 앞면을 '도싯 공작이 뛰어내린 장소'라고 부른다.) 공작은 날렵한 고양이처럼 착지해서는 반동을 이용해 왼쪽으로 방향을 튼 다음 한줄기 자주색 번개처럼 하이가街를 뛰어 내려갔다.

다른 회원들도 콘서트에 늦어 쥴리카를 보지 못할 수도 있는 최악의 상황을 우려하여 서둘러 창가로 달려갔다. "안돼." 우버가 소리쳤다. "괜찮을 거야. 시간을 아껴야지!" 우버가 눈을 질끈 감고 화초 재배통에 올라섰다. 그러자 화초 재배통이 무게를 이기지 못하고 갈라지고 말았다. 우버는 힘껏 잘 뛰어내렸지만, 그 바람에 제라늄 몇 송이가 뿌리 채 뽑혔다. 그는 어깨를 꼿꼿이 펴고 고개를 뒤로 젖힌 채, 경사진 하이가街를 뛰어 내려갔다.

나머지 참석자들은 서로를 거칠게 밀치며 격렬한 몸싸움을 벌였다. 맥퀸 경은 약삭빠르게 거기서 빠져나와서는 아래층으로 서둘러 뛰어갔다. 존 머레비 경이 땅에 착지하자마자, 맥퀸 경이 현관에서 모습을 드러냈다. 존 머레비 경은 왼쪽 발목을 삐었다. 통증으로 얼굴이 새파래진 존 머레비 경은 콘서트 표를 손에 쥐고 오른발로 껑충거리며 하이 가街를 뛰어 내려갔다. 다음은 세이즈 경이 뛰어내렸다. 마지막으로 트렌트-가비가 뛰어내렸는데, 갈라진 화초 재배통에 발이 끼는 바람에 거꾸로 떨어져 유감스럽게도 세상을 하직했다. 세이즈 경이 존 머레비 경을 몇 발짝 앞서갔다. 맥퀸 경은 세인트 메리 교회 앞에서 우버를 따라잡았고, 래드클리프 광장에 다다라서는 그를 훨씬 앞질러 가게 되었다. 공작은 가볍게 일등을 차지했다.

청춘이여! 아, 청춘이여!

제9장

도싯 공작은 솔트 셀러에 좌우로 늘어선 수많은 인파를 가로질러 뛰었다. 그는 대학 내 회관으로 이어진 돌계단을 껑충껑충 뛰어올라 간 뒤, 회관 문턱에 와서야 잠시 멈추어 섰다. 회관 입구는 무슨 수를 써서라도 입석이라도 구하려고 몰려든 학생들 때문에 막혀 있었다. 이 모든 광경이 대학 콘서트장에서 일반적으로 볼 수 있는 모습과는 판이하게 달랐다.

"좀 지나갈게요." 공작이 숨을 헐떡이며 말했다. "고맙습니다. 길 좀 내주시오. 고맙습니다." 그는 숨가쁘게 뛰는 가슴을 부여잡고 통로를 지나 앞줄에 다다랐다. 그런데 얼굴에 찬물 한 바가지 끼얹을 듯한 깜짝 놀랄 만한 일이 공작을 기다리고 있었다. 거기에 쥴리카가 없었던 것이다! 그녀가 시간 약속을 지키지 않을 수도 있다는 생각은 해 본 적이 없었다.

학장이 자리에 앉아 자못 근엄한 태도로 공연 프로그램을 읽고 있었다. 공작이 물었다. "손녀분은 어디에 있습니까?" 그는 마치 '만약 그녀가 죽었다 해도 저한테 제발 전하지 마세요'라고 말하는 듯한 말투로 말했다.

"제 손녀 말입니까? 아, 공작, 안녕하세요." 학장이 말했다.

"아픈 건 아니겠죠?"

"아, 아닙니다. 아프다니요. 저녁 식사 때 입었던 옷을 갈아입는다고 했던 것 같소. 곧 올 겁니다."

학장은 쥴리카에게 친절을 베풀어 주어 감사하다며 공작에게 인사를 했다. 학장은 쥴리카가 쓸데없는 말을 지껄여 공작을 걱정시키지 않았기를 바랐다. "쥴리카는 아주 상냥하고 싹싹해 보이더군요." 학장이 무심한 듯 말했다.

공작은 학장 옆에 앉아 마치 엄마 얼굴을 살피듯 그의 덕망 있는 얼굴을 호기심을 갖고 바라보았다. 이 분도 한때는 '남자'였겠지, 하는 생각이 들었다. 학장의 피가 쥴리카의 핏줄에도 흐르고 있겠지, 하는 생각도 들었다! 이제껏 공작은 학장에게서 어떤 그로테스크한 면도 보지 못했었다. 그를 항상 위엄 있는 성직자와 학자의 표본이라고 생각해 왔기 때문이다. 세상의 온갖 어리석음이나 야단법석과는 호젓하게 거리를 두고 살아 온 학장의 오랜 삶은 공작에게는 존경할 만하고 부러워할 만한 것이었다. 공작은 종종 옥스퍼드의 올 소울스 칼리지의 펠로우십을 밟아, 여기 옥스퍼드에서 학자로서 남은 일생을 보낼까 숙고하기도 했다. 그는 학장에게는 젊은 시절이라는 게 없었을 것이라 생각했다. 학장에게도 한때 젊은 시절이 있었을 것이라고는 결코 생각해 본 적이 없었다. 오늘밤 공작은 이 늙은 학장을 새로운 시각으로 바라보았다. 공작은 학장이 미쳤다고 생각했다. 여기 이 학장이라는 남자는 결혼도 하지 않고 자녀를 낳았기에, 사랑이라는 감정에 대해서는 어느 정도 알고 있는 게 틀림없었다. 그렇다면 이 남자는 어떻게 매년 이렇게 책 속에 파묻혀 녹슬어갈 수 있느냐 말이다? 삶에 바라는 것 하나 없이, 갈망하는 내색 하나 없이 죽음을 기다릴 수 있느냐 말이다? 왜 진작 자살하지 않았느냐 말이다? 도대체 그의 죽음을 가로막고 있는 것은 무엇일까?

연단에서 한 학생이 '그녀는 날 사랑하지 않아'라는 제목의 노래를 부르고 있었다. 원래 이런 애처로운 노래는 우리의 감정을 헤집어 놓기 마련이다. 빨간 타이츠를 입고 노란 가발을 쓴 이탈리아 테너가 오페라 하우스 무대에서 내지르는 절규라면 충분히 호소력이 있을 것이다. 하지만 콘서트장에서 수줍음 많은 영국인 아마추어가 정장을 입고 내지르는 절규는 그렇지 않았다. 연단에 선 학생이 악보를 만지작거리며 오로지 "차가운 잿빛 교회 마당에 묻힐" 때에야 사랑하는 여인이 자신을 동정할 거라고 상상하며 노래 부르는 모습이 공작에게는 상당히 우스워 보였다. 하지만 그마저도 학장에 비한다면 그리 우스운 것이 아니었다. 이렇게 허구의 사랑을 노래하는 것이 학장처럼 자기가 마치 파우스트라도 되는 듯 따분한 현실을 살아가는 것보다 더 가치 있었다. 마치 울새처럼 노래하고 있는 저 학생이 진심을 표현하고 있을 거라고는 그 누구도 생각하지 못했으리라. 추측하건대, 저 학생이 머릿속에 그리고 있는 상대역은 다름 아닌 줄리카였을 것이다.

연단 위에 선 학생이 사랑하는 여인이 죽으면 천국의 천사가 그녀를 곧장 자신에게 데려올 것이라 상상하면서 두 번째 소절을 시작한 순간, 회관 밖에서 소란스럽게 웅성대는 소리, 아니 그보다는 감정을 억누른 함성 소리가 청중들의 귀에 들려왔다. 몇 소절을 부른 뒤 그 울새 같은 학생은 갑자기 노래를 멈추더니 마치 환영幻影이라도 본 것처럼 정면을 뚫어져라 응시했다. 청중들이 모두 그 학생의 시선이 향하는 곳으로 고개를 획 돌렸다. 그곳에서 검은색 옷을 입은 눈부시게 아름다운 줄리카가 입구로 들어와 통로를 따라 천천히 걸어오는 것이 아닌가.

공작이 미친 듯 기뻐하며 자리에서 일어나자, 쥴리카는 그에게 고개를 끄덕여 보이며 미소를 짓더니 다가와 공작 옆자리에 앉았다. 공작에게 쥴리카는 어딘가 다르게 보였다. 공작은 약속시간에 늦은 쥴리카를 용서한 지 오래였다. 그녀가 이렇게 나타나 준 것만으로도 완전히 용서가 되었다. 뭐라고 콕 집어 말할 수는 없었지만, 공작은 쥴리카에게 일어난 변화가 자못 기뻤다. 공작이 쥴리카에게 물어보려 했지만, 그녀는 고개를 가로저으며 검은 장갑을 낀 집게손가락을 입술에 가져다 대면서 가수를 위해 조용히 해 주자고 했다. 노래를 부르던 학생은 영국인 특유의 끈덕진 용기를 갖고 두 번째 소절의 도입부로 돌아갔다. 학생은 노래를 끝마치고 느릿느릿 연단에서 내려왔고, 열렬한 박수갈채를 받았다. 쥴리카는 대중 앞에 나서는 것이 취미인 사람들이 하는 독특한 방식으로, 양손을 쳐들고는 힘차게 박수를 쳐 댔다. 기쁨을 감추지 않는 박수이자 자신의 존재감을 과시하는 박수였다.

"그나저나 보셨나요? 보셨어요?" 쥴리카가 공작 쪽으로 몸을 돌리며 물었다.

"예, 뭔가를 보기는 봤소. 그런데 그게 뭐죠?"

"평범하진 않죠?" 쥴리카가 자신의 왼쪽 귓불을 살짝 건드렸다. "예쁘지 않아요?"

이제 공작은 쥴리카의 달라진 점을 알아챘다. 그녀의 작은 얼굴 옆으로 흑진주 귀걸이 한 쌍이 달려 있었다.

"보세요." 쥴리카가 말했다. "아까 헤어진 이후로 제가 당신에 대해 얼마나 깊이 생각했는지를 말이에요!"

"이게 정말로 오늘 패용했던 그 진주 귀걸이입니까?" 공작이 귀걸이를 가리키며 물었다.

"예, 이상하지 않나요? 여자가 자기도 모르게 남자를 위해 상복을 입었다면, 그 남자는 반드시 기뻐해야만 해요. 왜냐하면 그녀가 진심으로 그를 애도한다는 뜻이니까요."

"이루 말할 수 없이 기쁩니다. 감동받았소. 그런데 색깔이 언제 변했습니까?"

"저도 모르겠어요. 저녁 식사 후에야 알았어요. 거울을 보다가요. 저녁 식사 시간 내내 당신과 내일 일을 생각했거든요. 이 예민한 분홍진주가 또 내 영혼을 드러냈어요. 초록색 자수가 수놓인 노란 드레스를 차려입은 채로 한 마리 딱따구리 마냥 명랑하게 굴던 터라 기분이 꺼림칙했어요. 얼른 눈을 가렸어요. 그리고 위층으로 뛰어올라 가 종을 울리고는 옷을 황급히 벗어던졌어요. 덕분에 제 하녀가 아주 짜증이 났죠."

짜증이 났다고? 공작은 쥴리카에게 불쾌한 감정을 드러낼 수 있는 그 하녀가 부러워 미칠 지경이었다. "행복한 하녀로군요!" 공작이 중얼거렸다. 쥴리카는 공작이 남의 것에 눈독 들이고 있다고 대답했다. 그런데 쥴리카도 공작의 하숙집에 있는 하녀를 부러워하지 않았던가?

"저는 그저 얌전히 당신을 돕고 싶었어요. 당신에게 당돌하게 군다는 것은 제 머리로는 상상할 수 없는 일이에요. 뜻밖이기는 하지만 당신의 성격에도 흠은 있네요." 쥴리카가 말했다.

"그럼 어쩌면 내가 죽으려 하는 것도 마찬가지로 내 성격의 흠일 거요." 공작이 말했다. 쥴리카는 자신을 나무라는 공작을 이해한다는 듯이 자신의 말을 뉘우친다는 뜻으로 예쁜 몸짓을 지어 보였다. "당신이 사랑에는 흠 잡힐 데가 없는 사람이기에, 당신이 나를 위해 목숨을 버리는 일은 하지 않겠죠." 공작이 덧붙여 말했다.

"아, 제가 당신을 위해 목숨을 버리는 일은 없을 거라고요? 당신은 저를 몰라요. 저는 사랑을 위해 목숨을 버리는 일이라면 기꺼이 할 사람입니다. 저는 당신보다 훨씬 낭만적인 사람이랍니다. 정말로요." 그러더니 쥴리카는 공작의 가슴팍을 흘끗 쳐다보며 말했다. "저도 궁금해지네요. 당신의 분홍진주가 검은색으로 변했다면 말이죠. 번거로움을 감수하면서 지금 입고 계신 근사한 외투를 갈아입으셨을까요?"

사실 그 어떤 검은색 계열 의상도 지금 쥴리카가 입고 있는 검은색 의상보다 더 아름다울 수 없을 것이다. 공작은 콘서트가 진행되는 동안 그녀를 지켜보았는데, 표정에서 침울한 구석이라고는 찾아볼 수 없었다. 쥴리카의 검은 매력이 빛을 발하고 있었다. 그녀가 입고 있는 검은색 비단 드레스는 멋진 보석들을 받쳐 주는 밑그림 역할을 했다. 목과 손목에 두른 커다란 검은 다이아몬드부터, 쥴리카가 쥐고 있는 부채에 붙어 있는 조그마한 검은 다이아몬드까지. 그녀의 머리칼에는 큰 까마귀 날개와도 같은 윤기가 흘렀다. 그런데 그 모든 것들과는 비교도 안 될 정도로 더 환하게 빛나고 있는 것은 쥴리카의 눈이었다. 확실했다. 쥴리카에게서 소름끼치는 것은 찾아볼 수 없었다. 이런 그녀를 두고 냉혹한 여자라고 말할 사람이 있을까? 아! 없을 것이다. 쥴리카는 단지 강한 여자일 뿐이다. 그녀는 비극의 행로를 비틀거리지 않고 걸어갈 수 있는, 어둠의 골짜기에서도 굴하지 않을 그런 여자였다. 방금 쥴리카가 한 말은 진실 그대로였다. 공작이 쥴리카에게 마음을 빼앗기지만 않았더라면, 그녀는 그를 위해 기꺼이 목숨을 내던졌을 것이다. 그러면서도 쥴리카는 공작에게 눈물조차 요구하지 않았을 것이다. 쥴리카에게는 이제 공작을 위해 흘릴 눈물조차 남아 있지 않다는 사실, 그리고 쥴리카만이 공작의 고양된 감정을 이해할 수 있다는 사실은, 그녀가 그의 자살에 경의를 표할 자격이 있다는 증거였다.

"그나저나 당신에게 작은 부탁 하나 할게요." 쥴리카가 속삭였다. "내일 마지막 순간에 큰 소리로 제 이름을 불러 줄 수 있어요? 주변 사람들 모두가 들을 수 있게요."

"그럼요, 그렇게 하겠소."

"그러면 어느 누구도 당신이 죽은 게 나 때문이 아니었다고 말하지 못할 거예요."

"간단히 당신의 세례명을 불러도 되겠소?"

"그러세요, 안 될 이유가 없죠. 특히나 그런 순간이라면. . . ."

"고맙소." 공작의 얼굴에서 빛이 났다.

이렇게 쥴리카와 공작이 교감하는 동안 환한 빛이 켜졌다 꺼졌다를 반복했다. 회관 안에 있던 학생들은 두 사람의 뒤편에서 목을 길게 빼고는 흘낏흘낏 그들을 훔쳐보았다. 모두가 콘서트 전반부의 마지막 차례인 공작의 피아노 솔로 연주를 열렬히 기다리고 있었다. 공작이 죽기로 결심했다는 소식은 이미 학생들 사이에 파다하게 퍼진 상태였는데, 그 소식을 처음 전한 이는 물론 우버를 비롯한 준타 클럽 모임에서 온 학생들이었다. 공작은 준타 클럽에서 있었던 일, 자신이 솔선해서 초래한 해악을 까맣게 잊고 있었다. 공작에게 그 회관은 외딴 동굴 같았다. 쥴리카와 자신을 제외하고는 아무도 없는 동굴 말이다. 하지만 공작은 고인이 된 존 브라이트[51]가 죽기 전에 그랬듯, 죽음의 천사가 공중에서 날개를 퍼덕거리는 소리를 들었다. 그 날개는 끔찍해 보이지 않았다. 그 것은 눈가리개를 한, 볼이 발그레한 아이의 어깨에서 돋아난 작은 날개였다. 사랑과 죽음. 공작에게 그 둘은 똑같이 매우 아름다운 것이었다. 공작은 자신이 연주할 차례가 되자 무대 위로 올라갔는데, 마치 구름 위를 걷는 기분이었다.

---

51) John Bright (1811-1889): 영국의 정치인.

공작은 오늘밤 어떤 곡을 연주할지 생각해 보지 않았다. 지금 이 순간에도 어떤 곡을 선택해야 할지 몰랐다. 공작이 손가락으로 건반을 살짝 어루만졌다. 이제 곧 그 아이보리색 건반은 목소리와 언어를 부여받을 것이었다. 그때 공작과 청중들 앞에 환영幻影이 나타났다. 그것은 울다 지쳐 무기력해진 사람들이 아주 천천히 걸어가는 행렬로 보였다. 두건을 쓴 사람들이 '그'를 잃은 상실감에 어깨를 축 늘어뜨리고 있었다. 그들은 그의 무덤까지 걸어갔고, 그곳에서 잡고 있던 삶의 끈을 놓아버렸다. 그는 정말 아름다운 청년이었다. 아! 그는 떠안아야 할 짐이었고, 그리하여 시야 밖으로 사라져야 할 먼지였다. 행렬을 이룬 사람들은 아주 천천히 지나갔는데, 그들의 모습은 아주 가엾어 보였다. 그런데 그들이 걸어가는 동안, 희미해서 거의 감지하기 힘든 어떤 새로운 기류가 행렬 사이에 흐르는 듯했다. 조문객 한 명 한 명이 마치 뭔가를 들으려는 듯이 두건을 벗고 파리하게 위를 올려다보았다. 모두가 길을 걸으며 뭔가를 듣고 있었다. 처음에는 놀란 듯했지만 나중에는 황홀감에 젖었다. 친구의 영혼이 그들에게 노래를 불러 주고 있었기 때문이다. 그들은 친구의 목소리를 들었다. 이제껏 그들이 알고 있던 것보다 훨씬 청명하고 쾌활한 목소리였다. 그것은 그들이 아직은 공유할 수 없는, 승리의 기쁨에 젖은 천상의 목소리였다. 하지만 이제 그 목소리는 희미해졌고, 메아리마저도 들려왔던 곳으로 서서히 잦아들었다. 마침내 목소리가 멈추었다. 슬픔에 잠긴 조문객들만 다시 남겨졌는데, 모두들 위로받지 못한 채 어깨를 축 늘어뜨리고 흐느끼면서 사라져 갔다.

공작이 연주를 시작하자 투명 인간이 다가와서는 곁에 서서 연주를 들었다. 1840년대 복장을 한 노쇠한 남자였다. 다름 아닌 프레데리크 쇼팽의 유령이었다. 잠시 후 다소 남성적이고 권위적인 분위기를 풍기는 여자가 쇼팽 뒤에서 나타나더니, 쇼팽이 넘어지기라도 하면 붙들어

줄 것처럼 그의 옆을 지키고 서 있었다. 쇼팽은 자신이 작곡한 장송곡에 맞춰 고개를 점점 깊이 숙였다가 들어올리며 점점 더 강렬한 황홀경으로 빠져들었다. 청중들도 환영幻影 속의 조문객들처럼 고개를 숙였다 올렸다를 반복했다. 하지만 연주자는 내내 고개를 빳빳이 세우고 있었고, 얼굴에는 기쁨과 평화가 흘렀다. 애절한 구절에서는 고상한 감수성을 발휘하여 연주했는데, 그는 내내 찬란한 미소를 잃지 않았다.

쥴리카는 공작이 보내는 눈길에 화사한 미소로 화답했다. 그녀는 그가 어떤 곡을 연주하는지 잘 몰랐다. 하지만 그 곡이 쥴리카 자신을 위한 것이며, 임박한 공작의 죽음과도 어느 정도 연관이 있을 거라고 짐작했다. 쥴리카는 "나는 음악에 대해서는 아무것도 모르지만, 내가 어떤 음악을 좋아하는지는 잘 알아요"라고 말하는 부류였다. 그녀는 그곡이 마음에 들었다. 부채로 박자까지 맞추어 가며 연주를 감상했다. 쥴리카는 공작이 아주 잘생겼다고 생각했다. 쥴리카는 그가 자랑스러웠다. 어제 이 시간까지만 해도 자신이 공작에게 열렬히 빠져 있었다는 사실이 낯설게 느껴졌다. 내일 이 시간에는 공작이 죽을 것이라는 사실도 낯설게 느껴졌다. 쥴리카는 오늘 오후 자신이 공작을 구했다는 사실이 대단히 기뻤다. 바로 내일이다! 바로 그때, 공작이 쥴리카에게 말했던, 택턴 대저택의 죽음의 징조가 쥴리카를 찾아왔다. "도싯 공작의 기일忌日 전날 밤이면, 검은 올빼미 두 마리가 날아와 흉벽의 횃대에 올라앉습니다. 올빼미들은 그 자리에서 밤새 부엉부엉 울어 대죠. 그러고는 새벽녘에 멀리 날아가 버리는데, 어디로 가는지는 아무도 모릅니다." 아마도 쥴리카는 바로 지금 이 순간 검은 올빼미 두 마리가 흉벽에 앉아 있을 거라고 생각했을 것이다.

연주가 끝났다. 연주가 끝나자 뒤이어 잠시 침묵이 흘렀고, 쥴리카의 박수 소리가 우렁차게, 아주 두드러지게 울렸다. 쇼팽의 박수 소리는 그리 크지 않았다. 쇼팽의 뒤를 따라 나타난 그 여자를 제외하고는, 아무도 쇼팽이 느낀 강렬한 감흥은 물론 쇼팽의 존재 자체를 알아차리지 못했다. "파흐만[52]보다도 더 세련된 연주였소!" 쇼팽이 열렬히 두 팔을 흔들어 대면서 춤을 추며 말했다.

"당신! 끔찍한 편두통을 앓고 있잖아요. 자기, 이제 그만 들어가요!" 조르주 상드[53]가 부드럽지만 단호한 어조로 말했다.

"이거 놓으시오. 인사라도 하게." 쇼팽이 상드의 손에 붙잡힌 채로 몸부림치며 소리쳤다.

"저 사람은 내일 저녁이면 우리와 함께 있을 거예요." 상드가 쇼팽을 데리고 급히 사라지며 말했다. 그러고는 혼잣말로 덧붙였다. "나도 저 청년을 알게 되는 기쁨을 누리게 되겠네."

상드가 말한 그 "청년"인 공작이 무대에서 내려왔을 때 가장 먼저 자리에서 일어난 사람은 쥴리카였다. 이제 콘서트의 중간 휴식 시간이었다. 회관 안은 청중들이 밤공기를 쐬러 일어나 밖으로 나가기 위해 의자를 뒤로 밀칠 때 나는 삐걱거리는 소리, 북북거리는 소리로 가득했다. 소음 때문에 잠에서 깬 학장은 공연 프로그램을 찬찬히 들여다본 뒤 고풍스럽게 예의를 갖추어 공작에게 찬사의 말을 건네고는 이내 다시 잠이 들었다. 쥴리카는 부채를 팔 아래에 끼고 공작과 악수를 나누었다. 쥴리카는 음악에 대해서는 아무것도 모르지만 자신이 어떤 음악을 좋아하는지는 잘 안다고 공작에게 말했다. 그녀는 그와 함께 통로를 따라 올라가면서 그 말을 다시 한 번 전했다. 늘 그렇게 말하는 부류가

---

52) Vladimir von Pachmann (1848-1933): 러시아의 피아니스트로, 쇼팽 연주로 명성이 높았다.
53) 폴란드의 작곡가이자 피아니스트인 프레데리크 쇼팽(Frédéric Chopin)과 프랑스의 소설가 조르주 상드(George Sand)는 연인 사이였던 것으로 알려져 있다.

있는데 지겹지도 않나 보다.

회관 바깥에는 전에 없이 많은 인파가 모여 있었다. 각 칼리지의 학생들이 죄다 주더스 칼리지의 솔트 셀러에 모여 있는 듯했다. 콘서트를 기념하기 위해 주변에 걸어 놓은 일본식 갓등 불빛 아래서도 청년들의 얼굴은 다소 창백해 보였다. 공작이 죽을 것이라는 소문을 이제 모두가 다 알고 있었기 때문이다. 심지어 콘서트가 한참 진행되고 있는 동안에도 그 소문은 회관에서부터 퍼지기 시작하여, 입구에 모여 있는 사람들과 저 아래 계단에 모여 있는 사람들을 거쳐, 저 멀리 밀집해 있는 군중들에게까지 퍼져 나갔다. 우버를 비롯한 준타 클럽 모임에서 온 학생들도 자신들의 결의를 숨기지 않았다. 줄리카를 다시 가까이에서 보게 된 그들은 기억 속 그녀의 모습을 확인하면서, 아직은 덜 영근 그들 내면의 죽음을 향한 욕망을 확고히 하리라 맹세했다.

양 한 마리를 뒷다리로 서게 하는 것으로는 단 한 명의 남자도 모을 수 없다. 하지만 한 무리의 양 떼를 뒷다리로 서게 한다면 수많은 남자들을 모을 수 있다. 남자가 떼 지어 사는 군집성 동물이 아니었다면, 지금쯤 세상은 이미 굉장한 문명의 진보를 이룩했으리라. 남자란 자고로 따로 분리해 놓으면 멍청하지 않다. 하지만 친구들 사이에 풀어놓으면 길을 잃는다. 이성을 잃은 일개 구성원으로 전락하는 것이다. 학생들 중 누구라도 사하라 사막에서 줄리카를 만났다면 그녀와 사랑에 빠졌을 것이다. 하지만 줄리카가 자신을 사랑하지 않는다고 해서 죽기를 원하는 이는 한 명도 없었을 것이다. 그러나 공작은 특이한 경우였다. 그에게는 사랑에 빠진다는 것 자체가 삶을 송두리째 바꾸는 극심한 사태의 격변이었다. 공작의 자존심을 감안하면, 자신의 사랑이 호응을 얻지 못할 때 죽음에 매혹당하는 것은 자연스러운 일이었다. 평범하기 이를 데 없는 젊은 학생들은 줄리카의 희생양이라기보다는, 본보기 역할을 하는 공작의 희생양이거나 서로 서로의 희생양이라고 할 수 있었다. 군중이란 본래 그 크기에 비례하여, 구성원 간의 감정과 관련된 것은 죄다 확대시키고 이성적 사고와 관련된 것은 죄다 축소시키는 법이다. 쥴리카를 향한 그 학생들의 열정이 그래도 강렬했던 것은 바로 그들이 '군중'이었기 때문이다. 마찬가지로 그 학생들이 자신들에게 주어진 지도자인 공작을 맹목적으로 따르게 된 것도 바로 그들이 '군중'이었기 때문이다. 톱슨 양을 위해 죽는 것은 '해야만 하는 일'이었다. 공작이 그렇게 한다면, 준타 클럽 회원들도 그렇게 해야 했다. 혐오스러운 사실이지만, 우리는 그 사실을 직시해야 한다. 상류층을 동경하는 속성이 바로 여기에 기록하고 있는 그 비극을 초래한 이유 중 하나였다.

하지만 우리는 이쯤에서 그 군중들의 공로도 인정해 주어야 하겠다. 군중들의 공로라고 할 수 있는 것은 그들이 쥴리카를 따라다니는 것을 삼간 것이다. 그래서 군중 속의 어떤 여인도 자신을 에스코트하는 남자에게서 버림받지 않았다. 이제는 모든 남자들이 쥴리카와 단둘이 있을 권리는 공작에게만 있다고 인정했다. 그러니 지금의 이 모든 사태에서 숙녀들을 지켜 낸 것은 군중의 공로라고 할 수 있다.

사랑에 빠진 멋진 남자와 그의 사랑을 받는 여인이 나란히 서서 일본식 갓등 불 저편으로 걸어가 솔트 셀러에 이르렀다.

'밤의 단춧구멍에 꽂힌 치자나무 같은 달'은 안 될 말이다! 작가들이란 왜 달을 무언가에 비유하지 않고는 도무지 글을 쓸 수 없는 것일까? 그것도 조금도 닮지 않은 것과 비유하면서 말이다. 그 어떤 것도 닮지 않은, 달 같이 생긴 달이 잔디밭 한가운데에 있는 해시계 시간에 정확히 맞추기 위해 부질없는 오랜 노력을 하면서 떠올랐다. 18세기의 어느 늦은 밤, 술고래인 부학장이 자신의 시계를 맞추려고 여기서 한 시간가량 시간을 보냈던 날을 제외하고는, 달은 눈곱만큼도 격려를 받은 적이 없었다. 그런데도 달은 여전히 고집스럽게 파리한 모습으로 떠올랐다. 솔트 셀러는 우리 모두가 동경하는 달이 마땅히 빛을 발하는 데 아주 좋은 장소였기에, 달에게는 자신을 향한 푸대접이 불합리하게만 느껴졌을 것이다. 회랑을 가로지르는 저 두 검은 그림자를 갈라놓는 것이 달에게는 아무런 의미도 없는 일이었을까? 쥴리카의 침실에서 새어나오는 촛불을 마법처럼 달빛과 섞어 놓는 것이 달에게는 아무런 의미도 없는 일이었을까? 잔디 본연의 색깔을 모두 지워 내고 잔디밭을 요정들이 춤추기에 알맞은 은회색 무대로 꾸미는 것이 달에게는 아무런 의미도 없는 일이었을까?

자갈길을 서성거리고 있는 지금 이 순간, 쥴리카가 자신이 얼마나 변했는지, 비극의 뮤즈처럼 자신이 얼마나 고귀한 존재인지 알았다면, 앞으로 닥칠 비극의 유품을 얻기 위해 공작을 계속 신경 쓰게 하지는 않았을 것이다.

쥴리카는 여전히 공작의 진주 장신구 두 개를 얻어낼 생각뿐이었다. 반면 공작은 조상으로부터 가보로 물려받은 그 진주 장신구를 줄 수 없다며 여전히 단호하게 거절의 입장을 취했다. 쥴리카는 공작이 가보라고 칭한 흰색 진주는 더 이상 존재하지 않는다고 허황된 주장을 했다. 또한 공작이 지금 패용하고 있는 진주들은 물려받은 것이라기보다는 어제 새롭게 얻게 된 것이나 다름없다고도 주장했다.

"사실 그 진주들은 어제 얻으신 거잖아요." 쥴리카가 말했다. "그것도 저한테서요. 그러니 돌려받고 싶어요."

"참으로 기발하군요." 공작이 인정했다. "간단하게 말씀드리죠. 저는 태블-택턴 가문의 수장이오. 당신이 나의 청혼을 받아들였다면, 이 진주 장신구 두 개를 평생토록 간직할 권리를 얻었을 테지요. 나는 당신을 위해 죽을 수 있어 매우 행복합니다. 하지만 제 후계자의 재산을 누군가에게 마음대로 줘 버리는 짓은 할 수도 없고 하지도 않을 겁니다. 미안합니다." 공작이 말했다.

"미안합니다!" 쥴리카가 공작의 말을 따라했다. "그래요. 오늘밤 저와 저녁 식사를 할 수 없다고 '미안해'라고 말씀하셨죠. 일말의 양심의 가책은 제가 아니라 당신이 느껴야 해요. 공작님은 정말 꽉 막힌 분이세요!" 쥴리카는 부채로 회랑 기둥을 세차게 내리쳤다.

쥴리카가 감정을 폭발시켜 보았지만 공작에게는 전혀 통하지 않았다. 공작이 저녁 식사를 함께하지 못한 데 대해 쥴리카가 질책을 하자, 가만히 서 있던 공작이 갑자기 한 손으로 자신의 이마를 탁 쳤다. 오늘 저녁에 있었던 일련의 사건들이 그의 머릿속을 훑고 지나갔던 것이다. 공작이 했던 연설과 뜻하지 않은 끔찍한 반응. 기이할 정도로 엄숙했던 우버의 표정과 다른 회원들의 붉게 상기된 얼굴들이 머릿속을 스치고 지나갔다. 공작은 자신이 심연으로 떨어지면, 그 친구들이 흠칫 놀라 움츠러들어 냉정해질 것이라 생각했었다. 실제로 그들은 흠칫 놀라 움츠러들기도 했고 냉정해지기도 했지만, 오히려 도약할 준비를 하는 운동선수처럼 의기투합했다. 공작은 그들에게 책임감을 느꼈다. 그 자신의 목숨이야 자기 것이니 버려도 상관없지만, 다른 사람의 목숨까지 헛되이 잃게 하는 것은 안 될 말이었다. 게다가 공작은 홀로 따로 떨어져 숭고하게 죽어야겠다고 생각했다. "내가 깜빡 잊은 게 있소." 공작이 쥴리카에게 말했다. "당신에게 대단히 충격적인 일이 될 거요." 공작은 쥴리카에게 준타 클럽에서 있었던 일을 대강 이야기해 주었다.

"정말 그들이 진심이었어요? 확실해요?" 쥴리카가 떨리는 목소리로 물었다.

"우려스럽게도 그렇습니다. 하지만 그들은 과도한 흥분 상태였소. 자신들이 내뱉은 어리석은 말들을 철회할 겁니다. 제가 꼭 그렇게 만들

거요."

"그들은 어린아이가 아니에요. 당신도 그들을 '남자'라고 불렀잖아요. 그들이 왜 당신 말을 따라야 하죠?"

그때 쥴리카는 발자국 소리가 나는 쪽으로 돌아섰고, 한 젊은 남자가 다가오는 것을 보았다. 그는 공작과 비슷한 외투를 입고 있었고, 손에는 손수건 한 장을 들고 있었다. 그는 어색하게 목례를 하더니, 손수건을 내밀며 쥴리카에게 말을 건넸다.

"실례합니다만, 이 손수건을 흘리신 것 같군요. 방금 주웠습니다만. . . ."

쥴리카는 그 손수건을 보고, 그것은 남자 손수건임이 분명하여 미소를 지으며 고개를 가로저었다.

"당신은 맥퀸 경을 모를 거요." 공작이 부루퉁한 태도였지만 품위를 지키며 쥴리카에게 말했다. "이 분은 돕슨 양이오." 공작이 불청객 맥퀸 경에게 말했다.

"그게 정말 사실인가요?" 쥴리카가 맥퀸 경의 손을 잡은 채로 물었다. "저를 위해 죽겠다고 하셨다면서요?"

사실 스코틀랜드인들은 자기 본위적이고 단호한 반면 수줍음이 많은 민족이다. 민첩해야 할 필요가 있을 때는 재빠르게 행동하지만, 무슨 말을 해야 할지는 좀처럼 잘 알지 못한다. 천성적으로 손해 보는 짓은 안 하는 맥퀸 경은 자신의 삶을 내려놓고 싶을 정도로 흠뻑 빠져 버린 그 젊은 숙녀를 만나는 기쁨을 누리기로 결심했다. 그리고 자기 손수건으로 간단한 술수를 부려 그 목적을 달성했다. 하지만 쥴리카의 손의 감촉에 너무 고무되어서인지, 쥴리카의 질문에 대답하면서 맥퀸 경의 입에서 튀어나온 말이라고는 "아아!"가 전부였다. (대충 통역해 보면, "예"라는 뜻이다.)

"그런 짓은 결코 해서는 안 되오." 공작이 끼어들었다.

"거봐요." 줄리카가 여전히 맥퀸 경의 손을 잡은 채로 말했다. "들으셨죠? 그건 금지된 일이라니까요. 친애하는 우리 공작님 말씀을 감히 거역하면 안 되죠. 공작님은 그런 것에 익숙하지 않으시거든요. 그건 안 될 말이죠."

"글쎄요." 맥퀸 경이 공작을 차갑게 쳐다보며 말했다. "공작이 저의 문제와 무슨 상관이 있는지 저는 잘 모르겠소."

"공작님은 당신보다 나이도 더 많고 더 현명하시죠. 세상 물정에도 더 밝으시고요. 공작님을 스승으로 모시는 게 좋을 거예요."

"제가 당신을 위해 죽지 않으면 좋겠습니까?" 맥퀸 경이 물었다.

"아, 제가 감히 어떻게 당신에게 이래라 저래라 하겠어요." 줄리카가 맥퀸 경의 손을 놓으며 대답했다. "저는 제 자신이 뭘 원하는지도 모르겠어요. 설령 제가 원하는 게 뭔지를 안다고 해도, 제가 감히 당신에게 저의 바람을 강요할 수는 없죠. 제가 말씀드릴 수 있는 건 당신이 저를 위해 죽겠다는 그 생각이 너무나도 아름답다는 것뿐이에요." 줄리카가 덧붙였다.

"그럼 다 정리되었군요." 맥퀸 경이 말했다.

"아니오, 안돼요! 저에게 영향을 받아 결정하셔서는 안돼요. 게다가 저는 아무한테나 영향을 미치고 싶은 기분이 아니거든요. 저는 지금 어찌할 바를 모르겠어요. 말씀해 주세요." 줄리카는 못마땅하다는 듯이 조바심을 내며 발뒤꿈치로 자갈길을 톡톡 두드리며 서 있는 공작을 외면하며 말을 이었다. "말씀해 주세요. 다른 몇몇 남학생들도 절 사모하고 있고 당신과 같은 생각이라던데, 그게 사실인가요?"

맥퀸 경이 자신 외에 다른 친구들의 생각에 대해서는 대답할 수 없다고 조심스럽게 말했다. "하지만 방금 막 회관 밖에서 아는 친구들을 여럿 만났는데, 그들은 마음을 결정한 듯 보였소." 맥퀸 경이 사실대로 인정했다.

"저를 위해 죽는다고요? 내일이요?"

"내일이오. 아마 에이트가 끝나고 난 뒤일 거요. 공작이 죽는 시간과 같은 시간이오. 에이트 대회를 순위가 결정되지 않은 채로 끝낼 수는 없으니까요."

"물론 안 되죠. 가엾은 분들! 너무 감동적이에요! 제가 뭐라고. . . . 저는 전혀 그런 대접을 받을 만한 자격이 없어요!"

"전혀 자격이 없다?" 공작이 비꼬듯이 말했다.

"오, 공작님은 저를 이루 말할 수 없이 잔인한 사람이라고 생각하시죠. 단지 제가 공작님을 사랑하지 않는다는 이유로 말이죠. 당신, 맥퀸 씨. . . . '씨'라고 불러도 되나요? 이름에 '경'이 붙어 있어서 부르기가 좀 어색해서요.[54] 그냥 '맥퀸'이라고 부를 수는 없잖아요. 제 말이 불쾌하신 건 아니죠? 그렇죠? 그 모든 젊은 생명들이 저를 위해 요절한다고 생각하니, 그분들을 기릴만한 무언가를 하지 않고는 도저히 견딜 수가 없네요. 제가 뭘 할 수 있죠? 저의 이 고마운 마음을 어떻게 표현할 수 있을까요?" 쥴리카가 말했다.

그 순간 쥴리카에게 좋은 생각이 떠올랐다. 쥴리카는 자기 방의 불 켜진 창문을 올려다보았다.

"멜리상드!" 쥴리카가 외쳤다.

그러자 멜리상드가 창가에 나타났다.

"아가씨, 부르셨어요?"

---

54) 작중인물인 스코틀랜드 부족의 족장 출신 'The MacQuern'은 '더 맥퀸'으로 표기하기가 어색하여, 영국에서 귀족을 부르는 호칭인 경卿을 붙여 '맥퀸 경'으로 번역하였다. 그러므로 여기에서 원문은 "이름에 '더'(The)가 붙어 있어서 부르기가 좀 어색해서요" 정도로 번역할 수 있지만, "이름에 '경'이 붙어 있어서 부르기가 좀 어색해서요"로 바꾸어 번역하였다.

"멜리상드, 내 마술 상자! 내 마술 상자를 가지고 내려와 줘, 빨리!"
줄리카가 한껏 들떠서 두 청년을 바라보았다. "아시다시피 제가 보답할
수 있는 건 이것뿐이에요. 그분들을 위해 춤을 출 수 있다면 춤이라도
추었을 거고, 노래를 할 수 있다면 노래라도 불렀을 거예요. 이제 제가
할 수 있는 걸 할게요. 공작님, 단상에 올라가셔서 발표하셔야 해요."
줄리카가 공작에게 말했다.

"뭘 발표하라는 말이오?"

"아이 참, 제가 마술을 할 거라고 발표해 주셔야죠! 공작님은 그저 그
렇게 말씀해 주시기만 하면 되요. '신사 숙녀 여러분, 이러저러한 사항을
알려드리게 되어 기쁩니다'라고요. 뭐가 문제죠?"

"당신은 나를 참 곤란하게 하는군요." 공작이 말했다.

"당신은 제가 이제껏 만나 본 사람들 중에 가장 비 . . . 비협 . . . 비협
조적이고 매몰차고 끔찍한 사람이에요." 줄리카가 두 손에 얼굴을 파묻
고는 흐느껴 울며 공작에게 말했다. 맥퀸 경이 책망하듯 공작을 노려
보았다. 보석으로 만든 커다란 장식함을 양팔에 들고 이제 막 뒷문으로
모습을 드러낸 멜리상드도 그를 쏘아보았다. 고통스러운 광경이었다.
공작은 두 손 두 발 다 들었다. 그는 무엇이든 다 하겠다고 말했다. 무엇
이든 말이다. 그리고 다시 평화가 찾아왔다.

맥퀸 경이 멜리상드가 들고 있던 장식함을 받아들었다. 맥퀸 경에게
는 장식함을 들고 사모하는 줄리카와 함께, 그리고 이제 불쾌한 감정을
가라앉힌 공작과 함께 회관을 향해 걸어갈 수 있다는 것이 특권으로
여겨졌다.

줄리카는 파티에 가는 어린애마냥 재잘재잘 수다를 떨었다. 아직까
지는 오늘밤이 줄리카의 인생에서 최고의 밤이었다. 공작이 줄리카에
게 서약한 최후의 예식이 있기 전날 밤이었고, 그것으로 이미 그녀에게

는 충분히 멋진 밤이었다. 쥴리카에게는 공작의 운명이, 그의 운명만이 고상한 것으로 보였기에, 그녀의 진주를 하얀 빛깔로 번쩍거리게 하기에 충분했다. 하지만 이제 쥴리카는 공작 한 사람만 생각할 겨를이 없었다. 이제 공작은 한 무리 가운데 있는 한 남자에 불과했다. 어쩌면 그 무리는 점점 늘어날지도 모른다. 한 번의 작은 부추김이 수많은 부추김으로 이어질 수 있는 그런 무리 말이다. 쥴리카는 마음 한구석에서 희미하게 요동치는 희망을 품은 채, 아름다운 붉은 입술로 재잘재잘 떠들어 댔다.

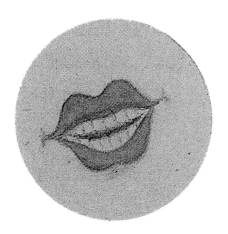

제10장

회관의 열린 창문을 통해 흘러나오는 바이올린 소리가 콘서트의 후반부가 진행되고 있음을 알렸다. 하지만 프로그램에 나와 있는 연주자 몇 명을 제외하고 다른 학생들은 밖에서 쥴리카가 나오기만을 기다리고 있었다. 주더스 칼리지 학생들의 초대를 받아서 온 형제, 자매, 친척들은 각자의 숙소로 돌아가기 위해 서둘러 회관을 빠져나갔다.

군중들은 긴장한 듯 숨을 죽이고 있었다.

"가엾은 분들!" 쥴리카가 군중들을 둘러보다가 중얼거렸다.

"아! 저분들 모두가 들어갈 공간이 없네요." 쥴리카가 회관을 빠져나오며 말했다.

"콘서트가 끝나고 나면 당신이 여기에서 멋진 공연을 해 보는 게 어떻소?" 공작이 제안했다.

좋은 생각이 쥴리카의 뇌리를 스쳤다. 지금 여기서 마술 공연을 해 보면 어떨까? 쥴리카는 지금 여기 달빛 아래서, 종이로 만든 일본식 갓등의 아름다운 불빛을 받으며 군중들과 마주하고 싶은 마음이 간절했다. 그녀는 "그래, 지금 여기서 마술 공연을 하는 거야!"라고 말했다. 그런 다음 공작에게 발표를 해 달라고 부탁했다.

"내가 뭐라고 말해야 하지?" 공작이 물었다. "'신사 여러분, 세계적인 마술사 쥴리카 돕슨 양을 소개하게 되어 기쁩니다.' 뭐, 이렇게 하면 될까? 아니면 간단하게 '신사님들아' 이렇게 불러도 될까?"

쥴리카는 공작의 형편없는 유머에도 웃어 줄 여유가 있었다. 쥴리카는 공작에게서 무엇이든 다 하겠다는 서약을 받아 놓았기 때문에, 그에게 "말을 할 때는 우아하고 간결하게 하셔야죠"라고 말했다.

이윽고 바이올린 소리가 그쳤다. 바람 한 점 없었다. 솔트 셀러에 모여 있던 군중들은 고요한 밤처럼 조용히 숨을 죽였다. 미동조차 없었다. 군중들이 한마음 한뜻으로, 공통된 열정을 가지고 차분하고 명확하게 공통된 결의를 다졌다는 것이 쥴리카에게 확실히 전해졌다. 쥴리카는 이제 더 이상 강력한 주문을 외우지 않아도 되었다. 주저할 필요도 없었다. 이것으로 쥴리카가 마술 공연을 하는 동기는 오로지 군중들에게 감사한 마음을 표하기 위함이라는 사실이 입증된 것이다.

쥴리카는 시선을 아래로 향한 채 뒷짐을 지고 서 있었다. 달빛 아래 갓등의 불빛을 한 몸에 받으며 서 있는 쥴리카의 모습은 연민을 불러일으킬 만큼 겸손해 보였다. 공작은 우아하고 간결하게 군중들에게 쥴리카를 소개했다. 공작은 옆에 서 있는 숙녀에게서 그녀를 소개할 권한을 얻었으며, 이 숙녀는 일생을 바쳐 온 마술 솜씨를 여러분에게 기꺼이 선보이려 한다고 말했다.

공작은 말을 이어가며 마술에 대해 논했다. "마술이란 자고로 어떤 다른 예술보다도 강력한 힘을 발휘하고, 인간의 호기심을 자극하며, 인간에게 경이감을 일깨웁니다. 모든 예술을 통틀어 실로 가장 낭만적인 것이죠."

"사실 여성들은 지금껏 역사에 큰 족적을 남기지 못했다는 사실을 말씀드리지 않을 수 없습니다. 하지만 지금 제 옆에 서 있는 쥴리카 돕슨 양은 그녀의 마술 솜씨로 문명 사회의 존경을 한 몸에 받고 있다고 해도 과언이 아닙니다. 그녀는 여기 옥스퍼드에서, 특히 주더스 칼리지에서 학생들의 애정 어린 존경을 받을 만한 자격이 있습니다. 학생들이 존경해 마지않는 학장님의 손녀이기 때문이죠."

공작이 말을 마치자 청중들 사이에서 마른 잎이 바스락거리는 듯한 박수 소리가 새어나왔다. 여기에 화답이라도 하듯, 쥴리카는 마치 멸망의 위기에 처한 왕족에게 위안을 주기 위해 준비한 듯한 우아한 마술을 선보였다. 사실 쥴리카는 그 불운한 군중들 앞에서 겸손함을 느꼈다. 그녀에게는 공감 능력이 없지 않았기 때문이다. 하지만 쥴리카는 움츠러들었던 마음을 다잡고 그녀 본연의 대담한 모습을, 그 상황을 지배하는 눈부시게 빛나는 마술 쇼 여주인공의 모습을 되찾았다.

쥴리카가 완벽한 공연을 펼치는 것은 불가능했다. '비밀 수족관'이나 '불타는 털실공' 같은 몇몇 마술에는 특별한 소품이 필요했기 때문이다. 가령 마술 보조용 테이블이나 비밀 쟁반 같은 것 말이다. 하지만 오늘밤 공연에서 사용하는 테이블은 수위실에서 가져온 평범한 테이블이었다. 맥퀸 경이 테이블 위에 커다란 장식함을 올려놓았다. 쥴리카는 맥퀸 경을 조수로 삼고, 마술 통이며, 달걀 모양 요술컵이며, 기타 잡다한 용기들이며, 마술에 쓸 진기한 물건들을 장식함에서 민첩하게 꺼내 정렬했다. 사실 그 물건들은 그녀가 에드워드 깁스에게서 선물받은 것으로, 원래는 나무 재질이었던 것이 로마노프 왕조 시대에 금으로 바꾸어 제작되었는데, 이제는 달빛을 받아 은으로 만든 것처럼 보였다.

청년들은 빽빽하게 반원을 그리며 쥴리카 주변으로 모여들었다. 앞줄에 있는 학생들은 자갈 위에 쪼그리고 앉았고, 뒷줄에 있는 학생들은 무릎을 꿇고 앉았으며, 나머지 학생들은 서 있었다. 청춘의 옥스퍼드여! 그곳에 몰려든 앳된 얼굴의 학생들은 혼연일체가 되어 쥴리카의 마술에 흠뻑 취했다. 그렇다. 혼연일체 되어 도취되었다는 표현이 적절했다. 그 2-3천 명에 달하는 육체와 영혼이 말이다. 하지만 달빛 아래서 그들이 풍기는 인상은 한 마리 거대한 순종적인 괴물 같았다.

공작은 쥴리카의 마술 보조용 테이블 뒤편에서 담벼락에 기대 선 채로 그 광경을 지켜보고 있었다. 그가 보기에 그 군중들은 마법에 걸려 머리를 든 채로 웅크리고 있는 괴물, 죽기 직전의 괴물 같았다. 그리고 그 죽음에 대해서는 공작 자신에게도 일부 책임이 있었다. 하지만 그의 마음속에 자리하고 있던 죄책감은 이내 경멸로 바뀌었다. 쥴리카는 마술 공연을 시작했고, 이발소 간판 기둥 모양의 적색과 흰색 소용돌이무늬 소품을 입에서 뿜어대고 있었다. 갑자기 공작의 마음에서 그녀를 향한 애정과 동정심이 샘솟았다. 경박하고 허영심 많은 쥴리카의 모습, 공작이 마음속으로 '못된 면모'라고 생각했던 그녀의 모습은 까맣게 잊어버렸다. 노래든 연기든 춤이든 뭐가 되었든 간에, 공작은 사랑하는 여인이 대중 앞에서 재주를 뽐내는 모습을 지켜보는 남자에게 찾아드는 극심한 불안감으로 전율했다. 쥴리카가 훌륭하게 해낼 수 있을까? 설령 사랑하는 사람이 천재라고 해도, 지켜보는 연인의 두려움은 고통스럽기 그지없는 법이다. 이 돌대가리들이 쥴리카의 마술을 이해하기는 할까? 도대체 누가 이런 돌대가리들에게 쥴리카의 마술을 판단할 권한을 주었는가? 사랑하는 사람이 재주가 썩 뛰어나지 않을 경우에는 상황이 더욱 나쁘다. 그런데 쥴리카가 바로 그런 경우였으니, 그녀의 마술 솜씨는 평균 이하였다. 비록 쥴리카는 자신이 마술사라고 꽤 진지하게 생각했지만, 사실 그녀는 마술에 대해 양심도 야망도 없었다. 이 단어들의 진정한 의미를 생각해 본다면 말이다. 쥴리카는 데뷔 이후로 더 익힌 마술도, 잊어버린 마술도 없이 그대로였다. 에드워드 깁스에게서 전수받은 진부하고 한정된 레퍼토리가 그녀가 선보일 수 있는 마술의 전부였다. 마술에 재능이 없었던 쥴리카는 재능이 없기는 매한가지인 '속사포처럼 내뱉는 말'로 근근이 버텨 왔다. 하지만 그녀의 변변찮은 말재주도 구제불능인 그 돌대가리 청년들을 만족시키기에는 충분했다. 공작은 쥴리카가 내뱉는 농지거리에 몸서리를 치며 눈에 눈물까지 고였고, 급기야는 그녀가 다음에 무슨 말을 할지 겁이 날 지경이었다.

"보세요, 이발소를 차리는 게 이렇게나 쉽다니까요." 쥴리카가 이발소 간판 기둥 모양의 적색과 흰색 소용돌이무늬 소품을 입에서 뿜어낸 뒤 외쳤다.

쥴리카는 '달걀 모양 요술컵'을 앞에 두고는 "달걀이 아주 신선한데요"라고 농담을 했다. 그녀는 "보세요, 신기하죠!"라는 말을 쉴 새 없이 되풀이했는데, 공작은 무엇보다 그 말이 가장 참기 힘들었다.

공작은 여기 모인 학생들이 쥴리카를 어떻게 여길지 생각하니 얼굴이 화끈 달아올랐다. 사랑은 눈을 멀게 한다고 했던가! 쥴리카에게 흠뻑 빠진 그 학생들은 분명히 그녀를 판단하고 있으면서도 그녀를 용서했다. 그들은 건방진 자신들의 판단이 틀렸음을 확인했다. 그 모든 것은 쥴리카의 미모 덕분이었다. 그들에게 따분한 쥴리카의 공연은 덤으로 얻은 은총일 뿐이었다. 이런 사실 때문에 공작은 쥴리카가 애처롭게 느껴졌다. 망할 놈들! 학생들은 쥴리카를 안쓰러워 했다. 키가 작은 녹스가 앞줄에 쪼그리고 앉아 안경 너머로 쥴리카를 주시하고 있었다. 녹스 또한 다른 학생들처럼 쥴리카가 안쓰럽게 느껴졌다. 왜 이놈의 땅은 아가리를 떡 벌려서 저 녀석들을 모두 집어 삼켜 버리지 않는 것일까?

우리의 주인공 공작의 불합리한 분노는 불합리하다고 할 수 없는 질

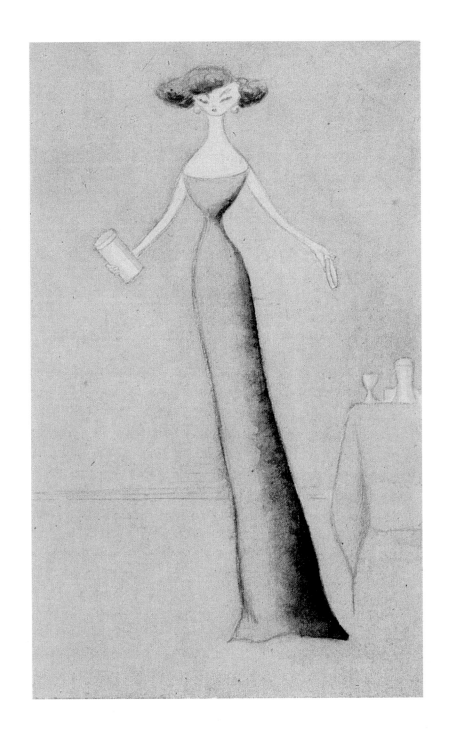

투심을 먹고 자라났다. 공작은 쥴리카가 자신의 존재를 까맣게 잊고 있다고 확신했다. 오늘 공작이 쥴리카를 향한 사랑의 마음을 거두자마자, 그녀는 그의 사랑이 여기 모인 군중들의 사랑에 비하면 얼마나 하찮은 것인지를 그에게 보여 주는 듯했다. 다시 말해, 쥴리카가 관심을 두는 것은 오로지 군중뿐이었다. 공작이 키가 크고 날씬한 쥴리카의 모습을 눈으로 좇는 사이, 그녀는 군중들 사이를 누비고 다니며 한 청년의 팔꿈치에서는 1페니짜리 동전을, 다른 청년의 목 칼라 사이에서는 3페니짜리 동전을, 또 다른 청년의 머리에서는 반 크라운짜리 동전을 뽑아냈다. 그러면서 플루트 같은 목소리로 "보세요, 신기하죠!"라고 쉴 새 없이 되풀이하는 것이었다. 어쨌든 쥴리카는 여러모로 수완을 발휘했다. 푸르름 짙은 밤에 색상이 아주 선명한 검은 드레스를 입은 덕분에, 쥴리카의 목과 팔은 새하얗게 빛났다. 그녀는 멀리서 바라보면 유령처럼 보였을지 모른다. 아니면 산들바람처럼 보였을지도 모르겠다. 따뜻하고 여린 듯하지만, 죽음과 결탁하여 형체를 띤 채 이리저리 정처 없이 떠도는 산들바람 말이다.

그렇다. 무심코 지나가는 사람의 눈에는 쥴리카가 그렇게 보였을지도 모른다. 하지만 공작의 눈에 그녀는 전혀 섬뜩한 구석이 없었다. 그에게 쥴리카는 그저 환하게 빛나는 여인이자 여신이요, 그의 첫사랑이자 끝사랑이었다. 공작은 문득 가슴이 쓰라렸는데, 그것은 군중에게 구애하고 있는 쥴리카 때문이 아니라, 그녀가 구애를 하고 있는 군중들 때문이었다. 쥴리카가 잔인했던 것일까? 아니지, 여신이란 본디 그런 법이니까. 쥴리카가 자신의 위신을 떨어뜨리는 행동을 하고 있는 것은 아닐까? 공작의 마음속에서 그녀를 향한 동정과 열정이 새롭게 샘솟았다.

회관에서 한창 진행 중인 콘서트가 솔트 셀러에서 일고 있는 어두운 정서에 희미하게나마 배경음악을 깔아 주었다. 콘서트가 끝나고 얼마지나지 않아, 쥴리카의 마술 공연도 막을 내렸다. 회관 계단에는 숙녀들이 모여 있었는데, 그들은 절제된 불쾌감을 드러내면서도 속된 호기심을 내비치며 서 있었다. 숙녀들 사이로는 드문드문 교수들도 섞여 있었다. 학장도 잠에서 깨어나 학생들이 인산인해를 이루고 있다는 것을 알게 되었다. 학장은 학칙 위반은 아닌지 미심쩍었지만, 혹여 자신의 품위에 누가 될까 싶어서 서둘러 관사로 사라졌다. 나는 궁금했다. '겉만 번지르르한 희망적인 우화를 써서 독자들에게 속여 팔 생각을 단 한 번이라도 해 본 적 없는, 그런 순수한 역사가가 있을까' 하고 말이다. 나또한 쥴리카에 대해 이렇게 말하고 싶은 마음이 굴뚝같았다. 쥴리카의 마술 공연이 끝을 향해 갈수록 고상한 마술의 정신이 불꽃처럼 피어났고, 마침내 그녀의 마술의 가치를 발견했노라고 말이다. 허울 좋은 악마가 내게 속삭였다. "그렇게 한다고 해서 손해날 것도 없잖아. 독자들에게 이렇게 전해 줘. '쥴리카가 땅에 씨앗을 뿌리자 거기서 타마린드 나무가 자라났고, 꽃이 피고 열매가 열리고 시들어 죽었'고 말이야. 아니면 '쥴리카가 마술을 부려 텅 빈 버들가지 바구니에서 뱀 한 마리가 쉭쉭 고개를 치켜들고 나왔'고 전하든가. 뭐 어때? 독자들은 열광할 거야. 그리고 절대로 들키는 일은 없을 거야." 하지만 역사의 여신 클리오의 엄숙한 눈이 그녀의 하인에 불과한 나를 뚫어져라 노려볼 것이다. "오! 여신님, 용서하세요. 잠시 흔들렸을 뿐이에요. 아직 늦지 않았어요. 지금이라도 독자들에게 쥴리카 공연의 클라이맥스였던 '마술 통' 공연은 정말 형편없었다고 전하면 되잖아요."

쥴리카가 테이블에서 마술 통을 집더니 높이 치켜들고 소리쳤다. "이제 작별 인사를 하기 전에 제가 여러분에게 얼마나 신뢰를 얻었는지 알고 싶네요. 저를 야바위꾼이라고 생각하시면 안돼요!" 쥴리카가 덩치 큰 조수, 맥퀸 경에게 마술 통을 건넸다. 쥴리카는 다시 군중들 사이를 누비고 다녔고, 맥퀸 경은 마술 통을 들고 그녀를 따라다녔다. 쥴리카가 앞줄에 앉아 있던 한 남학생 앞에 잠시 멈추어 서더니, 자기를 믿고 시계를 내줄 수 있는지 물었다. 그러자 그 남학생이 그녀에게 시계를 내주었다. "감사합니다." 쥴리카가 손가락으로 그 남학생의 손가락을 살짝 건드리더니 시계를 마술 통 안에 넣으며 말했다. 그녀는 다른 학생들에게서 담뱃갑, 넥타이, 커프스단추 한 쌍을 빌렸다. 녹스에게서는 반지를 빌렸다. 그것은 믿거나 말거나 류머티즘을 완화시켜 준다는 쇠반지였다. 물건들이 충분히 모이자 쥴리카는 테이블로 돌아갔다.

테이블로 돌아가는 길에 쥴리카는 담벼락 그늘 아래 서 있는, 까맣게 잊고 있었던 공작을 보았다. 쥴리카는 자신이 한때 사랑했던 남자이자, 자신을 위해 죽겠다던 첫 남자, 공작을 바라보았다. 쥴리카는 회한에 젖었다. 그녀는 죽는 날까지 그를 잊지 않겠다고 다짐했는데. . . . 벌써. . . . 하지만 만약 공작을 기억하기 위한 정표를 달라던 쥴리카의 부탁을 공작이 거절하지 않았더라면 어땠을까? 그녀가 아끼는 수집품으로, 유물 가운데 특히 소중한 유물로 간직하고 싶어 했던 진주 장신구들 말이다.

"저를 믿고 당신의 진주 장신구들을 저에게 주실 수 있나요?" 쥴리카가 공작에게 은밀한 미소를 지으며, 솔트 셀러에 있는 모든 사람들이 다 들을 수 있을 정도의 큰 목소리로 그에게 물었다.

공작은 거절할 수 없었다. 그는 셔츠 앞섶에 달린 흑진주 장신구와 분홍진주 장신구를 재빨리 떼어냈다. 쥴리카는 공작에게 특별한 마음을 담아 감사의 말을 전했다.

맥퀸 경이 쥴리카 앞에 놓인 테이블 위에 마술 통을 내려놓았다. 쥴리카가 마술 통 위에 덮개를 덮고 마술 통을 뒤집어엎어서 내용물이 덮개 안으로 쏟아지게 했다. 그리고 그녀는 마술 통을 열고 안을 살피더니 소리쳤다. "보세요, 신기하죠!"

쥴리카는 마술 통을 높이 치켜들면서 안에 아무것도 들어있지 않다는 것을 보여 주었는데, 지성이 있는 학생이라면 모욕감을 느꼈으리라.

"이제 제가 이 통에 마술을 부려서 이 안에서 뭔가 일어날 거예요! 여러분이 물건을 되찾을 수 있도록 제가 마술을 부려 볼게요. 잠시만 실례하겠습니다." 쥴리카가 말했다.

그러더니 쥴리카는 마술 통에 다시 덮개를 덮었다. 그녀는 몇 차례 주문을 외운 뒤에 마술 통을 열어 안을 들여다보더니 과장된 어조로 말했다.

"자, 이제 저의 혐의를 벗을 수 있게 되었네요!"

쥴리카는 맥퀸 경을 데리고 다시 군중들 틈으로 들어갔다. 쥴리카가 빌려 갔던 물건들은 이제 그녀의 손길이 닿았기에 매우 귀중한 물건으로 거듭나 있었다. 물건들은 차례대로 주인에게 되돌아갔다. 쥴리카가 조수인 맥퀸 경에게서 마술 통을 넘겨받았을 때, 그 안에는 진주 장신구 두 개만이 덩그러니 남아 있었다.

에드워드 깁스의 초라한 집에서 도망치듯 빠져나온 그날 밤 이후로, 쥴리카는 도둑질을 한 적이 없었다. 그런데 그녀는 과거의 악행을 되풀이하려는 것일까? 쥴리카는 도싯 공작과 그의 미래의 상속인, 그리고 아직 태어나지도 않은 태블-택턴 가家의 후손들의 물건을 훔치려는 것일까? 아! 그렇다. 그래서인지 쥴리카의 동작에 주저함이 엿보이기도 했다. 쥴리카의 솜씨는 훈련받은 결과이기는 하지만, 그녀가 어쨌든 마술에 타고난 소질이 있어서 당대 마술사들 중에서 최소 이류급에는 속하는 영광을 누리고 있을지도 모른다는 것을 짐작케 했다. 쥴리카는 손을 터는 듯한 몸짓을 하면서 눈 깜짝할 사이에 재빠르게 자신의 귀걸이를 빼서는 마술 통 안으로 집어넣었다. 그것은 그녀가 군중들에게서 몸을 돌려 공작에게로 가는 길에 벌어진 일이었다. 그리고 쥴리카는 도덕적으로는 개탄할 일이지만 기술적으로는 꽤 괜찮은 방법으로 진주 장신구들을 마술 통에서 빼내어 가슴팍에 감추어 버렸다.

공작의 진주 장신구들을 훔쳐낸 뒤 그의 앞에서 쥴리카의 양볼이 붉어진 것은 승리감 때문이었을까, 수치심 때문이었을까, 아니면 둘 다 조금씩 작용했기 때문이었을까? 그것도 아니면 한때 사랑했던 남자에게 선물을 준다는 설레임 때문이었을까? 확실한 것은 귀걸이를 뺀 쥴리카의 얼굴에 색다른 분위기가 감돌았다는 사실이다. 원초적이고 숨김없는 자연 그대로의 향기로운 표정. 공작은 그 차이를 감지했지만 그 이유는 알아채지 못했다. 쥴리카는 예전보다 훨씬 사랑스러웠다. 공작은 가까이 다가오는 그녀의 참을 수 없는 사랑스러움에 흠칫 놀라 비틀거렸다. 그의 심장이 안에서 비명을 질러 댔다. 별안간 공작의 눈앞에는 엷은 안개가 끼었다.

쥴리카가 공작에게 내민 마술 통 안에는 두 개의 진주 귀걸이가 주사위처럼 달가닥거리고 있었다.

"당신이 가지시오!" 공작이 속삭였다.

"그럴게요." 쥴리카가 수줍은 듯 속삭였다. "하지만 이건 . . . 당신 거예요."

쥴리카는 공작의 한 손을 잡아 편 다음, 마술 통을 기울여 그의 손바닥 위에 귀걸이 두 개를 떨구고는 얼른 돌아섰다.

쥴리카가 테이블로 돌아오자, 군중들은 그녀의 공연에 감사하는 마음을 담아 오랫동안 열렬한 박수를 보냈다. 그 열렬한 박수갈채는 엄숙하게 가라앉은 듯 들려 더욱 인상적으로 다가왔다. 쥴리카는 한쪽 다리를 살짝 뒤로 빼고 무릎을 약간 구부리며 몇 번이고 머리 숙여 인사를 했다. 그녀의 태도는 무대에서 처음으로 머리 숙여 인사하는 사람의 조심스럽고 소박한 태도와는 거리가 멀었으며, 오히려 프리마돈나 같아 보였다. 쥴리카는 자신을 찬양하는 군중들의 운명을 당연한 것으로 생각하고 있었다. 턱은 치켜세우고, 눈은 내리깔고, 이는 훤하게 드러내며, 완전히 도취되어서 가슴에 올렸던 양팔을 넓게 벌렸다.

콘서트에서 노래를 마친 프리마돈나가 자신의 내면이 얼마나 아름다운지 보여 줄 양으로, 반주자를 무대 앞으로 불러내서 끈질기게 악수를 청하면서 오로지 자신의 몫인 박수갈채를 받게 해 주는 모습을 독자 여러분도 보아서 잘 알 것이다. 여러분도 나처럼 가련한 반주자에게 마음이 쓰일 것이다. 그런데 쥴리카가 공연의 절반은 조수인 맥퀸 경의 공이라는 뜻을 은연중에 내비치면서, 그의 손목을 움켜잡고는 끈질기게 머리 숙여 인사를 하면서 박수갈채의 마지막 메아리가 사라질 때까지 붙잡은 그의 손을 놓아 주지 않았다. 여러분은 맥퀸 경에게도 반주자에게 느끼는 것과 똑같은 감정을 느끼지 않는가?

회관 계단에 서 있던 숙녀들이 독기와도 같은 분노를 내뿜으며 계단 아래로 내려왔다. 여기에 군중들의 비극적 열정이 어색하게 녹아들었다. 그들은 함께 대학 정문을 향해 걸어갔다.

쥴리카는 커다란 장식함에 마술 소품들을 도로 담았고, 맥퀸 경이 그녀를 거들었다. 앞서 언급했듯이, 스코틀랜드인들은 자기 본위적이고 단호한 반면 수줍음이 많은 민족이다. 스코틀랜드 부족의 족장 출신인 맥퀸 경은 무대의 여주인공이 오늘 자신을 조수로 가까이 둔 사실에 감격하여 아직 정신을 차리지 못하는 상태였다. 하지만 그는 기회를 놓치지 않고 쥴리카에게 내일 점심을 함께하자고 청했다.

"기꺼이요." 쥴리카가 '악마의 에그컵'을 정리하며 대답했다.

그러더니 쥴리카는 맥퀸 경을 쳐다보면서, "인기 많으세요? 친구가 많으시냐고요?"라고 물었다.

맥퀸 경이 고개를 끄덕였다. 쥴리카는 그에게 친구들도 모두 초대하라고 말했다.

쥴리카에게 흠뻑 빠져서 둘만의 점심 식사를 계획하고 있던 순진한 젊은이, 맥퀸 경에게 그 말은 충격이었다.

"제가 바랐던 건 말이죠. . . ." 맥퀸 경이 말문을 열었다.

"꿈도 꾸지 마세요." 쥴리카가 맥퀸 경의 말을 단호하게 잘랐다.

잠시 정적이 흘렀다.

"그럼 누구를 초대하면 좋겠소?"

"저는 아는 사람이 아무도 없어요. 그러니 제가 어떻게 누구를 초대하면 좋겠다고 말할 수 있겠어요?"

쥴리카는 공작을 머릿속에 떠올렸다. 그녀가 주위를 둘러보자 아직 담벼락 아래 서 있는 그가 눈에 띄었다. 그때 공작이 쥴리카를 향해 다가왔다.

그러자 쥴리카가 맥퀸 경에게 서둘러 말했다. "물론 공작님도 초대해야겠죠."

맥퀸 경은 쥴리카의 말을 순순히 따랐다. 그는 돕슨 양이 친절하게도 내일 점심 식사를 함께하기로 약속해 주었다고 공작을 향해 말했다.

"공작님이 안 가시면 저도 안 갈 거예요." 쥴리카가 말했다.

공작이 쥴리카를 바라보았다. 공작의 마지막 날은 쥴리카와 둘이서 함께 보내기로 약속하지 않았던가? 쥴리카가 공작에게 주었던 귀걸이는 아무 의미도 없는 것일까? 공작의 자존심은 갈기갈기 찢어졌지만, 그는 이를 재빨리 수습하고 상처를 숨긴 채 초대에 응했다.

"염치없는 부탁이지만, 이 커다랗고 무거운 상자 좀 다시 들어다 주시겠어요." 쥴리카가 맥퀸 경에게 말했다.

누더기가 되어 버린, 공작의 마지막 남은 자존심마저 이제는 사라지고 말았다. 공작은 맥퀸 경을 차갑게 노려보며 한 손으로는 장식함을 낚아채고, 다른 한 손으로는 대학 정문을 가리켰다. 공작은 혼자서 쥴리카를 집까지 바래다 줄 생각이었다. 오늘밤은 세상에서의 마지막 밤이었기에, 공작은 시간을 허투루 보낼 수 없었다. 공작의 눈이 그렇게 말하고 있었다. 하지만 맥퀸 경의 눈도 똑같은 말을 하며 공작을 쏘아보고 있었다.

쥴리카 때문에 싸운 남자들은 많았지만, 그녀가 있는 자리에서 싸운 남자는 한 명도 없었다. 쥴리카의 눈이 휘둥그레졌다. 하지만 두 적수 사이에 끼어들 생각은 추호도 없었다. 쥴리카는 방해하지 않으려는 듯 뒤로 물러났다. 짧고 격렬한 싸움. 그것이 원한을 품고 살아가는 것보다 훨씬 낫지 않은가! 쥴리카는 더 나은 남자가 이기길 바랐다. 하지만 그녀를 오해하지 마시라. 쥴리카는 그게 공작이길 바랐다. 그녀는 순간 어느 연극인가 그림에서 보았던 희미한 기억이 떠올랐다. 이럴 때 쥴리카는 불이 붙은 길고 가느다란 양초가 얹어진 나뭇가지 모양의 촛대를 높이 치켜들고 서 있어야 했다. 아니, 그건 실내에서나, 그것도 18세기에나 하던 일이었다. 하지만 쥴리카의 그 모든 공상은 옥스퍼드생들의 관습과 예절에 대한 완전한 무지에 기초한 것이었다. 공작과 맥퀸 경은 숙녀 앞에서는 결코 주먹다짐을 하지 않았다. 두 사람 사이의 충돌은 오직 정신적인 것이었다.

비록 맥퀸 경은 단호한 스코틀랜드인이었지만, 항복한 사람은 그였다. 공작의 투지에서 뿜어져 나오는 악마적인 기질에 겁을 집어먹은 맥퀸 경은 자기도 모르게 공작이 한 손으로 가리키고 있는 대학 정문 방향으로 물러나고 있었다.

맥퀸 경이 사라지자, 쥴리카가 공작에게 돌아서며 말했다. "정말 멋져요." 쥴리카가 나긋나긋하게 말했다. 그건 공작도 잘 아는 사실이었다.

수사슴도 승리의 순간에 암사슴으로부터 증표 같은 것을 받을까? 공작이 양손에 들고 있는 보석으로 만든 장식함은 승리의 상징이었다. 그는 사랑하는 여인, 쥴리카에게 정복자 같은 미소를 지어 보였다. 심지어 공작은 그녀를 자신의 소유물로 생각하기에 이르렀다. 그 순간 불현듯 쥴리카에게 비굴할 정도로 헌신했던 고통스러운 기억이 공작에게 격렬하게 밀려들었다. 하지만 더 이상의 비굴함은 없을 것이다! 방금 거둔 승리로 공작은 남성성을 회복했고, 동료들 사이의 우월감을 되찾았다. 이제 그는 쥴리카를 대등한 자격으로 사랑하리라. 쥴리카가 초월적 존재라고? 그건 도싯 공작도 마찬가지였다. 오늘밤 세상은 달빛이 내려앉은 땅 위에 멋진 장신구 두 개를 달고 있는 셈이었다. 그것은 바로 쥴리카와 공작이었다. 두 장신구 중 어떤 것도 다른 것으로 대체될 수 없었다. 그런데 둘 중 하나가 산산이 부서질 운명이라면? 삶도 사랑도 좋은 것이다. 하지만 공작은 쥴리카를 위해 죽을 생각에 미쳐 있었다.

쥴리카와 공작은 함께 걸으면서 아무 말도 하지 않았다. 쥴리카는 자신의 마술 솜씨에 대해 공작이 무언가 말해 주리라 기대했다. 설마 그가 실망했을까? 쥴리카는 물어볼 용기가 나지 않았다. 그녀는 진정한 예술가다운 면모는 전혀 없었지만, 감수성만은 예민했기 때문이다. 쥴리카는 분하다는 생각이 들었다. 그래서 '공작에게 귀걸이를 돌려달라고 할까'하는 생각마저 들었다. 그리고 보니 공작은 귀걸이를 받고서 쥴리카에게 아직 고맙다는 말도 하지 않았다. 하지만 쥴리카는 공작이 '사형수'라는 사실을 감안하여 아량을 베풀기로 했다. 쥴리카는 공작이 들려주었던, 택턴 대저택의 죽음의 징조를 다시금 상기했다. 쥴리카는 공작을 쳐다보고 나서 하늘을 올려다보았다.

"그날과 똑같은 달이 택턴의 흉벽을 비치고 있겠죠. 달님은 그곳에서 검은 올빼미 두 마리를 보셨을까? 부엉부엉 우는 소리를 들으셨을까?"

쥴리카가 혼잣말을 했다.

두 사람은 쥴리카의 숙소에 다다랐다.

"멜리상드!" 쥴리카가 창문을 향해 소리쳤다.

"쉿!" 공작이 말했다. "당신에게 할 말이 있소."

"그러니까요. 양손에 든 커다란 장식함이 없으면 훨씬 편하게 말할 수 있잖아요. 하녀를 불러서 내 방으로 가져가게 할게요."

쥴리카가 멜리상드를 다시 불러 보았지만, 아무런 대답이 없었다.

"아마 하녀들 방이나 다른 곳에 있나 봐요. 장식함을 문 안에 들여놓는 게 좋을 것 같아요. 나중에 하녀가 가지고 올라갈 수 있게요."

쥴리카가 뒷문을 열었다. 공작은 문턱을 넘어가며 낭만적 감정으로 황홀했다. 잠시 후 밖으로 나와 달빛 아래 다시 모습을 드러낸 공작은 상자에 관해서 쥴리카가 옳았다는 생각이 들었다. 고백을 할 때 커다란 장식함이 치명적인 걸림돌이 될 수 있었기 때문이다. 여기까지 오는 길에 아무런 말도 하지 않은 것이 공작은 기뻤다. 마음을 온전히 전하는 데는 행동도 함께 필요한 법이니까 말이다. 지금 공작이 하려는 첫 번째 행동은 쥴리카의 손을 잡는 것이었다.

쥴리카는 너무 놀란 나머지 꼼짝도 하지 못했다.

"쥴리카!" 공작이 속삭였다.

쥴리카는 화가 나서 말조차 나오지 않았다. 그녀는 갑자기 손목을 비틀어 공작의 손에서 벗어나 황급히 뒷걸음질 쳤다.

공작이 웃으며 말했다. "당신은 날 두려워하는군요. 내게 입맞춤을 허락하게 될까 봐 두려운 거겠죠. 나를 사랑하게 될까 봐 두려운 거겠죠. 오늘 오후, 바로 여기에서 당신에게 키스할 뻔했죠. 당신을 '죽음'으로 착각하고, 난 그 '죽음'에 반했었죠. 내가 어리석었소. 비할 데 없이 사랑스러운 당신, 이게 바로 당신의 모습인데 말이죠. 당신은 바보요.

삶을 두려워하죠. 하지만 난 아닙니다. 난 삶을 사랑해요. 난 당신을 위해 살 거요. 내 말 듣고 있소?"

쥴리카는 뒷문을 등지고 서 있었다. 눈에 서려 있던 분노가 어느새 경멸로 바뀌어 있었다. "그러니까 당신 말은 약속을 취소하겠다는 뜻이군요?" 쥴리카가 물었다.

"당신이 나를 그 약속에서 해방시켜 주겠죠."

"죽는 게 두려운가요?"

"그렇게 되면 당신은 내 죽음에 죄책감을 느끼지 않아도 되죠. 당신은 나를 사랑하니까요."

"잘 자요, 이 비겁한 겁쟁이 씨."

쥴리카가 뒷문 쪽으로 뒷걸음쳐 들어갔다.

"쥴리카, 가지 마요! 돕슨 양, 가지 말란 말이오! 정신 차리고 잘 생각해 보시오. 곰곰이 생각을 해 보란 말입니다. 내가 이렇게 간청하잖소. . . . 이렇게 가 버리면 당신은 후회하게 될 거요."

쥴리카가 공작을 앞에 두고 천천히 문을 닫았다.

"당신, 후회하게 될 겁니다. 여기, 당신 방 창문 아래서 기다리겠습니다."

공작은 빗장이 잠기는 쇳소리를 들었다. 그리고 가볍게 내딛는 발자국 소리가 멀어져 가는 것을 들었다.

'쥴리카에게 키스조차 하지 못했다!' 공작에게 처음 떠오른 생각은 그거였다. 공작은 발뒤꿈치로 자갈길을 짓눌렀다.

'내 손목을 아프게 하다니!' 침실로 들어서던 쥴리카에게 처음 떠오른 생각은 그거였다. 그렇다. 공작이 움켜잡았던 그 자리에 빨간 자국 두 개가 보였다. 어떤 남자도 감히 쥴리카에게 손끝 한번 댄 적이 없었다. 더럽혀졌다는 생각이 든 쥴리카는 물과 비누로 손을 꼼꼼하게 씻어 냈다. "비열한 놈," "짐승 같은 놈" 따위의 말이 이따금씩 그녀의 입 밖으로 터져 나왔다.

쥴리카는 손을 닦고 의자에 털썩 주저앉았다. 그러다가 다시 일어나서는 빠른 걸음으로 방을 서성거렸다. 이대로 쥴리카의 멋진 밤이 끝난단 말인가! 그녀는 도대체 왜 이런 대접을 받아야 하는가? 공작이 감히 어떻게 그녀에게 이럴 수 있단 말인가?

그때 빗방울이 창문에 부딪히는 소리가 들려왔다. 쥴리카는 기뻤다. 오늘밤은 정화가 필요했기 때문이다.

공작이 말하기를, 쥴리카는 삶을 두려워한다고 했다. 삶이라고! 공작이 쥴리카 자신의 손목을 붙잡도록 놓아둔 것. 남자들이 '저속'하게 자신에게 홀딱 빠지게 하려고 '저속'하게 최선을 다한 것. 자기 노예의 노예가 된 것. 사적인 감정의 깊은 연못에서 허우적댄 것. 웩! 이런 게 삶이란 말인가! 쥴리카의 그런 생각이 그토록 넌덜머리나고 모멸감을 주는 것이 아니었다면, 그저 우스운 생각일 뿐이었을 것이다.

뒤표지에 각각 '철도 여행 안내서'와 'A.B.C. 가이드'라고 새겨져 있는 금박 표지 책 두 권에 쥴리카의 손이 잠시 머물렀다. 아침 일찍 기차를 타고 옥스퍼드를 떠나 버릴까? 공작에게 작별 인사도 하지 않고, 그가 아무도 지켜보지 않는 곳에서 물에 빠져 죽도록 그냥 내버려두고 떠나 버릴까? 하지만 그렇게 하려면 여기 수백 명의 다른 남자들도 모두 저버려야 했다. 게다가. . . .

그때 유리창에서 다시 소리가 들려왔다. 그 소리에 쥴리카는 깜짝 놀랐다. 빗소리는 아닌 것 같았다. 설마 조그마한 자갈이었을까? 쥴리카는 숨죽인 채 재빨리 창가로 다가가 창문을 열어젖히고는 아래를 내려다보았다. 위를 쳐다보고 있는 공작의 얼굴이 보였다. 쥴리카는 분노에 몸서리치며 뒷걸음질 쳤다. 그러고는 주변을 응시하다가 좋은 생각이 떠올랐다.

쥴리카가 창밖으로 다시 고개를 내밀며 속삭였다. "아직 거기 계세요?"

"예, 여기 있소. 당신이 나올 줄 알았습니다."

"잠깐만 기다리세요, 잠깐만요!"

주전자가 세면대 옆 바닥에, 쥴리카가 두었던 그 자리에 그대로 있었다. 물이 한가득 차 있어서 꽤 무거웠다. 쥴리카는 주전자를 창가로 씩씩하게 옮기고는 밖을 내다보았다.

"좀 더 가까이 오세요!" 쥴리카가 속삭였다.

달빛을 받으며 위를 쳐다보고 있는 공작이 쥴리카의 말을 순순히 따랐다. 쥴리카는 공작의 입술이 "쥴리카"를 연호하는 것을 보았다. 그녀는 주의깊게 목표물을 겨누었다.

달빛을 받은 물이 공작의 얼굴에 폭포수처럼 쏟아졌고, 커다란 은색 아네모네 꽃잎처럼 사방으로 흩어졌다.

쥴리카는 팔짝 뛰면서 깔깔대며 웃어 대더니 빈 주전자를 카펫 위로 내던졌다. 그러다가 갑자기 긴장한 듯 몸을 웅크리며 양손으로 입을 막았다. 곁눈질로 창밖을 내다보는 쥴리카의 눈은 "이제 끝났어!"라고 말하려는 것 같았다. 그녀는 밖에서 나는 소리에 숨죽이며 귀 기울였다. 밤의 정적 속에서 빗방울 떨어지는 소리가 아련하게 들려왔다. 이내 발자국 소리도 멀어져 갔다. 정적이 이어졌다.

제11장

나는 내가 역사의 여신 클리오[55]의 하인이라고 말한 바 있다. 그런 말을 하면서, 독자 여러분이 나에게 의혹의 눈빛을 보내면서 수군댈 것이라고 생각했었다.

내 말은, 내가 클리오 집안과 어떤 연관이 있을 것이라고 독자 여러분이 의혹을 품었을 거라는 말이 아니다. 나는 한 여인의 이름을 따서 이 책의 제목을 지었는데, 그녀는 아직 살아 있다. 여러분 모두 그녀의 명성은 익히 들어 잘 알 것이고, 몇몇은 그녀를 개인적으로 잘 알 수도 있을 것이다. 여러분은 아마 내 책의 첫 페이지를 채 읽기도 전에, 그녀가 겪은 삶의 에피소드가 내 책의 주제일 거라고 짐작했을 것이다. 몇 년 전, 신문 지상에서 대단한 센세이션을 일으켰던 그 에피소드 말이다.

---

55) 뮤즈(Muses)는 그리스 로마 신화에 나오는 아홉 명의 학문과 예술의 여신으로, 주로 작가를 포함한 예술가에게 영감을 주는 존재로 묘사된다. 그중 클리오(Clio)는 역사를 관장하는 뮤즈이다.

그 모든 일이 엊그제 일어난 일 같기만 하다. 그렇지 않은가? 신문의 헤드라인이 우리에게 아직도 생생하다. 우리는 아직도 그 주요 기사에서 제시하는 도덕에 의해 부단히 교화되고 있다. 여러분은 내가 여느 소설가들처럼 굴고 있다는 사실을 금세 눈치챘을 것이다. 개인적인 인터뷰를 통해 주인공들 사이에서 오갔던 정확한 어휘들을 보고하듯 재현하는 소설가들 말이다. 그렇다! 주인공들의 마음속에 있는 정확한 생각과 감정까지도 말이다. 그러나 나는 여러분이 궁금해 하는 것에는 관심이 없다. 그건 분명히 해 두고 싶다.

나는 여느 소설가들처럼 행동할 수 있도록 나의 여주인 클리오로부터 공식적인 허가를 받았다. 처음에는 클리오가 반대를 했었다. 클리오가 반대한 이유는 당신도 지금쯤은 이해할 것이다. 하지만 나는 클리오에게 내가 본의 아니게 괴로운 입장에 처해 있으며, 그것을 바로잡기 전까지는 그녀도 나도 신뢰를 얻을 수 없다는 점을 지적했다.

클리오가 오랫동안 불만이 매우 많았다는 점도 알아 두는 게 좋을 것이다. 클리오에 따르면, 그녀가 아버지 피에루스의 고향을 떠나 와 뮤즈가 되었을 때는 매우 행복했다고 한다. 클리오는 과거의 변변치 않았던 첫 출발을 애정을 담아 회고했다. 클리오는 헤로도토스[56]라는 하인 한 명을 두었는데, 그의 낭만적 성품이 그녀에게는 매력적으로 다가왔다. 그런 헤로도토스가 세상을 떠나자 클리오는 능력 있고 충실한 하인들을 많이 써 보았지만, 일하는 방식이 마음에 들지 않아 짜증이 나고 우울했다. 그 하인들에게 삶이란 오로지 정치와 군사 작전뿐인 듯했다. 하지만 여자인 클리오는 그런 것들에는 딱히 관심이 없었다. 클리오는 멜포메네[57]에게 질투를 느꼈다. 클리오가 보기에, 자기 하인들은 차라

---

56) Herodotos: 그리스의 역사가로, '역사의 아버지'라고 불린다.
57) Melpomene: 아홉 명의 뮤즈들 중 한 명으로, 비극의 여신이다.

리 잊는 편이 나을 법한 무미건조한 세부 사항들만을 잔뜩 따져가며 객관적 시각으로 일을 처리했다. 반면, 멜포메네의 하인들은 만고불변의 관심사인 남자와 여자의 마음을 소재로 작업을 했다. 그들은 객관적 시각으로 작업을 하지도 않았다. 오히려 남자와 여자의 마음속에 자신을 투영했고, 우리에게 그 마음의 본질을 보여 주었다. 클리오는 "비극은 역사보다 더 '철학적'이다"라는 아리스토텔레스의 말에 특히 감명을 받았다. 비극은 있을 수 있는 일에도 관심을 두지만, 역사는 오로지 있었던 일에만 관심을 두기 때문이다. 아리스토텔레스의 이 말은 클리오가 종종 생각해 왔지만 정확하게 표현할 수 없었던 상념들을 정리한 것이라고 할 수 있다. 클리오는 자신이 주관하는 분야인 역사는 기껏해야 열등한 것에 지나지 않는다고 생각했다. 그녀는 자신이 가엾은 헤로도토스를 좋아했던 바로 그 이유 때문에 그가 훌륭한 역사가가 되지 못했다는 사실을 잘 알고 있었다. 사실과 상상을 뒤섞는 것은 물론 잘못된 일이었다. 그렇다고 클리오의 하인들처럼 삶의 온갖 다양한 양상들 중에서 오직 한 가지 별 볼 일 없는 특정한 면모만을 다루어야 한다는 것인가? 하지만 그것은 클리오가 관여할 수 없는, 권한 밖의 일이었다. 제우스가 뮤즈들에게 내린 헌장의 규정에 따르면, 아홉 명의 뮤즈들은 하인들에게 절대적인 자유 재량권을 부여해야 했다. 하지만 클리오는 역사책들에 영감을 불어넣어야 할 의무는 있었지만, 적어도 그것들을 읽을 의무는 없었다. 그녀는 백 년에 한두 번꼴로 이런저런 새 역사책들을 대충 훑어보았지만, 한숨을 내쉬며 내려놓기 일쑤였다. 하지만 중세 연대기 몇몇은 꽤 마음에 들었다. 어느 날 팔라스가 클리오에게 『로마제국 흥망사』[58]에 대해 어떻게 생각하는지 묻자, 그녀는 그저 "그것은 그

---

58) *The Decline and Fall of the Roman Empire* : 영국의 역사가 에드워드 기번 (Edward Gibbon)의 역사서.

런 부류의 것들을 좋아하는 사람들이 좋아할 만한 것이다"라는 답변을 할 뿐이었다. 클리오는 이렇듯 답변을 흐렸다. 클리오는 수백 년 동안 '가장 위대한 예술은 역사'라고 생각하는 척해 왔다. 클리오는 뮤즈 자매들에게 늘 거만하게 굴었는데, 이는 자신이 극시劇詩와 서정시를 닥치는 대로 읽는다는 사실을 은밀하게 숨기기 위한 것이었다. 클리오는 남부 유럽에서 발달한 초기 산문 로맨스에 깊은 관심을 보였다. 그녀는 『클러리사 할로』[59]가 출간된 이후로는 사실상 대부분의 시간을 소설을 읽으며 지냈다. 그러다가 1863년 봄에 이르러 클리오의 평온했던 삶에 완전히 새로운 변화가 찾아들었다. 제우스가 클리오에게 흠뻑 빠진 것이다.

"세월은 청춘에게 주어진 활짝 핀 꽃도 얼어붙게 만들고"[60]라는 시 구절처럼 찰나의 인생을 사는 우리에게, 그 숱한 세월을 살고도 여전히 열정이 시키는 대로 사는 제우스의 모습이 이상해 보이기도 하고, 심지어 조금은 터무니없어 보일 수도 있겠다. 아니, 자신이 간택한 여인 앞에 자기 본연의 모습으로 나타날 자신감도 없어서, 그 여인이 가장 좋아할 만한 모습으로 안간힘을 써 가며 변신해 나타나는 제우스의 모습은 어찌 보면 애처롭기까지 하다. 이번에 제우스는 홀연히 올림포스 산에서 내려와 킹레이크가 쓴 『크림 침공』[61]이라는 책(반半 송아지 가죽으로 장정된 4권짜리, 큰 활자본으로는 8권짜리 책)의 모습을 하고 클리오에게 번쩍 나타났다. 그녀는 곧바로 제우스가 변신한 것임을 알아챘고, 큰 용기를 내서 제우스에게 떠나라고 말했다. 퇴짜를 맞은 제우스

---

59) *Clarissa; or, The History of a Young Lady*: 18세기 영국의 소설가 새뮤얼 리처드슨(Samuel Richardson)의 소설이다. 리처드슨은 영국 근대 소설의 개척자 중한 사람으로 평가받는다.
60) 셰익스피어 소네트 60번의 한 구절.
61) *Invasion of the Crimea*: 영국의 역사가 킹레이크(Alexander William Kinglake)가 쓴 책.

는 굴하지 않았다. 사실 클리오의 강단 있는 모습이 그의 욕망을 오히려 자극했던 것 같다. 하루도 채 안 되어 제우스는 이번에는 도저히 거부할 수 없는 모습으로 다시 나타났다. 그는 최근에 파편적인 형태로 발견된 폴리비오스[62]의 역사서의 모습을 하고 나타났는데, 그것은 카를 뵈르트슈라펜 교수의 비망록인 『역사적 고찰』이라는 신간 서적의 견본 격이라 할 수 있겠다. 그러던 어느 날, 남을 엿보고 다니기 좋아하는 헤르메스가 제우스에게 클리오가 사실은 소설 중독자라는 비밀을 말해 주었다. 그때부터 해마다 제우스는 소설의 모습을 하고 나타나 클리오에게 구애를 하기 시작했다. 그 결과, 그녀는 소설을 읽는 데 정나미가 떨어진 나머지, 역사책을 읽는 데서 비뚤어진 즐거움을 찾게 되었다. 클리오는 실제 있었던 일에 대한 무미건조한 세부 사항들이 자신을 온갖 환상으로부터 벗어나게 해 줄 것이라고 스스로를 타일렀다.

어느 일요일 오후, 그러니까 이 책의 이야기가 시작된 바로 그 월요일의 전날, 클리오는 역사가도 소설가와 같은 특권을 가질 수 있다면 역사는 아주 멋진 것이 될 거라는 생각이 들었다. 역사가가 자신이 묘사하고자 하는 모든 장면에 개입할 수 있다고 가정해 보자. 역사가가 눈에 보이지는 않지만 반드시 필요한 존재로서, 관찰하고자 하는 모든 사람들의 행동뿐 아니라 마음속까지 꿰뚫어 볼 수 있는 능력을 갖춘 존재라고 가정해 보자.

클리오가 그렇게 골똘히 생각에 잠겨 있을 때, 제우스가 여느 때처럼 그녀를 찾아왔다. 그는 이번에는 애니 S. 스완[63]의 최신작의 모습을 하고 나타났다. 클리오는 제우스를 뚫어지게 쳐다보았다. 이런저런 생각을 하던 그녀가 그에게 단도직입적으로 말을 꺼냈다.

---

62) Polybius: 그리스의 역사가.
63) Annie S. Swan (1859-1943): 스코틀랜드의 소설가.

"신과 인간의 아버지시며, 구름을 몰고 다니시는 제우스님이시여! 저에게 바라시는 것이 무엇인지요? 하지만 그보다 제가 먼저 제우스님께 바라는 것을 말씀드려도 될까요?"

클리오는 소설가에게 부여된 특권을 역사가에게도 부여해 달라고 제우스에게 간청했다. 그러자 그의 태도가 돌변했다. 제우스는 통치자다운 아주 무겁고 엄숙한 태도로 클리오의 말을 들었다. 제우스는 사적인 요소의 영향으로 인해 자신의 판단이 흐려지는 것을 절대 용납하지 않는 통치자였다. 그는 클리오의 간청을 듣고는 한동안 침묵을 지켰다. 그러더니 파르나소스 산이 마구 흔들릴 정도의 천둥 같은 목소리로 대답을 내놓았다. 제우스는 역사가가 불리한 여건에서 일한다는 점을 인정했다. 하지만 소설가라고 해서 불리한 여건이 없겠는가? 소설가는 존재하지도 않는 인물들과, 일어나지도 않은 사건들을 다루어야 한다. 일어나지도 않은 사건들에 깊이 개입할 수 있는 특권과 존재하지도 않는 인물들의 마음을 꿰뚫어 볼 수 있는 특권이라도 있어야, 소설가가 독자의 관심을 붙들어 맬 희망이라도 가질 수 있지 않겠는가? 그런데 만약 비슷한 특권이 역사가에게도 부여된다면 소설의 수요는 당장에 줄어들 것이며, 그 결과 근면 성실하고 유능한 수많은 사람들이 일자리를 잃게 될 것이다. 사실상 클리오는 제우스에게 불가능한 간청을 한 셈이었다. 하지만 제우스는 클리오의 말에 설득이 되어, 그녀에게 딱 한 번 그녀가 바라는 대로 하도록 허락해 주겠다고 말했다. 이제 클리오는 세상을 계속 지켜보다가 어딘가에서 무언가 아주 의미심장한 일이 임박해 있다는 확신이 들면, 역사가 한 명을 선택하여 맡기기만 하면 되었다. 그러면 제우스가 당장에 그 역사가에게 눈에 보이지는 않지만 반드시 필요한 존재로서, 자신이 묘사하고자 하는 모든 장면에 개입할 수 있는 권한을 부여할 것이었다. 그리고 관찰하고자 하는 모든 사람들의 행동뿐 아니라 마음속까지 꿰뚫어 볼 수 있는 능력에다, 덤으로 완벽한 기억력까지 부여할 터였다.

다음날 오후, 클리오는 고개를 두리번거리다가 패딩턴 역 승강장에서 옥스퍼드 행 기차를 타는 쥴리카를 발견했다. 잠시 후, 나는 내가 난데없이 파르나소스에 와 있다는 것을 알게 되었다. 클리오는 내가 어떻게 그곳에 오게 되었으며, 무엇을 해야 하는지 서둘러 말했다. 클리오는 내가 정직하고 냉철하며 능력이 있는 데다가, 옥스퍼드에 대해 잘 아는 사람이기 때문에 나를 선택했다고 말했다.

잠시 후, 어느새 나는 제우스의 옥좌 앞에 가 있었다. 제우스는 내가 절대로 잊지 못할 위풍당당한 몸짓으로 손을 뻗어 내 머리 위에 얹었고, 나는 제우스가 클리오에게 약속했던 그 재능들을 부여받게 되었다. 아! 그리하여 나는 어느새 옥스퍼드 역 승강장에 가 있었다. 기차가 한 시간 가량 연착되었지만, 기다리는 시간이 아주 즐거웠다.

누구의 눈에도 띄지 않고, 형태를 가진 어떤 물체에도 방해받지 않은 채로 승강장을 이리저리 자유롭게 떠다닐 수 있다는 것은 재미있는 일이었다. 역장, 짐꾼, 그리고 간이식당에 있는 젊은이들의 속내까지 들여다볼 수 있다는 것 또한 재미있는 일이었다. 하지만 나는 그런 축제 분위기에 휩쓸리지 않으려 했다. 내가 맡은 임무의 막중함을 잘 알고 있었기 때문이다. 나는 당면한 문제에 집중해야만 했다. 돕슨 양이 옥스퍼드에 도착하면 무슨 일이 일어날까? 아쉽게도 내가 부여받은 재능에 '선견지명'은 없었다. 돕슨 양에 대해 내가 알고 있는 사실에 비추어 볼 때, 내가 추론할 수 있는 것은 그녀로 인해 옥스퍼드 일대가 성황을 이루리라는 것 정도였다. 그게 전부였다. 저기 있는 로마 황제의 흉상이 지닌 직감이나, 심지어 불독 코커가 지닌 정도의 직감 같은 것이 내게 있었다면, 나는 클리오에게 나 대신에 좀 더 예민한 신경의 소유자를 옥스퍼드에 보내 달라고 간청했을 것이다. 클리오는 나에게 차분하게 바짝 경계할 것과, 양심적으로 공정하게 행동할 것을 주문했다. 하지만 내가 처음부터 모든 것을 예견했다면, 클리오의 주문대로 행동하지 못했을 것이다. 내게는 아주 가까운 미래만, 그것도 조각조각 깨진 듯이 보일 뿐이었다. 내게는 미래가 처음에는 '가능성'으로 보이다가, 나중에는 일어나지 않을 수도 있는, 확실치 않은 '개연성'으로 바뀌었다. 그렇기 때문에 오히려 나는 나에게 부여된 '신뢰'라는 덕목을 충실히 수행할 수 있었다. 그렇다고 해도, 그것이 쉬운 일은 아니었다.

나는 '모든 것을 이해한다는 것은 모든 것을 포기한다는 것이다'라는 명제를 항상 수용해야 했다. 제우스 덕분에 나는 돕슨 양을 충분히 이해하게 되었지만, 그럼에도 불구하고 돕슨 양에게 혐오감을 느끼는 순간들도 있었다. 그녀의 외면도 내면도 들여다보고 싶지 않은 그런 순간들 말이다. 월요일 밤 도싯 공작이 쥴리카를 만나게 된 그 순간, 나는 그를 의무적으로 계속해서 주시해야겠다는 생각이 들었다. 하지만 공작이 정말 안 되었다는 생각이 들면서도, 그를 그림자처럼 따라다니는 나 자신이 짐승처럼 여겨지는 순간도 있었다.

내게 기억이라는 것이 존재한 이래로, 나는 줄곧 나 자신을 진정한 신사라고 할 수 있을지의 문제로 끊임없이 회의감이 들어 괴로웠다. 나는 '신사'라는 용어를 정의하려고 해 본 적이 없었다. 나는 일반적 의미의 '신사'라는 단어—그 의미가 무엇이든 간에—가 엄밀히 따져 보았을 때 내게도 적용될 수 있을지 몹시 궁금했다. 많은 사람들은 '신사'라는 단어가 함축하는 자질이 주로 따뜻한 마음, 명예로운 행동과 같은 도덕적인 것이라고 생각한다. 클리오가 나에게 부여한 임무를 수행하는 과정에서, 나는 온정과 명예, 이 두 가지가 나를 정확히 반대 방향으로 끌어당긴다는 사실을 알게 되었다. 만약 명예가 나를 더 강하게 끌어당겼다면, 나는 더 '신사다운' 사람이 될 수 있었을까? 하지만 이 줄다리기는 공정하지 않았다. 호기심이 '명예' 쪽을 더 강하게 끌어당겼기 때문이다. 이것은 내가 비열한 인간이라는 증거인가? 오! 하지만 내가 한순간 클리오의 신뢰를 배반하는 일을 했다는 사실은 내가 비열한 인간이 아니라는 반증이다. 돕슨 양이 바로 앞 장인 제10장의 마지막 장면에서 내가 기록한 것처럼 공작에게 물을 퍼붓는 행동을 저질렀을 때, 나는 도싯 공작에게 한 시간 정도 여유 시간을 주는 온정을 베풀었던 것이다. 나는 공작에게 그 정도는 해 줄 수 있었다. 우리 대부분은 살면서 오랜 시간이 지난 후에도 가장 이해심 많은 친구에게조차 고백할 수 없는 일을 하나쯤은 겪게 된다. 생각조차 하기 싫은 일. 잊히지 않는 일. 잊을 수 없는 일 등. 그 일들은 자신이 저지른 어떤 큰 범죄를 의미하는 것은 아니다. 그리고 큰 범죄라고 해도 엄청난 고행을 통해 속죄받을 수 있을 것이다. 게다가 극악무도한 범죄에는 어두운 위엄마저 서려 있다. 가령, 치명적인 비열한 범죄 행위나 비밀리에 저지른 배신 행위 같은 것 말이다. 하지만 사람이 한때 자기 의지로 저지른 그런 일들은 역시 자기 의지로 잊을 수 있는 법이다. 삶에서 잊을 수 없는 일은 대개 자신이 저지르거나 방치한 일이 아니라, 다름 아닌 자신이 '당한' 일이다. 직접 복수하지 않았고, 복수할 수도 없었던, 무례하고 잔인하게 당한 일 말이다. 몇 년이 지나 꿈속에서도 종종 다시 나타나는 그런 일. 깨어 있을 때도 별안간 고개를 들이미는 그 기억 때문에 주먹을 꽉 쥐거나, 머리를 흔들어 대거나, 큰소리로 노래를 흥얼거리거나, 그 기억을 떨쳐 버리기 위해서라면 무엇이든지 하게 되는 바로 그런 일 말이다. 공작이 그런 끔찍한 수모를 당했던 바로 그 순간에 당신이라면 그를 엿보고 싶겠는가? 그래서 나는 도싯 공작의 뒤를 밟지 않은 채 그만이 누릴 한 시간의 여유를 그에게 선사하는 온정을 베풀었던 것이다.

그 한 시간 동안 공작은 무슨 생각을 했을까? 그날 밤 공작이 무슨 말을 했다 한들, 결코 아무도 알 수 없게 되었다. 그 일에 대해 클리오는 뮤즈보다는 입이 거친 시장바닥 생선장수 여자에게나 어울릴 법한 욕설을 나에게 퍼부어 댔다. 그래도 나는 신경쓰지 않는다. 그날 밤 공작을 엿보고 나의 여린 마음에게서 책망을 듣느니, 차라리 그를 엿보지 않고 클리오에게서 책망을 듣는 편이 더 나으니까 말이다.

제12장

나는 공작의 뒤를 바짝 따라다니는 것이 싫었다. 하지만 쥴리카 앞에 잠깐이라도 남아 있는 것은 더욱 싫었다. 쥴리카에게는 어떠한 변명의 여지도 없었다. 이번에는 쥴리카가 너무 심했다. 너무나 충격적인 일을 벌인 것이다. 공작이 옷에서 물기를 털어내는 동안, 나는 어두운 밤거리로 사라졌다.

어쩌면 나는 '현재를 잊는 최선의 방법은 기억을 회상하는 것'이라고 의식적으로 합리화했는지도 모르겠다. 아니면 그저 귀소본능이 작용했는지도 모르겠다. 어쨌든 나는 예전에 다녔던 주더스 칼리지를 향해 가고 있었다. 밤늦은 시간에 늘 그 앞에 서서 들여보내 달라고 두드려 댔던, 굳게 닫힌 정문을 '스윽'하고 통과해 안으로 들어가자 자정을 알리는 종소리가 울렸다.

예전에 내가 쓰던 방을 차지하고 있는 학생은 문에 '부재중' 팻말을 걸어 두었는데, 그 팻말도 내가 쓰던 것이었다. 나는 문에 붙은 명패에 쓰인 이름, 'E. J. 크래독'을 확인하고 방으로 들어갔다.

내 방을 차지하고 앉아 있는 크래독은 팔꿈치를 구부리고 머리를 한쪽으로 기울인 채 내 테이블에 앉아 글을 쓰고 있었다. 벽에 걸린 노와 모자를 보니, 그가 조정 선수라는 것을 짐작할 수 있었다. 선이 굵은 크래독의 얼굴을 보고, 나는 그가 오늘 오후 에이트 경기에서 주더스 칼리지 보트의 노를 젓던 학생이라는 것을 금세 알아차렸다.

그러니 크래독은 두 시간쯤 전에는 틀림없이 침대에서 잠을 자고 있었을 것이다. 크래독은 규정된 취침 시간을 어기고 한밤중에 깨어 있었던 것인데, 그의 앞에 놓인 위스키와 소다가 든 커다란 텀블러 탓에 크래독의 학칙 위반 항목이 하나 더 추가되었다. 그는 텀블러에 든 술을 한 모금 쭉 들이켰다. 그러더니 크래독은 자신이 쓴 글을 되풀이해서 꼼꼼히 읽었다. 나는 아무리 내 방에서 쓴 글이라지만 나에게 보여주려고 쓴 것도 아닌 글을 어깨너머로 훔쳐보고 싶지는 않았다. 하지만 내게는 크래독의 머릿속이 훤히 들여다보였다. 그는 다음과 같이 썼다.

"나, 서명인 에드워드 조셉 크래독은 이로써 나의 모든 사적 소유물을 독신녀, 쥴리카 돕슨에게 유산으로 남깁니다. 이것은 나의 유언장입니다."

크래독은 펜 끝을 깨물더니 "유산으로 남깁니다"를 "여기 이 유언장과 함께 유산으로 남깁니다"로 고쳐 썼다. 바보 같으니!

나는 '이로써' '여기 이 유언장을 남겨둔 채' 그 자리를 떠났다. 나는 카펫이 깔린 윗방의 마룻바닥을 '스윽'하고 통과했는데, 그 카펫은 그 유명한 방 거주자가 왕년의 용맹했던 시절에 늘 와인을 흘려 흠뻑 젖어 있었던, 그리고 산산조각 난 와인 잔의 작은 조각들이 흩뜨려져 있었던 바로 그 카펫이었다. 내가 마룻바닥을 통과해 윗방으로 올라가자 독서

가임에 틀림없는 두 남학생이 있었는데, 그중 한 학생은 방 안을 서성이고 있었다.

"쥴리카를 보면 늘 무슨 생각이 나는지 알아? 그 구절이 떠올라... . 구약성서 아가에 나오는 구절이었나? '아침빛 같이 뚜렷하고 달 같이 아름답고 해 같이 맑은...'이었던가." 방 안을 서성이던 학생이 말했다.

"기치를 벌인 군대 같이 엄위한 여자가 누구인가."[64] 다른 학생이 나머지 구절을 읊어 주었다. 그는 편지를 쓰고 있었기에 다소 짜증 섞인 말투로 말했다.

편지는 이렇게 시작되었다. "사랑하는 아버지께, 아버지께서 이 편지를 받아 보실 때쯤에는, 저는 이미...을 향해 한 발짝 내딛고 있겠죠...."

내가 예전에 다녔던 대학에서 오락거리를 찾는다는 것은 분명히 헛된 일이었다. 나는 인적이 드문 목초지로 날아갔다. 목초지에는 여느 때처럼 이시스[65]에서부터 저 위 머턴 월[66]까지 곧장 이어지는 새하얀 안개가 마치 침대보처럼 깔려 있었다. 습기를 머금은 이 목초지의 내음이 바로 옥스퍼드의 냄새다. 가장 무더운 한낮에도 태양이 그 목초지의 습기를 다 말리지 못한다는 것을 누구라도 느낄 수 있을 것이다. 그 습기는 늘 목초지를 가로질러 주더스 칼리지까지 흘러왔다. 어떤 사람은 그 습기가 이른바 옥스퍼드의 정신을 일깨우는 것이 아니냐고 말한다. 쉬이 사라지지 않는 엄중하면서도 온화한 그 정신 말이다. 여기 젊은이들처럼 옥스퍼드에 입학한 내부자들에게는 소중한 정신이지만, 외부인들에게는 정말 짜증나게 하는 그 정신 말이다. 그렇다. 옥스퍼드가 예술가적 학자 및 학자적 예술가라는 별종들을 끊임없이 양성해 낼 수 있었던 데

---

64) 구약성서 아가 6장 10절.
65) Isis: 템스강의 지류로, 옥스퍼드 대학 캠퍼스를 흐르는 강.
66) Merton Wall: 옥스퍼드 대학 머턴 칼리지의 담장.

에는, 회색빛 아름다움을 자랑하는 엄숙한 건물 못지않게 온화하고 전염성 강한 이 공기도 분명 한몫했으리라. 옥스퍼드에서 보낸 기간이 비교적 짧은 학부생들은 너무 자신감에 찬 나머지 옥스퍼드의 정신을 완벽하게 터득하지 못하는 편이다. 하지만 그들도 옥스퍼드 정신에 경의를 표하고 자세를 다잡는다. 여기 옥스퍼드에 남아 성년기를 보낸 학생들에게는 충만한 옥스퍼드의 정신이 서서히 내려앉는다. 학교 건물과 전통 덕택에 그들의 마음속에는 무언가 품위 있는 것이 싹을 틔운다.

옥스퍼드의 온화한 기후는 학생들을 감싸고 달래서 결과적으로 나약하게 만들어, 바깥세상의 매섭고 냉혹하며 급박한 현실에 무디게 만든다. 현실에 무디다고? 꼭 그런 것은 아니다. 학생들도 그런 현실을 볼 수는 있으니까 말이다. 학생들도 현실을 공부하고 현실에 즐거워하거나 감동받을 수는 있다. 하지만 현실이 그들에게 불을 지필 수는 없다. 그러기에는 옥스퍼드의 습기가 너무 강하다. 여기 옥스퍼드에서 일어나는 '운동'들은 다른 운동들에 반응한 이의 제기에 지나지 않는다. 옥스퍼드에서 일어나는 운동들은 '운동'이라는 이름에 걸맞은 역동성이 없다. 그것은 다른 사람들이 남겨 놓은 것을 바라보며 짓는 한숨 소리에 지나지 않는다. 그것은 인간의 바람을 거스르는 신께 보내는 아주 미약하고도 불가능한 호소일 뿐이다. 그것은 신께 다다르기를 간절히 바라는 마음을 가지고 하는 호소라기보다는, 단지 호소를 위한 호소, 의례적인 호소일 뿐이다. 무릉도원인 옥스퍼드는 의지력과 행동력을 점차 약화시킨다. 하지만 반대로 옥스퍼드는 지성을 명료하게 하고 시야를 넓혀 준다. 그리고 무엇보다 유유자적한 태도와 정중한 태도를 갖게 한다. 그 결과, '사상'을 제외하면 그 어떤 것도 중요하지 않다는 확고한 신념을 갖게 된다. 심지어 사상조차 목숨을 걸 만한 가치가 없다는 신념을 갖게 된다. 하지만 죽은 사상의 유령들은 그 사상이 한창이었을 때 존경받았던 것보다 더 경건하고 정성 들인 존경을 받을 만한 가치가 있는 듯하다. 주더스 칼리지를 어느 건조하고 상쾌한 언덕의 꼭대기로 이전한다면, 틀림없이 국가에 더 유용한 존재가 될 수 있을 것이다. 하지만 주더스 칼리지를 이전할 수 있는 기술자나 마법사가 없다는 사실에 기뻐하자. 나라면 옥스퍼드를 쾌적한 땅으로 이전하느니, 차라리 옥스퍼드를 제외한 나머지 영국 땅을 모두 바다 아래로 가라앉게 하리라. 왜냐하면 영국에는 여기 옥스퍼드 목초지의 안개, 그리고 그 첨탑의 그림자에 깃들어 있는 정신에 필적할 만한 정신이 깃든 지역이 없기 때문이다. 그 설명할 수 없는 신비한 정신, 바로 옥스퍼드의 정신 말이다. 옥스퍼드! 옥스퍼드라는 단어가 인쇄된 것을 보거나 그 단어를 듣는 것 자체가 내게는 가장 실제적인 마술과도 같다.

수증기 한 방울보다 작은 내가 옥스퍼드 목초지의 안개 속을 떠돌아다니던 달빛 비치던 그날 밤, 나는 그 어느 때보다 옥스퍼드를 더 잘 알게 되었고 사랑하게 되었다. 저기 보이는 주더스 칼리지에는 비극의 안개가 끼어 있다. 죽음으로 유인하는 사랑과 쥴리카를 따르는 젊은이들. 앞으로 무슨 일이 벌어지게 될까? 그러나 옥스퍼드는 조금도 위협받지 않을 것이다. 무슨 일이 있어도 옥스퍼드 벽의 돌 하나도 헐거워지지 않을 것이고, 옥스퍼드를 뒤덮고 있는 안개는 걷히지 않을 것이며, 신성한 옥스퍼드 정신의 숨결은 사라지지 않을 것이다.

나는 단 한번이라도 옥스퍼드 정신의 전체적인 실체를 볼 수 있을까 싶어서, 더 높이 건조한 공기 속으로 날아올랐다.

저 멀리 밑으로 옥스퍼드가 내려다보였다. 그것은 마치 회색과 검은색, 은색으로 그려진 지도 같았다. 내가 커다란 독립적인 개체들로 알고 있었던 모든 것들이 이제는 활짝 펼쳐진 하나의 작은 동일체로 보였다. 말하자면, 개체들의 작은 상징들은 자신들이 완전한 일체임을 상징하고 있었던 것이다. 무수히 많은 이질적인 '솔트 셀러'들이 모두 경쟁이라도 하듯이 폭이 넓은 커다란 무늬를 만들어 내며 어우러져 있었다. 그 주변의 건물 지붕들은 모두 잔디와 같은 높이에 있는 것처럼 낮아 보였다. 높은 탑의 꼭대기라고 해서 더 높아 보이지도 않았다. 그것들은 회전하는 지표면의 아주 작은 조각들처럼, 무시해도 될 정도로 작은 조각들처럼, 여기 아득히 높은 무한대 아래 서 있었다. 영겁 속에서 보니 모든 것이 새롭고 또 새로워 보였다. 그저 덧없게 느껴졌던 것이다. 옥스퍼드는 한낱 광산의 임시 숙소보다 더 나을 것 없는 곳처럼 보였다. 나는 아래를 내려다보며 미소 지었다. 오! 고색창연한 난공불락의 존재여! 아! 하지만 균형 감각이 좋은 사람은 자신이 출발한 지점으로 돌아오는 법이다. 그 사람은 자신이 생각하는 영원이라는 것이 영원 속의 한 찰나에 지나지 않는다는 것을 안다. 그리고 자신이 생각하는 무한대라는 것이 무한대 속의 한 점에 지나지 않는다는 것도 잘 안다. 영원과 무한대는 사람 가까이에 있는 모든 것들을 얼마나 하찮게 만들고 마는지. . . ? 어쨌거나 옥스퍼드는 경의를 표할 만한 마법 같은 대학으로서, 결국 끈질기게 살아남았다. 아! 하지만 옥스퍼드가 끈질기게 살아남을 수 있었다는 사실만으로 옥스퍼드 담장 안의 젊은 학생들의 수명이 줄어든다는 것이 애통하지 않은 것은 아니었다. 나는 마음의 냉정을 잃고, 옥스퍼드 위로 내 눈물 한 방울을 떨구었다.

그러자 마치 옥스퍼드가 목소리를 높여 내게 말을 건네는 듯, 대기는 달콤한 음악 소리로 전율했다. 이렇게 해서 한 시간이 지났다. 내가 공작에게 선사한 한 시간 동안의 그만의 시간이 끝난 것이다. 여러 시계들로부터 일제히 울려 퍼지는 소리들이 낭랑하게 뒤섞여 들려오는 동안, 나는 서둘러 브로드 가街로 내려갔다.

제13장

　브로드 가街로 내려가는 도중에, 나는 끔찍한 불안감에 사로잡혔다. 고통에 빠진 공작이 망각이라는 수단을 선택한다면 어떻게 할 것인가? 그의 방에 불이 환하게 켜져 있는 것이 보였다. 하지만 사람이 반드시 어둠 속에서만 죽음을 택하리라는 법은 없다. 나는 조바심을 내며 쉘더니안 극장의 지붕 위를 맴돌았다. 공작의 방 위층 창문에도 불이 환하게 켜져 있는 것이 보였다. 녹스의 생존 여부를 의심할 이유는 전혀 없었다. 어쩌면 녹스를 보는 것이 내게 용기를 북돋아 줄지도 몰랐다.

　아니다. 내 생각이 틀렸다. 방에 있는 녹스를 보았지만, 그는 나를 더없이 울적하게 했다. 녹스는 금방이라도 부서질 듯한 의자에 앉아 벽난로 위 선반을 바라보고 있었다. 그 선반은 그가 일종의 신전처럼 꾸며 놓은 곳이었다. 저 높은 선반 한가운데에는 한때 애버네시 비스킷[67]을 담아 두었던 깡통이 뒤집힌 채 놓여 있었다. 그리고 그 깡통 위에는 놋쇠로 테두리를 입힌 파란 플러시 천 액자가 놓여 있었는데, 그 안에 끼워져 있는 그림엽서에 비해 액자 크기가 너무 컸다. 그림엽서에는 쥴리카의 사진이 미소를 띤 채 앞을 응시하고 있었는데, 그 미소는 분명 그 형편없는 신전 앞에 앉아 있는 변변치 않은 숭배자에게 보내는 것은 아니었다. 쥴리카의 사진 양쪽 옆으로는 작은 꽃병이 놓여 있었는데, 한쪽에는 제라늄이, 다른 한쪽에는 목서초가 꽂혀 있었다. 쥴리카의 사진 바로 밑에는 믿거나 말거나 녹스가 류머티즘을 완화시켜 준다고 생각하는 쇠 반지가 놓여 있었다. 그것은 오늘밤 마술 공연에서 쥴리카의 손길이 닿아 녹스를 훨씬 더 깊은 마법에 빠지게 만든 바로 그 쇠 반지였다. 녹스는 감히 더는 그 반지를 낄 수 없었기에, 마치 제물처럼 쥴리카의 사진 앞에 그것을 고이 모셔 놓았다.

그토록 자기 비하의 감정에 젖어 있던 녹스가 자기중심주의에 사로잡혀 있는 꼴을 보니 역겨웠다. 그는 안경 너머로 쥴리카의 아름다운 사진을 뚫어져라 쳐다보면서, 힘없는 목소리로 몇 번이고 혼잣말을 되풀이하고 있었다.

"나는 죽기에 너무 젊어." 녹스가 그 말을 되뇔 때마다, 안경 너머 두 눈에서 그렁대던 왕방울만한 눈물이 조끼 위로 뚝뚝 흘러내렸다.

겁도 없이 쥴리카를 위해 남자답게 목숨을 버리겠다는 학생들 중 절반이 자신의 후배라는 사실도 녹스에게는 충격적이지 않았다. 자신보다 훨씬 전도유망한 미래를 지닌 후배들의 목숨이 희생될 운명에 처해 있건만, 녹스는 자신의 죽음만을 걱정하는 듯했다. 죽고 싶지 않다면,

---

67) Abernethy Biscuit: 18세기에 영국의 외과의사 존 애버네시(John Abernethy)가 소화를 돕고 건강을 증진하기 위해 만든 비스킷.

녹스는 왜 비겁할 용기조차 없는 것일까? 그가 아직 세상을 붙들고 있기에, 세상은 멈추지 않고 돌아갈 것이다. 내 생각에 녹스가 참여함으로써 그 비극 전체의 격이 떨어지고 말았다. 나는 망설임 없이 그를 떠났다. 녹스의 사팔뜨기 눈이며, 마룻바닥에 끌고 다니는 짧은 다리하며, 눈물에 흠뻑 젖은 조끼, 그리고 "나는 죽기에 너무 젊어"라는 말만 되풀이하고 있는 꼬락서니가 말할 수 없이 짜증스러웠기 때문이다. 하지만 나는 마룻바닥을 통과해 아랫방으로 내려가는 것이 망설여졌다. 내가 거기서 무엇을 보게 될지 두려웠기 때문이다.

아랫방에서 아무런 소리도 들려오지 않았다면, 내가 얼마나 오랫동안 말을 잇지 못하고 있었을지 나조차도 가늠할 수 없었다. 하지만 밤중에 별안간 날카로운 소리가 들려오더니 이내 잦아들었다. 나는 서둘러 공작이 있는 아랫방으로 내려갔다.

공작은 고개를 뒤로 젖히고 팔짱을 낀 채 서 있었는데, 진홍색 비단 가운을 입은 그의 모습은 아주 근사했다. 자부심과 화려함으로 생기를 띤 공작의 모습은 세속의 인간의 모습이 아니라, 마치 파올로 베로네세[68]가 그린 성경 속 위인 중 한 사람 같아 보였다.

이 사람이 내가 그토록 가엾게 여겼던 바로 그 사람이라니! 이 사람이 내가 그의 시체를 보게 되리라고 생각했던 바로 그 사람이라니!

평소에는 창백하던 공작의 얼굴이 지금은 빨갛게 상기되어 있었다. 여태껏 누구에게도 어지럽게 헝클어져 있는 모습을 보인 적이 없는 그의 머리카락은 바싹 곤두선 채로 번들거리고 있었다. 그 두 가지 변화 때문인지, 공작은 어느 때보다 생기 있어 보였다. 하지만 내가 그를 지켜보던 중에, 그 두 가지 변화 중 하나가 사라졌다. 공작의 얼굴이 다시

---

68) Paul Veronese (1528-1588): 르네상스 시대에 활동했던 이탈리아의 화가.

창백해진 것이었다. 나는 그때 깨달았다. 공작의 얼굴이 수치스러움 때문에 빨개졌었다는 것을 말이다. 나는 또한 깨달았다. 내가 말한 빨갛게 상기된 공작의 얼굴은 그가 살아 있다는 신호이기도 하다는 사실을 말이다. 얼굴이 빨갛게 상기된 공작은 덤으로 재채기까지 해댔다. 또한 공작은 쥴리카가 자신에게 자행했던 잔혹한 행위를 잊으려고 안간힘을 쓰고 있었다.

공작은 감기에 걸렸다. 공작의 영혼이 한 시간 동안 절박한 상황에 놓여 있는 동안, 그의 몸이 그의 영혼에 저당잡힌 셈이었다. 아! 속된 일이다! 공작은 젖은 옷을 여태 벗지도 않았단 말인가? 활기차게 머리를 말리고 진홍색 가운을 입은 것이 아니었단 말인가? 진취적 기상과 높은 신분에 걸맞은 그런 자세로 고독에 빠져 있던 것이 아니었단 말인가? 공작은 육체를 통해 영혼을 혹사시킴으로써 그 기억을 짓이겨 버릴 작정이었던 것이다. 공작은 그 대결에서 자신의 적수가 거대한 악마라는 것도 잘 알고 있었다. 하지만 자신의 몸뚱이가 반역자 역할을 할 줄이야. 아니다. 공작은 그 일에 대해서는 전혀 예상하지 못했었다. 너무 속된 일이라서 예측할 수 없었던 것이다.

공작은 미동도 하지 않고 서 있었다. 거만하고 화려한 모습이었다. 뜨거운 밤도 미동도 하지 않고 서서 열린 창 사이로 숨죽인 채 공작을 경이롭게 지켜보는 듯했다. 하지만 껍데기 속 내면까지 들여다볼 수 있는 나에게는, 공작의 허세가 크면 클수록 그가 더욱 애처로워 보였다. 차라리 공작이 쪼그리고 앉아 흐느껴 울고 있었다면, 나는 훨씬 동정심을 느꼈으리라. 하지만 공작은 자신이 콧대 높은 군주라도 되는 것 마냥 서 있었다.

공작의 내면에서 맹위를 떨치고 있는 갈등에 비하면, 어젯밤 공작을 분노하게 했던 그 사건은 차라리 고통이 덜했다. 공작의 내면의 갈등은

다름 아닌 쥴리카를 향한 열정을 거스르는, 멋쟁이 신사로
살겠다는 그 자신의 신념이었다. 하지만 그것이 뭐가 문제라
는 말인가? 열정과 신념 중 어느 쪽이 이기든, 그것은 달콤한
승리가 될 터였다. 공작은 멋쟁이 신사로서의 자긍심을 지키
기 위해 당당하게 싸웠지만, 그의 잠재의식 속에는 내내 쥴
리카가 자신에게 물을 퍼부었던 어젯밤 사건에 대한 기억이
맴돌았다. 오늘밤 자긍심과 기억 사이에 벌어진 전쟁에서,
공작은 처음부터 알고 있었다. 자긍심의 승리는 한낱 헛된
희망일 뿐이며, 쥴리카의 승리 속에서 기억은 더욱 잔혹해질
뿐이라는 사실을 말이다. 그 기억을 망각 속으로 밀어넣지
못하면, 공작은 그 깊이를 알 수 없는 증오심으로 쥴리카를
미워해야 할 터였다. 모든 감정 중에서 가장 고통스러운 감
정은 다름 아닌 증오다. 그리고 증오의 대상 중에서 가장 증
오스러운 대상은 한때 사랑했던 여인이다. 그리고 남자가 맞
이하는 죽음 중에서 가장 쓰라린 죽음은 최악의 여자라고
생각하는 여자를 기쁘게 하기 위해 목숨을 바치는 것이다.

　도싯 공작은 자신이 바로 그러한 죽음에 직면해 있다는 것
을 알았다. 대개 남자들은 과거와 전쟁을 벌일 때 미래를 연
합군으로 만드는 경향이 있다. 확고부동하게 앞만 바라보면
과거는 잊을 수 있기 때문이다. 하지만 공작의 미래는 드러
내놓고 과거와 연합하였다. 그에게는 미래에 대한 전망이 곧
과거에 대한 기억과 다름없었다. 공작에게 펼쳐질 미래는 바
로 명예를 걸고 약속한 죽음이었기 때문이다. 공작이 미래
의 일을 상상한다는 것은. . . . 아니, 그는 상상하지 않을 것
이다. 공작은 아무 생각도 하지 말자고 스스로에게 애써 최

면을 걸었다. 제우스가 나에게 부여한 권한으로 내가 지금 투시하고 있는 공작의 머릿속은 의지로부터 단절된 완벽한 진공 상태였다. 과학자라면 "아름답다"고 말할 만한 일종의 실험 같은 것이었다. 그렇다. 그것은 아름다웠다.

하지만 그것은 '자연'의 눈에는 아름답지 않았다. 자연은 진공 상태를 혐오하기 때문이다. 자연은 공작이 온갖 역경에 맞서 싸우는 모습을 보게 되더라도, 관여하지 않고 한쪽으로 비켜서서 그저 지켜보기만 해야 한다. 하지만 자연에게 초연함 따위는 없나 보다. 자연이 개입하고 만 것이다.

처음에 나는 무슨 일이 벌어지고 있는지 깨닫지 못했다. 나는 공작의 동공이 수축되고, 입 근육이 아래로 당겨지고, 전신이 긴장한 듯 위로 움찔하는 것을 보았다. 그러더니 돌연 긴장이 풀린 그는 고개를 휙 아래로 떨구면서 커다란 파열음을 냈다. 공작이 세 차례 재채기를 해 댔다. 육체와 영혼의 댐이 함께 터지는 듯한 소리였다. 그러더니 공작은 다시 한 번 재채기를 했다.

이제 공작의 의지는 무너지고 말았다. 그는 굴복했다. 밀려드는 수치심과 증오심, 황망함과 경악스러움으로 인해, 공작의 마음은 황폐해졌다.

바른 몸가짐을 갖는 것이 이제 다 무슨 소용이란 말인가? 공작은 몸을 움찔대며 방을 서성였다. 고개를 푹 숙인 채로 제 정신이 아닌 듯한 몸짓을 해댔다. 발을 끌면서 느릿느릿 걷기도 하고, 살금살금 움직이기도 했다. 공작이 입고 있던 진홍색 가운은 허름한 무명옷처럼 보였다.

수치심과 증오심, 황망함과 경악스러움이 함락된 성채와도 같은 공작의 몸을 갈가리 베고 잘라 냈다. 지칠 대로 지친 공작은 창가에 털썩 주저앉아서 숨을 헐떡이며 깊은 밤 창밖의 어둠 속으로 얼굴을 내밀었다. 창밖에는 쉴 새 없이 천둥이 치고 있었다. 공작은 자신의 목을 부여잡았다. 로마 황제들의 눈썹 아래 동굴과도 같은 검고 깊은 눈동자가 잠도 자지 않고 공작을 지켜보고 있었다.

그날 공작은 정말 많은 일을 겪었다. 사랑을 했고 사랑을 잃었다. 사랑을 다시 붙잡으려 애썼지만 허사였다. 그리하여 이상한 결심을 하기에 이르렀는데, 공작은 그 안에서 평안함과 기쁨을 얻었다. 죽음의 문턱까지 갔다가 살아났다. 사랑하는 여인 쥴리카가 가치 없는 사람이라는 것을 알게 되었지만 신경쓰지 않았다. 공작은 그녀의 마음을 얻기 위해 분투했었고, 결국 마음을 얻기도 했었다. 그리고 그녀에게 애원도 했었다. 하지만 그 모든 추억들은 그 마지막 사건 때문에 혐오스러운 것이 되고 말았다.

공작은 그날 하루 동안 중대한 일들을 많이 겪으면서 과거를 돌아보게 되었고, 또한 자기 자신을 돌아보게 되었다. 결국 모든 것은 그 마지막 사건의 그늘에 가려지고 말았지만 말이다. 공작은 옛날에 이튼 스쿨 운동장에 있던 자신의 모습을 회상했다. 아! 유모의 품에 안겨 있던 순간이며, 택턴의 테라스를 이리저리 서성였던 순간들. . . . 하지만 그 모두가 차마 눈뜨고 볼 수 없는, 터무니없는, 불운한 그 마지막 사건의 그늘에 가려지고 말았다. 하늘에 감사하라. 미래란 알 수 없는 것이니 말이다. 하지만 이제는 그렇지 않다. 내일, 아니, 오늘 당장, 공작은 그 빌어먹을 악마 같은 여자를 위해 죽어야 한다. 하이에나처럼 웃는 쥴리카를 위해서 말이다.

그럼 이제 남은 시간 동안 무엇을 할까? 잠을 자는 것은 불가능했다. 공작은 경황없이 이어진 정신적 모험에 따른 긴장감을 온몸으로 느꼈다. 그는 기진맥진한 상태였다. 하지만 머릿속은 통제 불능으로 미쳐 날뛰어 멈출 도리가 없었다. 밤공기는 숨 막힐 듯 답답했다. 한동안 쥐 죽은 듯 적막이 이어졌지만, 마치 영혼에도 귀가 달린 것처럼 공작에게 어떤 소리가 들려왔다. 아주 희미하고 기이한 소리였다. 어디에서 들려오는 소리인지 알 수 없었지만, 어떤 뜻을 담고 있는 것 같았다. 공작은 자신이 잔뜩 긴장하게 될까 봐 염려스러웠다.

공작은 자기 자신을 표현하고 싶었다. 그러면 마음이 진정될 것 같았다. 그는 어렸을 때부터 자리에 앉아 자신의 생각이나 기분을 글로 써 보고 싶다는 충동을 이따금씩 느꼈다. 공작은 글을 쓰면서 자의식을 표현하는 통로를 일찍이 발견했다. 탐, 딕, 해리, 제인, 수전, 리즈 등, 친구들과 일상적인 대화를 할 때보다 글을 쓸 때, 그의 본성은 막힘없이 발현되었다.

그래서 친구들과 거리를 두게 된 공작은 이튼 스쿨 첫 학기에는 자기 자신을 절친한 친구로 삼았고, 이후로는 두꺼운 4절판 책을 절친한 친구로 삼았다. 그 책은 빨간 모로코 가죽 표지로 덮여 있었는데, 그 표지에는 귀족들이 행사 때 쓰는 작은 왕관 문양이 새겨져 있었고, 공작을 위해 특별히 그의 이름 이니셜이 새겨져 있었다. 매년 공작의 영혼이 펼쳐진 곳은 바로 그 책이었다.

공작은 대개 영어로 글을 썼다. 하지만 다른 언어로 글을 쓰는 일도 드물지 않았다. 해외에 나가 있을 때면 늘 그 나라의 언어로 글을 쓰는 것이 공작의 정중한 습관이었다. 샹젤리제에 있는 저택에 머물 때면 프랑스어로 글을 썼고, 바이아에 있는 빌라에 머물 때면 이탈리아어로 글을 썼다. 고국인 영국에 있을 때면 이따금씩 모국어에서 벗어나 어떤 언어가 되었든 자기 기분에 가장 잘 맞는 언어로 자유롭게 글을 써 보고 싶다는 생각이 들곤 했다. 엄숙한 기분일 때는 라틴어에 끌렸는데, 딱딱하고 귀족적인 라틴어로 글을 쓰면 꽤 감동적인 효과를 자아낼 수 있었다. 깊은 사색에 빠져 있을 때에는 산스크리트어로 글을 쓰는 것이 편했다. 그저 기쁠 때에는 펜 끝에서 그리스어 시가 자연스럽게 흘러나

왔다. 공작은 알카이오스[69]의 운율을 특히 좋아했다.

지금 이 순간, 가장 어두운 시간을 보내고 있는 공작의 마음속에 밀려든 언어는 그리스어였다. 마치 프로메테우스가 숨 쉴 틈 없이 읊어 대며 자신의 벼락 같은 분노를 표현할 것만 같은 약강격 운율 말이다. 하지만 공작이 막상 책상 앞에 앉아 자신이 아끼는 낡은 노트를 펼치고 펜에 잉크를 적시자, 그에게 잔잔한 평온이 찾아왔다. 공작이 마음속으로 읊어 대던 약강격 운율이 마치 죽어가는 알케스티스[70]의 입술에서 나오듯이 감미로운 호흡으로 터져 나오기 시작했다. 하지만 펜이 종이에 닿는 순간 공작의 손이 머뭇거렸다. 그는 벌떡 일어나 또 다시 재채기를 해댔다. 이번에는 아까보다 더 심했다.

위험하다. 공작에게서 유베날리스[71]의 정신이 깨어났다. 공작은 가혹한 풍자시를 쓸 작정이었다. 그는 시를 통해 줄리카에게 온몸을 비틀어 댈 만큼의 극심한 고통을 줄 생각이었다. 공작은 자신의 추정상속인에게 보내는 서한을 라틴 6보격의 시행詩行으로 쓰기 시작했다.

"당신에게 큰 화가 있으리라." 공작이 첫 문장을 써 내려갔다.

당신에게 큰 화가 있으리라. 가엾은 이여!
여자들의 간계로부터 자신을 지키지 못한다면 말이다.
여자들은 결코 안전하지 않으니, 여자들이란 배신하는 존재이니라.
신뢰할 수 없는 존재이니라.[72]

---

69) Alcaeus: 기원전 600년경에 활동했던 그리스의 서정시인.
70) Alcestis: 그리스 로마 신화의 등장인물로, 이올코스의 왕 펠리아스의 딸.
71) Juvenal: 고대 로마의 풍자시인.
72) 라틴어 원문은 다음과 같다. "Vae tibi, vae misero, nisi circumspexeris artes /Femineas, nam nulla salus quin femina possit / Tradere, nulla fides quin"

"존재이니라. . . ." 공작이 되풀이했다.

공작이 글을 쓸 때의 문제점은 스스로 영감을 억제한다는 것이었다. 그는 추정상속인에게 글을 쓰고 있다고 생각하니 망설여졌다. 아니지! 공작은 그 글이 잔인한 여인 줄리카뿐만 아니라, 자신이 죽은 후 수많은 독자들에게도 읽힐 것이라는 생각이 들었다. 그 라틴 6보격 시행은 공작의 공식 전기에도 실릴 것이 확실했다.

"멜랑콜리하면서도 흥미로운 다음 시행은 도싯 공작이 죽기 바로 전날 밤에 쓴 것으로 보인다."

공작은 갑자기 움찔하고 놀랐다. 내일, 아니 오늘, 공작이 죽는다는 것이 꿈이 아니라 정말 사실일까?

아무리 겸허한 독자라 하더라도, 자신만은 어떻게든 자연의 최종적인 요구라 할 수 있는 죽음을 피해 갈 수 있을 거라는 얼빠진 생각을 할지도 모르겠다. 어느 날 갑자기 죽고 싶다는 욕망을 갖게 되기 전까지는, 공작도 분명 자신은 죽음을 피해 갈 수 있을 거라고 생각했다.

공작은 지금 창밖을 내다보며, 밤의 울타리 안에서 자신의 생애 마지막 날의 새벽을 알리는 전조를 보게 되었다. 공작은 어린 시절 일찍이 고아가 되었음에도 불구하고, 때때로 그는 자신의 지인들도 죽음을 피해 갈 수 없었다는 사실이 잘 믿기지가 않았다. 공작은 이튼 스쿨에 갓 입학했을 무렵, 여든이 넘은 대부 스택클리 경이 세상을 떠났다는 소식을 쉽사리 받아들이지 못했던 기억이 떠올랐다. 노트 앞부분 어딘가에 당시 대부의 죽음을 소년의 감성으로 적어 놓았다는 사실이 기억난 공작은 책상에서 노트를 집어 들었다. 그렇다. 거기에는 크고 둥그스름한 글씨체로 적힌 글이 있었다.

"우리가 잘 알듯이, 죽음은 오두막집의 문도 성의 문

도 두드린다. 죽음은 시골 저택의 앞뜰을 지나 가파른 계단으로 몰래 올라와서 능숙한 솜씨로 문에 달린 장식용 고리쇠를 어찌나 오만하게 두드려 대는지, 앞문에 붙은 얇은 스테인드글라스가 가볍게 떨린다. 승강기 없는 건물의 꼭대기층에 살고 있는 가족들조차 섬뜩한 죽음의 방문자 명단에 올라 있다. 죽음은 집시가 살고 있는 이동식 천막의 문도 그 앙상한 손으로 두드려 댄다. 야만인들이 살고 있는 천막에도, 아메리카 원주민들이 살고 있는 원형 천막에도, 나뭇가지를 엮어 만든 오두막집에도, 초대받지도 않은 죽음이 엄습한다. 동굴에 살고 있는 은둔자에게도, 죽음은 그 불쾌한 모습을 들이민다. 전 세계 어디에나 편재하는 죽음은 활짝 웃으며 걸어온다. 죽음은 귀족이 살고 있는 집의 칙칙한 현관문도 열정적으로 두드린다. 어쩌면 그곳에서는 상중喪中임을 알리는 문표로써 죽음의 방문을 기릴 것이다. 그러고는 『사울』의 장송행진곡[73]이 장엄하고 우렁차게 대성당에 울려 퍼질 것이다. 그 누구도 의심할 여지가 없는 죽음의 힘에서 발산되는 자부심이 으스스하게 가슴에 뼈저리게 와닿는다. 정녕 죽음을 이겨 낼 수는 없는 것인가? 우리는 왜 항상 경외심을 가지고 죽음을 비굴하게 떠받들어 모시는 손님으로 맞이해야만 하는가? 다음에 죽음이 부르면 그 일은 집사와 상의하라고 하거나, 하인들이 출입하는 문으로 돌아서 들어오라고 하자. 우리가 죽음의 방문이 너무 무례하다고 솔직하게 말하면, 죽음은 금세 그 대담함을 잃게 되리라. 귀족들이 죽음에 맞선다면, 더 이상 죽음에 뒤따르는 과도한 의무들로 인한 문제들이 발생하지 않을 것이다. 세습제도 또한 다른 것으로 적절하게 대체될 것이다. 사실, 세습제도는 보수와 진보 양측을 모두 불쾌하게 하는 것이다. 그것은 급진주의자의 상식에 어

---

73) Dead March in 'Saul': 영국에서 활동한 독일 출신 음악가 헨델(Georg Friedrich Händel)의 오라토리오(oratorio).

굿날 뿐만 아니라, '세습'이라는 말에 함축된 의미가 귀족들도 언젠가는 반드시 죽는다는 것을 인정하는 듯하여 보수당인 토리당의 감정 또한 상하게 하기 때문이다."

지금의 공작이 보기에, 그 글은 표현이 거칠고 기교가 없기는 해도 제법 소년다운 글이었다. 그 글이 빼어난 이유는 오히려 단순한 상념을 쓴 것이기 때문이었다. 지금 그 글은 공작에게 진심으로 와 닿았다. 도싯 공작은 자신이 영어 작문의 훌륭한 기법에 통달했는지, 아니면 무언가 놓친 것은 없는지 궁금해졌다.

"정녕 죽음을 이겨 낼 수는 없는 것인가?"

생각해 보라. 이렇게 외치고는 대담하게 그 질문에 답변까지 늘어놓았던 소년이 그로부터 9년도 채 지나지 않아 자살을 하려고 하다니! 신들이 웃고 있을 게 틀림없다. 그렇다. 그것이 신들에게 우스운 이유는, "정녕 죽음을 이겨 낼 수는 없는 것인가?"라고 외쳤던 공작이 스스로 죽기를 결심했기 때문이다. 그런 생각이 불현듯 공작의 뇌리를 스치자, 그는 총에라도 맞은 것처럼 소스라치게 놀랐다. 그렇다면 공작이 죽지 않기로 결심하면 어떻게 될까? 가만. . . . 그가 반드시 죽어야만 하는 데는 분명 이유가 있었을 것이다. 그렇지 않다면 공작이 왜 밤새도록 자신의 죽음을 당연한 것으로 받아들였겠는가? 명예 때문에? 그렇다. 공작은 자신과 약속을 했다. 약속을 어기는 불명예보다는 차라리 죽는 것이 낫다. 하지만 정말 그럴까? 정말? 아, 죽음을 눈앞에 둔 공작에게 불명예 따위는 아주 사소한 것처럼 보였다. 그렇다면 핵심은 무엇인가? 내일, 아니 오늘, 공작은 웃음거리가 되지 않을 것이다. 모두들 도덕적 용기를 낸 공작의 훌륭한 행동을 칭송할 것이다. 쥴리카, 쥴리카, 그 하이에나 같은 여자가 웃음거리가 될 것이다. 공작이 솔선하지 않았다면,

아무도 쥴리카를 위해 죽겠다는 생각은 하지 않았을 것이다. 그렇다. 공작은 아직 옥스퍼드를 구할 수 있다. 이것이 바로 공작의 의무다. 의무이자, 멋진 복수! 그리고 삶 . . . 삶!

이제 새벽이 밝아 왔다. 두려움으로 지새운 지난밤, 간간이 공작의 영혼을 넘나들던 희미하고 단조로운 소리도 사라졌다. 하지만 마치 지난밤을 상기라도 시켜 주듯이, 램프는 여전히 불을 밝히고 있었다. 공작은 램프를 껐다. 흐릿해진 램프마저 꺼지자 온전한 안도감이 밀려들었다.

공작은 양팔을 활짝 벌린 채, 위대하고 사랑스러운 날, 자신의 것이 될 그 위대하고 사랑스러운 날을 맞이했다.

공작은 창문 밖으로 몸을 내밀어 새벽 공기를 깊이 들이마셨다. 신들은 그를 내려다보며 웃고 있었다. 지난밤은 하이에나의 울음소리 때문에 끔찍했었다. 하지만 이제는 공작의 차례였다. 마지막에 큰 소리로 웃는 사람은 공작일 것이다.

공작이 오늘 있을 일을 생각하며 환하게 웃고 있는 사이, 트리니티 숲에서는 새들이 노래하고 있었고, 길 건너 로마 황제들은 경탄하고 있었다.

제14장

　길 건너 로마 황제들은 브로드 가街에서 무수히 많은 새벽을 맞이했다. 밤이 다 지날 때까지 더디게 흘러가는 길고 긴 시간을 세어 가면서 말이다. 무너져 내린 과거의 위업에 대한 생각이 뇌리에서 떠나지 않아 괴로운 때는 주로 밤이었다. 낮에는 신경을 자연스레 다른 데로 돌릴 일들이 생겨났기 때문이다. 황제들은 주변의 인생사에 호기심이 없지 않았다. 참으로 빨리도 서로의 뒤를 잇는 그 하찮은 인생사 말이다. 아득한 옛 시절의 황제들에게 청춘이란 변함없이 경이로움 그 자체였다. 그들에게는 자신에게 찾아올 일 없는 죽음 또한 경이롭기는 매한가지였다.

　그들은 종종 스스로 이런 질문을 던지곤 했다. "청춘과 죽음 중 어느 것이 더 좋았던가?"

하지만 청춘과 죽음이 이처럼 함께 쓰인다는 것은 불길했다. 그런데 하필이면 지금 그 불길한 기운이 감돌고 있었다.

공작이 잠자리에 들고 오랜 시간이 지난 뒤에도, 황제들의 귓전에는 공작의 큰 웃음소리가 메아리치고 있었다. 그는 도대체 왜 웃었을까?

황제들이 혼잣말을 했다. "우리는 늙어빠진 데다 쇠약해졌어. 게다가 여기는 우리 구역도 아니지 않나. 우리가 이해하지 못하는 무언가가 있을 게야."

새벽 어스름의 신선함은 잠시뿐이었다. 사방에서 어두컴컴한 잿빛 먹구름이 몰려와 하늘을 뒤덮었다. 마치 수행해야 할 전략이 그들 앞에 놓여 있기라도 한 것처럼, 하늘에 자리를 차지한 구름들은 서로 육중하게 덩어리 지어 뭉쳤다. 그러더니 신호라도 떨어진 것처럼 땅 가까이까지 내려오더니 일순간 멈추어 섰다. 그것은 마치 대군大軍이 저항할 수 없는 명령을 기다리는 듯한 모습이었다.

구름 장막 아래 어딘가에서, 해가 지옥불 같은 열기를 뿜어 대면서 제 갈 길을 가고 있었다. 트리니티 숲의 새들은 그 열기에 눌렸는지 노래를 그쳤다. 잎사귀들도 속삭이지 않았다.

울타리를 지나 길 건너편에는 아주 작고 거무튀튀한 고양이 한 마리가 마치 호랑이라도 되는 것처럼 먹이를 찾아 어슬렁거리며 돌아다녔다. 아주 불길하고 음울해 보이는 고양이었다.

시간이 흘러갔다. 브로드 가街는 깨어 있다는 신호를 차례차례 내보냈다.

여느 때처럼 8시가 지나자, 이윽고 공작의 하숙집 현관문이 안에서 열렸다. 황제들은 문이 열리면서 일어난 희뿌연 먼지구름을 지켜보다가, 안에서 하숙집 주인의 딸이 나오는 것을 보았다. 황제들에게는 이렇게 하숙집 주인의 딸이 아침에 문을 열고 나오는 것 따위가 일상의 관심사였다. 케이티! 황제들은 케이티가 아장아장 걸음마를 배우던 어린 시절부터 그녀를 보아 왔다. 황제들은 세월이 지나 케이티가 작은 소녀가 되어 부랴부랴 학교에 뛰어가는 모습, 키가 멀쑥하니 자란 모습, 치렁치렁 흘러내리는 금발머리에 원피스를 입고 다니는 모습까지 모두 지켜보았다. 이제 그녀는 열여섯 살이 되었다. 목 뒤로 묶어 내린 머리는 머지않아 올림머리를 해야 할 터였다. 크고 파란 눈은 예전 그대로였다. 하지만 오래 전에 원피스를 벗어던지고 앞치마를 입게 되면서부터 자신의 나이와 맡은 책무에 걸맞게 차분해지더니, 이제는 열두 살배기 남동생 클라렌스의 누나가 아니라 이모로 보일까 봐 염려해야 할 정도가 되고 말았다. 황제들은 늘 케이티가 예쁘게 성장할 것이라고 예상했는데, 실제로 그녀는 아주 예쁘게 자라났다.

케이티는 빗자루에 시선을 고정한 채 천천히 걸어 나와서, 현관 계단과 도로를 차례로 열심히 쓸었다. 잠시 안으로 들어간 그녀는 이내 양동이와 솔을 가지고 다시 나와서, 현관 계단 앞에 몸을 쭈그리고 앉아 계단을 빡빡 문질러 닦았다. 그 순간 케이티의 작은 영혼을 채우고 있는 것은 육체 노동의 신성함이 아니었다. 어제 아침에 쥴리카가 케이티를 부러워하며 자신이 맡고 싶어 했던 그 책무들은 물론 케이티에게도 소중한 것이었다. 황제들은 자신들이 아끼는 귀여운 케이티가 방학 때마다 현관 계단을 힘없이 형식적으로 청소하는 것을 목격할 때가 종종 있었다. 황제들은 케이티의 비밀을 잘 알고 있었다. 황제들은 자신들이 능글맞게 "어느 젊은 신사분"이라고 부르는 공작과 케이티 사이에 낭만적인 만남이 이루어지리라는 기대를 늘 품어 왔다. (감상적이 되지 않고서 어느 누가 잉글랜드에서 오래 살 수 있겠는가?) 황제들은 공작이 케이티에게 한결같이 무심하게 행동하는 것을 보고는, 그것을 황제 자신들을 모욕하는 짓이라고 받아들일 정도였다. 잉글랜드 전역을 눈 씻고

찾아보아도 케이티보다 더 예쁘고 사랑스러운 여자가 또 어디 있겠는가? 황제들에게는 쥴리카가 난데없이 옥스퍼드에 불쑥 나타난 것은 통탄할 일이었다. 케이티가 공작과 결혼하여 최상류층 사회로 들어가 오래오래 행복하게 살 것이라는 희망을 더 이상 가질 수 없게 되었기 때문이다.

하지만 이런 어리석은 생각을 케이티의 머릿속에 채워 넣을 수 있는 권한이 황제들에게 없다는 것이 그녀에게는 천만다행한 일이었다. 케이티는 자신이 헛된 사랑을 하고 있다는 사실을 단 한번도 의심한 적이 없었는데, 그것이 그녀에게는 오히려 잘된 일이었다. 케이티는 성장해 가면서 자신의 운명을 받아들이는 데 익숙해졌다. 바로 어제까지만 해도 케이티는 자신의 운명을 비통해 하는 마음이 전혀 없었다. 하지만 어제 현관에서 쥴리카와 마주했던 바로 그 순간, 케이티의 마음속에서 질투심이 솟구쳐 올랐다. 쥴리카를 위층으로 안내할 때 공작의 얼굴을 힐끗 쳐다본 케이티는, 공작의 얼굴에서 그의 마음을 충분히 읽을 수 있었다. 케이티는 열쇠구멍 사이로 쥴리카와 공작 사이에 오가는 대화를 엿들으면서, 케이티 자신의 직감이 옳았다는 것을 확인하기 위해서라면 대화를 더 이상 들을 필요도 없다고 생각했다. 쥴리카와 공작의 대화를 엿들으면서 케이티가 놀랐던 것은, 공작을 사랑하지 않는 여자도 있을 수 있다는 사실이었다. 케이티는 자신의 귀를 의심할 수밖에 없었다. 그녀는 한동안 쥘리카를 향한 질투심을 공작을 동정하는 마음으로 삭였다. 하지만 케이티는 자신의 문제에 대해서는 쾌활하게 참을 수 있었지만, 자신의 영웅인 공작의 문제에 대해서는 도저히 참을 수 없었다. 케이티는 차라리 그 대화를 못 들었더라면 좋았을 것이라고 생각했다.

오늘 아침 무릎을 꿇은 채 현관 계단을 닦고 있던 케이티는, 파란 눈에서 눈물방울이 떨어지자 늘 촉촉하게 젖어 있는 돌계단을 눈물로 문질러 닦아냈다. 그러고는 앞치마에 손을 닦으며 일어서서 손으로 눈물을 훔쳤다. 혹시라도 자신이 울었던 것을 엄마가 눈치챌까 봐, 그녀는 문 밖에서 서성거렸다. 그때 여기저기 두리번거리던 케이티는 누군가를 발견하고는, 별안간 극심한 적대감에 사로잡혀 그 사람을 빤히 쳐다보았다. 케이티는 아주 잠시 동안 자신을 향해 다가오는 그 사람이 쥘리카가 아닌가, 하고 생각했다. 하지만 아니었다. 케이티는 금세 그 사람이 쥘리카가 아니라는 것을 깨달았다. 그 사람은 쥘리카 다음으로 재수 없는 멜리상드였다.

멜리상드는 집 안에 있을 때는 분명 프랑스인 하녀였다. 하지만 집 밖에서는 그렇지 않았다. 멜리상드가 쥘리카의 흉내를 낸 것은 아니었다. 하지만 멜리상드는 쥘리카와 늘 붙어있는 데다가 쥘리카를 위해 헌신적으로 일해서 그런지 쥘리카와 닮아 있었다. 자연의 이치로는 설명할 수 없는 일이었다. 생김새며 피부색이며 두 여인 사이에는 공통점이 하나도 없었기 때문이다. 쥘리카는 전형적인 미인은 아니었다. 한편, 멜리상드는 여느 프랑스 여인처럼 지극히 평범했다. 하지만 모든 하녀들이 그렇듯이, 멜리상드는 표정이며 외양이며 옷매무새까지 주인인 쥘리카의 복제품 같아 보였다. 빳빳이 세운 고개, 대담하게 건네는 인사말, 환한 미소, 한 손을 허리춤에 올리고 여유롭게 씰룩거리면서 걷는 모양새까지 쥴리카와 꼭 닮아 있었다. 하지만 멜리상드는 쥴리카와 달리 남자를 정복하는 여자는 아니었다. 카페 뚜르텔에서 웨이터로 일하는 약혼자 펠레아스를 제외하고는, 멜리상드에게 구혼한 남자는 한 사람도 없었다. 멜리상드는 다른 남자의 마음을 탐하지 않았다. 하지만 그녀는 승리한 여자, 아무리 승리해도 만족할 줄 모르는 여자, "기치를 벌인 군대 같이 엄위한 여자"[74]처럼 보였다.

멜리상드는 한 손을 허리춤에 올린 채, 다른 한 손에 편지를 들고 있었다. 그리고 양쪽 어깨에는 쥴리카 때문에 일어난 케이티의 증오심을 한 짐 지고 있었다. 하지만 정작 멜리상드는 그 사실을 알지 못했다. 그녀는 현관에 붙은 주소를 대담하고 여유롭게 바라보았다.

케이티는 현관 계단에 올라섰다. 멜리상드보다 낮은 곳에 서 있으면 경멸을 담은 자신의 표정이 케이티에게 제대로 전달되지 않을까 봐 그렇게 했던 것이다.

"안녕하세요. 여기가 도르세이 공작님이 사시는 곳 맞나요?" 멜리상드는 이런 문제에 관한 한 프랑스인이라면 할 수 있는 만큼 거의 정확한 발음으로 말했다.

"도싯 공작님은. . . ." 케이티가 배타적인 태도를 강하게 드러내며 차갑게 대꾸했다. "여기 사시는 게 맞아요."

"저기요. . . ." 케이티는 눈빛으로 자신의 감정을 전달하려고 애썼다. "검은색 실크 옷을 말쑥하게 입고 있는 걸 보니 어느 집 하녀인가 보네요. 난 케이티 뱃치에요. 집안일을 하는 게 취미죠. 아! 울고 있었던 건 아니에요."

"그럼 이 편지 좀 얼른 공작님께 전해 주세요." 멜리상드가 편지를 내

---

74) 구약성서 아가 6장 10절.

밀며 말했다. "돕슨 양이 보낸 거예요. 아주 급해요. 답장 기다리고 있을게요."

'너는 정말 못생겼구나.' 케이티가 마음속으로 말했다. '나는 아주 예쁜 데다 옥스퍼드 주 사람이란다. 게다가 나는 피아노도 칠 줄 알지.'

하지만 케이티가 실제로 입 밖에 꺼낸 말이라고는 고작 이것이 전부였다. "공작님은 9시는 되어야 일어나시는데. . . ."

"하지만 오늘은 지금 당장 공작님을 깨워 주세요. 빨리요! 안 되나요?"

"말도 안 되는 소리 하지 마세요." 케이티가 말했다. "편지를 여기에 두고 가시면, 공작님 아침 식사 식탁에 다른 우편물과 함께 올려놓을게요."

그러고는 케이티가 마음속으로 말을 덧붙였다. '제발 좀 프랑스로 꺼져라!'

"정말 웃기는 아가씨네, 정말! 이봐요, 꼬맹이 아가씨!" 멜리상드가 소리쳤다.

그러자 케이티는 안으로 들어가서 멜리상드 면전에서 현관문을 닫아 버렸다.

그 장면을 지켜보던 로마 황제들이 말했다. "꼬맹이 아가씨가 아니라 꼬맹이 여왕님처럼 문을 시원하게 닫아 버렸네."

멜리상드가 하늘을 향해 두 손을 들어올리며 "하늘이시여!"라고 소리쳤다. 요즘 그녀는 옥스퍼드 하녀들이 모두 미쳐 버렸다고 생각했다.

멜리상드는 닫힌 문을 물끄러미 바라보았다. 그러고는 문 앞에 놓인 양동이와 솔을 바라보았다. 그리고 여전히 자기 손에 쥐어져 있는 편지를 바라보았다. 멜리상드는 일단 편지를 문틈으로 밀어넣어 두고 무슨 일이 있었는지를 돕슨 양에게 전하기로 결심했다. 멜리상드가 편지를 문틈으로 밀어넣자, 편지가 현관 매트 위에 떨어졌다. 편지가 매트 위에 떨어지는 것을 본 케이티는 오만상을 찌푸렸는데, 만약 문이 투명해서

로마 황제들이 그녀의 표정을 보았다면 깜짝 놀랐을 것이다. 케이티는 짐짓 품위 있는 태도를 취하며, 팔을 길게 뻗어서 편지를 집어 들어 살펴보았다. 편지는 연필로 쓰여 있었다. 큼직하고 대담한 필체를 본 케이티가 입을 삐쭉거렸다. 쥴리카가 어떤 필체로 편지를 썼는지, 케이티는 그럴 줄 알았다는 듯한 표정을 지으며 입을 삐쭉거렸을 것이다.

편지를 만지작거리던 케이티는 그 끔찍한 여자, 쥴리카가 뭐라고 편지를 썼을지 궁금해졌다. 케이티는 주전자가 난로 위에서 끓고 있으니 수증기를 이용하면 편지 봉투를 몰래 열어 내용물을 확인할 수 있을 거라는 생각이 들었다. 하지만 그녀가 그렇게 했다고 하더라도 앞으로 펼쳐질 비극의 향방에는 어떠한 영향도 미치지 못했을 것이다. 그래서 오늘따라 예술적 감각이 절정에 달한 신들은 케이티에게 자기 일에나 신경쓰도록 했다.

케이티는 공작의 아침 식사를 준비하면서, 공작에게 온 편지들을 여느 때처럼 네모반듯하게 정리하여 쌓아 놓았다. 하지만 쥴리카의 편지만 삐딱하게 내던져 놓았다. 그것은 케이티가 행사할 수 있는 특권이었다.

한편, 쥴리카의 편지를 발견한 공작은 그 편지를 한동안 열지 않고 그대로 내버려두는 것으로 자신의 특권을 행사했다. 그 목적이 무엇이든 간에, 그것이 자신의 '행복한 악의'를 충족시켜 주리라는 것을 공작은 알고 있었다. 몇 시간 전, 공작은 수치심과 두려움으로 얼마나 고통을 받았던가! 그러나 이제 와서 생각해 보니, 희롱을 당하는 것도 나름대로 재미가 있었다.

가터 훈장 예복이 들어 있는, 검게 옻칠을 한 주석 상자에 공작의 시선이 머물렀다. 밤새 그 예복을 바라보는 것은 끔찍한 일이었다. 생애 마지막 순간에 입겠다고 생각했던 그 예복을 말이다. 하지만 이제는!

공작이 쥴리카의 편지를 열었다. 그 편지는 그를 실망시키지 않았다.

"공작님께,

부디 저를 용서해 주세요. 지난밤 제가 저지른 말괄량이 같은 어리석은 짓이 너무 창피해서 무슨 말씀을 드려야 할지 모르겠네요. 물론 지난밤 제가 저지른 짓에 비할 바는 못 되지만, 끔찍이도 두려운 생각이 제 머릿속을 떠나지 않아요. 당신이 저와의 약속을 어겼다는 생각에 제가 화가 난 나머지 그런 짓을 저지른 것이라고 당신이 생각할까 봐 너무나도 두렵답니다. 당신이 약속을 어길 것이라는 말을 했을 때는 상처받고 화가 난 것이 사실이에요. 하지만 당신을 그렇게 남겨 두고 돌아오는 길에 저는 깨달았어요. 당신이 그저 농담을 했다는 것을요. 저도 농담을 즐기는 편이기는 하지만, 지난밤 공작님의 농담은 너무 심했던 것 같아요. 그래서 복수를 한답시고 저도 모르게 당신에게 바보 같은 장난을 치고 말았어요. 저는 그 이후로 줄곧 비참한 기분이랍니다. 가능한 빨리 오셔서 저를 용서한다고 말씀해 주세요. 하지만 저를 용서한다고 말씀하시기 전에 눈물이 나도록 꾸중해 주세요. 이미 지난밤을 눈물로 지새우다시피 했지만요. 저를 아주 혹독하게 꾸중하고 싶으시다면, 농담인지 진담인지도 얼른 구분 못하는 저를 꾸짖어 주세요. 그리고 저에게 대학 구경도 시켜 주시고, 맥퀸 씨 집에서 점심도 함께 먹어요. 연필로 휘갈겨 쓴 것을 양해해 주세요. 지금 침대에 앉아서 쓰고 있거든요.

—당신의 친구 쥴리카 돕슨 드림

추신. 이 편지는 제발 태워 주세요."

쥴리카의 마지막 당부를 읽고 공작은 웃음을 멈추지 못했다. "이 편지는 제발 태워 주세요."

가엾고 사랑스러운 여인이여! 그렇게 눈부신 외교적 수사를 구사하면서도 얼마나 겸손한가! 눈을 씻고 찾아보아도 쥴리카가 자신을 굽히는 구절은 하나도 없었다. 진심으로 말하건대, 쥴리카는 자신이 쓴 편지를 자랑스럽게 여겨야 했다. 그 편지를 쓴 목적을 고려한다면, 그보다 더 잘 쓸 수는 없었다. 바로 그런 점 때문에 그 편지는 '감동적인 부조리'였다. 공작은 쥴리카의 입장에서 생각해 보았다. 자신을 쥴리카라고 상상해 보았다. 자기 잘못이 아니라고 해명하고, 달래고 감싸서 매듭지으려고 손에 연필을 쥔 채 "침대에 앉아" 있는 쥴리카를 머릿속에 그려 보았다. 그렇다. 공작이 다른 남자였다면 . . . 쥴리카가 준 모욕에 화를 내면서도 사랑을 끝내지는 못하는 남자였다면, 자신이 약속을 어긴 것을 꺼림칙하게 생각하는 남자였다면 . . . 그 편지는 큰 효과를 발휘했을 것이다.

공작은 마멀레이드 잼을 몇 스푼 더 떴고, 커피도 한 잔 더 따랐다. 뛰어 봤자 자기 손바닥 안에 있는 사람에게서 얼간이 취급을 당하는 것보다 더 자극적인 일은 없다고 공작은 생각했다.

하지만 그 아이러니에는 또 다른 아이러니가 숨어 있었다. 공작은 쥴리카가 지난밤 무슨 생각으로 자신에게 그런 짓을 했는지 잘 알고 있었다. 하지만 그는 그녀의 변명을 받아 주고 싶었다.

그리하여 공작은 지난밤 쥴리카가 저지른, 말괄량이 짓이라고 부르기에는 너무나 심한 행동에 대하여 그녀에게 무죄를 선고했다. 하지만 공작 자신의 편의에 따른 그 판결에는 죄인 쥴리카를 향한 어떠한 자비심도 담겨 있지 않았다. 공작에게 중요한 단 한 가지는 어떻게 하면 쥴리카에게 가장 참혹한 형벌을 집행할 것인가, 오직 그것뿐이었다. 쥴리카에게 어떤 답장을 써야 할까?

공작은 자리에서 일어나 방을 서성이며 중얼거렸다. "돕슨 양에게. . .

. 아니지, 나의 돕슨 양에게."

"정말 미안하지만 당신을 만나러 갈 수가 없군요. 오늘 오전에 수업이 두 개나 있기 때문입니다. 지루한 수업 대신 맥퀸 경의 집에서 당신을 만난다면 기쁘기 그지없겠지만요.... 나도 오늘 당신을 가급적 오래 보면 좋겠지만, 오늘밤에는 범프 서퍼가 있고, 내일 아침에는, 아! 젠장맞을 훈장 수여식 때문에 윈저까지 차를 몰고 가야 합니다. 그나저나 내가 당신을 용서할 일이 없는데, 당신은 어찌 나에게 용서를 구하는 것인지요? 내 생각에 용서가 필요한 것은 내가 한 농담이지 당신이 한 장난이 아니지요. 당신을 위해 죽을 거라는 나의 말은 당신에게 청혼했던 것과 마찬가지로 장난스러운 마음으로 그냥 해 본 겁니다. 그러니 당신에게 용서를 구해야 하는 것은 바로 나입니다."

"특히 한 가지가 양심에 찔리네요." 공작이 조끼 주머니 안에 들어 있는, 쥴리카가 그에게 준 귀걸이를 만지작거리면서 중얼거렸다.

"내가 이 진주 귀걸이 두 개를 받아서는 안 되겠다는 생각이 듭니다. 적어도 검은색으로 변해 일찌감치 저의 죽음을 애도해 주었던 그 귀걸이는 말이죠. 하지만 두 귀걸이 중 어느 것이 검은색으로 변했던 것인지 지금으로서는 알아낼 방법이 없어서, 두 개 다 편지에 동봉합니다. 둘 사이의 색 차이가 조만간 다시 나타나기를 기대하면서...."

공작은 대략 이런 취지로 편지를 쓸 계획이었다. 가만있자! 쥴리카에 대한 형벌을 계획하고 집행하는 기쁨에 더해, 그것을 지켜보는 기쁨까지 맛보는 것이 어떨까? 그녀에게 왜 편지를 보낸단 말인가? 공작은 자신을 만나러 와 달라는 쥴리카의 부탁에 응하기로 했다. 그는 그녀에게 달려갈 것이다. 공작은 모자를 재빠르게 집어 들었다.

하지만 서두르던 공작은 뭔가 품위가 떨어진다는 생각이 들었다. 공작은 평정심을 유지하기 위해서 천천히 거울 앞으로 다가갔다. 그는 거울 앞에서 조심스럽게 모자를 고쳐 쓰고, 아주 진지한 태도로, 그리고 아주 엄격한 시선으로 여러 각도에서 자기 자신의 모습을 살펴보았다. 마치 우피치 미술관[75]에 걸릴 초상화의 모델로 초대받은 사람처럼 말이다. 공작은 스스로 품위를 갖추어야 했다. 그것이 쥴리카를 꾸짖어 잘못을 깨닫게 하는 데도 도움이 될 것이었다. 쥴리카의 죄는 허영심이었다. 그녀는 자신의 허영심을 채우고자 삶과 죽음의 문제를 장난감으로 만들어 버린 여자였다. 하지만 공작은 비도덕적인 쥴리카를 고통스럽게 하는 것에서가 아니라, 숭고함을 옹호하는 것에서 기쁨을 찾아야 했다. 어제까지만 해도 공작은 쥴리카의 장단에 맞춰 춤을 추는 꼭두각시 노릇을 해 왔다. 하지만 오늘은 복수의 천사로서 그녀 앞에 나설 참이었다. 이제껏 신들이 공작을 조롱해 왔지만, 이제는 공작이 신들의 주인이 되어 있었다. 신들의 주인이라? 공작은 다시 자기 자신의 주인이 되는 동시에, 신들의 주인이 된 것이다. 공작을 파멸시키고자 계획을 짠 것은 바로 신들이었다. 신들은 공작을 사랑했기에, 그를 젊은 나이에 데려가고 싶어 했다. 돕슨이라는 여자는 신들이 보낸 대리인이자 앞잡이에 불과했다. 그들은 그녀를 이용하여 공작을 거의 손아귀에 넣었었다. 하지만 완전히 넣지는 못했다! 그리고 이제는 쥴리카를 통해 신들에게 쉽게 잊히지 않는 교훈을 가르치고자 공작이 나설 참이었다.

배꼽을 잡고 웃어 대던 신들이 번개 구름 너머로 몸을 구부린 채 공작을 지켜보고 있었다.

공작이 집을 나섰다.

깨끗이 닦아 놓은 현관 계단에서 공작은 제복을 입고 전보를 든 채

---

75) Uffizi: 이탈리아 피렌체에 있는 미술관.

서 있는 작은 소년과 마주쳤다.

"도싯 공작님이세요?" 작은 소년이 물었다.

봉투를 연 공작은 답장을 보낼 우편료가 미리 지불되어 있는, 택턴 우체국 소인이 찍힌 전보를 보았다. 그 내용은 다음과 같았다.

> 이런 소식을 공작님께 전하게 되어 매우 유감임
> 어젯밤 올빼미 두 마리가 날아와 흉벽의 횃대에 올라앉아
> 밤새 울어 대다가
> 새벽녘에 멀리 날아가 버렸음
> 어디로 갔는지는 아무도 모름
> 답변을 기다리겠음
>
> 젤링스

공작은 안색이 하얗게 질렸지만 표정 하나 바꾸지 않았다. 신들은 그제야 부끄럽다는 생각이 들었는지 웃음을 멈추었다.

전보를 읽던 공작이 소년을 쳐다보았다.

"연필 있니?" 공작이 물었다.

"예, 공작님." 소년이 대답하며 몽당연필 한 자루를 꺼냈다.

공작은 종이를 문에 대고 답장을 써 내려갔다.

> 택턴 홀의 젤링스 집사에게
> 월요일에 장례식을 치를 수 있도록 지하 납골당에 준비를 해 둘 것
>
> 도싯 공작

도싯 공작은 언제나처럼 한 자 한 자 꾹꾹 눌러서 꼼꼼하고 유려하게

글을 써 내려갔다. 그러는 사이 공작은 우편료를 지불할 필요가 없다는 사실조차 잊어버렸는데, 이로써 그의 침착함은 가장된 것임이 드러났다.

"자, 여기 1실링을 받으렴." 공작이 소년에게 말했다. "잔돈은 가져도 좋아."

"공작님, 감사합니다." 소년은 인사를 하고 행복하게 길을 떠났다.

제15장

　험프리 그레든이 공작의 입장에 처해 있었다면 코담배를 한 줌 집어 들었을 것이다. 하지만 제아무리 험프리라 할지라도 현대의 상징물이라 할 수 있는 담배를 가지고 공작보다 더 멋진 자세를 취하지는 못했으리라. 담배를 말아서 불을 붙이는 기술로는 유럽에서 공작을 따라올 사람이 없었기 때문이다. 오늘 공작은 그 어느 때보다 멋지게 담배를 말아서 불을 붙였다.

　아마 독자 여러분은 이렇게 말할지도 모르겠다. "아! 하지만 한순간의 용기와 인내심은 별개의 문제지. 자신의 사형 집행 영장을 받고도 크게 동요하지 않는 남자라고 할지라도 그것에 대해 곱씹어 생각하다 보면 무너져 내릴 수 있거든. 지금 불을 붙인 담배가 다 타고 난 후에도 공작이 버텨 낼 수 있을까? 그건 그렇고, 공작이 그 전보를 다 읽은 후에 이번에는 그에게 한 시간의 여유 시간을 주는 온정을 베풀지 않았는데, 어떻게 그럴 수 있소? 작가 양반!"

어떤 면에서, 독자 여러분이 나에게 그런 질문들을 할 합당한 권리가 있는 것은 사실이다. 하지만 그 질문들은 매우 적절함에도 불구하고, 내가 중요한 무언가를 숨기고 있을지도 모른다는 독자 여러분의 생각이 드러나는 지점이기도 하다. 독자 여러분, 제발 다시는 끼어들지 마시라. 이 역사를 기록하고 있는 사람은 당신들이 아니라 바로 나 아닌가?

독자 여러분도 느꼈겠지만, 공작이 죽게 될 것을 암시하는 전보는 찬물을 끼얹는 듯한 소식이었다. 쥴리카가 그에게 끼얹었던 물세례보다 훨씬 세찬 것이었다. 하지만 공작은 적어도 자존심은 살릴 수 있었다. 신은 한 여자를 통해서 한 남자를 바보로 만들 수는 있지만, 신이 남자를 직접 공격해서 그 남자를 바보로 만들 수는 없는 법이다. 그런 점에서 생각해 보면, 신의 전지전능한 힘이 오히려 신을 무기력하게 만들기도 한다. 신들은 공작이 죽어야 한다고 결정을 내렸고, 그에게 그렇게 통보했다. 그것이 공작의 위신을 떨어뜨리는 것은 전혀 아니었다. 그는 신들에게 대적하여 승부를 겨루었다. 신들과 승부를 겨루다가 난관에 부딪힌 것이 수치스러운 일은 아니었다. 공작의 운명이 격변한 것은 비극의 법칙을 따른 것이었다. 모든 일은 장중하게 일어났다.

따라서 이번에는 공작을 지켜보는 것이 실례라고 생각되지 않았다. 용기가 가정교육의 결과물이듯, 예술가에게 필요한 자질이라 할 수 있는 인내심도 가정교육의 결과물이다. 공작은 자기 자신으로부터 한 발짝 물러서서 생각할 수 있는 사람이며, (그 고통이 천박한 것만 아니라면,) 고통 속에서도 즐거움을 얻을 수 있는 사람이었기에, 예술가로서는 독자 여러분이나 나보다 훨씬 유리한 점을 가지고 있었다. 쥴리카가 공작에게 걸었던 마법이 풀리자마자, 그는 다시 자기 본연의 모습을 되찾았다. 자의식이 아주 강한 예술가의 모습 말이다. 그래서 지금 이 순간, 현관 계단에 서서 극심한 고통 속에서 깊은 생각에 빠져 있는 공작이 나는 부럽기까지 하다.

공작의 입에서 나온 동그란 담배 연기가 후덥지근한 공기 중에 어찌나 자욱하게 퍼지던지, 마치 공작이 밀실에서 담배를 피우는 것처럼 느껴질 정도였다. 그는 자욱한 담배 연기 사이로 변함없는 모습으로 떠있는 번개 구름을 뚫어져라 쳐다보았다. 한데 뭉쳐 있는 번개 구름의 모습이 참으로 당당해 보였다. 공작은 불현듯 번개 구름 중에서 유난히 크고 색이 짙은 구름이 약간 더 왼쪽에 있으면 좋을 것 같다는 생각이 들었다. 그래서 공작은 별 생각 없이 구름을 향해 왼쪽으로 손짓을 했는데, 그 구름이 곧바로 왼쪽으로 흘러가는 것이 아닌가? 이제 신들은 사소한 일까지도 공작의 비위를 맞추어 주려고 안간힘을 썼다. 절체절명의 상황에 처했을 때의 공작의 행동은 멀리서 지켜보아도 아주 인상적이었기에, 이제 신들은 조만간 그를 면전에서 만나게 될 일이 사뭇 두렵기까지 했다. 차라리 지난밤 검은 올빼미 두 마리를 새장에서 내놓지 않았더라면 좋았을 걸, 하고 생각했다. 하지만 때는 이미 너무 늦었다. 한번 엎지른 물은 다시 주워 담지 못하는 법이다.

지난밤 적막 속에서 희미하게 들려왔던 단조로운 소리, 공작은 지금 그 소리를 떠올렸다. 환청일 뿐이라고 생각했던 그 소리는 공작의 죽음을 알리는 전조였는데, 택턴의 흉벽에서 높은 하늘의 미지의 바람에 실려 그에게 다다른 것이었다. 그 소리는 새벽 동틀 녘이 되어서야 그쳤다. 공작은 자신이 그 소리의 의미를 진작 생각해 보지 않았다는 사실이 의아했다. 하지만 그것을 생각해 보지 않았다는 사실이 오히려 기쁘기도 했다. 그 소리의 의미를 생각해 보지 않음으로써 생긴 마음의 평화에 감사한 마음이 들었다. 그런 자족감 덕분에 평안히 잠자리에 들 수 있었고, 또 아침 식사도 할 수 있었다. 공작은 그런 마음의 평화를 대단히 소중하게 여겼다. 그런 마음의 평화 때문에, 뒤따라 찾아올 비극의 아이러니가 극대화되더라도 말이다. 그렇다. 공작은 자신을 어둠 속에 오래도록 내버려두지 않음으로써 훨씬 끔찍한 아이러니를 연출한 신들을 비난했다. 신들은 왜 전보가 배달되는 것을 지연시키지 않았던가? 공작이 쥴리카에게 가서 경멸과 무시로 그녀를 벌집으로 만들어버리도록 신들은 내버려두었어야 했다. 공작이 신들을 향한 저주를 쥴리카에게 대신 퍼붓도록 신들은 내버려두었어야 했다. 신들은 공작의 예술적 자질에 배 아파할지언정, 그가 소풍을 가는 것까지 배 아파할 필요는 없었다.

지금은 쥴리카와 마주할 수 없다고 공작은 혼잣말을 했다. 예술가로서 공작은 쥴리카와 마주하는 것이 멋진 만남이 될 여지가 있다고 기대하는 것 자체가 충분히 아이러니하다고 생각했다. 그리고 신학자로서 공작은 쥴리카가 그 자신의 운명에 책임이 있다고 생각하지 않았다. 또한 한 남자로서 공작은 지난밤 쥴리카에게 그런 짓을 당한 상황에서, 그리고 오늘 그녀를 위해 죽음을 앞둔 상황에서, 그녀를 만나러 가지는 않겠다고 생각했다. 물론 공작은 쥴리카를 피하지 않을 것이었다. 쥴리카를 피하는 것은 공작의 품위에 맞지 않는 일이었다. 하지만 그녀를 만난다면, 도대체 무슨 말을 해야 할까? 공작은 맥퀀 경과의 점심 약속을 상기하며 몸서리를 쳤다. 쥴리카도 거기에 나올 것이었다. 공작이 말했듯이, 죽음은 모든 약속을 취소시킨다. 그러한 난관에서 벗어나는 가장 단순한 방법은 그가 곧장 강으로 가는 것이다. 아니지, 그것도 쥴리카를 피하는 것이나 마찬가지다. 그건 안 될 말이었다.

하지만 한 여자가 서둘러 모퉁이를 돌아오고 있는 것을 공작이 발견하자마자, 그가 방금 했던 생각들은 이내 싹 달아나 버렸다. 공작은 당황하여 얼굴이 새빨개져서는 빠른 걸음으로 길 건너 틸 가街를 향해 걸어갔다.

"그녀가 나를 보았을까?" 공작이 혼잣말을 했다. "그녀는 내가 자기를 보았다는 걸 알아챘을까?"

공작은 그녀가 자신을 쫓아오는 소리를 들었다. 공작은 주위를 둘러보지도 않고, 그저 발걸음을 재촉할 뿐이었다. 그녀가 공작에게 점점 따라붙고 있었다. 하는 수 없이 공작은 달리기 시작했다. 그는 한 마리 토끼처럼 내달리다가 털 가街 모퉁이에 이르러서는 송어처럼 팔짝 뛰어올랐는데, 보도가 마치 자신을 향해 솟아오르는 듯한 기분을 느끼면서 꽈당 하고 앞으로 고꾸라졌다.

그 문제와 관련하여 신들에게는 전혀 책임이 없다는 것을 말해 두어야겠다. 오늘 아침 털 가街 모퉁이에 오렌지 껍질이 버려진 것은 신들이 명령한 일이 맞다. 하지만 오렌지 껍질을 밟고 미끄러질 운명이었던 사람은 공작이 아니라 베일리얼 칼리지 학장이었다. 신들이 우리 앞에 닥칠 모든 세세한 일들까지 일일이 신중하게 계획하여 결정한다고 생각하지 말라. 일반적으로 신들은 대략적인 윤곽만 그릴 뿐이고, 나머지는 우리가 취향에 따라 채워 넣도록 남겨 둔다. 이 책에 기록된 것처럼, 주더스 칼리지 학장이 자신의 손녀 쥴리카를 옥스퍼드에 초대하고, 또 그날 저녁 공작을 만찬에 초대하여 두 사람이 만나도록 한 것은 신들이 맞다. 그리고 공작이 다음날인 화요일 오후 쥴리카를 위해 목숨을 버리도록 부채질한 것도 신들이 맞다. 신들은 조정 경기가 열리는 날 저녁 전후로, 공작이 자신의 결심을 실행에 옮기도록 계획하였다. 하지만 실수로 그 계획이 틀어지고 말았다. 신들이 월요일 밤에 검은 올빼미 두 마리를 새장에서 내놓는 것을 깜박 잊어버렸던 것이다. 따라서 공작의 죽음은 불가피하게 연기될 수밖에 없었다. 그리하여 신들은 쥴리카를 통해 공작이 죽지 못하게 한 것이다. 그 외에는 여기저기 절묘하게 손을 보거나 일이 과하게 흘러가는 것을 막으면서, 신들은 비극이 원래 계획

대로 흘러가게 했다. 가령 케이티가 쥴리카의 편지를 열어보지 못하게 신들이 막은 것도 그러했다. 그러나 공작이 멜리상드를 쥴리카로 착각 하고 달아나는 것은 신들의 계획에 없던 일이었기에, 공작이 베일리얼 칼리지 학장 대신 오렌지 껍질을 밟고 고꾸라졌을 때 신들은 그에게 진심으로 미안해 했다.

하지만 공작은 고꾸라지면서 신들을 저주했다. 그리고 몸을 일으켜 세우면서 아찔하고 아픈 순간에도 또 다시 신들을 저주했다. 그 순간 공작은 몸을 굽혀 자신을 내려다보고 있는 여자가 자신이 그토록 끔찍해 하는 쥴리카가 아니라 그녀의 하녀 멜리상드라는 사실을 깨달았다. 공작은 신들을 향해 거의 입에 거품을 물다시피 했다.

"공작님, 다치셨어요? 괜찮으세요?" 멜리상드가 숨을 헐떡이며 물었다.

"여기 돕슨 양이 보내신 편지예요. 돕슨 양이 저에게 이 편지를 꼭 직접 공작님께 전해 드리라고 말씀하셨어요."

공작은 꼿꼿한 자세로 길 위에 앉아 편지를 받아들고는 그 자리에서 갈가리 찢어 버렸다. 멜리상드가 달아나는 공작을 본 순간 그녀가 품게 된 의심은 사실로 확인되었다. 영국 귀족들은 모조리 미쳤다는 사실 말이다.

"맙소사!" 멜리상드가 초조하게 두 손을 비벼 대며 소리쳤다. "돕슨 양에게 뭐라고 말하죠?"

"돕슨 양에게 이렇게 전하시오. . . . " 공작은 자신의 생애 마지막 순간들이 수치스럽게 기억될 수 있다는 생각에 입안의 말을 삼켰다.

"돕슨 양에게 이렇게 전하시오." 공작은 하고 싶은 말을 비유적으로 바꾸어 말했다. "당신이 카르타고의 폐허 속에 앉아 있는 마리우스를 봤다고 전하세요."[76]

공작은 절뚝거리며 서둘러 털 가街로 내려갔다.

공작은 고꾸라지면서 두 손과 무릎과 정강이에 찰과상을 입었다. 그는 화를 내며 손수건으로 두 손을 닦았다. 약사인 드루스가 공작의 두 손에 소독하고 깁스를 하며, 오른쪽 무릎과 왼쪽 정강이에 연고를 바르고 붕대를 감는 특권을 누렸다.

"공작님, 하마터면 아주 끔찍한 사고가 될 뻔했습니다." 드루스가 말했다.

"실제로 끔찍한 사고였소." 공작이 말했다.

드루스가 공작의 말에 맞장구를 쳤다.

그럼에도 불구하고, 드루스의 맞장구는 깊이 묻혀 버리고 말았다. 공작은 신들이 치명적인 사고를 계획했지만 자신이 고꾸라질 때 요령껏 날렵하게 몸을 날려, 멜리상드에게서 달아나다 죽음을 맞이하는 불명예를 면했다고 생각했다. 독자 여러분도 아시다시피, 공작은 자유의지를 잃지 않았다.

드루스가 정강이 치료를 마무리 하는 사이, 공작이 혼잣말을 했다.

---

76) 가이우스 마리우스(Caius Marius)는 고대 로마 공화정 말기의 장군이자 정치가로, 지나친 야심 때문에 로마로부터 추방당했다. 마리우스는 추방 중에 로마의 공격으로 폐허가 된 카르타고에 머무르게 되는데, 이 말은 그때 마리우스가 자신의 근황을 전하면서 했던 말이다. 19세기에 활동했던 미국의 화가 존 밴덜린(John Vanderlyn)은 이를 『카르타고 폐허 속의 마리우스』(Marius amid the Ruins of Carthage)라는 그림으로 작품화한 바 있다.

"나는 온전히 계획할 거야. 내 죽음만큼은 기필코 내 방식대로 선택할 수 있게 말이지. . . . 정확한 시간을 정할 수는 없겠지만, 내 짧은 인생에서 언제가 되었든 내 스스로 가장 적절한 순간이라고 생각되는 순간을 선택해 죽을 거야."

"저에게 신의 가호가 있기를 기도해 주시오." 공작이 약국 카운터를 가볍게 두드리며 드루스에게 말했다.

계산대 위에 놓여 있는 감기약 병을 본 공작은 고통스러운 사실이 떠올랐다. 아침에 흥분해서 쥴리카를 만나러 갈지 말지 고민할 때만 해도, 공작은 자신이 중대한 질병에 걸렸을 것이라고는 생각하지 않았다. 하지만 이제는 자신이 중대한 질병에 걸렸을 가능성을 충분히 의식하게 되었고, 끔찍한 의구심이 솟아났다. 스스로 목숨을 끊는 순간을 모면하고는 고작 병에 걸려 죽는단 말인가? 공작은 여태껏 자신은 질병과는 전혀 상관이 없는 사람인 줄 알았다. 그래서 오히려 그는 가장 걱정스러운 최악의 환자 부류에 속했다. 공작은 감기도 방치하면 악성으로 발전할 수 있다는 것을 알고 있었다. 공작은 자신이 극심한 통증으로 아픈 몸을 부여잡고 갑자기 거리에 쓰러지는 모습을 상상해 보았다. 동정 어린 시선을 보내는 행인들, 앰뷸런스, 그리고 캄캄한 공작의 침실. 동네 의사가 형편없이 오진을 하여, 저명한 전문의들이 특급열차를 타고 서둘러 진료를 하러 온다. 뜻밖에도 그 저명한 전문의들은 하나같이 동네 의사의 처방이 적절했다고 추켜세운다. 그러면서 고개를 가로저으며 "공작은 아직 젊으니 희망을 가져 봐야죠"라는 말 외에는 달리 아무런 말도 하지 않는다. 공작은 잠시 원기를 회복하는 듯하다가, 결국 생을 마감한다. . . . 그 모든 생각이 머릿속을 훑고 지나갔다. 공작은 덜컥 겁이 났다. 허비할 시간이 조금도 없었다. 공작은 자신이 감기에 걸렸다고 드루스에게 솔직하게 털어놓았다.

드루스는 감기인지 확실하지는 않지만 감기약을 티스푼으로 두 시간에 한 스푼씩 복용하라고 처방했다.

"지금 당장 좀 따라 주세요." 공작이 말했다.

공작은 약을 한 스푼 쭉 들이마셨더니 마법처럼 몸이 훨씬 가뿐해진 기분이 들었다. 그는 작은 약병을 소중하게 다루며 꼼꼼히 살펴보았다.

"한 시간마다 두 스푼씩 먹으면 안 됩니까?" 공작은 약물중독자라도 되는 듯이 애절하게 물었다.

하지만 드루스는 정중하면서도 단호하게 그것은 안 된다고 대답했다. 그래서 공작은 단념했다. 사실 공작은 신들이 자신을 약물 과다 복용으로 죽게끔 계획한 것은 아닐까 하는 생각이 들었기 때문이다.

공작은 여전히 약을 더 마시고 싶다는 생각이 간절했다. 앞으로 살아갈 시간이 얼마 남지 않았는데도, 공작은 두 시간이 빨리 지나가기를 바랐다. 공작은 드루스가 감기약을 곧장 자기 방으로 보내 줄 것이라고 믿었지만, 공작은 그것을 직접 가져가고 싶었다. 그래서 그는 외투 주머니에 감기약 병을 살짝 밀어넣었는데, 부주의한 탓에 약이 약병에서 살짝 새어나오고 말았다.

공작이 집에 가려고 하이 가街를 건너려는 순간, 비탈길에서 푸줏간 손수레가 돌진해 내려왔다. 운전 부주의였다. 공작이 잽싸게 보도로 물러나며 가소롭다는 듯한 미소를 지었다. 공작이 조심스럽게 길 좌우를 살폈다. 그렇게 어느 정도 시간이 흘렀고, 그는 이제 길을 건너도안전하겠다는 생각이 들었다.

안전하게 길을 건넌 공작은 마치 아득히 먼 과거에서 불쑥 나타난 듯한 한 인물과 마주쳤다. 그는 우버였다! 우버가 공작과 만찬을 함께했던 것이 정녕 어젯밤이었단 말인가? 공작은 마치 기록 보관소를 뒤지는 심정으로 어젯밤의 기억을 더듬었다. 그러고는 어젯밤 준타 클럽에서 갑자기 자리를 뜬 것에 대해 우버에게 사과했다. 그때, 마치 퀴퀴한 냄새가 나는 기록 보관소가 떠들썩한 헤드라인이 실린 갓 인쇄된 조간신문으로 마법처럼 탈바꿈하듯이, 어젯밤 우버를 비롯한 다른 준타 클럽 회원들의 끔찍한 결심이 공작의 머릿속에 떠올랐다.

"내가 어젯밤 자리를 뜰 때 당신이 재미 삼아 해 보았던 생각은 물론 떨쳐 버렸겠죠?" 공작은 가볍게 묻는 척했지만 우버에게 어떤 대답을 듣게 될지 두려운 기색을 감추지는 못했다.

우버는 그의 천성이 그러하듯이 얼굴 표정도 이루 말할 수 없이 예민했기에, 공작이 자신의 진정성을 의심한 것에 대해 금세 불쾌한 기색을 드러냈다.

"공작님, 제가 어제 스컹크처럼 술에 취한 듯 보였습니까?"[77] 우버가 물었다.

"'스컹크처럼 술에 취하다'라는 말이 무슨 뜻인지 모르는 바 아닙니다. 저는 당신이 어제 스컹크처럼 취해서 그런 말을 했다고 생각하지는 않습니다. 제가 당신을 매우 존중하는 것만큼이나, 당신의 죽음이 미국과 옥스퍼드에 안겨 줄 상실감도 매우 클 것이라는 게 저의 생각입니다." 공작이 대답했다.

그러자 우버가 얼굴을 붉혔다.

"공작님, 과찬입니다. 하지만 걱정 마십시오. 미국에 저 같은 인물이야 수백만 명 있을 테고, 옥스퍼드에도 저 같은 인물은 수없이 많습니다. 하지만 공작님처럼 모범이 될 만한 분이 영국에 몇 명이나 있을까요? 그런데 공작님은 자살을 하기로 결심했습니다. 공작님, 당신 말이 맞습니다. 사랑은 모든 것을 초월한다고 하신 말씀 말입니다." 우버가

---

77) 스컹크처럼 술에 취하다'(drunk as a skunk)는 '완전히 취하다' 혹은 '고주망태가 되다'라는 뜻을 가진 미국의 속어.

말했다.

"사랑이 정말 모든 것을 초월하던가요? 제가 저의 마음을 고쳐먹었다면 어떻게 하시겠습니까?"

"그렇다면, 공작님! 제가 들었던 영국 귀족에 대한 이야기들이 모두 거짓이었다고 생각할 수밖에 없겠네요. 단언하건대, 당신은 훌륭한 사람이 아닙니다. 우리를 여기까지 이끌어 놓고는. . . . 공작님, 단도직입적으로 묻겠습니다. 당신은 오늘 죽을 겁니까, 말 겁니까?" 우버가 천천히 말했다.

"죽을 겁니다. 하지만. . . ."

"그럼 됐습니다!"

"하지만. . . ."

우버가 공작의 손을 꽉 움켜쥐며 악수를 나누더니 가던 길을 갔다.

"잠시만요!" 공작이 우버를 불렀다.

"죄송합니다만 . . . 지금 막 11시가 되려고 하는데, 저는 수업이 있습니다. 살아 있는 동안에는 로즈 재단의 뜻을 받들어야 합니다."

그러고는 성실한 학자 우버가 걸음을 재촉했다.

공작은 하이 가街를 걸으며 곰곰이 생각해 보았다. 공작은 자신이 초래한 이 사태를 새까맣게 잊고 있었다는 사실이 수치스러웠다. 새벽 동틀 녘에 공작은 이 사태를 원상태로 돌려놓겠다고 맹세했었다. 그는 반드시 원상태로 돌려놓아야만 한다. 하지만 이제 그 일은 그리 간단한 일이 아니었다.

만약 공작이 다음과 같이 말할 수만 있었다면, 그것으로 충분했을 것이다. "보세요, 저는 제 말을 철회합니다. 저는 돕슨 양에게 퇴짜를 놓았고 저의 삶을 껴안았습니다." 하지만 이제 그는 다음과 같이 말할 수밖에 없기에, 공작의 말에는 그다지 큰 힘이 실리지 않을 것이 분명했다. "보세요, 저는 돕슨 양에게 퇴짜를 놓았고 그녀를 위해서는 죽지 않을 겁니다. 하지만 그래도 자살은 할 겁니다." 또한 공작은 이로 인해 자신이 다소 우스꽝스러운 입장에 처하게 되었다는 사실을 고통스럽게 직시했다. 어제 계획했듯이, 공작의 죽음은 웅장하고 단순하면서도 장엄해야 했다. 그러니 죽음을 철회하는 것 또한 그래야만 했다. 하지만 죽음과 죽음을 철회하는 일 사이에서 찾아낸 새로운 타협안은 어설프고 유치하고 비루해 보이기까지 했다. 두 경우의 단점만 모두 모아 놓은 듯 보였다. 공작은 자신의 삶을 연장하지도 못하고 명예만 더럽힌 셈이었다. 쥘리카를 욕되게 하는 대가치고는 확실히 너무 혹독했다. 그렇다. 공작은 더는 고심하지 말고 처음 계획으로 되돌아가야 할 터였다. 그는 처음에 다짐했던 대로 죽어야만 했다. 공작은 기꺼이 죽을 마음이 없음에도 불구하고, 품위를 지키며 죽어야만 했다. 그 외의 다른 방법은 품위를 땅에 떨어뜨리는 것일 뿐이었다. 그렇다. 그러나 그렇게 해서는 절대로 구원자가 될 수 없다. 공작이 죽지 않는 것만이 정말 강력한 효과를 기대할 수 있는 길이었다. 그러나 신의를 저버리겠다는 생각을 하고 있는 지금 이 순간, 조금 전에 우버의 그 표정이 떠올랐다. 아마도 공작은 옥스퍼드의 구원자가 아니라 조롱거리가 될 것이었다. 아니, 어쩌면 그래도 죽음보다는 불명예가 나을지 몰랐다. 하지만 공작은 반드시 죽어야만 했다. 그는 태블-택턴 가문의 이름에 먹칠을 하거나, 평판을 더럽혀서는 안 되었다.

하지만 그러한 운명의 굴레 속에서도, 공작은 온 힘을 다해 대참사를 막아야만 했다. 그리고 어쨌거나 쥘리카를 단단히 벌해야만 했다. 커다란 꽃다발을 받을 것으로 기대하며 콧구멍을 벌름거리며 두 팔을 한껏 벌리고 있는 쥘리카에게서 그것을 낚아채야만 했다. 그러니 허비할 시간이 없었다. 하지만 공작은 세인트 메리 교회와 막달레나 브리지 사이의 굽은 길을 서성거리면서 고민에 빠졌다. 어디서부터 어떻게 시작해야 할까?

그때 평범해 보이는 한 학생이 퀸스 칼리지 쪽에서 느긋한 발걸음으로 계단을 내려왔다.

"스미스, 당신과 할 말이 있소." 공작이 말했다.

"제 이름은 스미스가 아닌데요." 그 학생이 대답했다.

"흔한 이름이니까 한번 불러 본 거요. 그런 의미에서 사실상 당신도 스미스인 거죠. 사실 말이죠, 그래서 당신에게 말을 건넸습니다. 당신과 대화를 나눠 보면 수천 명의 학생들과 대화를 나눠 보는 셈이 될 테니까요. 당신은 제가 일종의 지식을 얻는 지름길인 셈이죠. 한번 말씀해 보시오. 당신도 오늘 오후에 정말 강물에 몸을 던져 죽을 생각입니까?"

"아마도요."

"애매모호하게 말을 하는 것 같지만 당신도 어쨌든 강물에 뛰어들겠다는 뜻 같은데...." 공작이 중얼거렸다.

"그런데 죽으려는 이유가 뭐요?" 공작이 물었다.

"왜냐고요? 당신이 어떻게 그렇게 물으실 수 있죠? 그러는 공작님은 왜 죽으려고 하는데요?"

"당신과 지금 소크라테스식 문답을 하자는 게 아닙니다. 부탁인데, 제 질문에 최선을 다해 대답해 주시오."

"음... 그건 줄리카 없이는 도저히 살아갈 수가 없기 때문입니다. 내 사랑을 그녀에게 증명해 보이고 싶어요. 또...."

"한 번에 이유 하나씩만 말씀해 주시오." 공작이 손을 들어 그 학생의 말을 제지하며 말했다. "줄리카 없이는 도저히 살아갈 수가 없다고요? 그럼 당신은 죽기만을 학수고대하고 있다는 거요?"

"아마도요."

"죽는다고 생각하니 정말 행복합니까?"

"예, 아마도요."

"자, 제가 당신에게 똑같이 훌륭한 보석 두 개를 보여 주었다고 가정해 봅시다. 그런데 하나는 크고 하나는 작습니다. 당신은 둘 중 어느 것을 가지겠습니까?"

"당연히 큰 것을 가지겠죠."

"두 개 다 똑같이 좋은 것이라면, 작은 것을 갖는 것보다 큰 것을 갖는 게 좋기 때문이겠죠?"

"그렇습니다."

"당신은 행복이 좋은 것이라 생각합니까, 나쁜 것이라 생각합니까?"

"당연히 좋은 것이죠."

"그렇다면 우리는 행복을 조금 갖는 것보다 많이 갖는 게 좋겠죠?"

"당연하죠."

"그렇다면 당신의 자살을 무한정 연기하는 것이 올바른 행동이라고 생각하지 않습니까?"

"하지만 조금 전에 말씀드렸듯이 저는 쥴리카 없이는 도저히 살아갈 수가 없습니다."

"조금 전에 당신은 죽는다고 생각하니 정말 행복하다고 말씀하셨죠?"

"그랬죠. 하지만. . . ."

"자, 스미스, 신중하게 생각하시오. 그리고 명심하시오. 이것은 삶과 죽음의 문제입니다. 당신 스스로 옳다고 생각하는 일을 하시오. 제가 당신에게 물었듯이. . . ."

하지만 그 학생은 공작이 말을 마치기도 전에 가 버렸는데, 그에게서는 어떤 위엄이 느껴졌다.

공작은 자신이 사람을 요령껏 다루지 못한다는 생각이 들었다. 소크라테스도 겸손한 태도와 진실한 온정으로 대중의 매력을 끌었던 탓에, 얼마 되지 않아 사람들의 시기와 질투를 한몸에 받게 되었다는 사실을 공작은 상기했다. 소크라테스에게 품위 있는 태도마저 없었다면, 그의 생애는 훨씬 짧았을 것이다. 공작은 함정에 빠지지 않기 위해 몸을 사려야겠다고 생각했다. 소크라테스처럼 독미나리가 든 잔을 들게 되지 않도록 말이다.

그때 학부생 네 명이 나란히 공작 쪽으로 다가왔다. 이번에 공작은 그들에게 어떻게 말을 건네야 할까? "그래서 쥴리카를 통해 구원받으셨습니까?"라며 그 학생들을 애석해 하면서 자신의 견해를 열렬히 전파하는 전도자처럼 접근해야 할까? 아니면 "이봐, 자네들은 훌륭하고 강직한 젊은이들이네. 여자 때문에 죽는다는 것은 안 될 말 아닌가?"라며 신병을 징집하는 부사관처럼 퉁명스러운 말투로 접근해야 할까? 공작이 망설이는 사이에, 그 학생들은 공작을 지나쳐 갔다.

그러고 나서 또 다른 학부생 두 명이 다가왔다. 공작은 이번에는 망설이지 않고 그들에게 개인적인 부탁이라며 목숨을 버리지 말아 달라고 말했다. 그 학생들은 정말 유감스럽지만 그 문제에 대해서는 자신들이 하고 싶은 대로 할 것이라고 대답했다. 공작이 다시 애원해 보았지만 소용없었다. 그 학생들은 공작이 먼저 죽겠다고 하지 않았다면, 자신들도 쥴리카를 위해 죽겠다는 생각은 결코 하지 않았을 것이라고 말했다. 그 학생들은 자신들에게서 그녀를 위해 죽을 기회를 빼앗아가는 것만 아니라면, 어떤 식으로든 공작에게 고마움을 표하고 싶어 했다.

공작은 하이 가街를 돌아다니면서 학생들을 마주칠 때마다, 온갖 설득이란 설득은 다해 보았다. 우연히 이름을 알고 있었던 한 학생에게는, 돕슨 양이 죽지 말아 달라고 간청하는 긴급 전보를 공작 자신에게 보내왔다고 꾸며 대기까지 했다. 또 다른 학생에게는, 공작 자신이 긴급 유언장을 작성하여 적당한 범위 내에서 자신의 유산을 물려주겠다고 했다. 가령 매년 2-3천 파운드 정도는 너끈히 받을 수 있도록 말이다. 또 다른 학생과는 친밀하게 팔짱을 낀 채로 함께 걸으며, 카팩스 타워까지 갔다가 다시 돌아오면서 설득해 보았다. 하지만 그 모든 것이 소용없었다.

공작은 정신없이 걷다 보니 어느새 막달레나 칼리지 구역에 이르렀다. 그곳의 작은 야외 연단에서 그는 인간 생명의 신성함을 주제로 열정적인 설교를 하였다. 설교 도중 공작은 존 녹스[78]도 입 밖에 내기 망설였을 그런 용어들까지 써 가면서 쥴리카의 이름을 거론하였다. 공작이 그녀에 대한 독설을 늘어놓자, 군중들이 들썩이기 시작했다. 그들은 주먹을 꽉 쥔 채 웅성거렸고, 표정이 금세 어두워졌다. 공작은 그 연단이 신들이 자신에게 파 놓은 또 다른 함정이라는 것을 직감했다. 그는 그 함정에 제 발로 걸어 들어간 셈이었다. 이제 공작은 군중들의 손에 끌려 내려가 짓밟히고 사지가 갈기갈기 찢길 처지에 놓여 있었다. 공작은 자신의 모든 역량을 발휘하여 군중들의 불쾌한 감정을 누그러뜨려야 할 터였다. 그는 그러한 자신의 마음을 담아 군중들에게 눈빛으로 호소하였고, 능숙하게 혀를 굴려 이야기를 부드럽게 이어가면서 자기에게는 쥴리카를 심판할 권리가 없다고 말했다. 그렇지만 쥴리카를 위해 죽을 것이라는 자신의 결심은 경이로워 보이지만 끔찍하고, 고상해 보이지만 어리석은 짓이라고 콕 집어 말했다.

공작은 슬픔에 찬 조용한 말투로 설교를 끝마쳤다. "오늘밤 저는 어둠 속으로 가게 될 것입니다. 형제들이여, 그곳에 여러분들은 없어야 할 것입니다."

---

78) John Knox (1514-1572): 16세기 영국 스코틀랜드의 종교개혁자로서, 열정적인 설교자로 알려져 있다.

공작의 설교는 방식과 감정적 측면에서 뛰어났지만, 논리적 측면에서 결점이 너무 확연히 드러나서 군중을 설득하기에는 역부족이었다. 공작은 막달레나 칼리지를 걸어 나오면서 자신의 설교가 형편없었다는 것을 깨달았다. 하지만 공작은 다시 하이 가街로 걸어 올라가면서 계속해서 끈질기게 학생들을 설득했다. 학생들을 불러 세워 회유도 해 보고, 명령도 해 보고, 막대한 돈을 제시하며 마음을 움직이려고도 해 보았다. 공작은 로더 클럽과 빈센트 클럽에 차례로 들어가서 설득을 해 보았고, 다시 거리로 나와서 지칠 줄 모르는 열성으로 설득을 해 보았지만 모두 헛수고였다. 공작은 어디를 가든지, 쥘리카를 위해 죽겠다고 했던 공작 자신의 행동이 학생들을 옭아매고 있어서, 자신의 설득이 아무 소용이 없다는 것을 깨달았다.

그때, 크기만 컸지 싸구려 같아 보이는 꽃다발을 한아름 안고 마켓 가街에서 전속력으로 뛰어오는 맥퀸 경을 보고서야, 공작은 그날 있을 점심 식사 약속을 떠올렸다. 우리가 지켜보았듯이, 약속을 지킨다는 것은 공작에게는 명예가 걸린 문제였다. 하지만 그 특별한 약속, 사랑이라는 이유로 승낙했지만 너무도 끔찍한 그 약속은 오늘 아침 공작이 아주 불명예스럽게 달아났던 이유, 쥘리카를 피하고 싶다는 바로 그 이유 때문에 이제 지킬 수가 없었다. 공작은 점심 식사 자리에 참석하지 못할 것 같다고 맥퀸 경에게 퉁명스럽게 말했다.

"그럼 쥘리카도 오지 않는 겁니까?" 맥퀸 경이 숨이 턱 막혀서 숨을 몰아쉬며 미심쩍은 듯 물었다.

"아, 제가 점심 식사 자리에 참석하지 못할 거라는 사실을 쥘리카는 모릅니다. 그녀는 참석한다고 생각하시면 될 겁니다." 공작은 그렇게 말하고는 획 돌아섰다.

공작은 진심을 담아 대답했고, 그렇게 함으로써 지난밤 자신의 주장을 무례하게 내세웠던 우버를 골탕 먹일 수 있다는 사실이 기뻤다. 대 재앙이 모든 것을 휩쓸어 가 버릴 마당에 이렇게 사소한 일에 분개하다 니. . . . 공작은 쓴웃음이 절로 나오는 것을 어찌할 수 없었다. 그리고 공작은 자신이 참석하지 않은 식사 자리에서 쥴리카가 실망할 것을 생 각하니 미소가 절로 나왔다. 쥴리카는 오늘 오전 내내 얼마나 고통스러 운 긴장감 속에서 애태웠을까! 공작은 그녀가 식사 자리에서 침묵을 지 키며 멍하니 앉아 문을 바라보느라 아무것도 먹지 못하는 장면을 상상 했다. 그러다 문득 배가 조금 고프다는 생각이 들었다. 공작은 옥스퍼 드 학생들을 구하기 위해 그가 할 수 있는 최선을 다해 왔다. 이제는 샌 드위치를 먹으며 허기를 채워야 할 시간이 온 것이다. 공작은 준타 클럽 회관으로 갔다.

식당에서 종을 울리던 공작의 시선이 넬리 오모라의 초상화에 잠시 머물렀다. 그녀의 눈이 책망하듯 공작의 눈을 바라보고 있는 듯했다. 넬리는 험프리 그레든에게서 버림받았을 때 그를 바라보았을 그런 눈 빛으로, 지난밤 자신을 추모하기를 거절했던 공작을 바라보고 있었다.

그렇다. 넬리의 눈빛 외에도 수많은 눈빛들이 공작을 꾸짖듯이 노려 보고 있었다. 식당 벽에는 매년 힐스 앤 손더스 스튜디오에서 찍어 준 준타 클럽의 단체 사진이 쭉 걸려 있었는데, 사진 속 인물들은 크라이 스트처치 칼리지에 있는 사각형 정원인 탐 쿼드 앞에 모여 있었다. 사진 속에서 영원성을 부여받은 준타 클럽 회원들은 어느 모로 보나 젊음과 엄격함을 유지하고 있었다. 하지만 그들 사이에 존재했던 위계질서는 시간이 지나 모든 것이 변한 지금 무의미해 보였다. 그런데 그 사진 속 준타 클럽 회원들은 지금 여느 때보다 엄격한 눈빛으로 공작을 노려보 고 있었다. 사진 속 회원들은 모두 창립자인 험프리가 정해 놓은 방식대 로 대를 이어서 계속하여 넬리 오모라를 충성스럽게 찬양해 왔다. 그러니 지난밤 공작이 일으킨 반란은 그들을 몹시 화나게 했고, 그들은 할 수만 있다면 곧장 액자 속에서 걸어 나왔을 것이다. 연대순으로, 험프리 그레든과 같은 시대를 살았던 1860년대 회원들을 필두로, 공작이 살고 있는 지금의 회원들까지 말이다. 모두들 아주 근사하게 구레나룻을 기르고 넥타이를 맨 모습이었겠지만. . . . 아! 이제는 세월의 풍파로 빛바랜 모습일 것이다. 그 모든 행렬의 맨 끝에는 아마도 그들 중 누구보다 화가 많이 난 공작 자신이 서 있을 터였다. 준타 클럽의 유일한 회원이자 회장이었던 일 년 전의 공작 말이다.

하지만 지금 넬리 오모라의 눈을 바라보고 있는 도싯 공작은 준타 클럽 선배들과 일 년 전의 공작 자신이 보내는 책망 어린 시선에도 뉘우칠 필요를 느끼지 못했다.

"사랑스러운 여인 넬리여, 저를 용서하시오. 제가 미쳤었나 봅니다. 한심하기 짝이 없는 열병의 노예였었지요. 하지만 보시다시피 이제는 모두 지나간 과거랍니다." 공작이 중얼거렸다.

공작은 짐짓 사려 깊은 듯한 말투로 거짓을 정당화하며 말을 이었다. "저의 무례한 발언을 사죄하고자 일부러 여기에 다시 왔습니다."

그러고는 종소리를 듣고 찾아온 웨이터를 향해 말했다. "배렛, 포트 와인 한잔 부탁하오."

공작은 샌드위치 얘기는 아예 꺼내지도 않았다.

공작은 "보시다시피"라는 말을 하면서 한 손은 넬리를 향해 내밀었고 다른 한 손은 가슴 위에 얹었는데, 가슴에서 무엇인가 단단한 것이 만져졌다. 공작은 자신의 가슴팍을 만지작거리며 가슴에서 만져지는 것이 무엇인지 궁금해 하면서 웨이터에게 주문을 했다. 그러다가 공작은 별안간 소리를 지르면서 손을 앞가슴 주머니에 넣더니 드루스 네 약국에서 받아 온 약병을 꺼냈다. 그는 얼른 시계를 꺼냈다. 1시였다. 15분

이나 늦은 것이다. 공작은 정신 나간 사람처럼 웨이터를 다시 불렀다.

"티스푼, 빨리요! 포트와인은 됐고요. 와인 잔과 티스푼을 가져다주시오. 배렛, 상상을 초월하는 긴급 상황이오. 번개처럼 움직여 주시오. 지금요!"

공작은 불안에 휩싸였다. 공작은 설령 맥박을 짚어 본다고 해도 자신이 아무런 진단도 내릴 수 없다는 것을 잘 알면서도 헛되이 맥박을 짚어 보았다. 거울을 통해 공작 자신의 수척해진 모습이 눈에 들어왔다. 배렛이 왜 안 오지?

"두 시간마다 복용하시오." 처방은 확실했다.

공작은 복용 시간을 어김으로써 자신의 목숨을 신들의 손에 바친 것일까? 넬리 오모라가 연민 어린 눈빛으로 공작을 바라보고 있었다. 준타 클럽 선배들은 하나같이 경멸 어린 눈빛으로 준엄하게 공작을 바라보고 있었다.

선배들은 눈빛을 통해 마치 이렇게 말하는 듯했다. "보시다시피, 이것은 지난밤 자네의 모독적인 발언에 대한 응징이오."

공작은 계속해서 격하게 종을 울려 댔다. 그제야 배렛이 허겁지겁 달려왔다. 공작이 구원의 물약을 티스푼에 따라 와인 잔에 붓고는, 잔을 높이 들어올리더니 벽에 걸린 선배들의 사진을 둘러보며 단호한 목소리로 말했다. "선배님들! 최고로 아름다웠고 앞으로도 아름다울 요부 넬리 오모라를 위하여!"

공작은 잔을 비우고 아주 만족스러운 듯 깊은 한숨을 몰아쉬었다. 그는 의아해 하는 배렛을 흘깃 쳐다보았지만 못 본 척하고는 자리에 앉았다.

공작은 이제 양심에 거리낄 것 없이 넬리를 바라볼 수 있게 되어서 기뻤다. 하지만 그녀의 눈빛은 여전히 슬퍼 보였다. 공작을 다시는 볼 수 없을 거라는 생각에, 넬리가 그리도 슬픈 눈빛을 하고 있는 것이라고 그는 생각했다. 넬리의 눈빛이 마치 "당신이 저와 같은 시대에 살았다면, 험프리 그레든이 아니라 당신을 사랑했을 텐데요"라고 공작에게 말을 건네는 것 같기도 했다. 이에 공작은 "제가 당신과 같은 시대에 살았다면, 돕슨 양 따위를 사랑하는 일은 없었을 텐데요"라고 넬리에게 화답했다. 하지만 공작은 지금 넬리 오모라에게 느끼는 애틋한 감정을 줄리카에게도 느꼈었다는 사실을 상기했다. 공작의 자존감을 회복시켜 준 것은 줄리카였다. 공작을 가슴 따뜻하고 완고하지 않은 사람으로 만들어 준 것도 줄리카였다. 그렇다. 그것이 바로 궁극적으로 공작을 괴롭게 하는 일이었다. 하지만 이제 공작은 알게 되었다. 가장 중요한 것은 누군가를 사랑하고 또 사랑받는 일이라는 것을 말이다. 어제까지만 해도, 누군가를 사랑하고 그 사랑을 위해 죽는 것이 더할 나위 없이 행복한 일처럼 보였다. 하지만 이제 공작은 행복의 비결, 비결이기는 하지만 모두가 알고 있는 비결을 알게 되었다. 행복의 비결은 다름 아닌 '서로 사랑하는 것,' 즉, 사랑을 얻기 위해 죽음이라는 자극제가 필요 없는 상태였다. 그러나 공작은 영원히 행복에 이르지 못하고 죽을 운명이었다. 존경, 경의, 그리고 두려움. . . . 사실 공작의 내면에서 싹튼 것은 그러한 감정들뿐이었다. 게다가 공작을 사랑했던 줄리카는 그가 자신을 사랑한다는 이유로 차가운 돌처럼 변해 버렸다. 아무리 비천한 여인일지라도 공작의 죽음에 가슴 아파할 여인이 이 세상 어딘가에 단 한 사람이라도 있다면, 그는 죽음에서 오는 상처가 훨씬 덜할 것이었다. 넬리 오모라가 지금 존재하지 않는다는 것이 얼마나 애석한 일인가!

공작은 갑자기 어제 줄리카가 가볍게 지나가듯 했던 말이 생각났다. 공작의 시중을 드는 하녀이자 하숙집 주인의 딸인 케이티가 공작을 사랑한다고 줄리카가 말했었다. 정말일까? 공작은 그동안 아무런 낌새도 느끼지 못했고, 케이티에게서 어떤 정표 같은 것도 받은 적이 없었다.

한 번도 마음속에 그려 본 적조차 없는 여인에게서 어떤 낌새를 느낄 수 있었겠는가? 케이티가 주제넘게 공작에게 들이대서 그가 낌새를 느끼도록 하지 않았다는 것은, 어쩌면 그녀가 가정교육을 잘 받았다는 뜻일지도 모른다. 훌륭한 뱃치 부인의 딸이 가정교육을 잘 받았을 거라는 추측은 아주 그럴듯하지 않은가?

어쨌든 공작의 삶이, 아니 공작의 죽음이 새로운 국면에 접어들 가능성이 생긴 것이다. 어쩌면 그의 죽음을 애도해 줄 하녀가 있을지도 모르겠다. 공작은 자신의 방에서 점심을 먹기로 마음먹었다.

공작은 넬리의 초상화에 작별 인사를 한 뒤, 테이블에서 약병을 집어 들고 서둘러 밖으로 나왔다. 하늘은 끝도 없이 점점 어두워졌고, 대기는 지옥불처럼 불길한 기운을 띠었다. 하이 가街에는 젊은이들이 한 사람도 보이지 않았는데, 점심시간 치고는 이상하리만치 쓸쓸한 모습이었다. 공작은 다음날에도, 그 다음날에도, 그리고 그 다음날에도 하이 가街는 계속 이런 모습일 것이라고 생각했다. 어쨌든 공작은 자신이 할 수 있는 최선을 다했다. 이제 공작은 조금이나마 자신의 생애의 마지막 시간을 환하게 할 수 있는 자유를 얻게 된 것이다. 하숙집 주인의 딸이 미치도록 보고 싶어진 공작은 걸음을 재촉했다. 공작은 그녀가 어떤 사람인지, 그리고 정말 자신을 사랑하는지 궁금했다.

공작이 거실로 통하는 문을 활짝 열어젖히자, 누군가가 바스락거리더니 소리를 치면서 서둘러 뛰어오는 소리가 들렸다. 쥴리카 돕슨이었다. 그녀는 공작의 바지자락을 부여잡고 울다가 웃다가 또 울었다.

제16장

독자 여러분, 잠시 후 일어날 일을 놓고 공작을 탓하지는 마시라. 난감한 상황을 벗어나려고 할 때 어느 정도의 물리적 힘을 쓰는 것은 불가피하니까 말이다. 공작은 쥴리카에게 놓아 달라고 말했지만 소용이 없었다. 오히려 더 바짝 달라붙을 뿐이었다. 공작은 한 발로 섰다가 얼른 발을 바꿔 서면서 갑자기 방향을 확 틀어 쥴리카에게서 벗어나려 해 보았지만 그것도 소용이 없었다. 그녀는 마치 자석처럼 그에게 찰싹 달라붙어 매달려 있을 뿐이었다. 공작은 선택의 여지가 없었다. 그는 쥴리카의 손목을 움켜잡고 옆으로 밀쳐 낸 뒤, 그녀를 피해 방 쪽으로 움직였다.

하얗고 긴 장갑과 모자가 안락의자에 함께 놓인 채 햇볕을 받고 있는 모습을 보아서는, 쥴리카가 여기에 온 지 꽤 오랜 시간이 흐른 듯 보였다.

쥴리카는 일어나지 않았다. 그녀는 팔로 몸을 지탱한 채 입을 벌리고 숨을 몰아쉬면서, 방금 자신에게 일어난 일을 곱씹어 보고 있는 듯했다. 아직 채 마르지 않은 눈물 사이로, 쥴리카의 눈이 공작을 향해 반짝이고 있었다.

공작이 물었다. "내가 당신에게 무슨 빚이라도 졌기에 이렇게 나를 찾아오셨소?"

"아! 다시 한 번 말씀해 주세요!" 쥴리카가 중얼거렸다. "당신의 목소리는 음악이에요."

그러자 공작이 같은 질문을 반복해서 물었다.

"아! 음악이에요!" 쥴리카가 꿈꾸듯 말했다. 쥴리카가 말을 이었다. "저는 음악에 대해서는 아무것도 모르지만, 제가 어떤 음악을 좋아하는지는 잘 알아요." 이런 게 바로 습관의 힘인가 보다.

"이제 그만 좀 바닥에서 일어나시는 게 좋지 않겠소?" 공작이 말했다. "문이 열려 있소. 누가 지나가다가 당신을 볼 수도 있단 말입니다."

그러자 쥴리카가 손바닥으로 카펫을 부드럽게 쓰다듬었다. "아! 행복한 카펫이여!" 쥴리카가 노래했다. "아! 사랑하는 내 님이 밟으실 이 카펫을 짜서 만든 그 여인네들은 행복하겠구나. 하지만 잘 들어라! 내 님께서 자기 노예인 나에게 일어나 자기 앞에 서라고 명하시네!"

그러고는 쥴리카가 몸을 일으키자, 누군가가 문 앞에 나타났다. "실례합니다, 공작님. 방 안에서 점심 식사를 하실 건지 어머니가 공작님께 여쭤 보라고 하셔서요."

"예, 그럴 거요." 공작이 말했다. "준비가 되면 종을 울리겠소." 그 순간 공작은 어쩌면 자신을 사랑하고 있는지도 모르는 이 여인이 어느 모로 보나 보기 드문 미인이라는 사실을 깨닫게 되었다.

"저기. . . ." 케이티가 주저하며 말을 꺼냈다. "돕슨 양도 식사를 함께 하실 건지. . . ?"

"아니오." 공작이 대답했다. "혼자서 식사할 겁니다."

작별 인사를 하듯 쥴리카를 흘낏 바라보는 케이티의 눈빛은 '저는 공작님을 진심으로 사랑하고 있어요'라고 공작에게 말하는 듯했다. 그로 인해 공작은 불쾌하고 증오스러운 손님 쥴리카가 못 견디게 더 싫어졌다.

"저에게서 벗어나기를 원하시나요?" 케이티가 자리를 뜨자 쥴리카가 물었다.

"무례하게 굴고 싶은 마음은 없지만 . . . 당신이 대답하라고 한다면. . . . 예, 그렇소."

"그럼 저를 끌고 가서 저 창문 밖으로 던져 버리시지 그러세요?" 쥴리카가 뒤편에 있는 창문을 손으로 가리키며 소리쳤다.

그러자 공작이 차갑게 미소 지었다.

"제 말이 진심이 아닌 것처럼 들리세요? 제가 몸부림치며 버틸 거라고 생각하세요? 저를 던져 버리세요." 마치 자신을 들어서 던져 버리라는 듯, 쥴리카는 힘을 뺀 채로 몸을 흐물흐물 축 늘어뜨렸다. "던져 버리라니까요." 쥴리카가 거듭 말했다.

"이 모든 게 아주 잘 짜인 각본 같군요." 공작이 말했다. "계획대로 잘 해내셨어요. 하지만 쓸데없는 짓입니다."

"무슨 말씀이세요?"

"일단 마음을 좀 가라앉히시오. 나는 내가 한 약속을 어기지 않을 거라는 뜻입니다."

쥴리카가 얼굴을 붉히며 말했다. "정말 잔인하시군요. 저는 세상 전부라도 걸 작정이었는데. . . . 당신에게 그런 혐오스런 편지를 쓰는 게 아니었어요. 그 따위 편지는 잊어 주세요. 제발 잊어 주세요!"

그러자 공작이 쥴리카를 근엄한 표정으로 쳐다보며 물었다. "그럼 내가 한 약속에서 나를 해방시켜 주시겠다는 뜻입니까?"

"당신을 해방시킨다고요? 마치 그 약속에 꼼짝없이 얽매여 있기라도 한 것처럼 말씀하시네요! 절 괴롭히지 마세요!"

공작은 쥴리카가 도대체 무슨 수작을 부리고 있는 것인지 궁금했다. 하지만 그녀가 겪고 있는 극심한 괴로움만큼은 정말 진심인 듯했다. 만약 그것이 진심이라면. . . . 공작은 쥴리카를 빤히 쳐다보았다. 숨이 턱하고 막혀 왔다. 그렇다면 그것을 설명할 수 있는 방법은 단 한 가지 밖에 없었다. 공작은 그것을 말로 옮겼다. "나를 사랑하시오?"

"저의 온 마음을 다해서요."

공작은 가슴이 뛰었다. 쥴리카가 진심으로 하는 말이라면, 공작은 사실상 그녀에게 복수를 한 셈이었다.

"나에게 증거를 보여 줄 수 있소?" 공작이 물었다.

"증거요? 남자들에게는 직감이라는 것도 없나 보죠? 증거가 필요하시다면 증거를 만드세요. 제 귀걸이는 어디 있죠?"

"귀걸이 말이오? 그건 왜요?"

쥴리카가 조바심을 내며 블라우스 앞섶에 달린 하얀 진주 두 개를 손가락으로 가리키며 말했다. "이건 당신의 진주 장신구예요. 오늘 아침에야 이 진주 장신구의 변화를 알아챘어요."

"당신이 그 진주 장신구를 가져갔을 때는 검은색과 분홍색 아니었소?"

"맞아요. 그리곤 제가 이 진주 장신구를 가지고 있다는 사실을 까맣게 잊고 있었어요. 옷을 벗다가 카펫에 떨어뜨렸나 봐요. 멜리상드가 오늘 아침 제가 입을 옷을 준비해 주다가 이 진주 장신구를 발견했어요. 멜리상드가 저의 첫 번째 편지를 당신에게 전해 주고 막 돌아온 뒤에 일어난 일이었어요. 저는 아주 혼란스러웠어요. 의문이 생겼죠. 이제 더이상 당신의 것이 아니라는 이유만으로, 이 진주 장신구가 원래 상태로 돌아갔을 리 없잖아요. 사랑하는 공작님, 그래서 저는 당신에게 다시 편지를 쓴 거예요. 정말 미친 듯이 짧은 편지를 써 내려갔죠. 제가 쓴 편지를 당신이 찢어 버렸다는 얘기를 전해 듣는 순간, 저는 깨달았어요.

그 진주 장신구가 나에게 거짓말을 한 게 아니었구나 하는 생각이 들었죠. 저는 대충 몸단장을 하고는 한걸음에 당신에게 달려왔어요. 제가 여기서 얼마나 오랫동안 당신을 기다린 줄 아세요?"

공작이 조끼 주머니에서 쥴리카의 귀걸이를 꺼내서 손바닥 위에 올려놓고는 한참을 바라보았다. 그렇다. 귀걸이가 두 개 모두 하얗게 변해 있었다. 공작은 귀걸이를 테이블 위에 내려놓았다. "가져가시오." 공작이 말했다.

"아니에요." 쥴리카가 몸서리를 쳤다. "한때 두 개 다 검은색이었다는 걸 저는 결코 잊을 수가 없어요." 쥴리카가 귀걸이를 벽난로 안으로 내던졌다. "오! 존!"[79] 쥴리카가 공작 앞에 다시 무릎을 꿇으며 소리쳤다. "저도 정말 제가 저지른 일을 잊고 싶어요. 속죄하고 싶어요. 당신은 저를 당신의 인생에서 밀어낼 수 있다고 생각하죠. 아니오, 당신은 그럴 수 없어요. 사랑하는 공작님, 당신이 설마 저를 죽이지는 않으실 테니까요. 저는 평생 당신을 따라다니면서, 이렇게 당신 앞에 무릎 꿇고 속죄하면서 살아갈 거예요."

공작이 팔짱을 낀 채로 쥴리카를 내려다보았다. "나는 내가 한 약속을 어기지 않을 겁니다." 공작이 같은 말을 반복했다. 그러자 쥴리카가 자신의 귀를 틀어막았다. 공작은 근엄한 미소를 띠며 앞가슴 주머니에서 작은 쪽지 하나를 꺼내더니 쥴리카에게 건넸다. 공작의 집사가 그에게 보낸 전보였다. 쥴리카는 전보를 읽었다. 공작은 근엄한 미소를 띤 채, 쥴리카가 그것을 읽고 있는 모습을 지켜보았다. 쥴리카는 휘둥그레진 눈으로 공작을 올려다보았고, 무언가 말을 하려고 애쓰다가 의식을 잃고 쓰러졌다. 공작이 미처 예상하지 못한 상황이었다. 그는 쥴리카가

---

79) John: 귀족 연감에 기재되어 있는 도싯 공작의 이름.

감정도 없는 인간이라고 생각했던 걸까?

"도와줘요!" 공작이 얼이 빠진 듯 소리치더니 무턱대고 자기 침실로 달려갔다. 그러고는 이내 주전자를 들고 나타났다. 공작은 손을 물에 살짝 담갔다가, 위로 젖혀진 쥴리카의 얼굴에 뿌렸다. 이슬을 머금은 하얀 장미? 그보다 더 강렬한 비유들이 공작의 머릿속을 맴돌았다. 공작은 다시 손에 물을 적셔 쥴리카의 얼굴에 뿌렸다. 그녀의 얼굴 위에서 물방울이 퍼지면서 서로 섞이더니 이제 개울물처럼 흘러내렸다. 공작이 다시 손에 물을 적셔 이번에는 쥴리카의 얼굴에 거칠게 뿌렸다. 그때 끔찍한 죽음의 징조가 공작의 머릿속에 떠올라, 그는 소스라치게 놀랐다.

그때 쥴리카가 마침내 눈을 떴다. "여기가 어디죠?" 쥴리카가 한쪽 팔꿈치를 바닥에 짚고 힘없이 몸을 일으키며 물었다. 쥴리카를 향한 공작의 증오심은 그 끔찍한 죽음의 징조가 머릿속에 떠올랐을 때 이미 다시 활활 타오르기 시작했을 것이다. 하지만 그렇지 않았다면, 쥴리카가 의식을 되찾은 지금 다시 활활 타오르기 시작했을 것이다. 쥴리카는 손으로 얼굴을 만져 보고는 물기 어린 손바닥을 의아한 듯 바라보더니, 이내 공작을 쳐다보았고 그의 옆에 놓인 주전자를 발견했다. 그 순간 쥴리카의 머릿속에도 그 끔찍한 죽음의 징조가 떠오른 듯했다.

쥴리카가 힘없이 미소 지으며 말했다. "존, 이제 우린 끝난 거죠, 그렇죠?" 쥴리카의 실없는 농담을 들은 공작은 무표정한 얼굴로 그녀를 바라보았는데, 그의 얼굴은 화가 나서 빨갛게 달아올라 있었다.

의식을 잃고 쓰러지기 전의 기억들이 쥴리카에게 물밀듯이 요란스럽게 밀려들었다. "아! 그렇지! 올빼미들, 올빼미들!" 쥴리카가 휘청거리며 일어나면서 소리쳤다.

이제 복수는 공작의 것이었다. "그렇소." 공작이 말했다. "그것은 당신이 기억해야 할, 피할 수 없는 엄연한 사실입니다. 올빼미들이 울었소. 신들이 나를 부른 거죠. 오늘 당신의 소원이 이뤄지겠군요."

"올빼미들이 울었다고요? 신들이 당신을 불렀다고요? 오늘.... 오! 존! 그럴 순 없어요! 하늘이시여, 저에게 자비를 베풀어 주소서!"

"그렇소. 언제나 틀림없는 그 올빼미들이 울었지요. 언제나 무자비하고 얄궂은 신들이 나를 불렀다고요. 돕슨 양, 그건 어쩔 수 없는 일입니다." 그러더니 공작은 회중시계를 흘끗 들여다보면서 말을 이었다. "당신이 잊어버렸을까 봐 말해 주는데, 당신 오늘 맥퀀 경과 점심 식사를 함께하기로 했잖소. 그가 기다리겠군요."

"당신답지 않게 왜 그런 말씀을 하세요." 무슨 그런 바보 같은 말을 하느냐는 눈빛으로 쥴리카가 공작을 바라보며 말했다.

"돕슨 양, 당신은 맥퀀 경에게 점심 식사를 함께하지 못할 거라는 뜻을 전했소?"

"아니오, 저는 그분에 대해서는 완전히 잊고 있었어요."

"그거야말로 당신답지 않은 행동이군요. 어쨌든 맥퀀 경도 여느 수많은 남자들처럼 당신을 위해 죽으려고 하는 사람입니다. 아시다시피, 나도 그 수많은 남자들 중 한 사람에 불과하고요. 균형 있게 생각하셔야죠."

"만약 제가 오늘 맥퀀 경과 점심 식사를 함께한다면...." 쥴리카가 잠시 멈칫하더니 말을 이었다. "그 때문에 당신 기분이 나쁠 수도 있잖아요. 제가 어제 당신에게 저지른 죄가 큰 만큼이나, 오늘 당신에 대한 저의 사랑도 아주 커요. 반면 저에 대한 증오에 빠져 있는 당신은 아주 속이 좁아 보여요. 제가 아주 무심하다고 생각했던 당신의 언행들은 단지 아주 하찮은 증오였을 뿐이죠.... 아, 제가 당신에게 상처를 줬나요? 비참한 처지에 아무 말이나 지껄이고 있는 이 나약한 여자를 용서해 주세요. 오! 존! 존! 당신이 속이 좁아 보인다고 제가 생각한 것은, 당

신에 대한 연민의 왕관을 쓴 저의 사랑이라고 생각해 주세요. 당신을 존이라고 부르지 못하게 하지 말아 주세요. 여기서 당신을 기다리는 동안 귀족 연감에서 당신을 찾아봤어요. 그러면서 당신에게 더 친근함을 느끼게 되었어요. 당신도 이름이 아주 많더군요. 어제 여기 이 방에서 당신이 저에게 했던 말들이 생각나요. 아직 24시간도 채 지나지 않은 일이건만, 몇 년 전 일처럼 느껴져요!" 쥴리카는 지나치게 흥분한 태도로 웃어 댔다. "존, 제가 왜 말을 멈추지 않는지 아세요? 차마 생각할 용기가 나지 않아서 그래요."

"저기 베일리얼 칼리지로 가시면, 여기 주더스 칼리지에서보다는 나의 죽음을 쉽게 잊으실 수 있을 거요." 공작이 정중하게 말했다. 그는 안락의자에서 쥴리카의 모자와 장갑을 집어 들어 조심스럽게 그녀에게 건넸다. 하지만 쥴리카는 받지 않았다.

"시간을 3분 드리겠소." 공작이 쥴리카에게 말했다. "2분은 거울 앞에서 몸단장하시는 시간이고, 1분은 나와 작별 인사를 하시고 현관 밖으로 나가시는 시간입니다."

"제가 거절하면요?"

"당신은 거절하지 않을 겁니다."

"거절하면요?"

"경찰을 부를 거요."

쥴리카가 공작의 얼굴을 빤히 들여다보았다. "알겠어요." 쥴리카가 천천히 말했다. "정말 경찰이라도 부르실 기세네요." 쥴리카가 공작에게서 모자와 장갑을 건네받아 거울 옆에 놓았다. 그녀의 곱슬머리는 여전히 물에 젖어 번들거리고 있었다. 쥴리카는 손을 높이 쳐들어 숱 많은 머리를 정리하고는 모자를 썼다. 그러고는 목과 허리춤을 몇 번 재빠르게 매만지더니 장갑을 끼고 공작을 향해 휙 돌아섰다. "보세요!" 쥴리카가 말했다. "금방 끝냈죠."

"굉장하군요." 공작이 말했다.

"존, 눈 깜짝할 사이에 끝마쳤어요. 저의 영혼도 덩달아 빠르게 움직였어요. 당신은 제가 모자 쓰는 모습을 지켜보셨죠. 하지만 당신에 대한 연민의 왕관을 쓴 저의 사랑은 보지 못하셨죠. 그리고 제가 그 연민의 왕관을 저의 사랑에 끈으로 질끈 동여매는 것도 보지 못하셨죠. 그리고 제가 결국에는 연민의 왕관을 쓴 저의 사랑을 내팽개치는 것도, 저의 삶을 짓이겨 사랑을 토해 내는 것도 보지 못하셨죠. 아! 존! 그건 정말이지 피도 눈물도 없는 짓이었어요! 하지만 그렇게 해야만 했어요. 저로서는 달리 방법이 없었으니까요. 그래서 당신이 저에게 분별없이 말씀하신 대로 균형 있게 생각하기로 했고, 당신 모습을 보면서 마음을 독하게 먹기로 했어요. 당신이 저를 위해 죽으려고 하는 수많은 남자들 중 한 사람에 불과하다고요? 맞아요. 당신은 그 수많은 남자들 중에 아마도 가장 무뚝뚝한 분일걸요. 어쨌든 저는 이제 괜찮아요. 그나저나 베일리얼 칼리지가 어디죠? 여기서 많이 먼가요?"

"멀지 않소." 공작이 살짝 잠긴 목소리로 대답했다. 공작은 마치 탁월한 손놀림으로 나무랄 데 없는 솜씨를 선보이다가, 승부를 가리는 마지막 판에서 무너져 버린—젠장!—노름꾼 같았다.

"베일리얼 칼리지는 여기서 아주 가깝습니다. 이 거리 끝에 있지요. 제가 현관에서 길을 알려 드리겠습니다."

그렇다. 공작은 자신의 감정을 잘 조절했다. 하지만 공작은 감정 조절을 잘 했다고 하더라도, 자신의 어리석음을 숨기지는 못했다는 생각이 들면서 격한 감정에 휩싸였다. 그럼 공작은 뭐라고 말해야 했을까? 공작은 의기양양한 쥴리카를 따라 아래층으로 내려가면서, 계단의 정령에게 자신을 도와 달라고 기도했다.

"그나저나 저를 위해 죽지 않겠다고 다른 사람들에게도 말씀하셨나요?" 공작이 베일리얼 칼리지까지 가는 길을 설명하자 쥴리카가 물었다.

"아니오, 말하고 싶지 않았습니다." 공작이 대답했다.

"그럼 세상 사람들은 아직도 당신이 저를 위해 죽을 것으로 알고 있겠네요? 어쨌든 끝이 좋으면 다 좋은 법이죠. 여기서 작별 인사를 할까요? 저는 주더스 바지선으로 갈 거예요. 어제처럼 경기를 보러 군중들이 많이 몰려들겠죠?"

"그럼요. 에이트 대회의 마지막 밤에는 늘 군중들이 많이 몰려들기 마련이죠. 잘 가요."

"속이 좁디좁은 존이여, 그럼 잘 있어요." 쥴리카가 공작을 향해 마지막 인사말을 남겼다.

제17장

쥴리카가 했던 마지막 말이 꼭 필요한 말이었다면, 공작은 그녀가 그 말을 내뱉을 자격이 없다고 생각하지는 않았을 것이다. 하지만 그것은 할 필요가 없는, 쓸데없는 말이었고, 그래서 공작을 분하게 했다. 그 말만 하지 않았더라면, 공작은 쥴리카에게 완벽한 승리를 거두었을 텐데 말이다. 그렇다. 쥴리카는 공작도 모르는 사이에 그에게 반격을 하였고, 공작은 그에 대응하여 총 한 발 쏘지 못한 셈이었다. 계단의 정령. . . . 공작은 위층으로 올라가면서 문득 그런 생각이 들었다. 자신이 쥴리카에게 승리를 거두지는 못하더라도, 그녀의 손이라도 와락 붙잡을 수 있지 않았을까 하는 생각 말이다. 공작은 그저 큰 소리로 웃을 뿐이었다.

"최고야! 멋지다! 당신은 진정 나를 바보로 만들 자격이 있소. 아! 하지만 나를 향한 당신의 사랑만큼은 숨길 수 없을 거요. 나의 가엾은 여인 쥴리카여! 지금 이 순간 나를 향한 당신의 사랑은 케이티의 사랑보다 열렬합니다."

가만있자! 만약 쥴리카가 사랑을 단념한 척했던 것이라면 어떡하지? 공작이 방문턱에 멈추어 섰다. 공작은 갑작스럽게 그런 의혹이 들자 자신이 기회를 놓친 것은 아닐까 싶어 끔찍한 생각이 들었다. 그런 의혹은 그에게 중요한 문제였다. 쥴리카가 사랑을 단념한 척했다는 것보다 더 그럴듯한 일은 무엇일까? 그런데 공작은 이전에 직감이 없다며 쥴리카로부터 힐책을 당한 적이 있지 않았던가. 그리고 공작은 쥴리카가 그

를 사랑하는 것이 확실했던 때에도 그녀의 사랑을 눈치채지 못했던 사람 아니었던가. 그러니 공작은 진주가 나타내는 사랑의 증거가 필요했다. 그렇지! 진주! 진주가 쥴리카의 감정을 드러내 줄 것이다. 공작은 서둘러 벽난로 쪽으로 다가갔고, 거기서 이내 진주 귀걸이 한쪽을 발견했다. 하얀색? 약간 붉은 기운이 돌기는 했지만, 그것은 분명 하얀색이었다. 공작은 다른 한쪽 귀걸이를 찾기 위해서 벽난로 아래쪽을 유심히 살폈다. 그는 거기에서 다른 한쪽 귀걸이를 발견했는데, 벽난로 주위를 두르고 있는 검은색 납틀 위에 있어서 뚜렷이 구분이 되지는 않았다.

공작은 귀걸이를 외면했다. 제멋대로인 여자 쥴리카를 방에서 몰아내듯이, 그렇게 그녀를 마음에서 떨쳐 버리지 못하는 자신이 원망스러웠다. 아! 사향액 한 방울과 양귀비가 있다면 좋으련만! 주전자는 쥴리카와의 끔찍했던 일을 상기시키며 덩그러니 놓여 있었다. 공작은 주전자를 얼른 침실로 치워 버리고는 손을 씻었다. 쥴리카를 만진 손을 씻는 행위는 몸과 마음을 정화시키는 일종의 세정식洗淨式과 같은 상징적 의미를 띠었다.

사향액? 양귀비? 케이티를 부르면 그보다 더 달콤한 향수와 강한 진통제의 효과를 얻을 수 있지 않을까? 공작이 마치 어루만지듯이 종을 울렸다.

계단을 올라오는 달그락거리는 그릇 소리에도 공작은 심장이 뛰었다. 공작을 사랑하는 여인, 공작이 죽으면 마음 아파할 여인이 오고 있었다. 하지만 공작의 방문으로 음식을 담은 쟁반이 먼저 그의 눈에 들어왔고, 케이티는 나중이었다. 공작의 눈에 들어온 순서도 그러했지만, 공작의 마음속에서도 음식을 담은 쟁반이 먼저였고 케이티는 뒷전이었다. 고된 아침 시간을 보내고 점심 식사가 두 차례나 연기된 터라, 케이티가 들고 온 점심 식사에 공작은 더 이상 극심한 허기를 참을 수 없었다.

케이티가 테이블보를 놓는 동안, 공작은 그녀가 자신을 사랑한다는 증거가 아주 엉성하다는 생각이 들었다. 그래, 케이티가 공작을 사랑하는, 뭐 그런 건 절대 아니었다고 가정해 보자. 조금 전 준타 클럽 회관에서 공작은 그녀에게 자신을 사랑하는지 물어보는 것이 힘들 거라고는 전혀 생각하지 못했었다. 하지만 공작은 지금 쑥스러워 어찌할 바를 몰라 하고 있었다. 이유는 알 수 없었다. 넬리 오모라에게도 우아한 말들을 청산유수처럼 쏟아냈던 그였다. 하지만 호프너가 그린 정밀화 속의 넬리와 실재하는 케이티는 전혀 달랐다. 어쨌든 공작은 음식으로 배를 채우는 것이 먼저였다. 공작은 뱃치 부인이 차가운 연어보다는 뭔가 열량이 높은 음식을 올려 보냈으면 좋겠다고 생각했다.

공작은 케이티에게 후식이 무엇인지 물었다.

"비둘기 파이에요, 공작님."

"식은 거야? 그럼 어머니께 오븐에 좀 데워 달라고 해 줘. 빨리. 그 다음엔 뭐가 있지?"

"커스터드푸딩이 있어요, 공작님."

"그것도 식은 거야? 그럼 그것도 데워 줘. 그리고 샴페인 한 병도 부탁해. 포트와인도 한 병."

지금까지 공작은 늘 와인을 마시고도 잘 취하지 않았다. 하지만 오늘은 이제껏 겪어 온 모든 충격적인 일들과, 마음 단단히 먹고 버텨 온 중압감, 그리고 감기 때문에, 자신이 어쩌면 많이 약해져 있을지도 모른다고 공작은 생각했다. 그래서 오늘은 술에 얼근하게 취한 친구들에게서 이따금씩 보아 왔던 알딸딸한 홍조를 공작 자신이 경험하게 될 것 같았다.

공작은 케이티에게 걸었던 기대를 아직 완전히 포기하지는 않았다. 공작이 식사를 거의 마치고 마지막 샴페인 방울이 잔에서 반짝거리며 흘러내리자, 쥘리카가 그에게 했던 말들은 힘을 잃었다. 그녀가 공작에게 했던 말들에는 그에 대한 비난이 담겨 있었기에, 공작의 마음에 오래도록 맺혀 있었다. 하지만 공작은 그로 인해 더는 괴롭지 않았다. 이제 공작은 화가 난 쥘리카가 자신에게 무례하게 굴어도, 삼류 마술사 쥘리카가 짜증을 내며 자신에게 꺼져 버리라고 말해도 미소 지을 수 있을 것 같았다. 공작은 어쩌면 자신이 쥘리카에게 너무 가혹하게 굴었는지도 모르겠다는 생각이 들었다. 쥘리카가 했던 모든 잘못에도 불구하고, 어쨌든 그녀는 공작을 흠모하는 여인이었지 않은가. 그렇다. 공작은 너무 독선적이었다. 그에게는 천성적으로 잔인한 피가 흐르는 듯했다. 가엾은 쥘리카! 공작은 쥘리카가 자신에 대한 사랑의 열병을 어떻게든 억누른 것이 그녀를 위해서도 잘된 일이라고 생각했다. 이제는 식사 시중을 들어 주는 아름답고 온순한 여인에게 사랑받는 것만으로도 공작은 충분했다. 공작은 곧 케이티를 불러 그릇을 치워 달라고 하면서, 그녀가 자신에게 품고 있는 감정에 대해 물어볼 작정이었다.

공작은 포트와인을 두 잔째 따라서 홀짝거리며 마시다가 벌컥벌컥 마셔 버리고는 세 번째 잔을 따랐다. 공작이 와인 병을 바라보는 동안, 아주 오래 전에 와인 제조업자가 와인 병 안에 봉해 놓았던 풍부한 햇살이 빠져나와 그의 영혼을 기쁘게 했다. 어두컴컴한 잿빛 날씨로 인해, 공작은 오히려 그 풍부한 햇살을 만끽할 수 있었다. 그 다정한 여인 케이티의 마음속에 봉해져 있던, 공작을 향한 사랑 또한 그렇게 빠져나오겠지? 공작도 케이티의 사랑에 대한 보답으로 그녀를 사랑하게 될까...? 안 될 게 뭐가 있겠는가?

지난날,
눈처럼 새하얀 얼굴을 한 노예 소녀 브리세이스가
오만한 아킬레우스의 마음을 사로잡지 않았는가.

하지만 공작은 케이티에게 자신에 대한 사랑을 고백할 것을 품위 있게 청할 뿐, 그 사랑에 대한 보답으로 그녀에게 달리 줄 것이 없었다. 하지만... 하지만... 공작이 아무리 케이티에게 속마음을 털어놓을 기분이었다고 해도, 그녀의 존재에 감사하는 것 말고는 그녀에게 그 이상의 감정을 느끼는 척할 수는 없는 노릇이었다. 공작이 케이티에게 호감을 갖는 척한다고? 그것은 안 될 말이었다. 케이티가 그간 공작에게 베푼 친절을 생각하면, 그녀를 기만하는 것은 너무나 비천한 보답이 될 터였다. 게다가 그러한 기만은 케이티를 우쭐하게 할지도 몰랐다. 감사를 표하는 작은 징표, 공작 자신을 추억하게 할 수 있는 값싼 장신구 정도가 그가 케이티에게 줄 수 있는 전부였다. 그럼 어떤 장신구가 좋을까? 케이티가 넥타이핀을 좋아할까? 여자에게 넥타이핀을 선물하는 것은 이상한 것 같은데.... 아니면 진주 장신구들은 어떨까? 그것도 이상한데. . . . 아! 적당한 것이 있다. 말 그대로 하늘이 도와서 벽난로에 귀걸이 한 쌍이 있지 않은가!

공작은 벽난로에서 분홍진주와 흑진주 귀걸이를 꺼내고는 종을 울렸다.

공작이 알고 있는 예법에 따르면, 그가 귀걸이를 건네주기 전에 케이티가 테이블을 치우는 것이 먼저였다. 만약 케이티가 공작에게 사랑을 고백하고 그에게서 귀걸이와 작별 인사를 받은 뒤 테이블을 치운다면, 그 진지한 분위기의 품격이 갑자기 떨어지는 바람에 두 사람 모두 당황스러울 터였다.

하지만 식탁을 치우고 있는 케이티를 지켜보면서, 공작은 그녀가 좀 더 빨리 움직여 주면 좋겠다고 생각했다. 공작의 마음속 불빛이 순식간에 식어가는 것을 느꼈기 때문이다. 공작은 케이티가 찬장에 집어넣고 있는 와인 병에서 와인을 세 잔 정도 더 따라 마시면 좋겠다는 생각이 들었다.

'확신이 서지 않는 나의 마음을 따라서 마셔 버리자! 그녀와 나 사이의 신분의 차이도 따라서 마셔 버리자!'

그 순간이 가까이 다가왔다. 공작이 케이티에게 귀걸이를 건넬 것인가? 이제 케이티는 테이블보를 개어서 나가려 하고 있었다.

"잠깐!" 공작이 말했다. "할 말이 있어."

케이티가 고개를 돌려 공작을 바라보았다.

공작이 케이티의 눈을 똑바로 바라보았다.

"나는. . . 네가 나에게 존경하는 마음 이상의 감정을 갖고 있다고 알고 있어. 맞니?" 공작이 부자연스러운 목소리로 물었다

케이티는 당황한 듯 얼굴을 붉히며 뒷걸음질 쳤다.

"아니, 당황할 필요 없어. 네가 나의 천박한 호기심을 용서해 주리라 믿어. 네가. . . 나를 사랑한다는 게 사실이야?" 이제는 그 일을 어떻게

든 겪어 내야만 하는 공작이 물었다.

케이티는 무언가 말하려고 했지만, 할 수 없었다. 다만 고개를 끄덕일 뿐이었다.

공작은 크게 안도하면서 케이티에게 가까이 다가갔다.

"이름이 뭐니?" 공작이 다정하게 물었다.

"케이티에요." 그녀가 간신히 말을 내뱉었다.

"음, 케이티, 나를 언제부터 사랑했니?"

"처음 뵀을 때부터요." 케이티가 떨리는 목소리로 대답했다. "공작님이 처음 저희 집에 오셨을 때부터요."

"물론 여기 하숙생들을 곧잘 좋아한 건 아니겠지?"

"아니에요."

"그럼 내가 너의 마음을 가져간 첫 번째 남자라고 생각해도 될까?"

"예." 이제 케이티는 얼굴이 아주 창백해져 고통스럽게 몸을 떨고 있었다.

"나를 사랑하는 너의 마음에 전혀 사심이 없다고 생각해도 될까. . . ? 내 말 뜻을 알겠어? 그럼 다르게 물어볼게. 나를 사랑하면서, 내가 너의 사랑에 화답할 거라고 한번이라도 생각해 본 적 있니?"

케이티는 곧바로 공작을 쳐다보았다. 하지만 이내 눈꺼풀이 떨리며, 그녀는 다시 시선을 내리깔았다.

"어서 말해 봐!" 공작이 재촉했다. "내 질문은 단순해. 케이티, 내가 너를 사랑하게 될 거라고 잠깐이라도 생각해 본 적이 있는지 묻는 거야."

"없어요." 케이티가 속삭이듯 대답했다. "그런 기대는 감히 해 본 적도 없어요."

"정확히 말하자면, 나를 사랑함으로써 어떤 대가를 얻으리라고는 기대조차 해 본 적이 없다는 뜻이겠지." 공작이 말했다. "내 마음을 얻기 위해 어떤 계략을 짜 본 적도 없었고, 공작부인이 되어 그동안 네가 거들떠보지도 못했던 멋진 드레스를 입으리라는 기대 따위는 품어 본 적도 없다는 뜻이잖아. 좋아. 난 정말 감동했어. 나를 이렇게 순수한 마음으로 사랑해 준 여자는 네가 처음이야."

"아니지." 공작이 중얼거리며 말을 이었다. "처음은 아니고 두 번째구나. 그리고 그 여자는 . . . 이미 내게 답을 주었지."

공작이 곁에 있는 케이티를 지켜보며 힘주어 물었다. "만약에 내가 너를 사랑한다고 말하면, 너도 나에 대한 사랑을 거둘 거니?"

"아! 공작님!" 케이티가 소리쳤다. "제가 감히 어떻게. . . !"

"됐어!" 공작이 말했다. "이것으로 내 질문은 끝났어. 너에게 주고 싶은 게 있어. 너 귀걸이 하니?"

"예, 공작님."

"그럼, 케이티, 이 선물을 받아 주면 좋겠어." 공작은 그렇게 말하면서 케이티의 손에 흑진주와 분홍진주 귀걸이를 건네주었다. 그녀는 그 귀걸이들을 보는 순간 온갖 감정들이 다 사라졌다. 케이티는 정신이 온통 그 귀걸이들에 쏠려 다른 것들은 신경도 쓰이지 않았다.

"어머!" 케이티가 놀라서 소리쳤다.

"나를 위해 그 귀걸이들을 늘 귀에 걸고 다니면 좋겠어." 공작이 말했다.

케이티는 "어머!"라는 한마디 말로 자신의 감정을 표현했다. 그밖에 다른 말은 나오지 않았다. 케이티의 두 눈에는 눈물이 그렁그렁했다. 눈물이 앞을 가려 진주는 보이지도 않았다. 어제까지만 해도 다른 여자를 사랑했던 공작이 자신을 사랑한다는 징표로 선물한 진주 귀걸이들을 보면서 케이티는 머릿속이 혼란스러웠다. 그 모든 일이 너무나 갑작스러웠지만, 한편으로는 황홀하기도 했다. 깃털 하나로도 케이티를 쓰러뜨릴 수 있을 정도였다. (그녀는 그로부터 오랜 시간이 지난 후에도 여전히 그렇게 말하곤 한다.) 케이티가 동요하는 것을 본 공작은 의자를 가리키며 그녀에게 앉으라고 말했다.

케이티는 의자에 앉으니 머릿속이 한결 맑아졌다. 하지만 점점 의구심이 들면서 불안해졌다. 케이티는 귀걸이들을 본 다음 공작을 쳐다보았다.

"그거 진짜 진주 맞아." 공작은 케이티의 눈에 깃든 의구심을 잘못 이해하고 불쑥 말을 내뱉었다.

"그런 게 아니에요." 케이티의 목소리가 떨렸다. "그건 . . . 그건. . . ."

"돕슨 양이 내게 준 것 아니냐고?"

"아, 예! 돕슨 양이 공작님께 드린 것 맞죠? 그렇다면. . . ."

케이티가 일어나더니 진주 귀걸이들을 바닥에 내던졌다.

"제가 이 귀걸이들을 받을 이유가 없는 것 같네요. 저는 돕슨 양을 몹시 싫어하거든요."

"그건 나도 마찬가지야." 공작이 당당하게 말했다.

그러더니 공작이 서둘러 말을 이었다. "아니야, 나는 쥴리카를 싫어하지 않아. 내가 한 말은 잊어 주렴."

케이티는 불현듯 그 진주 귀걸이들을 쥴리카에게 돌려주면 그녀가 몹시 불쾌해 할 거라는 생각이 들었다. 그래서 케이티는 바닥에서 진주 귀걸이들을 집어 들었다.

"저는 고작 . . . 고작. . . ."

케이티는 마음속에서 다시 의구심이 고개를 들어 괴로웠다. 그녀는 진주 귀걸이에서 눈을 돌려 공작을 바라보았다.

"계속 말해 보렴." 공작이 말했다.

"아! 저를 데리고 장난치시는 건 아니죠, 그렇죠? 저에게 해를 끼치시려는 건 아니겠죠, 그렇죠? 저는 가정교육을 잘 받고 자랐답니다. 그래서 저는 무엇을 조심해야 하는지에 대해서도 배웠어요. 공작님이 저에게 하신 말씀은 너무 낯설게 들려요. 당신은 공작님이시고, 저는 고작. . . ."

"자신을 낮추는 것도 귀족의 특권이지."

"예, 그래요." 케이티가 소리쳤다. "알겠어요. 아! 당신을 의심하다니 저는 참 못된 여자 같아요. 사랑은 모든 걸 동등하게 만들죠, 그렇죠? 사랑도 그렇고, 학교도 마찬가지에요. 우리는 신분이 하늘과 땅 사이만큼이나 크지만, 저는 저의 신분에서 받을 수 있는 수준의 교육보다 훨씬 많은 교육을 받았답니다. 저는 대부분의 숙녀들보다 더 많이 배웠어요. 열네 살에 이미 7학년 시험을 통과했어요. 학교에서 가장 똑똑한 학생들 중 하나로 손꼽혔죠. 지금까지도 저는 계속 공부를 하고 있어요."

케이티가 침을 튀며 말을 이어 나갔다. "저는 자투리 시간도 잘 활용한답니다. 최고의 명저 100선 중에서 27권이나 읽었어요. 식물도 키우고, 피아노도 잘 쳐요. . . ."

케이티가 갑자기 말을 멈추었다. 그녀가 피아노 연주를 할 때면 늘 공작이 종을 울려 연주를 멈추어 달라고 정중하게 부탁했던 기억이 떠올랐기 때문이다.

"네가 이루어 낸 일들을 들으니 기뻐. 틀림없이 칭찬받아 마땅한 일들이야. 하지만 . . . 나는 네가 왜 지금 그것들을 일일이 늘어놓는지 모르겠어."

"제가 허영심 많은 여자라서 그런 건 절대 아니에요." 케이티가 말했다. "제가 그런 말씀을 드린 이유는 단지. . . . 아! 정말 모르시겠어요? 제가 무식하지 않아야 공작님 체면에 먹칠을 하지 않을 테니까요. 그래야 사람들한테서 공작님이 스스로를 포기했다는 둥, 그런 말을 듣지 않아도 될 테니까요."

"스스로를 포기하다니? 그게 무슨 뜻이야?"

"아! 사람들은 온갖 반대를 다 할 거예요. 그래요. 사람들 모두가 저를 반대할 거라고요. 그리고. . . ."

"맙소사! 자세히 설명을 좀 해 보렴."

"공작님의 고모님은 아주 자부심 강한 귀부인처럼 보였어요. 아주 당당하고 엄해 보였죠. 고모님이 지난 학기에 여기에 오셨을 때 그런 생각이 들었어요. 하지만 당신은 성인이잖아요. 당신의 주인은 당신 자신이란 말이에요. 아! 저는 당신을 믿어요. 당신은 제 곁에 있을 거죠? 저를 정말로 사랑하신다면 다른 사람들 말 따위는 듣지 않으실 거죠."

"너를 사랑한다고? 내가? 너 미쳤어?"

공작과 케이티는 당혹스러운 표정으로 서로를 바라보았다.

먼저 침묵을 깬 것은 케이티였다. 그녀가 속삭이듯 물었다. "저에게 짓궂게 장난치신 거 아니죠? 저에게 하신 말씀이 진심 아니었던가요?

"내가 너에게 뭐라고 말했는데?"

"저를 사랑한다고 말씀하셨잖아요."

"너 꿈을 꾸고 있는 게 틀림없구나."

"아니오, 여기 당신이 저에게 주신 귀걸이들이 있잖아요." 케이티가 귀걸이를 증거로 내밀었다. "이 귀걸이들을 저에게 주시기 직전에 저를 사랑한다고 말씀하셨잖아요. 그렇게 말씀하셨으면서 왜 그러세요? 당신이 저를 농락하는 거라고 생각했다면, 저는 . . . 저는 . . . 저는 . . . 이 귀걸이들을 당신 얼굴에 던져 버렸을 거예요!" 케이티는 흐느껴 울면서 감정에 겨워 목이 멘 채로 말했다.

"나에게 그런 식으로 말하지 마." 공작이 차갑게 말했다. "내 경고하는데, 이건 나를 함정에 빠뜨리려는 수작이고, 나를 협박하는 짓이야."

그러자 케이티가 공작의 얼굴을 향해 귀걸이를 내던졌다. 하지만 표적을 맞추지는 못했는데, 그렇다고 해서 그 충격적인 행동이 용서되는 것은 아니었다.

공작이 문을 가리키며 소리쳤다. "나가!"

"저에게 그렇게 말하지 마세요!" 케이티가 비웃으며 대꾸했다. "당신이 저를 끌어낸다고 해도 나가지 않을 거예요. 당신이 저를 끌어낸다면 온 집안에 다 알릴 거예요. 이웃들에게도 알릴 거고요. 당신이 나에게 한 짓을 다 알릴 거란 말이에요. 그리고. . . ."

하지만 갑자기 부끄럽다는 생각이 들었는지, 케이티의 반항은 이내 수그러들고 말았다.

"아! 겁쟁이!" 케이티가 말을 제대로 잇지 못했다. "겁쟁이!"

케이티가 앞치마로 눈물을 훔치더니, 벽에 기댄 채 몸을 들썩이면서 애처롭게 흐느껴 울었다.

연애에는 초짜인 공작은 눈물을 펑펑 쏟고 있는 여인을 가볍게 지나칠 수 없었다. 그는 벽에 기댄 채 몸을 떨고 있는 가엾은 여인을 향한 동정심을 주체할 수 없었다. 그녀를 어떻게 달래야 할까? 공작은 카펫에서 진주 귀걸이들을 집어 들고는 케이티 곁으로 다가갔다. 그러고는 그녀의 어깨를 어루만졌다. 케이티가 몸서리를 치며 공작에게서 멀리 떨어졌다.

공작이 다정하게 말을 건넸다. "울지 마. 울지 마렴. 네가 우니까 견딜 수가 없구나. 내가 어리석고 생각이 짧았어. 이름이 뭐라고 했지? 케이티? 맞지? 자, 케이티, 너에게 사과하고 싶어. 내 표현이 서툴렀어. 나는 불행하고 외로웠어. 그래서 너에게 위안을 받고 싶었어. 케이티, 나는 지푸라기라도 잡는 심정으로 너에게 다가갔던 거야. 그런 과정에서 아마 내가 너를 사랑한다고 오해하게 할 만한 말을 한 것 같아. 차라리 내가 그런 말을 했던 거라면 좋겠어. 네가 나에게 귀걸이들을 집어던진 건 당연해. 차라리 내가 그 귀걸이들에 맞았더라면 좋았을 텐데. . . . 나는 너를 완전히 용서했어. 이제 네가 나를 용서해 주면 좋겠어. 그 귀걸이들을 사용하지 않겠다고 하지는 않을 거지? 나는 너에게 기념품으로 그 귀걸이들을 준 거야. 늘 귀걸이를 차고 다니면서 나를 추억해 달라는 뜻으로 말이야. 앞으로는 나를 다시는 못 보게 될 테니까."

케이티는 울음을 그쳤고, 그녀의 분노는 수그러들어 흐느낌으로 바뀌어 있었다. 케이티는 비통하지만 차분한 태도로 공작을 바라보았다.

"어디 가세요?"

"그건 묻지 마렴." 공작이 말했다. "그저 내 날개를 활짝 펼 수 있는 곳으로 떠난다고 알고 있으면 돼."

"저 때문에 떠나시는 건가요?"

"전혀 그렇지 않아. 사실, 네가 나에게 보여 준 헌신을 생각하면 떠나는 내 마음이 아파. 하지만 네가 나를 사랑한다니 기뻐."

"가지 마세요." 케이티가 떨리는 목소리로 말했다.

그러자 공작이 케이티에게 더 가까이 다가갔고, 그녀는 이번에는 그를 피하지 않았다.

"여기 이 방에 계시는 게 불편하셨나요?" 케이티가 공작을 쳐다보며 물었다. "제가 시중드는 것이 마음에 들지 않은 적이라도 있었나요?"

"아니야." 공작이 대답했다. "네가 시중들어 주는 것은 늘 아주 만족스러웠어. 특히 오늘처럼 만족스러운 적은 없었어."

"그런데 왜 떠나시려고 하는 거예요? 왜 제 마음을 아프게 하시나요?"

"달리 내가 할 수 있는 게 없어서, 라고만 말해 둘게. 앞으로는 더 이상 나를 보지 못할 거야. 하지만 나와의 추억을 되새기면서 일종의 아련한 만족감을 얻게 되겠지. 여기를 보렴! 귀걸이들이 있지. 너만 괜찮다면, 내 손으로 직접 네 귀에 걸어 주고 싶어."

케이티가 얼굴을 옆으로 내밀었다. 공작은 흑진주 귀걸이를 그녀의 왼쪽 귀에 걸어 주었다. 공작에게 내밀고 있는 케이티의 뺨에는 여전히 눈물 자욱이 남아 있었다. 속눈썹에도 여전히 눈물방울이 맺혀 있었다. 케이티는 금발머리였는데, 눈물방울이 맺혀 반짝거리는 속눈썹만은 검은색이었다. 공작은 갑자기 내면에서 어떤 충동을 느꼈다.

"이제 오른쪽 귀를 내밀어 보렴." 공작이 말했다.

케이티가 고개를 돌렸다.

공작은 이내 분홍진주 귀걸이를 케이티의 오른쪽 귀에 걸어 주었다. 하지만 그녀는 움직이지 않았고, 무언가를 기다리는 듯했다. 공작 자신도 만족스럽지 않은 듯했다. 공작이 손가락으로 분홍진주 귀걸이를 만

지작거렸다. 그는 이내 깊은 한숨을 내쉬더니 귀걸이를 만지작거리던 손을 거두었다. 케이티가 고개를 들었다. 공작과 케이티의 눈이 마주쳤다. 그가 그녀에게서 눈길을 거두고 돌아섰다.

그러고는 공작이 케이티를 향해 손을 내밀며 중얼거리듯 말했다. "내 손에 입을 맞추어도 좋아."

잠시 후, 공작은 케이티의 따뜻한 입술이 자신의 손등에 살포시 엎어지는 것을 느꼈다. 공작은 한숨을 내쉬었지만, 케이티를 돌아보지는 않았다. 잠시 긴 정적이 흐른 뒤, 케이티가 달그락거리며 그릇들을 들고 나가는 소리가 들렸다.

제18장

자기 자식을 키우는 것만으로는 만족하지 못하는 아주 자애로운 어머니들은 늘 있기 마련이다. 뱃치 부인이 바로 그런 어머니였다. 만약 뱃치 부인에게 자녀가 열두 명이 있었다고 하더라도, 그녀는 틀림없이 자기 집에 하숙하는 젊은 신사들을 친자식처럼 여겼을 터였다. 케이티와 클라렌스를 자녀로 둔 뱃치 부인은 하숙생들을 마치 친자식처럼 대했다. 그리고 그녀는 자신의 그런 마음을 굳이 숨기려 하지도 않았다. 뱃치 부인은 처음부터 자기 집에 하숙하는 젊은 신사들 모두에게 자기가 늘 곁에 있으니 염려하지 말라고 공공연하게 얘기했다. 한편, 뱃치 부인은 그에 대한 보답으로 하숙생들이 늘 자신에게 지극한 효심을 갖기를 원했다. 그녀는 그래야만 공평하다고 생각했다.

공작과 녹스가 처음 하숙생으로 들어왔을 때, 공작이라는 신분 때문이 아니라 그가 고아라는 사실 때문에 뱃치 부인은 공작에게 각별한 마음이 생겼다. 반면 공작은 엄마라는 존재를 곁에 둬 본 적이 없었기에 뱃치 부인을 자신의 엄마로 생각할 수 없었고, 자신을 그녀의 아들로 생각할 수도 없었다. 사실, 공작의 태도나 표정에는 뱃치 부인을 주저하게 만드는 구석이 있었다. 그러나 그녀는 언젠가 자신의 그런 생각을 공작에게 이야기할 수 있는 기회가 있을 것이라고 생각하며, 좋은 때가 오기만을 기다렸다. 그런데 그런 기회는 결코 오지 않았다. 하지만 공작을 향한 뱃치 부인의 배려심과 자부심, 그리고 공작이 자신의 크나큰 자랑거리라는 뱃치 부인의 마음은 작아지기는커녕 오히려 커졌다. 뱃치 부인에게 공작은 케이티나 녹스보다 훨씬 소중한 존재였고, 클라렌스 못지않게 소중한 존재였다. 참으로 알 수 없는 모성 본능이었다.

그러니 지금 공작에게 헐레벌떡 뛰어 올라가는 뱃치 부인은 아주 불안해 하는 모습이었다.

'공작이 정말 우리 집을 떠나겠다고 할까?'

뱃치 부인은 공작을 만나기 위해 그렇게 갑자기 위층으로 뛰어 올라가기 전에 미리 그에게 양해를 구했어야 했다. 하지만 공작이 떠날 거라는 갑작스러운 소식을 듣고는 그럴 수가 없었다. 케이티가 어쩌면 잘못 들은 건 아니었을까?

'요즘 여자애들은 얼빠진 구석이 있으니까.'

뱃치 부인은 케이티에게 그렇게 멋진 귀걸이를 선물한 공작이 참으로 자상하다고 생각했다. 하지만 그렇게 느닷없이 학기 중에 아무런 이유도 없이 떠난다고 하다니! 이거 참!

뱃치 부인은 자신이 받은 충격을 솔직담백하게 정신없이 쏟아냈다. (그녀의 말은 이런 고전적인 글에는 맞지 않았다.) 공작은 뱃치 부인에게 예의에 어긋날 정도로 간결하게, 하지만 친절한 말투로 자신의 생각을 말했다. 그는 그렇게 갑자기 떠나게 된 것에 대해 그녀에게 사과를 했고, 다른 하숙생을 구할 수 있도록 기꺼이 방과 음식이 훌륭하다는 추천서를 써 주겠다고 했다. 더불어 이번 학기 시작부터 앞으로 남은 기간까지의 모든 방세 및 식비를 수표로 지불하겠다고 했다. 공작은 뱃치 부인에게 지금 바로 장부를 가져다 달라고 했다.

뱃치 부인이 잠시 자리를 비운 사이, 공작은 추천서를 썼다. 그리스식의 짧은 시 형태로 쓰면 좋겠다는 생각이 들었지만, 뱃치 부인을 위해 영어로 쓰기로 마음먹었다.

옥스퍼드에서 방을 구하고 있는 학생들에게 부치는 시
(옥스퍼드 지방 사투리로 쓴 소네트)

옥스퍼드 대학에 온 학생들이여!
친구여! 그대가 어딜 가도 뱃치 부인의 하숙집만치
그렇게 취향에 딱 들어맞는 음식과 숙소는 찾들 못할 꺼요. . . .

나는 공작이 쓴 이 시의 전문을 인용하지는 않겠다. 내 생각에 그는 분명 이 시를 행복한 마음으로 쓰지는 않았을 것이다. 다시 말해, 이 시를 쓰던 당시 공작의 마음 상태는 우아하고 당당한 태도로 시를 쓰는 뮤즈의 그것과는 거리가 멀었다. 게다가 공작이 이 시에서 구사하고 있는 옥스퍼드 주 사투리는 그가 경험해서 쓴 것이 아니라 추측해서 쓴 것 같았다. 사실, 나는 이 시를 높은 가치를 지닌 진기한 문학 작품으로는 평가하지 않는다. 하지만 문학적 가치는 없을지라도 문학 외적인 가치는 충분히 있다고 생각하는데, 삶의 마지막 순간을 앞둔 상황에서 공작이 타인에게 보여 준 배려심을 잘 드러내는 작품이기 때문이다. 그리고 뱃치 부인 입장에서는 이 시를 액자에 넣어 복도에 걸어 두면 가치를 매길 수 없는 자산이 될 터였다. 실제로 최근 그녀는 피어폰트 모건 도서관[80]에서 제안한 파격적인 입찰가에도 이 시를 내놓기를 거절했다.

뱃치 부인은 이 시와 함께 공작이 준 수표도 받았다. 그녀가 그에게 장부를 가져다 준 지 20분이 지나서야 지불이 완료되었다. 공작은 많은 액수의 돈은 자진해서 아주 후하게 쓰면서도, 적은 액수의 돈은 신중하게 쓰는 경향이 있었다. 엄청나게 부유한 사람들은 늘 그런 식으로 소비를 한다. 나는 부자들의 그러한 소비 행태를 비웃을 자격이 우리에게 있다고 생각하지 않는다. 부자들의 존재가 우리를 매혹하는 것은 부정할 수 없는 사실이다. 우리의 타락한 본성에는 부자들에게서 무언가를 얻어 내고 싶은 마음이 있다. 우리가 적은 액수라고 생각하는 돈을 부자들은 신중하게 쓴다. 그러나 부자들이 정말 동전 하나까지 아낀다고 생각하면 오산이다. 부자들이 동전 하나하나까지 신경을 쓰는 이유는 바로 우리가 못미더워서이다. 우리가 죄를 짓지 않도록, 부자들이 감내하는 수고에 우리는 감사해야 한다. 그렇다고 뱃치 부인이 공작에게 바가지를 씌웠다는 말은 아니다. 하지만 공작이 평소 습관대로 장부의 지출 항목들을 일일이 확인하지 않고서야, 그녀가 바가지를 씌웠는지 아닌지를 어떻게 알 수 있단 말인가? 공작은 이 항목, 저 항목을 삭감했지만, 삭감된 금액은 모두 합쳐 고작 3파운드 6펜스밖에 되지 않았다. 내가 하고 싶은 말은 삭감된 금액이 고작 그것밖에 되지 않았다는 것이 아니라, 그렇게 삭감한 공작의 의도가 고상한 것이며 그렇게 함으로써

---

80) Pierpont Morgan Library: 존 피어폰트 모건(John Pierpont Morgan)이 수집한 희귀서, 유명 작곡가들의 악보 등을 소장하고 있는 도서관으로, 1906년에 건립되었다. 월터 스콧 경(Sir Walter Scott), 오노레 드 발자크(Honoré de Balzac)의 초고를 소장하고 있는 것으로 유명하다.

그가 느낀 만족감이 컸다는 것이다. 공작은 뱃치 부인이 청구한 평균 주당 식비와 공작 자신이 직접 삭감하여 계산한 평균 주당 식비를 따져 보며, 그 나름의 기준을 세워 남은 학기 식비를 계산했다. 공작은 뱃치 부인의 장부에 쓰여 있는 합계 금액에서 3파운드 6펜스를 뺀 뒤, 거기에 이번 학기 남은 기간 동안의 방세 및 식비를 추가했다. 공작은 그 금액에 해당하는 수표를 자신의 계좌가 있는 지역 은행 이름으로 뱃치 부인에게 써 주었다. 뱃치 부인은 곧장 가서 영수증을 발급해 오겠다고 했지만, 공작은 수표로 지불한 것만으로 충분하니 영수증은 필요 없다고 말했다. 그러면서 공작은 영수증을 발급하는 데 드는 비용 1페니를 수표에 적힌 금액에서 삭감했다. 그러면서 그는 내일이면 수표를 발행하면서 금액을 삭감하는 일도 없을 것이라는 사실을 떠올리며 쓴웃음을 지었다. 공작은 뱃치 부인에게 자신이 쓴 시와 수표를 건네며, 은행 문이 닫기 전에 빨리 그 수표를 현금으로 바꾸라고 말했다.

"우물쭈물할 시간이 없어요. 벌써 4시 15분 전입니다." 공작이 자신의 시계를 흘낏 바라보며 말했다.

에이트 대회 결승전까지는 이제 2시간 15분밖에 남지 않았다! 모래시계에 남아 있는 모래는 어찌나 빠르게 사라지는지. . . .

뱃치 부인이 문턱에 잠시 멈추어 서더니, 공작이 짐 싸는 것을 돕고 싶다고 말했다. 그는 자신이 가져갈 짐은 하나도 없다고 대답했다. 그러면서 며칠 안에 사람을 보내 짐을 싸서 가져가게 할 것이라고 말했다. 그리고 택시는 부르지 않아도 된다고 말했다. 공작은 걸어갈 생각이었다.

"뱃치 부인, 그럼 안녕히 계세요." 공작이 작별 인사를 건네며 말했다. "수표는 반드시 지금 바로 현금으로 바꾸시오. 법적인 문제로 부인을 번거롭게 하고 싶지 않아서 그래요."

공작은 홀로 남아 자리에 앉았다. 깊은 우울감이 밀려왔다. . . . 에이트 대회 결승전까지는 이제 2시간 15분밖에 남지 않았다! 그동안 공작은 도대체 무엇을 해야 하는 것일까? 공작은 자신이 해야 할 일은 다 했다는 생각이 들었다. 이제 남은 일은 유언집행자들이 처리할 것이었다. 작별의 편지를 남길 사람도 없었고, 고별의 인사를 건넬 친구도 없었다. 이제 공작이 할 일은 하나도 없었다. 그는 멍하니 창밖의 어두컴컴한 잿빛 하늘을 바라보았다.

'무슨 날이 이래? 날씨는 또 왜 이렇고! 잉글랜드에는 왜 정신이 제대로 박힌 인간이 하나도 없지?'

공작은 자살을 해야겠다는 생각이 더욱 확고해졌다.

멍하니 이곳저곳을 더듬던 공작의 눈길이 감기약 병에 이르자 반짝거리기 시작했다. 그는 한 시간 전에 약을 복용했어야 했다. 하지만 이제 그것은 별 의미가 없었다.

'줄리카가 저 약병을 보았을까?' 공작이 한가한 생각을 해 보았다. 아마도 보지 못했을 것이다. 만약 보았다면 감기에 걸리지는 않았는지 떠나기 전에 이것저것 물어보았겠지.

앉아서 생각하는 것 말고는 아무런 할 일이 없었기에, 공작은 줄리카를 연민의 대상으로 생각할 수 있었던 점심 식사 때의 기분을 되찾을 수 있으면 좋겠다고 생각했다. 어제까지만 해도 공작은 사물을 그저 있는 그대로 바라볼 뿐이었다. 사실 예전에는 사물을 다른 시각에서 바라볼 필요도 없었다. 그리고 어젯밤까지만 해도 공작은 자신의 삶에서 잊어야 할 것이 전혀 없었다. 하지만 그 여자 줄리카! 그녀가 공작 자신을 어떻게 생각하는지가 마치 인생에서 가장 중요한 문제인 것처럼 다가왔다. 공작은 줄리카가 자신을 경멸한다는 사실을 잊을 수 있으면 좋겠다고 생각하는 스스로가 경멸스러웠다. 하지만 그 소망은 간절했다.

공작은 찬장을 바라보았다. 그는 다시 와인에 의지해야만 하는 것일까?

공작은 하릴없이 와인 병의 코르크 마개를 따서 잔을 채웠다. 그는 어쩌다 이 지경이 된 것일까? 공작은 한숨을 내쉬고는 와인을 홀짝거리며 마시다가 벌컥벌컥 마셔 버리고는 다시 한숨을 내쉬었다. 아주 오래전에 와인 제조업자가 와인 병 안에 봉해 놓았던 풍부한 햇살도 이번에는 그의 영혼을 기쁘게 하지 못했다. 수치심의 그물에 걸려든 공작의 영혼은 그로부터 좀처럼 헤어나지 못했다. 차라리 어제 죽었더라면 일찍 헤어날 수 있었을 텐데!

공작은 오늘 죽는다는 엄연한 사실에 한순간도 움츠러들지 않았다. 공작은 불멸의 존재가 아니기에, 그는 어차피 죽을 거 50년 후에 죽으나 지금 죽으나 매한가지라고 생각했다. 사실, 지금 죽는 것이 더 낫다고 생각했다. 자신의 젊음을 위대하게 빚어내고자 하는 사람에게는, 사람들이 말하는 '요절'이 가장 시기적절한 죽음이다. 도싯 공작은 과연 그가 지금 갖추고 있는 것 이상의 완벽함을 이루어 낼 수 있을까? 앞으로 공작 앞에 펼쳐질 미래는 그가 지금 갖추고 있는 완벽함을 오히려 손상시키거나, 적어도 김빠진 것으로 만들지도 모른다. 그렇다. 후손들에게 상상의 여지를 많이 남겨 놓고 죽는 것은 행운이라 할 수 있다. 후손들이란 본래 현실적이라기보다는 감상적인 법이니까. 바이런![81] 만약 바이런이 오랫동안 살면서 진회색 구레나룻을 한 화려한 노신사가 되어 작품 활동도 오래하고 『타임』지에 '곡물법 폐지'에 대한 칼럼을 썼다면 어땠을까? 그는 오늘날 완전히 잊힌 작가가 되었을 것이다. 그렇다. 바이런은 잊힌 작가가 되었겠지. . . . '요절'이 가장 시기적절한 죽음

---

81) 이미 이 작품에서 언급된 바 있는 바이런은 1823년 그리스 독립전쟁이 발발하자 그리스의 독립군을 도우러 그곳에 갔다가, 1824년 미솔롱기에서 말라리아에 걸려 36세의 나이에 요절하였다.

이라는 사실은 바이런에게서 입증되었다. 바이런은 요절하지 않았다면 아무도 꺾을 수 없는 빅토리아 여왕의 편견 때문에 그저 그런 노신사가 되고 말았을 것이다. 실제로 빅토리아 여왕은 존 러셀 경[82]이 바이런을 정부 요직에 추천하자 퉁명스럽게 거절했다. 퍼시 비시 셸리[83]도 요절하지 않았다면 마지막까지 시인으로 살았을 것이다. 하지만 그가 중년에 쓴 시라면 얼마나 따분하겠는가! 셸리와 우리 사이에 읽을 가치도 없는 쓰레기들이 쌓였을 것이다. 공작은 골똘히 생각해 보았다. 바이런은 미솔롱기에서 무슨 일이 일어날지 알았을까? 바이런은 자신이 그토록 경멸했던 그리스를 위해 죽게 되리라고 생각이나 했을까? 아마도 바이런은 그런 것 따위는 신경쓰지 않았을 것이다. 하지만 그리스인들이 바이런에게 자신들이 그를 경멸한다고 말했다면 어땠을까? 그의 기분은 어땠을까? 바이런이 술 없이 물만으로 견딜 수 있었을까? 공작은 와인 병 안에 봉해진 풍부한 햇살이 이번에는 효과가 있을지 모른다고 기대하면서 다시 잔을 채웠다. 만약 바이런이 멋쟁이가 아니었다면. . . . 아! 바이런이 뼛속까지 멋쟁이가 아니었다면, 여기서 그를 언급할 가치조차 없었을 것이다. 하지만 바이런은 성적 욕망이나 정치적 욕망 같은 부적절한 열정에 관해서는 자신의 멋스러움을 지켜 내지 못했다. 그런 점에서 보면 그는 아주 짜증스러울 정도로 불완전한 인물이기도 했다. 바이런은 정치에는 무분별했고 사랑에는 천박했다. 한편, 바이런은 오만할 정도로 초연한 태도의 자기 자신의 모습에 스스로 감명받기도 했다. 바이런을 빚어낸 자연은 그가 멋진 포즈를 취하고 서서 사색하고 노래할 수 있는 무대를 마련해 주었다. 하지만 그는 그 무대에서 내려오기만 하

---

82) Lord John Russell (1792-1878): 영국의 정치가.
83) Percy Bysshe Shelley (1792-1822): 영국 낭만주의를 대표하는 시인들 중 한 사람으로, 30세의 나이에 요트 사고로 요절하였다.

면 길을 잃었던 것이다. . . .

  '우상이었던 당신이 다른 얼빠진 남자들처럼 내 발치에 넙죽 엎드려 머리를 조아리며 아양을 떨고 굽실거렸거든요.' 공작은 어제 쥴리카가 했던 말을 기억해 냈다.

  그렇다. 공작도 무대에서 내려오는 순간 길을 잃었다. 멋쟁이 중에 멋쟁이라 할 수 있는 공작에게 남들도 다 오를 수 있는 공동의 무대는 그가 오를 곳이 아니었다. 공작은 사랑에 어떻게 반응해야 했을까? 그는 연애에는 초짜였다. 바이런은 연애에서 적어도 약간의 재미를 보았다. 공작도 재미를 좀 보았을까? 지난밤, 공작은 쥴리카의 손목을 잡고도 키스하는 것을 잊었다. 오늘도 기껏 공작이 했던 것이라고는 가엾은 케이티가 그의 손에 입맞춤하도록 허락한 것뿐이었다. 도싯 공작처럼 바보 같이 구느니, 차라리 바이런처럼 천박한 것이 낫다! 공작은 쓰디쓴 후회를 했다. . . . 하지만 천박한 것보다는 바보 같은 것이 멋스러움에는 더 가까웠다. 바보 같이 구는 것은 적어도 노골적인 탈선은 아니니까 말이다. 그런 점에서는 공작이 바이런보다 더 나았다. 공작의 바보 같은 면에 대해서는 누구나 다 알고 있는 것은 아니었지만, 반면 바이런의 천박한 면은 온 유럽의 관심사였다. 세상 사람들 사이에서 공작은 사랑하는 여자를 위해 목숨을 버린 남자로 회자될 것이었다. 하지만 그것을 제외하면 그에게는 인생을 통틀어 눈에 띄는 흠이라고는 하나도 없었다. 굳이 흠잡을 만한 것이 있다면 그것은 공작이 하원에서 했던 당파적인 연설일 것인데, 절묘하게도 결과가 좋아서 그조차도 정당화되었다. 그때 국왕으로부터 하사받은 가터 훈장은 공작의 멋스러움의 화룡점정이라고 할 수 있었다. 그렇다. 공작은 회상했다. 더할 나위 없이 화려한 가터 훈장 예복을 처음으로 입어 보았던 바로 그날을 말이다. 그처럼 완벽하게 가터 훈장 예복을 소화해 내는 사람은 예전에도 없었고, 앞으로도 없을 것이었다. 가터 훈장 예복을 입은 공작은 누구도 흉내 낼 수 없고, 견줄 수도 없는 우아한 자태를 과시했다. 실천가로서의 사명을 가지고 세상에 태어나 자신의 역할을 충분히 다한 공작의 모습은 가터 훈장의 휘장이 지닌 영광을 넘어서는 것이었다.

공작의 마음속에서 그 모든 영광과 힘을 충만하게 부여받은 자신의 모습을 죽기 전에 한 번 더 보고 싶은 욕망이 치밀어 올랐다. 그 욕망은 처음에는 어렴풋하게, 하지만 이내 뚜렷하게, 거부할 수 없이 강렬하게 밀려들었다.

이제 방해될 것은 아무것도 없었다. 강으로 출발해야 할 때까지 아직 한 시간이나 여유가 있었다. 마치 연극을 위해 옷을 차려입으려는 아이의 눈처럼 공작의 눈이 커다래졌다. 안달이 나서 벌써 넥타이를 풀어젖힌 상태였다.

공작은 검은색 주석 상자의 자물쇠를 풀고는 진홍색, 하얀색, 감청색, 금색의 화려한 가터 훈장 예복을 탐욕스럽게 덥석 꺼내 들었다. 그렇게 복잡한 몸단장을 공작이 누군가의 시중을 받지 않고 혼자 하면서도 질색하지 않는 것이 놀랍지 않은가? 또한 그가 옥스퍼드에서 매일 누군가의 시중을 받지 않고 혼자 몸단장을 해 왔다는 말을 들으면 놀랄 것이다. 사실, 진정한 멋쟁이라면 이 정도의 독립심은 갖추고 있어야 하지 않겠는가. 공작은 예술가일 뿐만 아니라 재주꾼이기도 했다. 아마 공작을 제외한 어떤 기사도 시중을 받지 않으면, 완전 무장을 한 영광스러운 기사 복장에 달려 있는 미로 같은 호크와 버클 때문에 절망하면서 마치 중풍이라도 걸린 것마냥 손을 떨었을 것이다. 하지만 도싯 공작은 막힘없이 솜씨 좋게 몸단장을 해 나갔다. 그는 처음 느껴 보는 흥분을 억눌렀다. 공작의 신속함에는 서두름이 없었다. 그가 가터 훈장 예복을 입는 모습은 필연적인 자연 현상만큼이나 어찌나 자연스러워 보이던지, 마치 무지개라도 떠오를 것만 같았다.

진홍색 상의를 입고 감청색 리본을 달고 하얀색 반바지까지 차려입은 공작은 몸을 굽혀 가터 훈장의 당당한 모토가 반짝거리며 빛나는 벨벳 끈으로 왼쪽 무릎을 감았다. 그리고 가슴에 팔각별을 붙였는데, 하늘에 있는 그 어떤 별보다 훨씬 커다랗고 빛이 났다. 목에는 용을 무찌른 세인트 조지가 찼던 것으로 알려져 있는 복잡한 무늬의 긴 사슬을 느슨하게 매었다. 공작은 양쪽 어깨에 파란 벨벳 소재의 커다란 망토를 걸쳤는데, 어찌나 두툼하고 넓은지 망토에서 눈부시게 빛나는 세인트 조지의 십자가[84]가 무색해 보일 정도였다. 어깨에 묶은 매듭은 마치 열대 지방의 하얗고 큰 꽃 두 송이 같아 보였는데, 이것만 봐도 왠지 이스라엘의 예언자 엘리야가 어떤 망토를 입고 다녔는지 알 수 있을 것만 같았다. 공작은 망토에 달린 환하게 반짝이는 금장, 은장의 끈 두 줄을 가슴 위로 매듭지었는데, 술 장식 하나는 규정대로 다른 것보다 조금 더 위쪽에 달았다. 가터 훈장 예복을 다 입은 공작은 거울에서 물러나 하얀색 가죽 장갑을 끼었다. 그러고는 망토의 접힌 부분을 잡아 왼쪽 겨드랑이에 끼웠다. 공작은 타조 깃털과 왜가리 깃털이 달린 검은색 벨벳 모자를 오른손에서 왼손으로 옮겨 들었는데, 가터 훈장을 받은 기사들은 해외에 나갈 때 그 모자를 쓸 수 있는 특권을 부여받았다. 공작은 고개를 빳빳이 쳐든 채로 춤을 추듯이 다시 거울 앞에 섰다.

독자 여러분은 아마도 지금 존 싱어 사전트[85]가 그린 유명한 그림인

---

84) the Cross of St. George: 잉글랜드 국기의 문양.
85) John Singer Sargent(1856-1925): 미국의 유명한 화가로, 미국 대통령 시어도어 루스벨트(Theodore Roosevelt)의 초상화를 그린 것으로도 잘 알려져 있다. 그 밖에도 미국 소설가 헨리 제임스(Henry James), 영국 소설가 로버트 루이스 스티븐슨(Robert Louis Stevenson), 아일랜드 시인 W. B. 예이츠(W. B. Yeats) 등 유명한 문인들의 초상화를 그린 바 있다.

초대 공작의 초상화를 떠올리고 있을 것이다. 하지만 그 그림은 잊으시라. 택턴 홀은 매주 수요일에 대중에게 공개된다. 그곳 식당에 가면 토마스 로렌스 경[86]이 그린 제11대 공작의 초상화가 있으니 찬찬히 들여다보시라. 그리고 당신이 바라보고 있는 그 제11대 공작보다 스무 살 정도 젊지만 이목구비와 풍채는 비슷하면서 가터 훈장 예복을 차려입고 있는 남자의 모습을 떠올려 보시라. 그 이목구비와 풍채에서 뿜어져 나오는 위엄 있는 모습을 바람직한 방향으로 떠올려 보면, 지금 이 방 거울 앞에 서서 자신의 모습을 비춰 보고 있는 제14대 공작의 모습을 상상해 낼 수 있을 것이다. 옆에 걸린 그림으로 넘어가고 싶은 충동을 자제하시고, 로렌스 경이 그린 제11대 공작의 초상화에 집중해 보시라. 그 초상화는 벌링턴 하우스에 전시되어 있을 때 많은 찬사를 받았는데, 그것은 그러한 찬사를 받을 만했다. 소용돌이치는 듯한 붓놀림으로 표현한 벨벳 망토가 탄성을 자아낼 만하다는 것은 나도 인정할 수밖에 없었다. 적당한 거리를 두고 감상하면 붓놀림이 어찌나 가벼운지... . 그런 기막힌 그림이 우연히 나온 것이라 할 수도 있겠지만, 진짜 벨벳 같아 보이는 환상을 창조해 내는 그 힘만큼은 절대적인 것이었다. 윤기가 흐르는 하얀 새틴 실크와 반짝반짝 빛나는 금장과 다이아몬드... . 그것들은 세속적인 눈에 순종하는 손으로는 절대 그려 낼 수 없는 것들이었다. 그렇다. 모든 화려한 외양이 다 그 그림 속에 담겨 있었다. 독자 여러분은 그래도 그 그림을 보아서는 안 된다. 그 그림에는 영혼이 없으니까 말이다. 갓 장만한 값비싼 의복은 있어도, 귀중하고 오래된 고상한 의복에서 풍겨져 나오는 영혼은 없으니까 말이다. 반면에 도싯 공작에게서는 그 자신의 독특하고 장엄한 윤곽을 더욱 선명하게 하는,

---

86) Sir Thomas Lawrence (1769-1830): 영국의 초상화가.

따뜻하고 상징적인 빛이 뿜어져 나와 독특한 분위기가 느껴졌다. 공작을 비추고 있는 거울은 잉글랜드의 역사를 비추고 있는 셈이었다. 사전트가 그린 그림에는 바로 그러한 것들이 전혀 드러나지 않았다. 대신에 사전트의 믿기 어려울 정도의 매끄러운 기술만이 자리하고 있었다. 사전트가 그린 그림에서 주인공은 초상화의 모델이 아니라 화가 자신이었다. 이렇게 말하고 싶지는 않지만, 초대 공작의 태도와 표정을 그린 그 초상화에는 무언가 조롱 비슷한 것이 숨어 있었다. 확언하건대, 그것은 사전트가 의도한 것은 아니었겠지만 예민한 눈으로 보면 알아차릴 수 있을 정도였다. 그건 그렇고, 내 입으로 "잊으시라"고 말했던 그 그림을 독자 여러분께 상기시키다니 나도 참 어설픈 작가다.

공작은 움직이지 않고 한참 동안 거울을 바라보며 서 있었다. 하지만 딱 한 가지 공작의 깊은 내면의 고요함을 산란하게 만드는 것이 있었다. 그것은 바로 이내 그 모든 화려함을 벗고 평범한 자신의 모습으로 돌아가야 한다는 생각이었다.

공작의 이마에 드리웠던 그늘이 사라졌다. 공작은 계획대로 강으로 출발할 작정이었다. 그는 지금 무릎에 두르고 있는 가터 훈장의 명예에 충실할 것이며, 자기 자신에게 충실할 것이었다. 공작은 평생을 멋쟁이로 살아왔다. 그는 충만하고 장엄한 광휘 속에서 멋스럽게 죽을 것이었다.

고요했던 공작의 영혼이 승전가를 불렀다. 그의 얼굴에는 미소가 번졌다. 공작은 그 어느 때보다 고개를 한껏 높이 치켜들었다. 이 세상에 알몸으로 태어났으니, 떠날 때도 알몸으로 갈 수는 없는 것일까? 사실 공작은 가장 사랑했던 것을 얼마든지 끝까지 가져갈 수 있었다. 죽는다고 해서 그가 가장 사랑했던 것과 분리되어야 한다는 법은 없으니까 말이다.

공작은 여전히 얼굴에 미소를 띤 채로 방에서 나와 계단을 내려갔다. "아! 내가 대리석이라면 좋으련만!" 계단들이 하나같이 힘없이 삐걱거리며 말했다.

서둘러 복도로 나온 뱃치 부인과 케이티는 계단을 내려오는 유령 같은 공작의 모습을 보고 돌처럼 굳어 버렸다. 조금 전까지만 해도 뱃치 부인은 마지막으로 공작에게 엄마처럼 따뜻한 말 몇 마디를 건넬 수 있으리라고 기대했다. 하지만 지금 이 순간, 끔찍한 정적만이 흘렀다! 조금 전까지만 해도 케이티는 너무 격하게 울어서 눈시울이 붉어져 있었다. 하지만 이제 그 눈시울의 붉은 기운마저 마치 썰물이 빠지듯이 사그라질 정도였다. 마치 죽은 사람처럼 새하얗게 질린 케이티의 얼굴 양 옆으로는 흑진주와 분홍진주 귀걸이가 매달려 있었다.

'이 남자가 한때 내가 감히 사랑받기를 원했던 바로 그 남자란 말인가!' 공작이 케이티의 시선에서 정확하게 읽어 낸 생각이었다.

공작이 케이티와 뱃치 부인 옆을 천천히 지나가며 그들에게 인사를 했다. 나이 지긋한 뱃치 부인도, 어린 케이티도 돌처럼 굳어 있었다.

길 건너 황제들도 돌처럼 굳어 있긴 마찬가지였다. 황제들이 공작을 바라보면서 가슴에 사무치도록 고통스러웠던 것은, 공작의 모습에서 마치 예전 자신들의 화신과도 같은, 자신들과 똑같은 모습을 보았기 때문이다. 하지만 이런 쓰라림 속에서도 황제들은 공작의 운명을 슬퍼하는 것을 잊지 않았다. 황제들은 공작이 저지른 잘못, 즉 그가 케이티에게 무심했던 것조차 용서해 주고 싶은 기분이 들었다. 오! 그것은 참으로 놀랍고도 놀라운 일이었다. 공작은 이제 그가 저지른 그 유일한 잘못마저 깨끗이 용서받게 되었다.

공작은 최근에 케이티가 자기 자신을 조롱했던 기억이 떠오르자 극도로 예민해져서 그 자리에 멈추어 섰고, 충동적으로 복도 쪽을 돌아

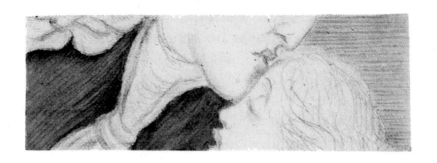

보며 케이티에게 가까이 오라고 손짓했다. 그녀는 자기도 모르게 그에게 다가갔다. 케이티는 순백색의 문간에 멈추어 섰는데, 그 순백색의 문간은 그녀의 순수한 사랑을 상징하는 듯했다. 공작은 케이티의 눈썹 위쪽에 아주 가볍게, 그렇지만 충분히 느낄 수 있을 정도의 입맞춤을, 그래, 정말로 입맞춤을 했다.

제19장

공작은 여덟 번째와 아홉 번째 황제 흉상 사이에 걸쳐 있는 작은 아치 밑을 지나 쉘더니안 극장에 다다랐다. 이제 케이티는 더 이상 보이지 않았다. 공작은 케이티에게 입맞춤을 했다는 사실이 기쁘면서도 부끄럽기도 했지만, 그녀에 대한 생각을 겨우 머릿속에서 떨쳐 낼 수 있었다.

공작은 옥스퍼드의 솔트 셀러로 가서, 철 장식이 박혀 있는 문들에 붙어 있는 푸른빛과 금빛의 친숙한 현판들을 흘긋 둘러보았다. 신학 및 고대 철학학부, 애런델리아넘 박물관, 음악학부, 그리고 보들리언 도서관. 공작은 도서관 현판에서 잠시 시선을 멈추었다. 도서관 입구로 들어가기 위해서는 멀리 돌아가야 했는데, 그는 그 작은 문을 볼 때마다 늘 느껴 왔던 어렴풋한 흥분을 마지막으로 느껴 보았다. 도서관 문은 유혹적이었다. 그리고 그 문은 언제까지나 유명한 학자, 무명의 학자, 여러 언어에 능통한 학자, 다재다능한 학자 등, 세계 각지에서 온 수많은 학자들을 유혹할 것이다. 그 보고寶庫의 입구에서 마음 설레지 않을 학자가 있을까? '여기 이곳은 어떠한 영향도 끼치는 것을 거절하는 저 초연한 모습으로 얼마나 깊이, 또 얼마나 온전하게 영향을 끼치고 있단 말인가!' 공작은 생각했다. 어쩌면, 결국에는 . . . 아니다. 누가 일반적인 원리를 규정할 수 있겠는가. 공작은 망토를 열어젖히며 래드클리프 광장으로 걸어갔다.

공작은 '히버 주교[87]의 나무'라 불리는 거대한 고목 마로니에에게도 작별의 눈길을 건넸다. 일반적인 원리라는 것은 분명히 없다. '히버 주교의 나무'는 매년 피어나는 화려한 꽃송이로 치장한 채 높이 치솟아 충만한 신록을 자랑하고 있었는데, 그 모양새가 천진난만하게 자기를 과시하는 그런 부류를 상징하는 듯했다. 하지만 누가 감히 그 나무에게 트집을 잡겠는가? 그리고 누군들 그 나무를 보며 기뻐하지 않겠는가? 하지만 오늘 그 나무는 기쁨을 준다기보다 끔찍해 보였다. 어두컴컴한 하늘과 대조를 이루는 저 신록은 이상하리만큼 창백해 보였다. 무수히 많은 꽃송이들은 마치 유령 같아 보였다. 공작은 새하얗고 아름다운 꽃 한 송이 한 송이가 옥스퍼드를 너무나도 사랑하다 세상을 떠난 이들의 영혼이라는 전설을 떠올렸다. 전설에 따르면, 그 영혼들은 매년 그렇게 잠시 동안 힘겹게 옥스퍼드를 다시 찾는다고 한다. 공작은 내년 봄에는 그 나무의 가장 높은 가지 중 하나에 자신의 영혼이 꽃으로 피어날 것이라고 생각하니 기뻤다.

"오! 저기 봐요!" 그때 한 어린 소녀가 오빠와 이모와 함께 브레이지노스 칼리지 정문으로 들어오면서 소리쳤다.

"제시, 제발 좀 조신하게 행동하렴." 오빠가 여동생을 조용히 꾸짖었다. "메이블 이모, 제발 두리번거리지 좀 마세요." 그가 이모와 여동생을 자기 옆으로 끌어당겨 곁에서 걷게 했다. "제시, 뒤돌아보지 말란 말

---

87) Bishop Reginald Heber (1783-1826): 영국 성공회 주교인 레지널드 히버. 찬송가 작곡가로도 잘 알려져 있다.

이야. . . . 아니, 저 분은 부총장님이 아니야. 주더스 칼리지의 도싯이라고. 그런데 도싯 공작이 . . . 도싯 공작이 도대체 왜 여기 있는 거지. . . ? 아니야, 뭐 이상할 건 없지. 이모, 저는 정말 화내고 싶지 않아요. 제발 저를 '우리 조카'라고만 부르지 마세요. 안돼요, 공작과 마주치지 않게 우리 빨리 걸읍시다. 제시, 뒤돌아보지 말라니까. . . ."

가엾은 친구여! 그 옥스퍼드 학생은 자기 학교를 방문한 가족들이 결코 반갑지 않았으리라. 옥스퍼드를 방문한 가족들은 그에게 고통스러운 긴장감만 안겨줄 뿐이며, 어느 때고 그를 곤혹스럽게 할 수도 있기 때문이다. 하지만 그 학생은 자살을 할 것이라는 사실을 가족들에게 들키지 않으려면 하루 종일 긴장을 해야 했으니, 어느 정도의 짜증은 감수해야만 했다.

가엾은 제시, 그리고 가엾은 메이블이여! 그들은 해럴드가 온종일 아주 이상하게 굴었다는 것을 머지않아 떠올리게 될 운명이었다. 마치 위협이라도 하는 듯한 어두컴컴한 잿빛 날씨에도 불구하고, 그들은 행복하고 들뜬 마음으로 오늘 아침 옥스퍼드에 도착했건만. . . . 그들은 '해럴드가 정말 대단히 난감했겠구나'라고 생각하며, 머지않아 스스로를 자책하게 될 운명이었다. 아! 해럴드가 그들에게 솔직하게 털어놓았더라면 어땠을까! 그랬다면 그들은 해럴드를 설득하여 말릴 수 있었을 텐데. . . . 분명히, 분명히 그의 목숨을 살릴 수 있었을 텐데. . . . 해럴드가 에이트 대회 결승전은 늘 아주 재미가 없다며 혼자 가겠다고 말했을 때, 결승전은 늘 아주 시끌벅적해서 숙녀들이 갈 만한 곳이 아니라고 말했을 때. . . . 아! 그들은 왜 미리 알아채고 해럴드를 붙잡지 못했을까? 그들은 왜 그가 강에 가지 못하도록 막지 못했을까?

해럴드의 양 옆에서 걷고 있던 동생 제시와 메이블 이모는 자신들의 운명은 알지 못한 채, 뒤에서 걸어오고 있는 아주 멋진 저명인사, 도싯 공작을 돌아볼 수 있기만을 간절히 원하고 있었다. 메이블은 벨벳 망토가 1미터 당 최소 4기니 정도의 가치는 될 것이라고 마음속으로 셈을 하고 있었다. 한번만 제대로 돌아볼 수 있다면, 그녀는 벨벳 망토의 길이가 어느 정도인지 어림할 수 있을 텐데. . . . 결국 메이블은 롯의 아내를 따라 뒤를 돌아보았고, 제시는 메이블 이모를 따라 뒤를 돌아보았다.[88]

"자, 그럼 결정 난 거예요. 강에는 저 혼자 갈게요." 해럴드가 말했다. 그리고 해럴드는 쏜살같이 하이 가街를 건너 오리엘 가街를 따라 사라졌다. 제시와 메이블은 해럴드의 태도가 유감스럽다는 듯 서로를 바라보며 서 있었다.

"실례합니다." 공작이 깃털로 장식한 모자를 벗으며 제시와 메이블에게 말을 건넸다. "두 분이 당황하셔서 어찌할 바 몰라 하시는 걸 제가 지켜보았습니다. 제가 두 분의 생각을 제대로 읽은 거라면, 아마 방금 도망치듯 가 버린 그 학생의 태도를 비난하고 계실 겁니다. 두 분 모두 죽음의 광경 앞에서 짓궂게도 기쁨을 만끽했던 로마 제국의 여인들과 같은 부류는 아닐 거라고 확신합니다. 아마도 두 분 모두 그 학생에게서 저를 비롯한 수백 명의 학생들과 함께 그도 자살할 거라는 말씀은 못 들으셨을 겁니다. 그러니 두 분을 두고 가 버린 그 학생의 행동을 무례하다고만 여기지는 마세요. 그 학생은 아마 두 분께 죄책감이 들어 그렇게 행동하는 것일 테니까요. 그 학생이 무언가 암시를 준 것은 없는지 생각해 보세요. 그럼 제가 두 분께 조언을 해 드릴 수 있을 것 같군요. 일단 두 분 모두 돌아가시기 바랍니다."

"정말 감사합니다." 메이블이 정신을 다잡으며 말했다. "친절하게 마

---

88) 성경 속 인물인 롯의 아내는 소돔과 고모라가 멸망할 때 도망을 가다가 천사의 경고를 무시하고 뒤를 돌아보아서 소금기둥이 되었다.

음 써 주셔서 감사합니다. 공작님께서 말씀해 주신 대로 하겠습니다. 제시, 어서 가자." 메이블 이모가 조카인 제시를 데리고 서둘러 가 버렸다.

메이블이 공작에게 시선을 고정하고 그를 바라보는 무언가 석연치 않은 태도에서, 공작은 그녀에게 무슨 꿍꿍이가 있겠거니 하는 생각이 들었다. 어쨌든 그 가엾은 여인은 머지않아 자신의 실수를 깨닫게 될 것이었다. 공작은 메이블이 저지른 실수를 다른 사람들이 반복해서 저지르지 않기를 간절히 원했다. 하지만 그는 더 이상 개입하지 않을 생각이었다.

머턴 가街에서 펼쳐진 광경은 공작에게 비극 그 자체였다. 목초지에 몰려든 인파 사이에는 나이 든 여인들과 젊은 여인들이 아주 많았다. 그들은 하나같이 앞으로 무슨 일이 닥칠지 아무것도 모른 채, 곁에서 대학을 안내해 주고 있는 남학생들의 이마 위에 드리운, 마치 천둥이 치는 듯한 고뇌에 불안해 하고 있었던 것이다. 공작은 참으로 애석한 기분이 들었다. 하지만 그 감정이 그 남학생들을 향한 것인지, 아니면 그 여인들을 향한 것인지 알 수 없었다. 공작은 임박한 파멸에 자신이 일정 부분 책임이 있다는 생각이 들자, 그만 마음이 무거워졌다. 하지만 이제 그는 입을 굳게 다물었다. 공작이라고 해서 자신이 초래한 그 결과를 즐기지 말라는 법이 있겠는가?

느릅나무 거리로 들어선 공작은 어제 쥴리카와 함께 걸었던 때와 같이 침착하게 걸었다. 군중들은 공작에게 길을 터 주며 줄을 지어 그의 뒤를 따라갔다. 그들은 공작의 모습에 감탄하며 혀를 내둘렀다. 그 사악한 저녁 어두컴컴한 짙은 먹구름의 음침한 장막 아래서, 공작의 화려함은 더욱 빛을 발했다. 어제와 마찬가지로 그 어떤 남학생도 공작에게 쥴리카와 함께할 권리가 있다는 데 의구심을 갖지 않았다. 그러니 오늘 공작이 너무 호화로운 의상을 차려입었다고 생각하는 남학생은 아무도 없었다. 그가 쥴리카에게 한없는 경의를 표하기 위해 그러한 차림으로 죽음을 마주하러 온 것이라고, 남학생들 모두가 한눈에 알아보았다. 그렇다. 공작이 자신의 영광에 그들 모두를 동참하게 해 준 것이라고, 함께 죽어가는 그들에게 공작이 그 커다란 망토를 덮어 줄 것이라고 남학생들은 생각했다. 공작에 대한 경외심 때문에 그들은 그를 제대로 바라보지도 못했다. 반면, 남학생들과 함께 있던 여인들은 경이로움에 압도되어 공작을 지그시 바라보며 작지만 선명한 소리를 질러댔다. 여인들이 내던 소리는 머리 위에서 까악까악 울어 대던 까마귀들의 울음소리와 섞여서 들렸다. 남학생들은 해럴드처럼 그 여인들의 행동에 수치스러움을 느꼈다. 하지만 독자 여러분도 아시다시피, 여인들의 그러한 행동은 어제 남학생들이 했던 행동에 대한 보복이었다. 어제 남학생들이 바로 그 거리에서 돕슨 양을 보고 싶은 열망에 들떠 정신없이 뛰어가는 바람에, 그 여인들은 그들에게 밟혀 죽을 뻔 했었다.

오늘 그 많은 여인들은 공작의 벨벳 망토가 1미터 당 최소 4기니 정도의 가치는 될 것이라고 생각했다. 또한 그들은 틀림없이 그 망토가 약 25미터 정도는 될 것이라고 추정했다. 과거에 몇몇 여성 수학자들이 2주간에 걸쳐 로열 아카데미를 방문하여, 사전트가 그린 초대 공작의 초상화를 관찰한 적이 있었다. 사실, 그 여인들이 추정한 공작의 망토 길이는 그 여성 수학자들의 추정치를 그대로 따랐을 뿐이었다. 하지만 여인들이 공작의 모습에서 인상 깊었던 부분은 무엇보다 정신적인 것이었다. 여인들이 공작을 마주하고 가장 황홀감을 느꼈던 점은 그의 얼굴과 태도에서 풍겨 나오는 고귀함이었다. 공작이 몹시 싸구려 같이 생긴 줄리카 돕슨과 사랑에 빠졌다는 소문을 들은 여인들은 그 소문에는 일말의 진실도 없다고 확신하고 또 확신했다.

공작은 느릅나무 거리가 끝나는 곳에 이르렀을 때, 줄을 지어 자신의 뒤를 따르던 군중들의 행렬이 줄어들어 있음을 깨달았다. 공작은 이내 남학생들이 단 한 명도 남아 있지 않다는 사실 또한 깨달았다. 그는 굳이 뒤를 돌아보지 않고도, 그 이유를 금세 알아차렸다. 쥴리카가 오고 있었던 것이다.

그렇다. 쥴리카가 느릅나무 거리에 들어서자, 그녀의 매력이 어찌나 강한지 앞에 서 있던 남학생들이 즉시 고개를 돌려 그녀를 바라볼 정도였다. 그들은 옆으로 비켜서며 쥴리카를 위해 길을 터 주었다. 맥퀸 경을 비롯하여 쥴리카의 경호원 역할을 자처한 축복받은 남학생 몇 명이 그녀의 곁에서 걷고 있었다. 쥴리카의 뒤로 무질서하게 늘어선, 빽빽한 군중들의 행렬이 출렁이고 있었다. 쥴리카와 공작 사이에 있던 남학생들이 모두 옆으로 비켜서 길을 터 주자, 마침내 쥴리카의 눈에 공작의 모습이 들어왔다. 그러자 맥퀸 경에게 농담을 건네던 그녀의 목소리가 흔들리기 시작했다. 쥴리카의 시선은 공작에게 고정되었고, 입은 살짝 벌어졌으며, 발걸음은 조신해졌다. 그녀는 이내 곁에 있던 남학생들에게 퉁명스러운 태도를 취하더니, 공작을 향해 쏜살같이 달려갔다. 쥴리카는 바지선 쪽으로 막 몸을 돌리려던 공작을 가볍게 따라잡았다. "제가 함께 타도 될까요?" 쥴리카가 미소를 지으며 공작에게 속삭였다. 그러자 공작의 벨벳 망토에 달린 어깨매듭이 쥴리카의 제안에 거절이라도 하듯이 눈에 띄게 솟아올랐다.

"존, 주변에 경찰관이 한 명도 안 보이네요. 당신은 제가 하자는 대로 하실 거죠? 아니, 아니에요. 제가 당신이 하자는 대로 할게요. 저를 용서하세요. 정말이지 당신은 오늘 아주 근사해 보여요. . . . 알았어요. 무례하게 함부로 칭찬하지도 않을게요. 그저 당신과 함께 있을 수 있도록 허락만 해 주세요. 그러실 거죠?" 이번에도 공작의 망토에 달린 어깨매듭이 거절한다는 의미로 다시 솟아올랐다.

"제 말을 듣지 않으셔도 돼요. 저를 보지 않으셔도 되고요. 제 눈에 비친 당신의 모습을 보고 싶지 않으시다면요. 그저 제 모습을 당신에게 보여 줄 수 있도록 허락만 해 주세요. 제가 바라는 건 그것뿐이에요. 존, 당신이 속한 사회는 재미가 없지는 않아요. 오! 하지만 당신이 떠난 뒤로는 너무도 지루했어요. 맥퀸 씨는 너무 너무 따분한 사람이고, 그의 친구들도 마찬가지에요. 오! 베일리얼 칼리지에서 그들과 함께한 식사는 또 어떻고요! 그들이 저를 위해 죽을 거라는 생각을 하면 할수록, 더는 그들을 견딜 수가 없었어요. 가엾은 분들! 그들에게 진작 죽어 버리지 그랬냐고 타박을 하지 않은 것이 그나마 제가 할 수 있는 최선이었어요. 실은 오늘 그들이 저를 에이트 대회 결승전에 데려가려고 찾아왔을 때, 그들에게 나중에 죽을 바에는 차라리 지금 죽는 게 낫겠다고 말해 버렸어요. 그들은 아주 침통한 표정을 지으면서 결승전이 끝날 때까지는 죽을 수 없다고 하더군요. 아! 그들과 함께 차도 마셨어요! 당신은 오늘 오후 내내 뭘 하셨나요? 오, 존! 그들을 겪고 나니 다시 당신을 사랑할 수 있을 것만 같아요. 왜 남자의 옷과는 사랑에 빠질 수 없을까요? 당신이 차려입고 있는 그 모든 화려한 복장이 오직 저 때문에 엉망이 될 걸 생각하니. . . . 저를 위해서죠? 맞죠? 존, 그건 아주 멋진 일이에요. 제 말을 믿지는 않으시겠지만, 정말 진심으로 당신에게 감사해요. 존, 당신이 저에게 아무런 나쁜 감정이 없다면. . . . 하지만 이런 얘기는 해 봤자 소용없겠죠. 자, 우리 유쾌하게 기분을 내 봐요. 이게 주더스 칼리지의 선상 가옥인가요?"

"주더스 칼리지의 바지선입니다." 공작이 어제는 매력적이라고 느꼈던 줄리카의 실수에 짜증을 내며 말했다.

공작이 줄리카를 따라 바지선에 걸쳐 놓은 판자를 밟고 건너는 순간, 잠잠하던 폭풍이 낮은 소리로 포효하면서 천천히 언덕에서 내려왔다. 그 폭풍 소리는 공작이 마지못해 듣고 있던 줄리카의 수다 소리와 묘한 대조를 이루며 그의 귓전을 때렸다.

"천둥이 치네요." 쥴리카가 뒤를 돌아보며 말했다.

"그렇군요." 공작이 대답했다.

갑판으로 이어진 계단을 절반쯤 올라갔을 때, 쥴리카가 다시 뒤를 돌아보며 물었다. "안 올라오실 거예요?"

공작이 고개를 가로저으며 바지선 앞에 있는 뗏목을 가리키자, 쥴리카가 재빨리 계단에서 내려왔다. "미안합니다. 내려오라는 뜻은 아니었소. 남자들은 뗏목을 타야 하거든요." 공작이 말했다.

"뗏목에서 뭘 할 건데요?"

"결승전이 끝날 때까지 뗏목에서 기다릴 겁니다."

"예...? 무슨 말씀이세요? 그럼 갑판에는 아예 안 올라가실 거예요? 어제는...."

"아, 알겠습니다. 하지만 보시다시피 오늘은 강물로 뛰어내릴 수 있는 복장이 아닙니다." 공작이 웃음을 참지 못하고 말했다.

그러자 쥴리카가 손가락을 자신의 입술에 가져다 댔다. "그렇게 큰 소리로 말씀하지 마세요. 갑판 위에 있는 여자들이 다 듣겠어요. 오늘 무슨 일이 일어날지, 저 말고는 누구도 알아서는 안돼요. 그나저나 제가 당신을 말리려고 애썼다는 걸 어떻게 증명하죠? 입증할 수 없는 저의 말뿐이겠죠.... 세상은 늘 여자에게 불리하게 돌아가죠. 그러니 조심해 주세요. 곰곰이 생각해 봤는데, 모두들 저에게 책임을 뒤집어씌울 거예요. 제발 그렇게 지독하게 냉소적인 표정은 짓지 말아 주세요... . 제가 무슨 말을 하고 있었죠? 아! 맞다! 뭐, 그게 중요한 건 아니고요. 제가 늘 마음속으로 생각하고 있었던 것은 당신이.... 아니오, 물론 저도 당신이 그런 망토를 입고 뛰어내릴 수는 없다고 생각해요. 저와 함께 잠시 갑판에 올라가서 말을 좀 맞춰 보면 어떨까요? 그리고...." 쥴리

카가 공작에게 속삭인 그 다음 말은 천둥이 포효하는 소리에 묻혀 버렸다.

"그건 내가 알아서 할 거요." 공작이 말했다. "이제 곧 결승전이 시작되니, 어서 갑판에 올라가서 난간이나 단단히 붙잡으시오."

"온통 모르는 사람 천지인 저 군중들 틈에 끼어서 저 혼자 가면 아주 이상하게 보일 거예요. 저는 미혼의 숙녀라고요. 제 생각에는 당신이 함께. . . ."

"그럼 잘 가요." 공작이 말했다.

그러자 쥴리카는 다시 손가락을 자신의 입술에 가져다 대며 공작에게 목소리를 낮추라는 신호를 보냈다. "잘 가요, 존." 쥴리카가 속삭였다. "보세요, 저는 아직도 당신의 진주 장신구들을 간직하고 있어요. 잘 가요. 큰 소리로 제 이름 부르기로 한 거 잊지 마세요. 약속했잖아요."

"알았소."

"그리고. . . ." 쥴리카가 잠시 멈칫하더니 말을 이었다. "이것도 기억해 주세요. 저는 평생 단 두 번 사랑을 했어요. 당신을 두 번 사랑한 것 말고는 그 누구도 사랑해 본 적 없어요. 당신이 저의 사랑을 식어 버리게 하지 않았더라면, 저는 당신과 함께 죽었을 거예요. 이게 저의 진심이라는 거 당신도 아시죠?"

"알고 있소." 쥴리카의 말은 공작에게 충분히 진심으로 다가왔다. 공작은 계단을 오르는 쥴리카를 자상하게 지켜보았다. 쥴리카는 갑판에 이르러 군중들 속에서 공작을 향해 소리쳤다. "아래에서 기다리다가 경기가 끝나면 저를 집까지 바래다주실 거죠?" 공작이 말없이 머리를 숙이며 쥴리카에게 인사했다.

뗏목은 어제보다 훨씬 붐볐지만, 주더스 칼리지 재학생들과 졸업생들이 공작에게 길을 내주었다. 공작은 맨 앞줄 한가운데에 자리를 잡앗다.

운명의 강이 공작의 발치에서 출렁거렸다. 선수들이 여러 바지선에서 나와 펀트를 들고 배 운반로로 건너갔다. 경기를 관전할 사람들은 출발선을 향해 사라졌다. 하지만 경기에 별 흥미가 없는 사람들은 그 자리에 남아 있었다. 폭풍 전야의 이상스럽게도 청명한 어둠 속에서, 남아 있는 사람들의 윤곽이 뚜렷하게 보였다.

언덕 주변에 천둥이 우르르 내리쳤고, 지평선에서는 이따금씩 흐릿한 섬광이 비쳤다.

주더스 칼리지가 막달레나 칼리지를 밀어낼 수 있을까? 뗏목에서는 의견이 나뉘었지만, 낙관적인 의견이 지배적이었다.

"내가 만약 이 경기에 돈을 건다면, 우리가 2대 1로 이기는 데 걸 거요." 한 중년의 성직자가 해방감을 느꼈는지 경쾌한 말투로 그렇게 말하자, 평신도들이 아주 곤혹스러워 했다. "성직자로서 품위를 지키셔야죠." 길고 요란한 천둥소리가 공작을 막지 않았다면, 그는 그렇게 말했을 터였다.

잠시 정적이 흐른 뒤, 작은 총성이 들렸다. 보트들이 출발했다. 과연 주더스 칼리지가 막달레나 칼리지를 밀어낼 수 있을 것인가? 주더스 칼리지가 챔피언 자리를 차지할 수 있을 것인가?

공작은 멋스러움의 절정에 다다른 자신이 죽음의 언저리에서 보트 경기 따위에 대한 하찮은 궁금증을 중요하게 여기는 것이 너무나 이상하다고 생각했다. 하지만 . . . 하지만 그 경기 때문에 공작은 가슴이 뛰었다. 지금으로부터 불과 몇 분 후면, 그 경기의 승자도 패자도 모두 최후를 맞이할 것이었다. 하지만. . . .

그때 별안간 하얀 물줄기가 하늘에서 수직으로 쏟아졌다. 그러고는 세상 모든 사람들의 고막을 터뜨릴 듯한 불협화음이 들려왔다. 그리고 진짜 대포라도 터진 것마냥 끔찍한 굉음이 이어졌다. 그것은 마치 수많은 포차가 동시에 전속력으로 달리다가 서로 부딪히고 박살나서 암흑 속으로 나뒹구는 소리 같았다.

그러고는 굉음보다 더 끔찍한 정적이 찾아왔다. 하늘의 위협에 조그마한 지구가 숨죽이며 몸을 웅크린 듯했다. 정적 속에서 희미한 소리가 들려왔다. 그것은 배 운반로에 남아 있던 관중들이 선수들에게 앞으로, 앞으로 나아가라고 응원하는 소리였다.

공작의 귓전에 또 다른 희미한 소리가 들려왔다. 잠시 후, 그는 강물의 표면이 아주 작은 분수를 만들어 내며 살아 움직이는 것을 보고는 그 소리의 정체를 깨달았다.

비였다!

공작의 벨벳 망토가 비 세례를 받았다. 공작은 흠뻑 젖은 채로 잠시 수치스럽게 서 있었다. 하지만 그는 주저하지 않았다.

"쥴리카!" 공작이 소리 높여 외쳤다. 공작은 깊은 숨을 들이마시고 망토에 얼굴을 묻고는 강물로 뛰어들었다.

망토가 강물 위로 활짝 펼쳐졌다. 그러더니 망토 또한 수면 아래로 빨려 들어갔다. 공작이 뛰어든 자리에는 강물이 크게 소용돌이쳤다. 그리고 공작의 깃털 달린 모자는 강물 위에 떠다녔다.

뗏목에서는 혼란스러운 고함소리가 들려왔고, 갑판에서는 절규하는 소리가 들려왔다. 많은 청년들이, 아니 그 자리에 있던 모든 청년들이 "쥴리카!"를 외쳐 대며 서로 경쟁이라도 하듯 강물로 뛰어들었다.

"용감한 친구들이로군!" 청년들의 행동을 공작을 구조하려는 것이라고 생각한 노인들이 탄식하듯 소리쳤다.

비가 퍼붓듯 쏟아졌고, 천둥이 큰 소리를 내며 내리쳤다. 강물 위 여기저기에서 청년들의 머리가 떠올랐지만, 그것도 잠시뿐이었다.

마치 전염이라도 된 듯, 양쪽 바지선들에서도 고함소리와 절규하는 소리가 들려왔다. 바지선들에서도 또한 많은 젊은이들이 강물로 뛰어내렸다.

"아주 훌륭한 친구들이로군!"

그 사이 공작은 어떻게 되었을까? 나는 이렇게 말할 수 있어 기쁘다. 공작은 무사히 잘 살아 있었다. 지난밤에 걸린 감기가 아직 낫지 않은 것을 제외하면 말이다. 물살이 빠른 어둑한 강물 속에서 공작의 정신은 그 어느 때보다 선명하게 깨어 있었다. 공작이 입고 있던 망토의 매듭이 풀어지면서 망토가 벗겨지자, 그의 팔이 자유로워졌다. 공작은 숨을 잘 참으면서 쉬지 않고 헤엄쳤다. 그는 자신이 죽고자 하는 정확한 시간까지도 결국 신들에 의해 좌지우지된다는 사실에 약이 올랐다.

이런 흥미진진한 순간에 내가 직접 이야기에 끼어드는 것은 정말이지 싫다. 바로 앞 문단에서처럼 전개가 빠르고 긴박한 순간에 말이다. 하지만 여기서 잠시 멈추고 신들을 위한 변명 한마디 덧붙여야 신들에게 공평할 것 같다. 공작이 결승전이 끝날 때까지는 죽을 수 없다고 말했을 때, 신들은 그가 단순히 농담을 하는 것이라고 생각했다. 하지만 공작이 목숨을 버릴 준비를 한 채 강물 앞에 서 있었을 때 제우스가 비를 뿌리며 신호를 보내자, 그때서야 신들은 그것이 단순히 농담이 아니었다는 사실을 깨달았다. 사람들은 농담을 자제하라고 배운다. 왜냐하면 인간이란 원래 농담을 글자 그대로 받아들이는 경향이 있기 때문이다. 반대로, 모든 것을 다 듣고 있는 신들 앞에서는 단순하고 직설적으로 말하는 것이 위험하다. 그렇다면 도대체 어떻게 해야 한단 말인가? 이런 딜레마를 제대로 설명하려면 책 한 권이 통째로 필요할 것이다.

어쨌든 다시 공작에게 돌아가 보자. 공작은 1분 정도 수면 아래서 헤엄을 치며 하류로 내려가고 있었다. 그는 앞으로 1분 정도는 더 의식을 유지할 수 있을 것이라고 생각했다. 지금까지 살아온 삶 전체가 공작 앞에 생생하게 펼쳐졌다. 오래도록 잊고 있었던 무수히 많은 사소한 사건들이 순서대로 선명하게 나타났다. 공작은 눈 깜짝할 사이에 그 사건들을 대략적으로 파악하느라 벌써 지치고 말았다. 얼굴에 와 닿는 수초들이 어찌나 부드럽고 나긋나긋한지! 공작은 뱃치 부인이 제 시간에 수표를 현금으로 바꾸었는지 궁금했다. 뱃치 부인이 제 시간에 수표를 현금으로 바꾸지 못했다고 하더라도, 물론 공작의 유언집행자들이 그녀에게 지불을 해 줄 것이었다. 하지만 번거로운 절차를 거쳐야 해서 지불이 아주 오랫동안 지연될 것이었다.

'뱃치 부인에게는 번거로운 절차가, 공작에게는 번거로운 수초가.' 공작은 이런 형편없지만 기발한 비유에 쓴웃음을 지으면서도, 자신의 비유를 '인어'가 발휘하는 재치의 모범이라고 생각했다.

공작은 조용하고 차가운 어둠 속을 계속해서 헤엄쳐 왔기에 속도가 많이 떨어진 터였다. 이제는 팔을 휘젓는 것도 힘들었다.

공작이 혼잣말을 했다. '조금만 더, 조금만.'

그러더니 공작은 잠에 빠져들었다. 어떻게 하다 그가 여기까지 왔을까? 어떤 여인이 공작을 여기로 보낸 것이다. 아주 오래 전에 어떤 여인이 말이다. 공작은 그녀를 용서했다. 그녀를 용서할 수 있는 사람은 공작 외에는 아무도 없었다. 하지만 사실 공작을 그렇게나 일찍, 그렇게나 일찍 여기까지 보낸 것은 신들이었다. 공작이 물속에서 두 팔을 들어올리자 그의 몸이 떠올랐다. 수면 위 세계에는 공기가 있었고, 그곳에는 공작이 다시 수면 아래로 가라앉아 잠에 빠져들기 전에 알아야 할 무언가가 있었다.

공작은 헉헉 대며 숨을 들이쉬면서, 자신이 알아야 할 것이 무엇인지를 떠올렸다.

강 한가운데에 다다랐을 때쯤 공작은 다시 한 번 수면 위로 떠올랐는데, 막달레나 칼리지 팀 보트의 용골에 하마터면 치어 죽을 뻔했다. 그 보트의 노가 공작의 얼굴을 스치며 지나갔다. 그때 보트의 키잡이의 눈이 공작의 눈과 마주쳤다. 그 순간, 그 키잡이가 보트의 키에 달린 줄을 놓치는 바람에, 뱃머리에서 노를 젓던 막달레나 칼리지 팀 선수들이 노 젓는 박자를 놓치고 말았다.

바로 그때, 주더스 칼리지 팀 보트가 막달레나 칼리지 팀 보트를 쾅하고 부딪히며 밀쳐 냈다.

마치 천둥소리 같은 충돌음이 배 운반로에서 발을 구르며 응원을 하던 관중들이 내는 소음을 집어삼켰다. 내리던 폭우 때문에 육지와 강이 구분되지 않았다.

승리한 주더스 칼리지 팀 선수들, 패배한 막달레나 칼리지 팀 선수들, 이제 모두가 공작의 얼굴을 바라보고 있었다. 하지만 미소를 띤 새하얀 공작의 얼굴은 이내 사라지고 말았다. 도싯 공작은 수면 아래로 사라졌고, 영원한 잠에 빠져들었다.

선수들은 승리도 패배도 모두 잊은 채, 비틀대며 자리에서 일어나 강물로 몸을 던졌다. 가벼워진 보트는 뒤집혔으며, 노들은 서로 얽혀서 헛되이 빙빙 돌았다.

이제는 더 이상 관중들이 내는 소음도 들려오지 않는 배 운반로에서는 "쥴리카!"라는 외마디 소리만이 크게 들려왔다. 셀 수 없이 많은 청년들이 비를 뚫고 강물로 뛰어들었다. 묶여 있던 보트들도 여기저기서 어지럽게 떠다니고 있었다. 내팽개쳐진 노들이 요동을 치며 서로 부딪히고 가라앉았다가 떠오르는 사이, 청년들은 소용돌이치는 강물로 뛰어들었다.

사람들, 그리고 주인을 잃은 물건들이 온갖 혼란과 격동을 일으키고 있을 때, 하늘에서는 어마어마한 불협화음이 일어나고 있었다. 하늘에서 앞이 안 보일 정도의 유례없는 폭우가 쏟아지고 있었던 것이다. 마치 폭우의 도움 없이는 허우적대고 있는 저 수많은 인간들의 형체를 뒤덮을 수 없기라도 한 것처럼 말이다.

청년들이 강물에 뛰어들기 전에 내던진 종, 나팔, 모터사이렌, 징 등이 비로 흠뻑 젖은 배 운반로에 널브러져 있었다. 노인들은 폭풍우 속에 멍하니 서서 청년들이 남긴 유품들을 바라보고 있었다. 그때 회색 구레나룻의 한 노인이 웃옷을 벗어던지고는 강물로 뛰어들었다. 그러고는 아직 살아 있는 한 청년을 움켜잡고 몸싸움을 하는가 싶더니, 수면 아래로 끌려 들어가는 것이었다. 강물을 따라 떠내려가다가 저 멀리에서 다시 수면 위로 떠오른 노인은 숨이 막혀 캑캑거리면서 간신히 강둑까지 헤엄쳐 가서는 잔디를 꽉 붙잡았다. 그 노인은 홀쩍거리면서 흠뻑 젖은 몸으로 발 디딜 곳을 찾았다. 그렇게 끔찍하게 강물 속으로 가라앉아 죽는 것은 정말이지 사람이 할 짓이 아니었다.

그렇다. 정말 끔찍했다. 하지만 강물 속에서 오로지 죽음만을 목격했던 그 노인에게는 끔찍한 일이었겠지만, 사랑을 위해 죽어가는 청년들에게는 달콤하고도 신성한 일이었다. 강물 위로 떠오른 청년들의 얼굴은 하나같이 미소를 띠고 있었다.

천둥은 서서히 물러갔고, 격렬한 폭우도 잦아들었다. 보트들과 노들은 강둑까지 떠내려왔다. 늘 참을성 많은 강은 끔찍한 짐을 실은 채로 이플리 마을[89]로 흘러갔다.

배 운반로와 마찬가지로 청년들이 모두 떠나 버린 저편 뗏목에서는, 수많은 노인들이 망연자실하게 강을 바라보다가 눈길을 거두고 서로의

---

89) Iffley: 옥스퍼드 남쪽에 위치한 마을.

얼굴을 바라보며 서 있었다.

바지선 갑판에는 아무도 없었다. 빗방울이 처음 떨어지기 시작한 순간, 여자들 대부분은 비를 피해 안쪽으로 피신하여 옹기종기 모여 앉아 있었다. 갑판에 남아 있던 여자들도 지금은 겁에 질려 모두 아래로 내려가 있었다. 하지만 갑판 위에 단 한 명의 여인이 아직 남아 있었다. 비에 흠뻑 젖은 한 여인이 어둠 속에서 눈을 반짝이며 서 있었던 것이다. 그 여인은 틀림없이 홀로 멋진 시간을 보내고 있었을 것이다. 역사 속에서 어떤 여인에게도 그러한 경의를 표했다는 기록은 없었기에, 그 여인은 자신에게 쏟아진 흠모의 표시를 마지막 한 방울까지 만끽하고 있었다.

제20장

예술적인 측면에서 보면, 그리스의 나이 든 전령의 신 '메신저'에 대해서 할 말이 꽤 많다. 감히 말하건대, 독자 여러분은 나를 비난하고 있을 것이다. 내가 학생들이 죽어가는 광경을 당신들에게 직접 목격하게 했다는 이유로 말이다. 독자 여러분은 또한 이렇게 생각할 것이다. '학생들이 모두 죽은 뒤에 누군가를 등장시켜서 그것에 대해 이야기하게 할 수는 없었을까?' 하고 말이다. 그런데 누구를 등장시킨다는 말인가? 도대체 누구를? 독자 여러분이 너무 일방적이라고 생각하지 않는가? 그날 저녁 옥스퍼드에는, 집으로 돌아가서 자신들이 강가에서 본 것을 생생하게 전달했던 많은 사람들이 있었다는 것을 인정한다. 하지만 그들도 모두 사건 전체의 극히 일부분을 목격했을 뿐이었다. 그렇다. 나는 분명 여러 이야기의 조각들을 조합하여 한 사람의 입을 빌려 독자 여러분께 전달할 수도 있었다. 하지만 클리오의 하인인 나의 관점에서, 그렇게 하는 것은 신뢰성이 충분하지 않다. 나는 진실만을 목표로 삼는다. 뿐만 아니라 나는 제우스에게 부여받은 능력으로, 즉 누구의 눈에도 띄지 않고 형체를 가진 어떤 물체에도 방해받지 않은 채 그 광경을 전체적으로 꿰뚫어 볼 수 있는 유일한 사람이었다. 그러니 독자 여러분은 간접 서술이라는 베일로 그 광경을 가리지 않은 나를 이해해 주었으면 좋겠다.

내가 이제 와서 메신저를 보낸다고 하면 아마 독자 여러분은 이렇게 말할 것이다. "너무 늦었어." 하지만 뱃치 부인과 케이티가 애처롭게 비에 흠뻑 젖은 클라렌스를 맞이한 순간은 적어도 전령의 신이 등장할 시간은 아니었다. 케이티는 일곱 시에 저녁 식사를 하기 위해 테이블보를 깔고 있었다. 물론 케이티도 뱃치 부인도 천리안을 가진 사람들은 아니었다. 두 사람 모두 무슨 일이 일어났는지 전혀 모르고 있었다. 하지만 클라렌스가 오후 수업이 끝난 뒤에도 집에 돌아오지 않자, 두 사람은 그가 강가에 있을 거라고 짐작했다. 그런데 지금 클라렌스의 표정을 보고, 두 사람은 강에서 무언가 심상치 않은 일이 벌어졌음을 직감했다. 하지만 무슨 일이 벌어졌는지에 대해서는 금세 알아채지 못했다. 전령의 신 '메신저'라면 언제나처럼 수십 킬로미터 거리를 달려와서 나무랄 데 없는 운율로 생생한 시 백 편 정도는 술술 읊어 댈 것이다. 그러나 클라렌스는 건강이 좋지 않은 부류에 속했다. 그는 의자에 털썩 주저앉아 숨을 헐떡거렸다. 뱃치 부인은 걱정이 되어 클라렌스의 등을 힘차게 토닥여 주었지만, 그는 좀처럼 숨을 고르지 못했다.

"공작님이 . . . 공작님이 강물에 몸을 던졌어요." 클라렌스가 숨을 헐떡거리며 말했다.

그렇다. 그것은 각운 하나 없는 무운시無韻詩였다. 클라렌스는 시의 리듬에는 조금도 신경쓰지 않고 읊어 댔다. 그 무운시는 나쁜 소식을 전할 때 지켜야 할 규정을 정면으로 거스르는 것이었다. 독자 여러분, 하지만 부디 이것만은 알아주시라. 여러분은 내 덕분에 공작의 충격적인 죽음을 들을 만반의 준비가 되어 있다는 사실을 말이다. 하지만 여전히 독자 여러분이 중얼거리는 소리가 들리는 듯하다. 왜 메신저가 여러분에게 직접 사실 그대로를 전달하게 하지 않느냐고 말이다. 자, 독자 여러분은 정말로 나를 향한 여러분의 불만이 클라렌스를 향한 뱃치 부인과 케이티의 불만에 비견될 수 있다고 생각하는가? 독자 여러분은 앞 장을 읽으면서 한순간이라도 현기증을 느낀 적이 있는가? 없을 것이다. 반면 케이티는 클라렌스의 말을 듣자마자 졸도하고 말았다. 그러니 독자 여러분은 보잘것없는 불만을 잠시 접어두고, 의식을 잃고 바닥에 쓰러진 가엾은 케이티 생각을 해 주면 좋겠다.

뱃치 부인은 현기증을 느끼지는 않았지만, 클라렌스의 말에 너무 놀란 나머지 케이티가 졸도한 것도 알아채지 못할 정도였다.

"안돼! 아이고 저런! 이를 어쩐담! 클라렌스, 어서 자세히 말 좀 해 봐. 말할 수 있겠니?"

"강물에. . . ." 클라렌스가 숨을 헐떡이며 말을 꺼냈다. "몸을 던졌어요. 의도적으로요. 저는 그때 배 운반로에서 공작님이 강물에 몸을 던지는 것을 봤어요."

뱃치 부인이 낮게 신음했다.

"케이티가 졸도했어요." 클라렌스가 덧붙였다.

"공작님이 강물에 몸을 던지는 것을 봤단 말이지. . . ." 뱃치 부인은 멍하니 클라렌스의 말을 되풀이할 뿐이었다. "케이티, 빨리 일어나." 뱃치 부인은 똑같은 목소리로 말했다. 하지만 케이티는 뱃치 부인의 말을 듣지 못했다. 뱃치 부인은 딸보다 감수성이 부족하다는 사실이 너무도 싫은 나머지, 딸에게 서둘러 필요한 응급 처치를 하면서도 성질을 부렸다.

"여기가 어디죠?" 바로 그날, 그 집에서, 그와 비슷한 상황에서 쥴리카가 했던 말을 케이티가 메아리처럼 되풀이하고 있었다.

"아! 정신이 돌아왔구나." 뱃치 부인이 힘주어 말했다. "그래, 엄마 여기 있다." 그러더니 뱃치 부인은 클라렌스를 향해 소리쳤다. "클라렌스, 네가 전한 소식 때문에 케이티가 졸도하고 말았잖아." 뱃치 부인은 그렇게 그 끔찍한 소식과 다시 대면하게 되었다. 케이티도 그 끔찍한 소식을 기억해 내고는 큰 소리로 흐느꼈다. 그러자 뱃치 부인은 더 큰 소리로 흐느끼며 케이티의 울음소리를 덮어 버렸다. 클라렌스는 난로 앞에 서서 천천히 한 바퀴를 빙글 돌았다. 그의 옷에서는 김이 모락모락 올라오고 있었다.

"그건 사실이 아닐 거야." 케이티가 자리에서 일어나 머뭇거리며 클라렌스에게 다가가서 협박 반 애원 반으로 우겨 댔다.

"좋을 대로 생각해." 클라렌스가 강한 어조로 말했다.

"나쁜 녀석들, 그렇게 다툴 거면 나는 더 이상 너희 둘 중 누구와도 말을 섞지 않겠다." 뱃치 부인이 눈물을 글썽이며 말했다.

"그거 어디서 났어?" 클라렌스가 케이티가 하고 있는 귀걸이를 가리키며 물었다.

"공작님이 주신 거야." 케이티가 대답했다.

클라렌스는 케이티에게 "멋지네!"라고 말하고 싶은 동생으로서의 마음을 억눌렀다.

케이티는 멍하니 서 있었다. "공작님은 그녀를 사랑하지 않았어." 그러더니 케이티가 중얼거렸다. "모든 것이 다 끝나 버렸어. 맹세코 공작님은 그녀를 사랑하지 않았어."

"그녀가 누군데?" 클라렌스가 물었다.

"여기 왔던 돕슨 양 말이야."

"성 말고, 이름이 뭐야?"

"쥴리카." 케이티가 쓰디쓴 혐오감을 드러내면서 쥴리카의 이름을 또렷이 말했다.

"아, 그럼 공작님이 그녀를 사랑한 것이 확실해. 강물에 뛰어들기 직전에 바로 그 이름을 외쳤거든. '쥴리카!' 이렇게 말이야." 클라렌스가 불경스럽게도 공작을 흉내 내면서 말했다.

그러자 케이티가 눈을 감더니 주먹을 꽉 쥐었다. "공작님은 쥴리카를 증오했어. 공작님이 나에게 그렇게 말했다고." 케이티가 말했다.

"나는 늘 공작을 아들처럼 대해 줬는데. . . ." 뱃치 부인이 구석에 있는 의자에 앉아서 몸을 들썩이며 흐느꼈다. "왜 나에게 와서 고민을 털어놓지 않았을까?"

"공작님이 저에게 키스를 했어요." 케이티가 멍하니 말했다. "다른 남자였다면 누구도 절대 그렇게 하지 못하게 했을 거예요."

"공작님이 누나한테 키스를 했다고?" 클라렌스가 외쳤다. "누나는 그걸 그냥 내버려 뒀어?"

"이 형편없는 건방진 애송이 녀석아!" 케이티가 발끈했다.

"뭐? 내가, 내가 뭐 어떻다고?" 클라렌스가 케이티에게 소리치며 대들었다. "다시 말해 봐! 어서!"

뱃치 부인이 대성통곡하면서 두 사람을 꾸짖어 그 상황이 종료되지 않았다면, 케이티는 틀림없이 클라렌스에게 다시 험한 말을 쏟아부었을 터였다.

"이 못된 것아, 엄마 생각도 좀 해야지." 뱃치 부인이 케이티에게 말했다. 케이티가 뱃치 부인에게 다가가서 어깨에 부드럽게 손을 올렸다. 하지만 케이티의 그러한 행동에 뱃치 부인은 오히려 눈물을 홍수처럼 쏟아냈다. 뱃치 부인은 그 비극 때문에 어떻게 처신을 해야 할지에 대해 예민한 감각을 갖게 되었다. 케이티는 클라렌스와 말다툼을 하는 통에, 졸도를 함으로써 선점했던 유리한 고지를 스스로 내팽개치고 만 셈이 되었다. 뱃치 부인은 케이티가 위로자로서의 역할을 발휘하는 유리한 고지를 되찾도록 그냥 내버려 두지는 않을 것이었다. 내가 급하게 한마디 끼어들자면, 그런 결의는 선량한 뱃치 부인의 잠재의식 속에서만 존재하는 것이었다. 뱃치 부인의 슬픔은 분명 진심이었다. 설령 뱃치 부인이 느끼는 슬픔이 엄청난 재앙에 처해서 그녀가 느끼는 모종의 숭고함과 섞여 있다고 해도 말이다.

뱃치 부인은 건실한 시골 농부 집안 출신이었다. 그녀의 내면에는 데이지 꽃과 수선화, 연인들의 맹세와 미소가 무덤과 유령, 살인과 같은 온갖 음침한 것들과 아주 이상하게 한데 엮여 있는 옛 노래와 발라드의 정신이 깃들어 있었다. 뱃치 부인은 가방끈이 짧았지만 결코 주눅 드는 일이 없었다. 그녀는 인생의 고난도 기쁨과 마찬가지로 받아들일 수 있었다. 뱃치 부인은 죽음을 포함한 인생 만사를 자신의 운명으로 받아들일 수 있었다.

공작이 죽었다. 그것이 그 놀라운 사건과 관련하여 뱃치 부인이 파악한 요체要諦였다. 이제부터는 사건의 세부적인 내용들을 파악해 볼 것이다. 지금껏 괴로워한 뱃치 부인을 조금만 더 괴롭혀 보겠다. 케이티가 한 발 물러나자마자 뱃치 부인은 마치 기다렸다는 듯이 눈물을 훔치고는 클라렌스에게 무슨 일이 있었는지 자세히 말해 보라고 했다. 나이 어린 케이티는 주저했던 일이었지만, 뱃치 부인은 주저함이 없었다.

공작이 그 하숙집에 마술이라도 걸어 놓았는지, 클라렌스는 다른 학생들도 공작과 함께 죽음을 맞이했다는 소식을 깜빡 잊고 전하지 않았다. 하지만 클라렌스는 그 소식을 깜빡 잊고 전하지 않았던 것이 내심 기뻤다. 자신이 중요한 소식을 또 전할 수 있기 때문이었다. 한편, 클라렌스는 공작이 강물에 몸을 던지는 장면을 아주 상세하게 묘사했다. 그의 이야기를 듣는 동안에도 뱃치 부인은 머릿속으로 바로 코앞에 닥칠 미래에 대해 생각하느라 여념이 없었다. '내일 공작님의 가족분들이 모두 여기에 오실 거야. 그러니 공작님의 방을 오늘밤에 다 정리해야 해. 사모님, 저는 공작님에게 늘 엄마처럼 대했답니다. 어떤 면에서 보면. . . .'

반면, 케이티는 머릿속으로 바로 눈앞의 과거를 떠올렸다. 공작의 목소리, 자신이 입을 맞추었던 공작의 손, 자신의 이마에 와 닿았던 입술의 감촉, 그리고 공작을 위해 날마다 새하얗게 닦았던 현관 계단. . . .

빗소리는 그친 지 오래였다. 바람이 휘몰아치는 소리가 들려왔다.

"공작님 외에도 수많은 학생들이 강물에 몸을 던졌어요." 클라렌스가 말했다. "그들 모두 하나같이 공작님이 한 것처럼 '줄리카!'라고 외쳤어요. 그러고는 또 많은 학생들이 강물에 몸을 던졌어요. 처음에 저는 장난인 줄 알았어요. 그런데 장난이 아니더라고요!" 그는 강을 더 살펴보고 나서 그 재앙의 규모를 알게 되었다면서 말을 이었다. "수백 명은 되었던 것 같아요. 강물에 몸을 던진 학생들을 모두 합하면요." 그는 그 '로맨스'에 경의를 표하면서도 샐쭉한 태도로 덧붙였다. "그들 모두 줄리카를 향한 사랑 때문에 그랬다니까요."

뱃치 부인은 의자에서 몸을 일으킨 채로, 그 엄청난 사건을 어떻게든 감당해 보려고 노력했다. 그녀는 양팔을 넓게 펼치고 입을 떡 벌린 채 침묵을 지키며 서 있었다. 마치 그녀의 몸이 동정심으로 가득 차서 그 수많은 학생들의 규모로까지 부풀어오르는 것 같았다.

반면, 케이티는 자신의 생각에 너무 집중한 나머지, 그 수많은 다른 학생들의 죽음에는 전혀 마음 쓰지 않았다. 케이티가 말했다. "공작님은 쥴리카를 증오했어. 내가 아는 건 그것뿐이야."

"수백 명의 학생들이 . . . 모두. . . ." 뱃치 부인이 낮고 진지한 어조로 혼잣말을 하더니 무언가를 생각해 내고는 갑자기 발걸음을 옮겼다. '녹스! 그럼 녹스도. . . .' 뱃치 부인은 비틀거리며 문 쪽을 향해 걸어가서는, 무거운 발걸음으로 계단을 올라갔다. 그녀의 마음은 이미 몸을 앞서 뛰어가고 있었다. 사랑하는 젊은 신사 녹스가 별 탈 없이 무사하다면, 그보다 더 고마운 일이 어디 있을까! 만약 그렇다면, 뱃치 부인은 녹스에게 그 끔찍한 소식을 아주 조금씩 천천히 전하리라. 만약 그렇지 않다면, 그녀가 위로해 주어야 할 가족이 하나 더 늘어날 것이다.

"녹스, 나야." 방문은 닫혀 있었다. 뱃치 부인이 두 번이나 방문을 두드렸지만, 아무런 대답이 없었다. 그녀는 방 안으로 들어가 어둠 속에서 주위를 둘러보며 깊은 한숨을 내쉬었다. 그러고는 성냥에 불을 붙였다. 테이블 위 눈에 잘 띄는 곳에 종이 한 장이 덩그러니 놓여 있었다. 뱃치 부인은 몸을 숙여 그 종이를 살펴보았다. 그것은 연습장에서 찢어 낸 줄 쳐진 종이였는데, 거기에는 "사랑이 없다면 삶에 무슨 의미가 있는가?"라고 쓰여 있었다. 마지막 단어와 물음표는 눈물 자국으로 흐려져 있었다. 성냥개비가 다 타 버렸다. 뱃치 부인은 다른 성냥개비에 불을 붙이고는 그 종이에 쓰인 글을 다시 한 번 읽었다. 그녀는 종이에 쓰인 슬픔에 찬 글을 충분히 이해했을지 모른다. 뱃치 부인은 안락의자에 앉아서 한참 동안 눈물을 흘렸다. 그러다 눈물마저 말라 버리자 발끝으로 살금살금 걸어 방 밖으로 나와서는 아주 조용히 방문을 닫았다.

뱃치 부인이 계단을 내려왔을 때, 케이티가 막 현관문을 닫고 들어와 복도를 따라 걸어오고 있었다.

"가엾은 녹스. 녹스도 세상을 떠났구나." 뱃치 부인이 말했다.

"녹스도요?" 케이티가 무심하게 대꾸했다.

"그래, 녹스도 세상을 떠났다고, 이 비정한 것아! 손에 들고 있는 건 뭐니? 뭐야, 그거 흑연 아니야? 그걸로 도대체 뭘 한 거야?"

"엄마, 저 좀 그냥 내버려 두세요." 가엾은 케이티가 말했다. 케이티는 초라한 자신의 임무를 수행했다. 늘 습관처럼 자신의 사랑을 표현해 오던 그 현관 계단에, 자신이 할 수 있는 최선의 애도를 표했던 것이다.

제21장

그동안 쥴리카는 어디에서 무얼 하고 있었을까? 그녀는 현명하게도 자신이 있어야 할 최선의 장소에 있었다.

쥴리카의 얼굴은 수면 위에 뜬 채로 위를 향해 있었다. 산발이 된 그녀의 검은 머리카락은 반은 물속에 잠기고 반은 물위에 둥둥 뜬 채로 얼굴 주위에 퍼져 있었다. 쥴리카의 눈은 감겨져 있었고 입술은 벌어져 있었다. 개울에 빠져 죽은 오필리어도 그보다 더 평화로워 보이지는 않았을 것이다. "마치 물에서 태어나, 물속에 사는 생물 같았지."[90] 쥴리카는 평온히 누워 있었다. 그녀의 치렁치렁한 머리카락은 수면 위아래를 이리저리 유유히 떠다니며 엉켰다 풀렸다를 반복했다. 하지만 그녀의 머리카락 외에는 미동도 하지 않았다.

쥴리카가 때로는 고취시키고 때로는 이용하기도 했던 그 사랑의 감정이 이제 와서 그녀에게 무슨 의미가 있을까? 그녀를 향한 사랑을 위해 세상을 떠난 청년들의 목숨은? 이제 쥴리카는 그들에 대한 생각을 조금도 하지 않았다. 그저 초연하게 누워 있을 뿐이었다.

물에서 끊임없이 올라오는 두터운 수증기가 유리창에 맺혀 이슬이 되었다. 공기 중에는 바이올렛 향기가 물씬 풍겼다. 바이올렛은 애도의 꽃이다. 하지만 지금 그곳에서 풍기는 바이올렛 향은 아무런 의미가 없

---

90) 윌리엄 셰익스피어(William Shakespeare)의 『햄릿』(*Hamlet*) 제4막 7장에 나오는 대사로, 거트루드가 개울에 빠져 죽은 오필리어의 죽음을 묘사하는 구절.

었다. 바이올렛은 쥴리카가 늘 사용하던 입욕제일 뿐이었다.

그 욕실은 쥴리카에게 익숙한, 하얗게 반짝이는 그런 종류의 욕실은 아니었다. 욕실 벽에는 타일이 아닌 벽지가 발라져 있었고, 욕조는 마호가니 틀로 된 옻칠을 한 주석 욕조였다. 쥴리카는 학장 관사에 도착한 날 저녁부터 그런 것들이 굉장히 실망스러웠다. 하지만 그녀는 욕실 자체가 자신이 애타게 갈망하던 사치품이었던, 쉽게 잊히지 않는 과거가 있었기에, 그것들을 잘 참아 낼 수 있었다. 뜨거운 물을 한가득 받을 수 없는 작은 욕조와, 여자 가정교사를 끔찍이 싫어하는 하녀가 문을 쾅쾅 닫아 대던 욕실 정도가 신이 자신에게 허락한 전부였던 과거를 말이다. 오늘 저녁 목욕을 하며 쥴리카가 더욱 평온한 감정을 느끼는 이유는, 고단한 하루를 보내고 막 집에 돌아왔기 때문이다. 그녀는 비에 흠뻑 젖은 옷을 걸친 채로 벌벌 떨면서 집에 돌아왔다. 그래서 오늘의 목욕은 단순히 호사를 누리는 것이 아니라, 감기에 걸리지 않기 위한 확실한 수단이자 필요한 예방 조치였다. 쥴리카는 그 어느 때보다 감사한 마음으로 욕조 안에서 몸을 녹이고 있었다. 그때 멜리상드가 수건을 잔뜩 들고 나타났다.

8시가 되기 전에 쥴리카는 저녁 식사를 하러 내려갈 준비를 마쳤다. 쥴리카의 얼굴에는 평소보다 훨씬 더 건강한 윤기가 넘쳐흘렀다. 그리고 평소보다 더 허기를 느꼈다.

하지만 아래층으로 내려갈 때 쥴리카는 걱정이 앞섰다. 사실 오랜 가정교사 생활의 경험 탓인지, 그녀는 다른 사람의 집에 머물 때 한 번도 마음이 편했던 적이 없었다. 만족감을 주지 못하면 어쩌나 하는 두려움이 끊임없이 쥴리카를 따라다니며 괴롭혔다. 그러다 보니 늘 경계심을 풀 수가 없었다. 해고의 그림자가 계속해서 쥴리카의 곁을 맴돌았다. 평소와 달리 오늘밤은 쥴리카도 '바보처럼 굴지 말자'는 말을 스스로에게 할 수 없었다. 학생들이 강물에 뛰어든 동기를 학장이 이미 알고 있다면, 그와 함께하는 저녁 식사가 아주 불편한 자리가 될 수 있었기 때문이다. 학장은 수많은 말들을 늘어놓으며, 쥴리카를 옥스퍼드에 초대한 것을 후회한다고 말할지도 몰랐다.

거실의 열린 문 사이로, 쥴리카는 학장이 아주 긴 검은색 학위복을 걸치고 위풍당당하게 서 있는 모습을 보았다. 그 순간 본능적으로 달아나야 한다는 생각이 들었지만, 쥴리카는 그러한 생각을 억눌렀다. 그녀는 '미소 짓지 말자'고 생각하면서 곧장 거실로 들어섰다.

"아, 왔구나. 변명을 할 생각일랑 하지 마라." 학장이 쥴리카를 향해 검지를 좌우로 흔들어 보이면서 농담조로 말했다. 쥴리카는 안심이 되면서도 살짝 충격을 받았다. 책임감 있는 학장이 그 사건을 어떻게 이리도 가볍게 받아들일 수 있단 말인가?

"오! 할아버지." 쥴리카가 고개를 떨구며 말했다. "뭐라 드릴 말씀이 없네요. 그건 . . . 그건 . . . 정말이지 너무 끔찍했어요."

"쥴리카, 그냥 농담한 거란다. 네가 기분 좋은 시간을 보냈다면, 내게 얼굴 좀 비치지 않은 게 무슨 큰 잘못이겠느냐. 그나저나 하루 종일 어디 갔었니?"

쥴리카는 학장의 말을 오해했었다는 것을 깨달았다. "방금 막 강에서 돌아왔어요." 쥴리카가 진지한 어조로 대답했다.

"그래? 오늘밤 주더스 칼리지가 우승을 달성했니?"

"저는 . . . 저는 잘 모르겠어요, 할아버지. 오늘 아주 많은 일들이 있었어요. 그게 . . . 식사하면서 모두 말씀드릴게요."

"아! 하지만 오늘밤에는 너와 함께 식사를 할 수가 없구나. 너도 알다시피 오늘은 범프 서퍼가 있단다. 내가 회관에서 범프 서퍼를 주재해야 하거든." 학장이 학위복을 가리키며 말했다.

쥴리카는 범프 서퍼가 있다는 사실을 깜빡 잊고 있었다. 그녀는 범프 서퍼가 무엇인지 정확히는 잘 몰랐지만, 오늘밤 그것이 제대로 진행되지 않으리라는 것은 잘 알았다. "하지만, 할아버지. . . ." 쥴리카가 말을 꺼냈다.

"쥴리카, 주더스 칼리지는 나에게서 떼려야 뗄 수 없는 것이란다. 그리고. . . . 아!" 학장이 시계를 쳐다보며 말했다. "이제 그만 가 봐야겠다. 원한다면 저녁 식사를 마치고 곧바로 와서 관람석에서 지켜봐도 좋아. 하지만 아주 시끄럽고 소란스러울 게다. 분위기는 전반적으로 활발해. 사내애들이 뭐 다 그렇지. 그래도 참고 볼만할 게야. 어때? 올 거니?"

"아마도요. . . ." 쥴리카가 어색하게 대답했다. 그녀는 웃어야 할지 울어야 할지 몰랐다. 그때 집사가 들어오더니 저녁 식사가 준비되었다고 말했고, 덕분에 쥴리카는 그 상황을 모면할 수 있었다.

학장이 회관에 다다르자, 회관 밖에 서 있던 학위복을 입은 연구원들 사이에 침묵이 내려앉았다. 그들 대부분은 이제 막 그 소식을 접해서인지, 아직까지는 그 사실을 믿지 못하는 분위기였다. 사실 그러한 회의주의는 옥스퍼드 대학의 동력이라 할 수 있다. 강에 있었던 서너 명의 교수들은 그러한 회의적인 분위기에 맞닥뜨리자, 무언가 착오가 있었던 것이 분명하며 오늘날과 같은 환각의 세상에서 오늘밤 자신들이 잘못 본 것이라고 믿기에 이르렀다. 하지만 그러한 믿음에 반박이라도 하듯, 학생들의 자리는 모두 비어 있었다. 아니면 그것 또한 환영幻影이란 말인가? 머리가 비상한 학자들이자 책에 관해서라면 귀신처럼 통달한 그들도 실제 삶과 죽음의 문제 앞에서는 무기력하게 헤맬 뿐이었다. 그러나 그들은 책임감 있는 인물인 학장의 모습을 보자 용기가 샘솟는 듯했다. 학장은 방황하는 그들 무리의 아버지 격이자, 아름다운 쥴리카의 할아버지 아닌가.

쥴리카와 마찬가지로, 교수들과 연구원들도 '미소 짓지 말자'고 생각하면서 학장에게 인사를 건넸다.

"여러분, 안녕하십니까." 학장이 인사에 화답했다. "폭풍은 이제 지나간 것 같군요."

"예, 학장님." 그들은 중얼거리듯 대답했다.

"우리 주더스 칼리지 팀이 제대로 실력 발휘를 좀 했나요?"

발뺌하는 듯 주저하는 침묵이 잠시 이어졌다. 그러자 모두가 부학장을 바라보았다. 그 소식을 전하고 자신들이 본 '환영'을 학장에게 보고해야 할 사람은 당연히 부학장이었기 때문이다. 부학장은 사람들에게 떠밀리듯 앞으로 나아갔다. 덩치가 큰 그는 덥수룩한 수염을 초조하게 만졌다. "글쎄요, 학장님," 부학장이 말을 꺼냈다. "이기기는 했는데 판정 시비가 좀 있었습니다. 그래서 저희도 . . . 잘 모르겠습니다. . . ." 부학장이 어이없는 대답으로 말끝을 흐렸다. 그 순간 부학장에 대한 연구원들의 존경심은 식어 버렸다. 해시계 사건으로 명성이 자자했던 부학장의 과거 모습을 떠올리며, 학장은 그를 날카롭게 노려보았다.

"자, 여러분," 학장은 이내 말을 이어갔다. "우리 주더스 칼리지 학생들은 이미 테이블에 모여 있겠죠? 우리도 테이블로 자리를 옮길까요?" 그러고는 학장이 먼저 계단으로 올라갔다.

학생들이 이미 테이블에 모여 있을 거라고? 교수들은 그러한 학장의 생각을 비웃었다. 회관 위층의 실내 장식용품들도 학장의 생각을 비웃는 듯했다. 위층에는 긴 테이블 세 개와 연단으로 길게 이어져 있는 하얀 카펫, 그릇들과 식기들, 그리고 특별한 날을 기념하기 위한 꽃병만이 덩그러니 놓여 있을 뿐이었다. 그리고 웨이터들이 손에 냅킨을 들고 미동도 하지 않은 채 양쪽 벽을 따라 도열해 있었다. 하지만 그것이 전부였다.

학장은 무언가 계획된 장난이나 공개적인 항의가 진행 중이라고 확신했다. 그러나 그는 체면을 차리느라 무엇이 되었든 간에 못 본 체할 수밖에 없었다. 학장은 좌우를 돌아보지 않고 위엄 있게 연단을 향해 나아갔고, 연구원들은 그 뒤를 따랐다.

다른 칼리지에서와 마찬가지로, 주더스 칼리지에서도 수석 연구원이 식사 전에 늘 감사 기도문을 읽어 왔다. 크리스토퍼 위트리드가 쓴 주더스 칼리지의 감사 기도문은 길고 탁월한 라틴어 문장으로 유명했다. 수석 연구원이 부재중인 오늘밤은 누가 그 기도문을 읽게 될까? 학장은 오늘과 같은 선례가 있었는지 생각을 더듬어 보다가, 결국 새로운 규칙을 만들어 냈다. "오늘은 선임 연구원이 기도문을 읽도록 하겠습니다." 학장이 말했다. 당황하여 머리카락 뿌리까지 벌게진 선임 연구원 페드비가 게걸음을 치면서 벽 쪽으로 가서, 감사 기도문이 새겨져 있는 작은 나무 방패를 벽에서 떼어 냈다. 페드비는 수학자였다. 그는 「십진법에 의한 단제短除법의 고등 이론」이라는 논문으로 이미 유럽에서 명성을 날린 바 있었다. 페드비는 주더스 칼리지의 자랑이었다. 그는 갑자기 떠맡게 된 임무를 수행하기 위해 재빨리 긴장감을 억누르고 낭랑한 목소리로 라틴어를 읽어 나갔다. 하지만 읽지 않았더라면 좋았을 뻔했다. 페드비가 잘못 읽은 부분이 너무 많아서 듣는 것이 고역이었다. 그러는 사이 웨이터들은 서로 눈빛을 교환하며 눈치만 보고 있었고, 귀빈석에 앉아 있던 교수들은 평정심을 유지하려고 노력했지만 표정 관리가 잘되지 않았고 입에서는 끔찍한 신음 소리가 새어 나왔다. 학장은 하릴없이 접시를 바라보며 차마 고개를 들지 못했다.

그 순간 귀빈석 테이블에 둘러앉아 있던 교수들의 가슴 속에서, 검은색 비단 조끼와 셔츠 앞섶으로 가려진 그들의 가슴 속에서, 빛으로 가득한 새로운 무언가가 꿈틀대는 것이 느껴졌다. 예고되지 않은 어떤 고상한 운명 같은 것이 갑자기 교수들의 마음 한가운데에 내려앉은 것이다. 오늘밤 대학 휴게실에서 오고갈 대화에는 그들의 감정과 생각 등이 덧붙여져 더욱 풍성해질 것이다. 여름과 겨울이 수차례 왔다갈 것이고, 옛 얼굴들은 사라지고 새 얼굴들에게 자리를 내주겠지만, 페드비가 기도문을 낭독한 이야기는 영원히 회자될 것이다. 그것은 다음 세대의 교수들이 소중히 여기는 동시에 유쾌하게 웃을 수 있는 전통이 될 것이다. 경외감 같은 감정이 잦아드는 유쾌함과 뒤섞였다. 교수들은 수프를 다 먹고 나서 갈색 빛이 도는 독한 셰리주를 조용히 홀짝거렸다.

학장 반대편에 있는, 등받이도 없는 의자에 앉아 있던 연구원들은 방금 전까지만 해도 자신들을 괴롭혔던 문제를 망각하고 있었다. 그들은 미래의 모습을 머릿속에 그려 보며 기분 좋은 침묵을 지키고 있었다. 페드비가 세운 새로운 기도문 낭독 전통이 환하게, 그 어느 때보다 환하게 영원토록 후세에 이어져 내려가는 미래의 모습을 말이다.

그 순간 샴페인 코르크 마개가 '펑' 하고 터지는 소리가 들리자, 모두들 화들짝 놀라며 그 자리가 범프 서퍼, 그것도 아주 특별한 범프 서퍼라는 사실을 기억해 냈다. 수프 다음에 나온 가자미 요리와 셰리주 다음에 나온 샴페인 때문인지, 학자인 그들의 내면에서는 현실을 마주하여 싸울 힘이 꿈틀대기 시작했다. 내가 앞서 언급했던, 그때 강에 있었던 서너 명의 교수들은 자신들이 직접 눈으로 보고 귀로 들었던 실제 상황에 대한 잃어버린 신뢰를 회복했다. 그 밖에 다른 교수들과 연구원들 사이에서도 그것을 실제 상황으로 받아들이겠다는 분위기가 형성되었고, 식사가 진행되면서 그러한 분위기는 확신으로 바뀌었다. 부학장은 이번에는 결연한 의지를 가지고 학장에게 그 사실을 알리려고 다시 시도했다. 하지만 부학장의 눈과 마주친 학장의 의심 어린 눈빛이 어찌나 날카로운지, 부학장은 또 다시 당황하여 어쩔 줄 몰라 하며 포기하고 말았다.

저 아래쪽에 있는 텅 빈 테이블에는 아무도 손대지 않은 식기들이 반짝거리고 있었고, 꽃병에 꽂힌 꽃들은 천진난만하게 활짝 피어 있었다. 그리고 저 아래쪽 벽에는 웨이터들이 딱히 할 일도 없이 여태껏 해산하지 않고 양쪽으로 도열해 있었다. 몇몇 나이 든 웨이터들은 눈을 감고 고개를 푹 숙인 채 서 있었다. 그들은 이따금씩 몸을 곧추세우고는 눈을 깜빡이며 주변을 두리번거리다가 무언가 머릿속에 떠오른 듯 화들짝 놀라기도 했다.

그 와중에 관람석에서는 한 관객이 호기심에 가득 찬 눈빛으로 그 광경을 한동안 내려다보고 있었다. 쥘리카는 아까 전에 바지선 난간에서 그러했던 것처럼, 관람석 난간에 두 팔을 걸치고 턱을 양손에 괸 채로 한참 동안 아래쪽을 빤히 바라보고 있었다. 하지만 지금 이 순간 그녀의 눈빛에서는 그 어떤 승리의 불꽃도 찾아볼 수 없었다. 그저 깊은 비애만이 엿보일 뿐이었다. 그녀의 입에서는 마치 먼지와 재라도 들이마신 듯한 맛이 났다. 쥘리카는 지난밤 콘서트에 대해 생각했다. 그리고 그 회관 안에 있었던 자신감에 차 있던 모든 이들의 생명에 대해 생각했다. 쥘리카는 공작에 대해 생각했다. 그리고 자신을 열렬히 사랑했던 활기찬 학생 무리들에 대해 생각했다. 그들의 의지도, 쥘리카의 의지도 모두 실현되었다. 하지만 아주 근원적인 질문이 쥘리카의 입가를 맴돌며 승리감은 시들어 갔다. '그 모든 게 도대체 무엇을 위한 것이

었지?' 쥴리카의 눈길이 아래쪽에 있는 빈 테이블들을 따라 배회했고, 끔찍한 외로움이 그녀를 덮쳐 왔다. 쥴리카는 돌아서서 주름 진 망토로 가슴을 여미었다. 주더스 칼리지뿐만 아니라 옥스퍼드 대학 어디에도 쥴리카를 향해 뛰고 있는 심장은 이제 없었다. 쥴리카는 고뇌하는 영혼들에게 찾아오는 본능적인 자학自虐에 빠져 혼잣말을 했다. "나를 향해 뛰고 있는 심장은 이제 없어. 단 하나도 없다고. . . ." 오늘밤 쥴리카는 거대한 무관심의 바다 한가운데에 홀로 둥둥 떠 있는 기분이었다. 쥴리카가? 정녕 쥴리카가? 그것이 가능한 일이란 말인가? 신들이 어쩌면 이렇게도 가혹하단 말인가? 아! 아니겠지. 설마. . . .

귀빈석에서는 연회가 벌써 끝나 가는 분위기였다. 귀빈석에 앉아 있는 교수들의 기분은 쥴리카의 기분과는 사뭇 달랐다. 관람석에 앉아 있는 쥴리카는 로맨틱함이라고는 찾아볼 수 없는 교수들의 모습을 잠시 지켜보았다. 젊은 세대의 학생들은 교수들만 없다면 옥스퍼드가 참 잘 굴러갈 것이라고 말해 왔다. 그렇다면 교수들이라고 해서 학생들에 대해 그러한 감정이 없겠는가? 젊음이란 분명 품고 다니기에 참 좋은 것이다. 하지만 젊음을 성숙해지도록 준비시키는 일은 성가신 일이다. 의기양양하게 활보하고, 큰 소리로 함성을 지르며, 남을 비웃는 청춘이여! 세상 물정에 어두운 풋내기 청춘들은 매 학기마다 보살핌과 가르침을 받아야 한다. 그런데 지금 학기 중반에 느닷없이 깊고 여유로운 평화와 고요가 찾아온 것이다. 내일은 해야 할 강의도 없고, 읽어 보고 평가해야 할 과제물도 없을 것이다. 조용히 학문을 연구할 시간이 찾아온 것이다. . . .

술에 취한 채로 대학 휴게실로 이동하던 연구원들은 페드비의 기도문 낭송 사건이라는 신선한 수다거리를 가지고 신나게 떠들어 댔다. 그러다가 그들은 평소 습관대로 회관 계단에 멈추어 서서 하늘을 올려다

보며 날씨를 예측했다. 바람이 약해져 있었다. 구름 뒤에 숨은 달도 어
렴풋이 보였다. 그 순간, 옥스퍼드의 영속을 상징하는 그레이트 탐[91]이
엄숙하고 구슬픈 첫 종소리를 울려 댔다.

---

91) Great Tom: 옥스퍼드 크라이스트처치에 있는 종탑.

제22장

종소리가 울려오고, 또 울려왔다. 통금 시간을 알리는 커다랗고 친숙한 종소리의 단선율이 고요한 가운데 들려왔다.

옥스퍼드 졸업생들의 기억 속에서, 옥스퍼드의 어떤 것도 그 종소리보다 더 또렷이 남아 있는 것은 없다. 옥스퍼드를 다시 찾은 졸업생들에게, 자신의 특별한 과거가 일반적인 현재와 미래로 수렴되는 빈틈없는 역사적 질서를, 그 종소리보다 더 웅변적으로 표현하는 것은 없으리라.

"모든 것은 예전 그대로이고, 앞으로도 그대로일 것이다." 그레이트 탐은 그렇게 말하는 듯했다. 그리고 내가 이 글을 쓰던 날 저녁에도, 그레이트 탐은 여전히 완고하게 그렇게 말하는 듯했다. 땡그랑땡그랑 울리는 듣기 좋은 오랜 종소리가 침착하고 여유로운 박자로 옥스퍼드에 스며들어, 목초지를 건너 강을 따라 퍼져 나가더니 이플리 마을에까지 울려 퍼졌다. 하지만 강둑에 모였다가 흩어지는 형체가 흐릿한 무리의 사람들에게, 그리고 보트에서 말없이 일하는 선원들에게, 종소리가 전하는 메시지는 약하고 불분명할 뿐이었다. 그리고 강물에 몸을 던져 세상을 떠난 영혼들에게는, 그것은 진혼곡으로 들렸다.

이플리 마을의 굳게 닫힌 수문 너머로, 바다의 세례를 받고자 열망하는 강물이 갑자기 쏟아져 나왔다.

들판에 반듯이 누워 있는 사람들 사이에서, 가슴에 빛바랜 별을 달고 있는 한 남자가 눈에 띄었다. 몸을 굽혀 사랑과 동정이 가득한 눈빛으로 그 남자를 내려다보고 있는 것은 넬리 오모라의 유령이었다. 그 남자는 그동안 넬리 오모라에게 속죄라도 하듯이, 그녀를 '최고로 아름다운 요부'로 기억하고 있었다. 저편에 또 다른 유령이 의아한 눈빛으로 "풀이 무성하게 자란 강둑에 앉아 있"었는데, 그 유령은 그 강둑에 자주 나타나는 편이었다. 그 유령은 "버려진 웅덩이"에서 멱 감는 사람들과 "5월 파이필드 느릅나무를 돌며 춤추는" 춤꾼들 사이에서 유명했다.[92] 마지막 종소리가 울려 퍼지자, 그 '학자 집시'는 자리에서 일어나 모아 온 야생 꽃을 물위에 흩뿌리고는 컴너 마을[93] 쪽을 향해 나아갔다.

통금 시간을 알리는 종소리에 맞추어 옥스퍼드 전역의 칼리지 정문들은 모두 닫혔고, 하숙집 문들도 모두 닫혔다. 수년간 매일 밤 정확히 이 시간이 되면 그래 왔듯이, 뱃치 부인은 부엌에서 나와 현관문을 잠갔다. 오래 전부터 늘 습관적으로 해 오던 일이었다. 하지만 오늘밤은 그 습관적인 행동이 뱃치 부인의 눈물을 자아냈다. 부엌으로 돌아올 때까지도 그녀의 눈물은 그치지 않았다. 부엌에는 동정심 많은 이웃들이 뱃치 부인 곁에 모여 있었다. 동정심을 가지고 그 비극을 받아들이

---

92) 이 구절은 매슈 아놀드(Matthew Arnold)의 시 「학자 집시」("Scholar-Gipsy")의 한 구절로, 여기서 "또 다른 유령"은 바로 매슈 아놀드의 유령을 뜻한다.
93) Cumnor: 옥스포드 서쪽에 위치한 마을.

고 있는, 뱃치 부인과 같은 연배의 여인들, 의지가 되는 여인들. 절규의 샘, 추측의 우물, 불길한 예감의 폭우.

그동안 클라렌스는 부엌 테이블에 팔꿈치를 받치고 손가락으로 이마를 만지작거리며 자리에 앉아 공부에 열중하고 있었다. 재앙을 직접 지켜본 목격자라도 목격담을 너무 자주 반복하다 보면 사람들은 싫증을 내는 법이다. 클라렌스는 지난 목격담 '발표회'에서 청중들의 관심을 붙잡아 두지 못했다는 것을 깨달았다. 그래서 그는 이제 자리에 앉아 내일 학교에서 배울 예정인 스위스의 주州 이름들을 외우는 데 전념하면서, 여전히 자신에게 질문을 던지고 있는 부엌에 모인 여인들에게 냉정하게 손사래를 쳤다.

케이티는 내일 두 명의 학생이 가족들과 함께 하숙집을 방문하기 때문에 학생들이 하숙할 방을 정리해야 한다는 핑계를 대고 부엌으로부터 몸을 피할 수 있었다. 그녀는 한 손에는 먼지떨이를 들고 다른 한 손에는 열린 창문으로 들어오는 찬바람에 가까스로 살아남은 촛불을 든 채, 공작의 방을 이리저리 서성거렸다. 파리하고 무기력해 보이는 케이티의 모습이 벽에 기묘한 그림자를 드리웠다. 촛불을 몇 개 더 밝힐 수도 있었지만, 흐릿한 어둠이 시무룩한 케이티의 기분에 더 잘 어울렸다. 그렇다. 이런 말을 하게 되어 유감이지만, 케이티는 뾰로통해 있었다. 그렇다고 공작을 애도하는 마음이 사라진 것은 아니었다. 하지만 케이티는 공작이 세상을 떠난 것이 슬프기보다는 화가 났다. 케이티는 공작이 줄리카를 사랑하지 않았다고 확신했다. 하지만 그렇기 때문에 공작이 줄리카를 위해 목숨을 버렸다는 사실이 터무니없다고 느껴졌다. 도대체 줄리카가 무슨 매력이 있기에, 그 많은 남학생들이 자신들의 품격을 떨어뜨리면서까지 그녀를 위해 목숨을 버린단 말인가? 알다시피 케이티는 남학생들이 세상을 떠났다는 소식을 듣고도 아무런 마음의 동요가 없었다. 하지만 그 남학생들이 쥴리카를 위해 목숨을 버렸다는 소식을 듣고는 그들에게 몹시 화가 났다. 그들은 도대체 그런 여자를 왜 그토록 사모했다는 말인가? 심지어 쥴리카는 숙녀답게 보이지도 않았다. 케이티는 거울에 비친 흐릿한 자신의 모습을 바라보았다. 그녀는 테이블 위에 있는 촛불을 집어 들고 거울에 비친 자신의 모습을 꼼꼼하게 살펴보았다. 케이티는 자신이 쥴리카 못지않게 예쁘다고 생각했다. 차이가 있다면 그것은 옷과 자세뿐이었다. 케이티는 손을 엉덩이에 가져다 대고 고개를 뒤로 젖힌 채 환하게 미소 지었다. 그녀는 거울에 비친 자신의 모습을 바라보면서 느긋한 태도로 고개를 끄덕였다. 흑진주와 분홍진주 귀걸이가 마치 듀엣으로 춤을 추는 듯했다. 케이티는 초를 내려놓고 머리를 풀어헤친 다음 한쪽으로 대충 넘겼다. 그러자 머리카락이 눈썹 위까지 내려왔다. 케이티는 그 상태로 머리를 묶어 고정하고는 그에 맞는 포즈를 취했다. 이제 되었다! 하지만 케이티의 얼굴에서 미소가 점차 사라지더니 눈에는 눈물이 어렸다. 쥴리카에게는 있는 무언가가 자신에게는 없다는 사실을 결국 인정할 수밖에 없었기 때문이다. 케이티는 미래의 옥스퍼드 학생 모두가 자신에게 경의를 표하며 강물에 몸을 던지는 미몽迷夢에서 깨어났다. 그러고는 녹초가 되도록 계속 일을 했다.

케이티는 자신이 정리한 방을 마지막으로 한번 둘러보고 나서, 녹스의 방을 청소하기 위해 삐걱거리는 층계를 올라갔다.

케이티는 오늘 저녁 엄마가 몇 번이고 읽었던, 녹스가 남긴 긴 글을 테이블 위에서 발견했다. 케이티는 그것을 쓰레기통에 버렸다.

테이블 위에는 또한 사전과 투키디데스[94]가 쓴 책, 그리고 연습장 몇

---

94) Thucydides: 그리스의 역사가.

권이 있었다. 케이티는 눈물 한 방울 흘리지 않고 그것들을 집어서 책장에 꽂았다. 그것들을 정리하는 것도 이제는 마지막이었다.

그러다가 다른 청소할 것이 케이티의 눈에 띄었는데, 그것을 본 그녀는 잠시 멈추어 섰다. 아니! 그녀는 그 자리에서 얼어붙었다.

녹스는 그 하숙집에 처음 왔을 때부터 줄곧 신발이 장화 한 켤레밖에 없었는데, 그것은 케이티에게 계속해서 짜증을 불러일으켰다. 왜냐하면 해야 할 일이 너무도 많은 이른 아침 시간에 그녀는 늘 녹스의 장화를 닦아야 했기 때문이었다. 게다가 그의 장화는 마치 켤레 수가 부족한 것을 크기로 보충이라도 하듯 아주 컸기 때문에, 케이티의 짜증은 배가 되었다. 녹스의 장화 한 짝을 닦는 데 다른 신발 한 쌍을 닦는 것보다 더 많은 시간이 걸렸다. 그래서 녹스의 장화가 어디에 있든 케이티는 그것을 한눈에 알아볼 수 있을 것이다.

지금 이 순간, 케이티는 창에 달린 커튼 아래로 삐져나와 있는 녹스의 장화 앞부분을 한눈에 알아볼 수 있었다. 그녀는 녹스가 장화를 신지 않고 맨발로 강에 갔을 것이라고는 생각하지 않았다. 그리고 녹스의 유령이 장화를 신고 나타난 것이라고 생각하지도 않았다. 불가능한 가설들을 제거해 나가는 과정을 거쳐, 케이티는 마침내 진실에 도달했다. "녹스는 강에서 빠져나온 거야." 케이티는 나직하게 중얼거렸다. 그때 커튼이 가볍게 흔들렸다. 케이티는 그 말을 반복해서 중얼거렸다. 그러자 잠시 잠잠했던 커튼이 다시 흔들리면서 녹스가 커튼을 젖히고 나왔다.

녹스의 장화가 컸기 때문에, 케이티는 그의 장화를 닦을 때면 늘 그가 굉장히 키가 큰 남자일 것이라고 생각했다. 녹스가 아주 키가 작은 남자라는 것을 잘 알면서도 말이다. 지금 이 순간에도 케이티는 녹스의 장화를 알아보고는 그가 커튼을 젖히고 나올 것을 예상하며 그와 얼굴을 마주하기 위해 1미터 가량 높은 곳에 시선을 고정했다. 하지만 녹스가 커튼 밖으로 나오자, 그녀는 얼른 시선을 아래로 낮추어야 했다.

"도대체 무슨 권리로 내 방을 엿보는 거야?" 녹스가 물었다.

그러한 녹스의 갑작스러운 반응을 전혀 예상하지 못했던 터라, 케이티는 할 말을 잃고 말았다. 사실 녹스도 케이티의 갑작스러운 출현에 놀란 것은 마찬가지였다. 그는 그녀 앞에 무릎 꿇고 자신을 못 본 체해 달라고 애원할 생각이었다. 하지만 녹스는 기민하게 역공을 펼쳤던 것이다.

"이번이 처음이니까 한 번은 눈감아 줄게. 다시는 이런 일 없도록 주의해 줘." 녹스가 말했다.

그 작은 남자가 자신이 그토록 멸시하고 얕잡아보며 함부로 대했던 바로 그 남자가 맞는가? 녹스의 아주 작은 키에서 오히려 다부진 힘이 느껴졌다. 케이티는 역사 속의 위대한 남자들은 모두 평균 키도 되지 않았다는 사실을 어디선가 읽었던 기억이 났다. 오! 케이티는 심장이 두근거렸다. 돕슨 양을 위해 목숨을 버리는 것을 경멸한 유일한 남자가 바로 여기 있다. 녹스는 홀로 어리석은 동료들에게 저항한 것이었다. 단 하나뿐인 아주 멋진 생존자 녹스가 케이티 앞에 굳건히 서 있었다. 그녀는 충동적으로 몸을 낮추어 그의 발 앞에 무릎을 꿇었다. 마치 어떤 비밀스러운 신흥 종교의 거대한 제단 앞에 무릎을 꿇듯이 말이다. "녹스 씨, 정말 훌륭하세요. 멋지세요." 케이티가 녹스에게 흠뻑 빠져서는 그를 바라보며 말했다. 그녀가 "녹스 씨"라고 그를 존대해서 부른 것은 이번이 처음이었다.

쥘 미슐레[95]가 말했듯이, 여자가 남자에 대한 생각을 바꾸는 것은 남자가 스스로에 대한 생각을 바꾸는 것보다 쉽다. 녹스는 비록 조금 전

---

95) Jules Michelet (1798-1874): 프랑스의 역사가.

에 침착한 모습을 보였지만, 아직까지도 지난 몇 시간 동안 스스로에 대해 생각했던 그대로 자신을 생각하고 있었다. 그러니까 그는 스스로를 난쟁이에 겁쟁이라고 생각하고 있었다. 녹스는 죽는 것이 두려워서 품위 있는 남자다움의 경계 밖으로 달아난 것이었다. 그는 한밤중에 집을 나가 상상 속에서 늘 꿈꾸어 오던 나라인 호주로 달아나서 이름을 바꾸고 살 작정이었다. 녹스는 생각했다. 강에서 자신의 시신을 수습하지 못한다고 해서, 자신이 다른 학생들과 함께 끔찍한 죽음을 맞이하지 않았다고 생각할 사람은 아무도 없을 것이라고 말이다. 녹스는 호주에서라면 자신이 남자다운 남자가 될 수 있을 것이라는 생각이 들었다. 그는 인카운터 만이나 카펀테리아 만[96]에서라면 아마 고상하게 죽을 수 있을지도 모르겠다고 생각했다.

그래서 케이티의 행동에 녹스는 안도했던 만큼이나 당황스럽기도 했다. 그는 그녀에게 자신의 어떤 면이 그렇게 훌륭하고 멋있는지 물어보았다.

"녹스 씨는 다른 영웅들처럼 겸손하시기까지 하네요!" 케이티는 그렇게 외치더니 여전히 무릎을 꿇은 채로 녹스에 대한 찬사를 읊어 댔다. 그녀의 찬사는 아주 전염성이 강해서, 녹스도 죽지 않기를 참 잘했다는 생각이 들기 시작했다. 결국, 녹스가 죽고자 했던 것도 사랑만큼이나 그의 도덕적 비겁함이 작용해서가 아니었을까? 녹스는 그런 생각과 씨름하다가 그만두었다.

케이티가 녹스에 대한 열광적인 찬사의 말을 끝마치자 그가 말했다. "그래, 내가 좀 겸손하긴 하지."

"그래서 방금 전에 숨어 계셨던 거예요?"

---

96) Encounter Bay: 호주 남부에 위치한 만; Gulf of Carpentaria: 호주 북부에 위치한 만.

"맞아." 녹스가 기쁘게 대답했다. "뱃치 부인의 발자국 소리가 들렸을 때도 그래서 몸을 숨겼지."

"그런데. . . ." 케이티가 갑자기 의심이 들었는지 머뭇거렸다. "저희 엄마가 테이블 위에서 발견한 글은 뭐에요. . . ?"

"글? 아! 그건 일상적인 상념을 쓴 것뿐이야. 책에서 베낀 거지."

"오! 가엾은 저희 엄마가 이 사실을 아시면 기뻐하실 거예요!"

"나는 뱃치 부인이 이 사실을 아는 걸 원치 않아." 다시 초조해진 녹스가 말했다. "그 누구에게도 말해선 안돼. 나는 . . . 사실. . . ."

"아! 그건 정말 당신다운 모습이에요!" 케이티가 상냥하게 말했다. "당신의 그 겸손함 때문에 그동안 제가 당신을 제대로 보지 못했던 것 같아요. 녹스 씨, 당신에게 고백할 게 있답니다. 오늘에서야 당신을 사랑하게 되었어요."

그 어떤 여자도 자신을 결코 사랑하지 않을 것이라고 늘 생각해 왔던 녹스였기에, 케이티의 그 말은 그에게 강렬한 충격으로 다가왔다. 그는 자기도 모르게 허리를 굽혀 자신을 올려다보고 있는 그녀의 어여쁜 얼굴에 입맞춤했다. 가족이 아닌 다른 사람과의 첫 번째 입맞춤이었다. 비록 서툴렀지만 굉장한 입맞춤이었다.

녹스는 멍해져서는 뒤로 물러섰다. '도대체 내가 무슨 짓을 한 거지?' 녹스는 생각했다. '나는 이런 품행이 단정치 못한 행동을 해 놓고 겁을 집어먹는 겁쟁이가 될 것인가? 아니면 그런 고리타분한 윤리 도덕에서 나를 제외시켜 달라고 주장하는 영웅이 될 것인가?'

어쨌든 이미 엎질러진 물이었다. 하지만 이미 저지른 행동을 주워 담을 수는 없지만, 정당화할 수는 있었다. 녹스는 류머티즘 통증이 재발하는 바람에 오늘 다시 끼었던 쇠 반지를 왼손 새끼손가락에서 빼냈다.

"이걸 끼우렴." 녹스가 말했다.

"이건. . . ?" 케이티가 놀라서 벌떡 일어났다.

"이건 우리가 약혼을 한다는 뜻이야. 네 생각도 내 생각과 다르지 않기를 바래."

케이티는 아이처럼 손뼉을 치고는 반지를 꼈다. "정말 예뻐요." 그녀가 말했다.

"아주 소박한 거야." 녹스가 부드럽게 대답했다. "하지만. . . ." 그가 말투에 변화를 주면서 덧붙였다. "아주 튼튼해. 그게 중요한 거지. 어쨌든 나는 마흔 살이 되기 전에는 결혼할 생각이 없어."

그러자 케이티의 맑은 이마에 실망의 그림자가 드리워졌지만, 약혼도 결혼 못지않게 멋진 일이라는 생각이 들자 그 그림자는 이내 사라졌다.

이제 케이티의 연인이 된 녹스가 말했다. "최근에 옥스퍼드를 떠나 호주로 떠날까 하고 고민했어. 하지만 이제 내 인생에 네가 나타났으니, 이제 그 생각을 접고 처음에 계획했던 대로 여기 옥스퍼드에서 경력을 쌓을 생각이야. 지금으로부터 1년 뒤 졸업 시험에서 내가 만약 2등 안에 든다면. . . 꼭 들 거야. 명문 사립학교에서 보조 교사를 할 수 있는 아주 좋은 기회가 생기게 될 거야. 내가 신중하게 잘만 하면 18년 안에 . . . 만약 네가 나를 기다려 준다면 말이지. 나는 정말 신중하게 잘 해낼 거야. . . . 그렇게 된다면 내 소유의 작은 학교를 설립하고 아내도 맞이할 수 있을 정도의 돈을 모으게 될 거야. 신중을 기하기 위해 23년 후라고 해 두지. 그런데 문제가 하나 있는데, 우리 녹스 가문에는 '광기'가 집안 내력으로 흐르고 있어. '떨어지는 낙엽도 조심하라'는 말이 있듯이, 조심하라는 뜻으로 혹시나 해서 말해 두는 거야."

"오! 그런 말씀은 하지 마세요!" 케이티가 녹스의 옷소매를 붙잡으며 외쳤다.

"알겠어. 언제든 주저하지 말고 나를 자제시켜 줘." 녹스가 말을 이어갔다. "방금 막 떠오른 생각이야. 우리가 결혼을 할 때가 되면, 이걸 결혼반지로 하자. 금은 천박해. 교사의 신부에게는 전혀 어울리지 않지." 그러더니 그가 안경 너머로 케이티를 찬찬히 살피며 중얼거렸다. "안타깝게도 네 금발머리는 색이 너무 진하군. 교사의 신부라면 자고로.... 맙소사! 그 귀걸이는...! 그건 어디서 난 거야?"

"오늘 받은 거예요." 케이티가 머뭇거리며 대답했다. "공작님이 주셨어요."

"그게 정말이야?"

"녹스 씨, 공작님이 그저 기념품으로 주신 것뿐이에요."

"그 기념품을 당장 공작의 유언집행자들에게 전해 줘."

"알았어요, 녹스 씨."

'나는 네가 꼭 그렇게 해야 한다고 생각해.' 그 말이 녹스의 혀끝에서 맴돌았다. 하지만 갑자기 녹스에게 진주는 부적절한 싸구려 장신구가 아니라, 파는 즉시 얼마든지 다른 물건들로 교환할 수 있는 보물이라는 생각이 들었다. 예를 들어, 책상, 칠판, 지도, 사물함, 좁은 방, 음식 등으로 바꿀 수도 있고, 학업이 더딘 학생은 과외를 받을 수 있는 돈도 마련할 수 있다. 뿐만 아니라, 받은 선물을 돌려주라고 했던 자신의 동기가 너무 비열했다는 생각이 들었다. 이미 고인故人이 된 사람을 질투하다니, 그보다 야비한 짓이 또 있을까? 유언집행자들에게 귀걸이를 내주다니, 그보다 어리석은 짓이 또 있을까? 녹스는 다름 아닌 뜨거운 청춘의 혈기로 케이티에게 구애를 했고 그녀를 얻었다. 청하지도 않고 우연치 않게 얻은 신부의 지참금을 굳이 거부할 이유가 있겠는가?

녹스가 케이티에게 자신의 장래 포부를 밝히자, 그의 포부를 들은 그녀는 눈이 휘둥그레졌다. "오! 그럼 당신이 옥스퍼드를 졸업하자마자 우리 결혼부터 해요!" 케이티가 소리쳤다.

녹스는 케이티에게 어리석게 굴지 말라고 했다. 23세에 학교 설립자가 된다는 것이 가당키나 한가? 어떤 학부모가, 어떤 후견인이 애송이 따위를 신뢰하겠는가? 결혼은 반드시 순리대로 해야 한다.

"그런데 . . . 오늘 독서를 거의 하지 못했어." 녹스가 초조하게 말했다.

"오늘 독서를 하시겠다고요? 지금?"

"집중해서 두 시간은 책을 읽어야 해. 내 테이블 위에 있던 책들은 어디로 치웠어?" 녹스는 마치 왕과 같은 말투로 말했다.

케이티는 경건하게 책장에서 책들을 꺼내서 원래 있던 자리에 내려놓았다. 그녀는 어떤 것이 더 설렜는지 헷갈렸다. 헤어질 때 녹스가 해준 입맞춤이었는지, 아니면 "딱 하나 내가 절대 참을 수도 없고, 참지도 않는 일은 내 책을 건드리는 거야"라고 말했던 녹스의 말투였는지 말이다.

이제 아래층의 침울한 분위기에 적응하기 어려워진 케이티는 곧장 다락방으로 올라갔고, 어둠 속에서 가볍게 춤을 추었다. 그러고는 격자무늬 창문을 활짝 열어젖히고, 두근거리는 가슴을 안고 몸을 창밖으로 내밀고는 미소 지었다.

케이티를 쳐다보던 로마 황제들은 그녀가 행복해 하는 모습을 보고 궁금해 했다. 만약 케이티가 손가락에 끼고 있는 녹스의 반지를 로마 황제들이 보았다면, 그들은 하얗게 센 머리를 부질없이 가로저었을 것이다.

그때 케이티는 아래층 창문에서 튀어나와 있는 무언가를 발견했다. 그것은 사랑하는 연인 녹스의 머리였다! 케이티는 애정을 듬뿍 담아 그의 머리를 내려다보았다. 그녀는 손을 아래로 뻗어 녹스의 머리를 어루만지고 싶다는 생각이 들었다. 녹스가 독서를 하지 못하고 있기에, 케이티는 그가 더욱 사랑스러웠다. 케이티 자신 때문에 녹스가 설레서 책이 손에 잡히지 않는 것이라 생각하니, 그녀는 너무 황홀했다. 부드럽게 그를 불러 볼까? 아니다. 그럼 딴짓을 하다가 들킨 것을 녹스가 부끄러워할지도 몰랐다. 게다가 자기 방을 엿본다고 녹스에게 이미 혼나지 않았던가. 그래서 케이티는 그저 조용히 녹스의 머리를 내려다보기만 했다. 18년 후 녹스의 머리가 대머리가 되지는 않을지, 케이티 자신의 머리가 여전히 교사의 신부로서 어울리지 않는 금발머리일지를 궁금해 하면서 말이다. 무엇보다 케이티는 자신이 녹스를 사랑하는 마음의 절반만큼이라도 녹스가 자신을 사랑하는지 궁금했다.

그 순간, 공교롭게도 녹스도 자신이 케이티를 얼마나 사랑하는지 스스로에게 묻고 있었다. 케이티에게서 놓여나고 싶어서 그런 것은 아니었다. 녹스는 아주 강한 압박을 받는 상황을 제외하고는, 양심에 반하는 행동을 하는 그런 부류의 사람이 아니었다. 그렇다면 무엇이 문제인가? 케이티는 훌륭한 여자였다. 그녀는 인생에서 어떤 위치에 있든지 우아함을 유지할 것이었다. 녹스는 케이티를 보며 늘 깊은 감명을 받았다. 그런 그녀에게서 갑자기 사랑을 받게 된 것도, 그리고 그녀의 모든 변덕을 통제할 수 있는 위치에 서게 된 것도 모두 좋은 일이었다. 녹스는 케이티와 약혼을 하면서도, 그녀가 자신에게 짐이 될까 봐, 자신이 그녀를 그저 수단으로만 이용할까 봐 두려웠다. 녹스는 케이티를 진심으로 사랑하고 있는 것일까. . . ? 그런데 지금 이 순간에도 케이티의 생김새는 물론 목소리조차 기억나지 않는데, 그 빌어먹을 쥴리카의 생김새며 말투까지 아주 생생하게 머릿속을 맴도는 이유는 뭘까? 녹스는 쥴리카에 대한 기억들을 떨쳐 내려고 애를 써 보았지만 소용이 없었다. 바로 그것이 아주 큰 문제였다. 하지만 녹스는 쥴리카에 대한 기억들을 떨쳐 내지 못해서 오히려 기뻤다. 그는 케이티가 자신을 구원해 주기 이전의 자기 비하 상태로 되돌아가게 되어서 오히려 기뻤다. 녹스는 살아 있는 자신을 경멸했다. 그리고 부정不貞한 자신을 경멸했다. 하지만 녹스는 여왕 쥘리카의 얼굴과 목소리를 잊지 못해서 오히려 기뻤다. 그녀는 그에게서 반지를 빌려 가며 미소를 지어 보였었다. "감사합니다"라는 말도 해 주었었다. 오! 그리고 지금 이 순간, 잠을 자고 있든 깨어 있든 쥘리카는 세상 어딘가에 존재하고 있다. 쥘리카! 바로 그녀가 말이다! 그것은 녹스에게 믿어지지 않을 정도로 너무 좋은, 의심할 여지가 없는 마법과도 같은 사실이었다.

그때 창문 아래 거리에서 어렴풋한 외침이 들려왔는데, 그것은 녹스 자신의 마음속의 외침이자 한 여인의 입술에서 터져 나온 외침이었다. 녹스가 긴장감에 전율하며 창문 아래쪽을 내려다보자, 길 건너편에 망토 입은 여인이 어렴풋이 눈에 들어왔다.

그녀였다. 그렇다. 그것은 쥘리카였다. 그녀가 녹스를 올려다보며 길 한가운데로 미끄러지듯 걸어오고 있었다.

"드디어 찾았네요!" 쥘리카의 목소리가 들려왔다.

녹스는 쥘리카를 위해 목숨을 버리지 못했기에 본능적으로 숨으려 했다. 하지만 꿈쩍도 할 수 없었다.

"아니면 저를 조롱하러 오신 유령이신가요? 말씀을 해 보세요!" 쥘리카가 떨리는 목소리로 말했다.

"안녕하세요." 녹스가 약간 쉰 듯한 목소리로 인사를 건넸다.

"그럴 줄 알았어요." 쥘리카가 중얼거렸다. "신들이 그렇게 잔인할 리 없죠. 오! 저에게 너무도 절실한 그대여!" 쥘리카가 녹스에게 팔을 뻗으며 소리쳤다. "아! 하늘이 내려 주신 분이여! 당신의 방 불빛에 비친 어두운 윤곽밖에는 보이지 않네요. 그래도 저는 당신을 알아보겠어요. 당신은 녹스죠, 그렇죠? 저는 돕슨이고, 학장님의 손녀랍니다. 어지럽고 발이 아파요. 당신을 . . . 당신을 찾아 이 쓸쓸한 도시를 온통 헤매고 다녔거든요. 당신에게서 저를 사랑한다는 말을 듣고 싶어요. 저에게 말해 주세요. . . .” 쥴리카는 작은 비명을 토해 내더니, 손가락으로 녹스를 가리키며 숨을 헐떡이면서 그를 바라보았다.

"돕슨 양, 제 말을 좀 들어 보시오.” 녹스는 마치 채찍질과도 같이 다가오는 쥴리카의 말에 극심한 고통으로 몸부림치며 말을 더듬거렸다. "저에게 설명할 시간을 좀 주시오. 여기 저를 좀 봐 주시오. . . .”

"쉿!” 쥴리카가 말을 이었다. "기품 있고 고결하고 크나큰 저의 요구를 충족시켜 줄 수 있는, 저에게 너무도 절실한 그대여! 오! 잠시 조용히 해 주세요. 의도한 건 아니었지만 제가 오늘밤 찾아 헤맨 저의 이상형이시여! 더없는 자비로 저에게 보내진 이상형이시여! 저는 연인을 갈구했고, 이제 저의 주인을 만났어요. 저는 살아 있는 청년을 찾아다녔지만, 정작 그 청년의 생존이 상징하는 바는 깨닫지 못했어요. 오! 저의 주인이시여! 당신은 저를 경박하고 사악한 여자라고 생각하시죠? 안경 너머로 저를 차갑게 바라보고 계시잖아요. 반짝거리는 당신의 안경에서 달이 우리를 지켜보고 있는 게 어렴풋이 보이네요. 당신이 살아가는 동안 당신 동료들이 저에게서 발견한 매력을 당신도 발견한다면, 제가 초래한 그 큰 혼란을 용서하실 수 있을 거예요. 당신은 저에게서 '트로이의 헬렌'을 보실 때 느끼실 만큼의 경이로움을 발견하시게 될 거예요. 오! 저를 끔찍한 여자라고 생각하지 마세요! 저를 그저 있는 그대로 봐 주세요. 저도 당신을 그저 있는 그대로 봤던 때가 있었죠. 하지만 환한 달빛이 가득한 당신의 얼굴은 이제 결점 하나 없는 고유의 아름다움 그 자체에요. 오! 제가 당신 손에 끼어 있는 장갑이라면, 당신의 뺨을 어루만졌을 거예요! 당신은 그 감촉을 생각하며 몸서리를 치는 건가요? 제 목소리가 거슬리나요? 두렵지만 단호한 몸짓으로, 애매모호하지만 고상한 말로 저를 침묵하게 만드실 건가요? 저의 주인이시여, 당신에게 복종할게요. 저를 꾸짖어 주세요.”

"저는 당신이 생각하는 그런 사람이 아닙니다." 녹스가 횡설수설했다. "저는 당신을 위해 죽는 게 두렵지 않았소. 당신을 사랑하기 때문입니다. 그런데 오늘 오후에 강으로 가던 길에 발을 헛디뎌서 발목을 삐고 말았소. 허리까지 삐끗하고 말았죠. 그래서 할 수 없이 집으로 돌아온 거요. 지금도 여전히 몸이 안 좋습니다. 발을 제대로 땅에 내딛지도 못해요. 제가 할 수만 있으면 지금이라도. . . ."

바로 그때, 쥴리카는 날카로운 작은 소리를 들었다. 워낙에 짧은 순간이었기에 쥴리카는 어떤 금속 물체가 '땡그랑'하고 보도에 떨어지며 내는 소리였다는 것을 알기 전까지는, 그것이 자신의 심장에 금이 가는 소리라고 생각했다. 재빨리 보도를 내려다보던 쥴리카는 저 위에서 들려오는 한 여자의 날카로운 웃음소리를 들었다. 즉시 위를 올려다본 쥴리카에게 사랑하는 녹스의 얼굴 위쪽으로 불 꺼진 창이 눈에 들어왔다. 그것은 쥴리카의 기억에 하숙집 주인 딸의 방이었다.

"돕슨 양, 찾아보세요." 케이티가 소리 내어 웃었다. "길바닥에 엎드려 기면서 찾아보세요. 그렇게 멀리 굴러가지는 않았을 거예요. 녹스가 당신에게 줄 수 있는 약혼반지는 고작 그것뿐이랍니다." 케이티가 아래층 창에서 몹시 화가 나서 일그러진 표정으로 자신을 올려다보고 있는 녹스를 가리키며 말했다. "돕슨 양, 길바닥에 엎드려 기면서 찾아보시라니까요. 녹스에게 내려와서 도와 달라고 하든가요. 참! 그리고 그는 걸을 수 있어요. 발목을 삐었다는 둥, 허리를 삐끗했다는 둥 하는 건 모두 거짓말이에요. 유감스럽게도 . . . 녹스는 물을 두려워해요. 이제 훤히 다 보이네요. 당신도 나처럼 그의 실체를 알아볼 수 있게 되기를 바랄게요. 녹스는 커튼 뒤에 몰래 숨어 있는 그런 사람이에요. 아! 나는 녹스가 싫으니까 돕슨 양 당신이 얼마든지 만나세요!"

"듣지 마시오." 녹스가 쥴리카를 향해 소리쳤다. "저 여자 말은 듣지 마시오. 사실은 제가 저 여자의 마음을 가지고 장난을 좀 쳤소. 그래서 저 여자가 지금 저에게 복수하는 거요. 저건 사악한 거짓말입니다 . . . 거짓말이라고요 . . . 거짓말. . . .”

쥴리카가 녹스에게 조용히 하라는 손짓을 했다. 그러고는 쥴리카가 케이티를 향해 말했다. “당신 말투가 조금 불쾌하네요. 하지만 당신 말은 확실히 사실인 것 같아요. 우리 둘 다 저 남자에게 속은 거네요. 그럼 우리는 일종의 자매라고 할 수 있지 않을까요?”

“자매라고요?” 케이티가 소리쳤다. “당신의 자매는 뱀이고 거미에요. 아니, 뱀도 거미도 당신과 자매라는 사실이 알려지는 걸 원치 않을걸요. 나는 당신을 혐오해요. 공작님도 당신을 혐오했는걸요.”

“그게 무슨 말이죠?” 쥴리카는 숨이 턱 막혀서 말을 제대로 잇지 못했다.

“공작님이 당신에게는 말씀하시지 않았나 보죠? 저에게는 말씀하셨어요. 당신에게도 분명 말씀하셨을 텐데요.”

“공작님은 저를 향한 사랑 때문에 세상을 떠났어요. 소문 못 들었나요?”

“아! 사람들이 그렇게 생각하면 좋겠죠? 그렇죠? 그런데 한 여자를 사랑한다는 남자가 그 여자에게서 받은 정표를 다른 여자에게 주는 경우도 있나요? 보세요!” 케이티가 자신이 하고 있는 귀걸이를 가리키며 몸을 앞으로 내밀었다. “공작님이 사랑한 건 바로 저라고요.” 케이티가 외쳤다. “저에게 이 귀걸이를 늘 하고 다니라면서 직접 제 귀에 걸어 줬단 말이에요. 그리고 저에게 입맞춤도 했어요. 사람들이 모두 지켜볼 수 있는 거리 한복판에서 저에게 작별의 입맞춤을 했다고요. 공작님이 저에게 입맞춤을 했단 말이에요.” 케이티가 흐느껴 울며 말했다. “다른 어떤 남자도 결코 그렇게 하지 못하게 했을 거예요.”

"아! 공작님이 그랬대요." 어디선가 쥴리카를 향해 말하는 목소리가 들렸다. 그것은 뱃치 부인의 목소리였다. 그녀는 떠나는 손님들을 배웅하느라 몇 분 전에 문을 열어 두었었다.

"공작님이 그랬대요!" 손님들이 뱃치 부인의 말을 따라했다.

"돕슨 양, 저 사람들 말은 신경쓰지 마시오." 녹스가 소리쳤다.

뱃치 부인은 녹스의 목소리를 듣고 급히 길 한복판으로 뛰어가 위를 올려다보았다.

"당신을 사랑합니다. 앞으로 저와의 관계를 어떻게 하실지 생각해 주시오. 저는. . . ."

"당신!" 쥴리카가 얼굴을 붉히며 말했다. "거기 창밖으로 몸을 내밀고 있는 난쟁이 겁쟁이 씨! 솔직히 말하면 당신은 리즈나 위건[97]의 시골 촌구석에 있는 감리교 교회의 불쾌한 장식용 괴물 석상 같이 생겼어요. 술 취한 석공이 돌을 깎아서 만든 괴물 석상 말이에요. 저는 강의 신과 정령들이 정말 행운이었다고 생각해요. 오늘 당신이 강에 몸을 던지지 않아서 당신의 비겁함으로 강물이 더럽혀지지 않았으니 말이에요."

"부끄러운 줄 알아라, 녹스!" 뱃치 부인이 말했다. "마치 네가 죽은 것처럼 나를 속이다니. . . ."

"부끄러운 줄 아세요!" 클라렌스가 밖으로 뛰어나와서 그 소동에 동참하며 소리쳤다.

"녹스가 커튼 뒤에 숨어 있는 걸 제가 발견했다고요." 케이티가 맞장구를 쳤다.

"녹스를 늘 아들처럼 대했는데! '사랑이 없다면 삶에 무슨 의미가 있는가?' 종이에 그렇게 써 놓고선! 오! 겁쟁이에 거짓말쟁이 같으니라고.

---

97) Leeds: 잉글랜드 북부의 도시; Wigan: 잉글랜드 북서부의 도시.

...." 뱃치 부인이 주먹을 꽉 쥔 채로 부르르 떨면서 말했다.

"비열한 인간 같으니라고!" 뱃치 부인의 친구들도 거들었다.

"저놈을 집에서 쫓아냅시다!" 클라렌스가 기뻐서 날뛰며 소리쳤다.

쥴리카가 클라렌스를 보면서 환하게 미소 지으며 말했다. "당장 올라가서 녹스와 한판 붙어요!"

"그래야겠어요." 클라렌스가 기사도 정신을 발휘하여 곧장 집 안으로 쏜살같이 뛰어 들어갔다.

"도망갈 생각하지 마세요!" 쥴리카가 녹스에게 소리쳤다. "이제 클라렌스와 맞서 싸우셔야 해요. 제 생각에는 두 사람이 막상막하일 것 같은데요."

하지만 슬프게도 쥴리카의 추측은 입증될 기회조차 얻지 못했다. 녹스 같은 겁쟁이에게는 주먹다짐을 하며 맞서 싸우는 것보다 스스로 목숨을 끊는 것이 더 쉬웠던 것일까? 여자들의 분노와 멸시에 찬 집중 공세를 견뎌 내는 것보다 스스로 목숨을 끊는 것이 더 쉬웠던 것일까? 내 생각은 이렇다. 아무리 형편없고 보잘것없는 사람일지라도 인생에서 언젠가 한번은 좋은 기회를 맞이한다. 결코 놓쳐서는 안 되는 절호의 기회를 말이다. 나는 지금 녹스가 창틀에 올라서서 저 아래에 있는 여자들의 입을 다물게 만들고 쭉정이처럼 흩어지게 만드는 것이, 그가 맞이한 일생일대의 기회를 놓치지 않는 것이라고 생각한다.

하지만 클라렌스가 녹스의 방으로 뛰어 들어갔을 때, 녹스는 이미 그곳에 없었다.

"어서 나와!" 클라렌스는 먼저 문 뒤로 머리를 들이밀면서 소리쳤고, 그 다음에는 테이블 밑을 들여다보았다가 창문 커튼을 젖히면서 소리쳤다. 그는 복수를 맹세했다.

하지만 복수는 클라렌스의 몫이 될 수 없었다. 저 아래 도로에 옥스퍼드 남학생 중 마지막 생존자였던 녹스가 지켜보는 이 하나 없이 죽은 채로 누워 있었기 때문이다. 다만, 로마 황제들이 변함없는 시선으로 그를 바라보고 있을 뿐이었다. 그 와중에 사실상 그 모든 소동의 근원이었던 쥴리카는 손가락으로 귀를 막고 달아나고 있었다.

제23장

줄리카는 키 작은 녹스가 창문에서 갑자기 뛰어내리던 그 끔찍한 장면이 눈에 선했다. 그녀는 겁에 질린 눈빛을 하고는 고통으로 몸부림치며 달아나다가, 문득 자신이 막다른 곳에 이르렀다는 사실을 깨달았다.

줄리카는 뉴 칼리지가 있는 음침하고 좁고 험한 산골짜기에 다다라 있었다. 그녀는 앞에 있는 굳게 닫힌 거대한 정문을 보고 멈추어 서더니 방향을 틀어 담벼락 쪽으로 향했다. 그녀는 이마와 손바닥을 차가운 담벼락에 가져다 댔다. 그러고는 이마를 거두더니 주먹으로 담벼락을 세게 내리쳤다.

줄리카가 애처롭게도 간절히 잊으려고 애썼던 것은 자신이 목격한 그 장면뿐만 아니라, 그 장면을 목격하는 것을 피하지 못했다는 사실 자체였다. 그녀는 지난밤 공작이 자신의 몸에 손을 댔을 때보다 더 슬프고 화가 났다. 왜 매일 매일이 그렇게 끔찍하게 막을 내려야만 하는 것일까? 어젯밤 쥴리카는 공작에게 물을 퍼부어 복수를 했었다. 하지만 오늘밤 녹스가 벌였던 그 잔혹한 행위는 그가 죽어 버려 복수조차 할 수 없기에 더욱 치사하고 비열한 것이었다. 게다가 녹스의 잔혹한 행위는 어느 정도 쥴리카가 스스로 자초했다는 사실이 그녀의 분노에 불을 붙였다. 그를 조롱하다니 얼마나 어리석었던가! 아니지. 녹스가 그런 짓을 벌일 것이라고 쥴리카가 상상이나 할 수 있었겠는가? 쥴리카를 위해 잔잔한 강물에 몸을 던질 용기조차 없었던 그가 감히 그런 짓을 벌일 것이라고 어떻게 상상할 수 있었겠는가?

쥴리카는 바로 오늘, 바로 그 집에서 공작에게 "그럼 저를 끌고 가서 저 창문 밖으로 던져 버리시지 그러세요"라고 말했던 것이 떠올랐다. 쥴리카 자신이 녹스와 같은 운명을 자처한 셈이었다는 생각에, 그녀는 몸서리를 쳤다. 공작이 그녀의 말대로 했다면 어떻게 되었을까? 그런데 이상했다! 설령 그랬다 해도 쥴리카는 그 운명을 겁내지 않았으리라. 그녀는 자신이 그렇게 죽을 수도 있었다는 생각을 해 보아도 전혀 두렵지 않았다. 그러자 이제 녹스의 행동이 새롭게 보였다. 녹스는 쥴리카의 마음에 상처를 주려고 했던 것이 아니라, 그녀를 향한 자신의 사랑을 증명해 보이고 싶었던 것이 아니었을까? 그런 생각이 들자 쥴리카의 마음이 이내 침착하게 가라앉았다. 이제 그녀는 자신이 목격한 장면을 잊으려고 애쓸 필요도 없었다. 굳이 잊으려고 애쓸 필요도 없었지만, 이제 쥴리카는 그 장면을 잊을 수 있게 되었다. 우리네 인간의 뇌란 본래 그렇게 빚어졌으니 말이다.

하지만 쥴리카가 마음의 짐 하나를 덜어 내자, 극심한 고통을 야기하는 다른 짐 하나가 모습을 드러냈다. 그녀는 이번 녹스의 일보다 앞서 있었던 일들을 떠올렸다. 쥴리카는 공작을 만나 마치 세상이 끝나기라도 한 것처럼 마음이 한껏 부풀어올랐던 그 비운의 황홀경의 순간들을 회상했다. 그리고 그녀는 공작과 대화를 나누는 내내 자신의 부족한 어휘력 때문에 애태우던 순간들을 회상했다. 오! 쥴리카의 마음을 어찌 말로 다 표현할 수 있었겠는가? 오! 자기 소멸의 황홀경이여! 그리고 그 덧없음이여! 그 순간 불현듯 쥴리카에게 끔찍한 각성이 일었다. 여기 옥스퍼드에서 쥴리카는 공작에게 세 번 속았다. 그 세 번의 경험은 달콤하고 멋진 기억으로 불쑥 나타났다가, 고통만 안겨 주고 어디론가 숨어버렸다. 제대로 표출하지도 못했던 가엾은 마음이여! 쥴리카는 자기 자신을 돌아보았다. 그녀가 걸어 들어온 담벼락으로 둘러싸인 길, 그리고 굳게 닫힌 끔찍한 정문은 그녀가 견뎌 내야 했던 운명의 상징물처럼 다가왔다. 쥴리카는 주먹을 꽉 쥐고는 왔던 길을 따라 서둘러 돌아갔다. 그리고 다시는 옥스퍼드에 발을 들여놓지 않으리라 맹세했다. 쥴리카는 오늘밤 그 혐오스러운 작은 도시를 빠져나가고 싶었다. 심지어 차라리 죽었으면 좋겠다고 생각했다.

쥴리카는 마땅히 고통받아야 했다. 독자 여러분은 아마 그렇게 생각할 것이다. 그러나 나는 단지 그녀가 고통스러워 했다는 사실을 서술하고 있을 뿐이다.

캐서린 가街로 들어서면서 쥴리카는 자신이 어디쯤 왔는지 알게 되었고, 곧장 주더스 칼리지로 향했다. 그녀는 브로드 가街를 지나면서, 조롱 당한 희망과 산산이 부서진 이상理想을 상징하는 로마 황제들을 외면했다.

쥴리카는 주더스 가街에 이르러 어제의 장면들을 떠올렸다. 쥴리카 곁에서 행복해 하던 공작. 행복해 하던 어마어마한 군중들의 소리. 쥴리카는 범프 서퍼가 열리던 회관의 관람석에 있었을 때보다 더 큰 고통을 느꼈다. 지금 그녀는 목숨을 잃은 수많은 학생들에 대한 회한으로 깊은 자기 연민에 빠져 있었다. 쥴리카에게 공감 능력이 아주 없는 것은 아니라고 내가 말하지 않았던가? 쥴리카는 가련한 공작이 예전에 자신에게 했던 말이 진실이라는 것을 깨달았다. 그녀는 세상에 해를 끼치는 위험한 존재라는 말. . . . 그렇다. 쥴리카는 이제 훨씬 더 위험한 존재가 되었다. 옥스퍼드 대학의 사례에 영향을 받은 유럽 전역의 청년들이 모두 목숨을 버린다면 어떻게 될까? 상상만으로도 끔찍한 일이지만 충분히 가능한 일이다. 결코 무시할 수 없는 일이다. 일어나지 않게 반드시 막아야 하는 일이다. 쥴리카는 남자들 앞에 모습을 드러내서는 안 된다. 은신처를 찾아서 그곳에서만 머물러야 한다.

'어려운 일일까?' 쥴리카가 스스로에게 물었다.

남자들이 경의를 표하는 것이 그렇게 역겨웠던 적이 있었던가? 쥴리카의 영혼에 깃든, 사랑에 빠지고 싶은 욕구는 결코 충족될 수 없는 것일까? 이따금씩 아주 잠시, 유감스럽게도 오해로 인해 누군가와 사랑에 빠지는 것을 제외하고 말이다. 지금으로서는 확실히 알 수 없다.

내가 아주 오래 전에 했던 이야기라서 독자 여러분이 기억하실지 모르겠지만, 나는 호의를 가지고 쥴리카를 양치기 처녀 마르셀라에 비유한 적이 있다. 또한 나는 그녀가 열정적인 기질을 가진 여자이기 때문에 은둔자로 살지 않았다는 이유로 비난받아서는 안 된다고 주장한 바 있다. 독자 여러분은 분명 쥴리카에 대해 반감을 가지고 있겠지만, 나는 여러분이 그녀의 결단력만큼은 칭찬해 주기를 바란다. 쥴리카는 자신이 구제불능이라는 사실을 깨닫자마자 결단을 내렸다. 처음부터 결단을 내리지 못했다고 내가 마르셀라를 비난했던 바로 그 결단을 말이다. 쥴리카는 학장 관사의 현관에 서서 수녀가 되리라 결심을 했던 것이다.

쥴리카는 목소리에 수녀원의 분위기를 담아 조용한 말투로 집사에게 말했다. "내일 새벽 기차로 여기를 떠날 것이니, 오늘밤 내 짐을 모두 싸 두라고 내 하녀에게 전해 주세요."

"잘 알겠습니다, 아가씨." 집사가 말했다. "아가씨, 학장님께서 서재에 계신데 아가씨를 만나고 싶어 하십니다."

쥴리카는 이제 떨지 않고 할아버지를 대할 수 있었다. 할아버지가 자신을 어떻게 꾸짖든지 간에 고분고분하게 들을 작정이었다.

하지만 이번에는 학장이 쥴리카보다 세 배쯤 더 긴장한 듯 보였다. "저기 . . . 혹시 회관 관람석에 와서 지켜봤니?" 학장이 떨리는 목소리로 물었다.

그러자 쥴리카가 망토를 옆에 팽개치듯 던져 놓고 재빨리 학장에게 다가가서 그의 외투 옷깃에 손을 얹으며 말했다. "가엾은 할아버지. . .!"

"쥴리카, 정말 말도 안 되는 일이었다." 학장이 속내를 털어놓았다. "나는 생각도 못했던 일이었다. 젊은 학생들이 어리석게도 그렇게 모두 결석을 하다니 말이야. 나는 말이지 . . . 나는. . . ."

"할아버지, 아직 소식 못 들으셨어요?"

"무슨 소식 말이냐? 그런 어리석은 학생들의 소식은 듣고 싶지도 않구나. 그래서 물어보지도 않았다."

"할아버지, 제 말씀이 무례하게 들린다면 용서하세요. 할아버지는 여기 주더스 칼리지의 학장이세요. 학생들을 보호하는 건 할아버지의 의무이자 특권이라고요. 그렇지 않나요? '소 잃고 외양간 고친다'는 속담이 있잖아요. 그런데 소를 잃은 것도 모르는, 심지어 그 여부조차 묻지 않는 소 주인에게 무슨 말을 해야 할까요, 할아버지?"

"쥴리카, 그거 참 수수께끼 같은 말이로구나."

"제가 할아버지께 그 수수께끼의 정답까지 알려 드려야 할 필요는 없었으면 좋겠어요. 진심이에요. 여기 옥스퍼드에서 할아버지가 주더스 칼리지 교수들을 뭐라고 부르시는지는 모르겠지만, 어쨌든 저는 그분들에게 아주 불만이 많아요. 저는 그분들을 중풍에 걸려 비틀거리는 노인들이라고 불러요. 그분들이 자신들에게 주어진 의무를 회피하지 않았다면, 저는 그분들을 그렇게까지 부르지는 않았을 거예요. 오늘밤 회관에 학생들이 한 명도 보이지 않았던 이유는 그들이 모두 세상을 떠났기 때문이에요."

"세상을 떠났다고?" 학장은 숨이 턱 막혀서 제대로 말을 잇지 못했다. "세상을 떠났다고? 부끄럽게도 나는 듣지 못했구나. 학생들이 도대체 왜 죽은 거니?"

"저 때문에요."

"너 때문이라고?"

"예, 할아버지, 저는 세상에 나타나서는 안 되는 그런 전염병이자 재앙과도 같은 존재예요. 학생들이 저를 사랑하기만 하면 모두 강물에 몸을 던져 죽는 걸요."

그러자 학장이 줄리카에게 다가갔다. "줄리카, 그 사건이 내게 어떤 의미인지 아니? 나는 늙었단다. 내가 주더스 칼리지와 인연을 맺은 지도 50년이 넘는구나. 아내가 세상을 떠난 후로는 나에게 남은 모든 정성을 주더스 칼리지에 쏟아부었단다. 30년간 학장으로 재직했지. 학장이라는 직책은 늘 나에게 큰 자부심이었다. 오로지 위대한 주더스 칼리지의 명예와 번영만을 생각하며 살아왔어. 요즘 들어 나는 스스로에게 묻곤 한단다. 내 눈이 점점 흐려지는 건 아닌지, 손이 떨리는 건 아닌지 말이다. 내 대답은 '아니다'였어. 또 다시 물어봐도 '아니다'였다. 그런데 말이다, 내가 이 자리에 너무 오래 있었나 보구나. 주더스 칼리지가 그 드높은 명성에 타격을 입고, 영국인들에게 수치스러운 존재가 되는 꼴을 보게 되다니 말이다. 주더스 칼리지가 그 평판에 오점을 남기고 흉조가 든 꼴을 보게 되다니 말이다."

그러고는 학장이 고개를 들었다. "나의 명예가 더럽혀지는 것 따위는 아무것도 아니다. 학부모들이 나에게 고함을 지르며 격렬하게 화를 내든, 다른 칼리지의 학장들이 나의 노쇠함을 조롱거리로 삼든, 난 신경 쓰지 않는다. 나는 주더스 칼리지의 몰락을 초래한 너를 영원히 저주할 거야."

"그러시면 안돼요!" 쥴리카가 소리쳤다. "그건 일종의 신성모독이 될 거예요. 저는 수녀가 될 거니까요. 그리고 왜 하필 할아버지가. . . ? 주더스 칼리지에 대한 할아버지의 마음은 충분히 이해할 수 있어요. 하지만 왜 다른 칼리지보다 주더스 칼리지의 명예가 더 더럽혀졌다고 생각하세요? 강물에 몸을 던진 학생들이 모두 주더스 칼리지 학생이었다면 그럴 수도 있겠지만요. . . ."

"그럼 다른 칼리지 학생들도 그랬단 말이냐?" 학장이 외쳤다. "몇 명이나?"

"전부요. 모든 칼리지의 모든 남학생들이요."

학장은 깊은 한숨을 내쉬었다. "그렇다면 문제가 완전히 다르지. 진즉에 명확하게 설명해 줬다면 좋았을 텐데. 너 때문에 너무 큰 충격을 받았다." 학장이 안락의자에 풀썩 주저앉으며 말을 이었다. "도저히 충격에서 벗어나질 못하겠구나. 너는 필히 상세하게 설명하는 방법부터 배워야겠다."

"그건 수녀원의 규칙이 어떤지에 따라 다르겠죠."

"아! 깜빡 잊을 뻔했구나. 수녀원으로 들어간다고 했지. 성공회 수녀원으로 들어가면 좋겠구나."

쥴리카가 그렇게 하겠다고 대답했다.

"젊은 시절에 말이다." 학장이 말을 이었다. "퓨지 박사[98]를 자주 만났

---

98) Dr. Edward Bouverie Pusey (1800-1882): 옥스퍼드 대학에서 수학했고, 영국 성공회에서 수도 생활의 부활을 목표로 1845년 여자수도회 설립에 공헌했다.

었단다. 내 손녀인 네가 수녀가 될 거라는 걸 그분이 아셨다면, 내가 결혼하는 걸 용납했을지도 모르겠구나." 학장이 안경을 고쳐 쓰고 쥴리카를 바라보았다. "너에게 수녀가 되어야겠다는 소명의식이 있다고 확신하니?"

"예, 속세를 떠나고 싶어요. 더 이상 이 세상에 해를 끼치고 싶지 않아요."

학장이 생각에 잠긴 채 쥴리카를 바라보았다. "그건 말이다." 학장이 말을 이었다. "소명의식이라기보다는 오히려 혐오감인 것 같구나. 예전에 내가 퓨지 박사께 그 두 가지의 차이점을 조심스레 말씀드렸던 기억이 떠오르는구나. 퓨지 박사께서 자기 친구 중 한 명이 설립한 교단에 들어오라고 나를 한참 설득할 때였지. 쥴리카, 네가 수녀가 된다면 아마이 세상이야 너 없이도 잘 돌아가겠지. 하지만 우리가 생각해야 하는 건 이 세상만이 아니란다. 너는 교회의 저 깊은 곳까지 은혜롭게 할 수있겠느냐?"

"노력해 볼게요." 쥴리카가 대답했다.

"'노력해 볼게.' 퓨지 박사께서도 나에게 그 말씀을 자주 하곤 했지. 하지만 나는 그러한 문제에서는 노력이란 말 자체가 부적합한 어휘라고 그분께 조심스레 말씀드렸단다. 혐오감으로 가득 찬 내 마음 때문에, 내가 있어야 할 곳은 이 세상이라는 걸 직감했단다. 그래서 나는 이세상에 남았단다."

"할아버지, 하지만 한번 상상해 보세요." 치마를 입은 수많은 여성들의 인파가 할아버지 때문에 가슴 두근거리며 모여 있는 모습을 상상하니 쥴리카는 웃음을 참을 수가 없었다. "할아버지가 젊은 시절에 모든 숙녀들이 할아버지를 향한 사랑 때문에 강물에 몸을 던졌다고 상상해 보시라고요."

줄리카의 웃음이 학장을 화나게 한 듯 보였다. "나를 흠모하는 여자들이 아주 많았다." 학장이 말했다. "아주 많았어." 학장이 반복하며 강조했다.

"할아버지, 그래서 좋으셨어요?"

"좋았고말고. 줄리카, 하지만 그렇게 인기를 즐기는 내 자신이 두렵기도 했단다. 내가 인기를 얻으려고 노력했던 적은 한 번도 없었어."

"가슴이 뛴 적은 한 번도 없었어요?"

"한 번도 없었지. 로라 프리스를 만나기 전까지는 말이다."

"그분은 누구에요?"

"나중에 내 아내가 된 사람이지."

"다른 여자들에게는 없는 할머니만의 특별한 점은 뭐였나요? 아주 아름다웠나요?"

"아니, 아름다웠다고는 할 수 없지. 사실 평범한 편이었어. 내가 그녀에게 매력을 느꼈던 이유는 그녀가 아주 품위 있는 여자였기 때문이야. 곱슬머리를 찰랑대면서 나를 보고 활짝 미소 짓지도 않았지. 그때는 숙녀들이 실내화에 정성스레 수를 놓아서 자기가 좋아하는 남자에게 선물하는 게 유행이었단다. 나는 그런 실내화를 수도 없이 받았지. 하지만 로라에게서는 한 켤레도 받지 못했어."

"할머니는 할아버지를 사랑하지 않았나요?" 줄리카가 학장의 발치에 앉으면서 물었다.

"나는 그녀가 나를 사랑하지 않는다고 단정 지었지. 그래서 그녀에게 아주 큰 호기심이 생겼고 불이 붙었던 게지."

"할머니는 사랑을 할 줄 모르는 분이었나요?"

"아니, 금방 사랑에 빠지는 걸로 유명했어. 하지만 늘 헛된 사랑이 되고 말았지."

"그런데 할머니는 왜 할아버지랑 결혼했어요?"

"아마도 내가 끈덕지게 결혼하자고 졸라서 지친 나머지 나와 결혼한 게 아닌가 싶다. 아주 강한 여자는 아니었거든. 아니면 충동적으로 결혼한 건지도 모르지. 나에게 한 번도 그 이유를 말한 적이 없었다. 나도 굳이 물어보지 않았고."

"그래도 할아버지는 할머니와 아주 행복하게 사셨잖아요?"

"그녀가 살아 있는 동안에는 더없이 행복했지."

쥴리카가 손을 뻗어 꽉 움켜잡고 있는 학장의 두 손 위에 얹었다. 학장은 과거를 회상하며 앉아 있었다. 쥴리카는 한동안 침묵하고 있었다. 여전히 열중해서 학장의 얼굴을 바라보고 있는 쥴리카의 눈에서 눈물이 흘렀다. "할아버지. . . ." 쥴리카의 목소리에도 눈물이 배어 있었다.

"쥴리카, 넌 이해 못 할 게다. 동정을 구하려던 게 아니라. . . ."

"이해해요. 충분히요. 할아버지를 동정하는 게 아니라, 할아버지가 좀 부러워요."

"내가 부럽다고? 가진 거라곤 행복의 기억뿐인 이 늙은이가 뭐가 부럽단 말이냐?"

"그래도 할아버지는 행복을 누리셨잖아요. 하지만 부러워서 운 건 아니에요. 기뻐서 울었어요. 할아버지와 저는 그 긴 세월을 떨어져 살았는데도 비슷한 점이 정말 많은 것 같아요. 저는 늘 제 자신을 완전히 외톨이라고 생각했거든요."

"아! 젊은이들은 모두 그렇게 생각하는 경향이 있지. 하지만 그런 생각들은 세월이 지나면 사라진단다. 우리의 비슷한 점이나 한번 이야기 해 보렴."

줄리카가 자신의 속내를 털어놓는 동안, 학장은 가만히 앉아서 그녀의 말을 귀 기울여 듣고 있었다. 그러다가 말을 끝마칠 때쯤, 줄리카가 이런 말을 했다. "할아버지, 이건 이전 세대에서 다음 세대로 대물림되는 현상이 아닐까요?"

그러자 학장이 소리쳤다. "그건 말도 안 된다!"

"줄리카, 소리를 지른 건 용서해 다오." 학장이 줄리카의 손을 어루만지며 말을 이었다. "너의 이야기는 아주 흥미롭게 잘 들었다. 하지만 내 생각에 요즘 젊은이들은 나 때에 비해 스스로에 대한 고민으로 훨씬 더 많은 방황을 하는 것 같구나. 그럴 때면 젊은이들이 늘 기대는 이론이 있지! 그게 바로 '대물림' 이론이란다. . . . 젊은이들은 흠모하는 시선을 즐기는 젊은 여자는 어느 시대에나 늘 있어서 사람들을 당혹스럽게 한다고 말하곤 하지. 그리고 자신이 존경하고 우러러볼 수 있는 남자를 만날 때까지 함부로 마음을 주지 않고 고이 간직하는 이상한 여자도 어느 시대에나 늘 있었다고 말하기도 하지. 또 남자가 무관심하게 굴어도 전혀 열등감을 느끼지 않는 여자도 어느 시대에나 늘 있었다고 말하지. 줄리카, 너와 나는 어떤 면에서는 아주 이상한 사람들이지만, 애정 문제와 관련해서는 지극히 평범한 사람들이기도 하단다."

"오! 할아버지! 진심으로 그렇게 생각하세요?" 줄리카가 간절하게 소리쳤다.

"나 때는 말이야, 남자들이 말을 아끼지 않았단다. 그렇지만 진심이 아닌 말은 하지도 않았지. 너와 다른 여자들 사이에 차이가 있듯이, 나와 다른 남자들 사이에도 차이가 있었지. 그건 너와 나에게는 특별한 매력이 있다는 거야. 내가 실내화를 수도 없이 받았다는 거 말했었지? 나는 어리석게도 자부심을 느끼며 그것들을 버리지 않고 모두 모아 두었지. 약혼식 날 저녁이 되어서야 나는 그것들을 모닥불에 모두 태워 버렸는데, 불길이 얼마나 크던지 저 먼 마을에서도 그 불길을 볼 수 있을 정도였지. 나는 모닥불 주위를 돌면서 밤새 춤을 추었단다." 학장의 나이 든 눈은 지금도 그때의 그 불길을 좇고 있는 듯했다.

"정말 대단하세요!" 쥴리카가 속삭였다. "하지만. . . ." 쥴리카가 일어서며 말을 이었다. "이제 더는 말씀하지 마세요. 제가 가진 건 그저 특별한 매력이 아니에요. 거부할 수 없는 매력이라고요."

"쥴리카, 그건 입증하기 어려운 아주 대담한 말이로구나."

"오늘밤 모두 입증되지 않았나요?

"오늘밤이라고. . . ? 아! 학생들 모두가 정말로 너를 향한 사랑 때문에 강물에 몸을 던졌단 말이냐. . . ? 세상에, 맙소사. . . ! 그럼 공작도. . . ?"

"공작님이 가장 먼저 몸을 던졌어요."

"안돼! 그럴 리가 없어! 공작은 정말 재능이 뛰어난 젊은이였어. 주더스 칼리지의 진정한 자랑이었지. 하지만 내가 보기엔 늘 . . . 뭐랄까? 비인간적이었다고 할까. . . . 이제 와서 생각해 보니, 공작이 어젯밤 콘서트에 왔을 때 꽤 흥분한 듯 보였었다. 아직 네가 도착하기 전이었지. 너는 공작이 너를 향한 사랑 때문에 목숨을 버렸다고 확신하는 모양이구나?"

"그럼요." 쥴리카가 자신의 거짓말에 스스로 감탄하면서 대답했다. 공작이 쥴리카 자신을 위해 죽으려고 했던 것은 사실이니까 말이다. 하지만 쥴리카는 왜 진실을 말하지 않았을까? 쥴리카는 자신의 가련한 허영심이 수녀원 생활을 하면서도 계속될 것인지 궁금했다. 그런데 쥴리카 자신의 인생 전부를 엉망으로 망쳐 놓은 그 '거부할 수 없는 매력'에 할아버지가 의혹을 던진다고 해서 그렇게 분개할 이유가 있을까?

"쥴리카, 솔직히 난 무척 놀랐단다. . . . 충격을 받았지." 학장이 말했다.

학장이 안경을 고쳐 쓰고 쥴리카를 바라보았다. 쥴리카는 양장점 진

열장에 있는 마네킹 같은 자세로 서재를 천천히 서성이고 있었다. 쥴리카는 멈추려고 했지만, 그녀의 몸은 마음의 통제를 완전히 벗어나 있는 듯했다. 제멋대로 느긋하게 걸어다니는 모양새가 무례하게 보이기까지 했다. '수녀원에는 내 자리가 없을 거야.' 쥴리카의 내면의 목소리가 화가 나서 으르렁거리듯 말했다. 하지만 그녀의 몸은 내면의 목소리에 전혀 신경쓰지 않았다.

학장이 의자에 몸을 기대며 천장을 쳐다보았다. 그러고는 양 손가락 끝을 서로 맞부딪혀 가며 골똘히 생각에 잠겼다. "쥴리카 수녀님." 학장이 느닷없이 천장에 대고 말했다.

"예? '쥴리카 수녀님'이라는 말이 그렇게 . . . 어색한가요 . . . ?" 쥴리카의 떨리는 웃음소리가 이어지더니 어느새 잦아들었다. 그리고 웃음소리는 흐느낌으로 바뀌었다.

학장이 의자에서 일어났다. "쥴리카, 너를 비웃은 게 아니다. 나는 그저 . . . 상상해 보려고 애썼을 뿐이란다. 네가 정말 수녀원에 들어갈 생각이라면 말이다. . . ." 학장이 말했다.

"정말 들어갈 거라니까요." 쥴리카가 투덜거리며 말했다.

"그렇다면 아마도. . . ."

"아니오, 안 들어갈 거예요." 쥴리카가 계속해서 투덜거리며 말했다.

"쥴리카, 당연히 안 들어갈 줄 알았다."

"'당연히'라니요? 왜 '당연히'에요?"

"가엾은 쥴리카, 너는 그저 많이 지쳐 있는 거란다. 그런 불가사의하면서도 역사적인 날을 보냈으니 지치는 게 당연하지. 자, 어서 눈물을 닦으렴. 그래, 훨씬 보기 좋구나. 내일 말이야. . . ."

"할아버지, 그래도 제가 조금은 자랑스러우시죠?"

"하느님, 저를 용서하소서. 그래 네가 자랑스럽구나. 할아버지의 마음으로 말이다. . . . 쥴리카, 잘 자거라. 내가 촛불을 켜 주마."

쥴리카는 망토를 집어 들고 서재를 나왔고, 학장은 촛불을 들고 복도까지 따라 나왔다. 그녀는 내일 일찍 떠날 거라고 말했다.

그러자 학장이 장난스럽게 물었다. "수녀원으로 말이냐?"

"아! 할아버지, 놀리지 마세요."

"쥴리카, 네가 떠난다니 섭섭하구나. 하지만 아마도 이 상황에서는 그게 최선일 것 같다. 나중에 또 꼭 놀러 오거라." 학장이 쥴리카에게 촛불을 건네며 말했다. "참! 학기 중에 오는 건 안 된다." 학장이 덧붙였다.

"학기 중에는 오지 않을 거예요." 쥴리카가 학장의 말을 따라 했다.

제24장

어두컴컴한 계단이 침실의 열린 문틈으로 새어 나오는 부드러운 불빛으로 환해지자, 가엾은 쥴리카는 새삼 용기가 생기는 것 같았다. 그녀는 한동안 문간에 서서, 방 안을 이리저리 왔다갔다 분주하게 움직이는 멜리상드를 지켜보고 있었다. 대부분의 중요한 짐들은 이미 모두 싸놓은 듯 보였다. 옷장은 하품하듯 텅 빈 입을 크게 벌리고 있었고, 카펫 여기저기에 놓인 많은 트렁크들은 이미 짐으로 넘칠 듯 가득 차 있었다. 또 다시 여행의 시작이었다! 곡마단의 커다란 천막이 별 아래 드리워지고, 트럭에서는 사자들이 으르렁거리며, 말들은 히힝 울어 대면서 말발굽으로 잔디를 긁어 대고, 코끼리들이 울부짖을 때 쥴리카의 엄마가 종종 내면에서 미세한 흥분을 느꼈듯, 어디론가 떠나는 익숙한 분주함 속에서 쥴리카는 가슴이 두근거렸다. 쥴리카는 세상에 지쳤고, 자신이 무언가 유익한 일을 할 수 있을 만큼 좋은 사람이 아니라는 사실에 화가 났다. 어쨌든 이제 옥스퍼드에 작별을 고할 시간이었다.

쥴리카는 멜리상드가 부러워졌다. 멜리상드의 약혼자가 돈을 모아 조그만 카페를 차리고, 그녀를 아내로 맞이하여 카페의 카운터에 앉히는 그날이 올 때까지, 멜리상드는 그저 힘든 일들을 재빠르고 쾌활하게 처리하기만 하면 된다고 쥴리카는 생각했기 때문이다. 오! 그 충실한 영혼을 가진 멜리상드처럼, 쥴리카도 이 세상에 목표와 가능성, 그리고 정착할 곳이 있다면 얼마나 좋을까!

"멜리상드, 내가 좀 도와줄까?" 쥴리카가 짐들이 널브러진 바닥을 이리저리 피해 걸어가면서 물었다.

옷들을 차곡차곡 개고 있던 멜리상드는 쥴리카의 말에 살짝 미소 짓는 듯 보였다. "숙녀란 자고로 각자 자기만의 재주가 있는 법이죠. 가령 저에게는 이런 재주는 없답니다." 멜리상드가 보석으로 만든 커다란 장식함을 손으로 가리키며 말했다.

쥴리카는 그 장식함을 바라보다가, 아주 고맙다는 듯 멜리상드를 바라보았다. 쥴리카의 재주라 . . . 쥴리카가 어찌 자신의 재주를 잊었겠는가? 그 재주가 바로 그녀의 위안이자 삶의 목적인데 말이다. 쥴리카는 이제 한 번도 일해 본 적 없는 것처럼 열심히 일할 작정이었다. 그녀는 지금껏 해 왔던 것보다 더 잘해야겠다는 생각이 마음속에 자리잡은 것을 깨달았다. 쥴리카는 다른 사람을 강하게 끄는 자신의 매력만 믿고 마술 연습을 게을리 해 왔다는 것을 스스로 인정했다. 어젯밤만 해도 여러 번 마술 도구를 놓치는 등 치명적인 실수를 했다. 고도의 예술적 기교를 필요로 하는 '달걀 모양 요술컵' 마술은 말 그대로 최악이었다. 아마 관객들은 눈치채지 못했겠지만, 쥴리카 자신은 잘 알고 있었다. 이제 그녀는 마술에 완벽을 기하기 위해서 열심히 연습을 할 작정이었다. 폴리 베르제르 공연까지는 이제 2주일도 채 안 남았다! 만약에. . . . 아니지, 쥴리카는 그런 생각을 해서는 안 된다! 하지만 그 생각은 끊임없이 머릿속을 맴돌았다. 만약에 쥴리카가 자신의 마술 레퍼토리에 접목하려고 계속해서 계획해 왔던 '프로보킹 씸블'[99]을 폴리 베르제르 공연에서 선보인다면 어떨까?

쥴리카는 새로운 마술을 선보일 생각을 하니 흥분하여 얼굴이 상기되었다. 하지만 그녀의 현재 마술 레퍼토리는 모두가 일시적인 유행일 뿐이고, 그저 초급 수준에 지나지 않는 게 아닐까? 쥴리카는 지난밤 귀걸이와 장신구를 아주 능숙하게 다루었던 것을 떠올렸다. 아! 하지만 금세 그녀의 눈에서는 밝은 빛이 사라졌고, 얼굴에는 굳은 표정이 역력했다. 어젯밤 마술 공연의 기억의 뒤를 따라서, 다른 기억까지 떠올랐기 때문이다.

녹스가 창문에서 뛰어내린 뒤 쥴리카가 달아나듯 브로드 가街로 향했을 때, 녹스의 방 창가에서 있었던 일은 다른 기억들을 완전히 덮어버릴 정도로 그녀를 압도했다. 지금 이 순간 쥴리카의 기억 속에 자신의 귀걸이를 뽐내며 쥴리카를 조롱하던 케이티가 떠올랐다. "공작님이 . . . 저에게 이 귀걸이를 늘 하고 다니라면서 직접 제 귀에 걸어 줬단 말이에요." 케이티의 말이 다시금 쥴리카의 귓전에 울렸고, 쥴리카는 얼굴이 화끈거렸다. 오! 공작은 필시 그렇게 계획을 꾸몄던 것이었다. 그는 그것이 아주 영리한 계획이라고 생각했던 것이 틀림없다. 공작이 계획했던 대로 그것은 아주 멋진 복수였다! "그리고 저에게 입맞춤도 했어요. 사람들이 모두 지켜볼 수 있는 거리 한복판에서 저에게 작별의 입

---

99) Provoking Thimble: 마술의 한 종류.

맞춤을 했다고요. 공작님이 저에게 입맞춤을 했단 말이에요."

훌륭하다! 정말 훌륭해! 쥴리카는 이를 갈았다. 쥴리카가 공작을 쫓아가 함께 주더스 칼리지의 바지선 앞에 섰을 때도, 그는 열심히 머리를 굴리며 계획을 세우고 있었던 것이 틀림없다. 악랄한 인간 같으니라고! 그때도 쥴리카는 공작의 진주 장신구들로 치장하고 있었다. 심지어 그녀는 그것으로 그의 환심을 사려고 했었는데. . . .

쥴리카의 보석함은 오늘밤 그녀가 했던 보석을 받기 위해 입을 벌리고 있었다. 쥴리카는 조용히 보석함 곁으로 다가갔다. 보석함의 맨 윗줄 구석에 커다란 하얀 진주 두 알이 놓여 있었다. 그 진주들은 어떻든 쥴리카에게 큰 의미가 있는 것들이었다.

"멜리상드!"

"예, 아가씨!"

"이번에 파리에 가면 약혼자에게 자그마한 선물이라도 하나 줘야 하지 않겠어?"

"저야 물론 그러고 싶죠, 아가씨."

"그럼 약혼자에게 이걸 선물로 주렴." 쥴리카가 진주 장신구 두 개를 멜리상드에게 내밀었다.

"이러시면 안돼요! . . . 하긴 약혼자가 웨이터로 일하고 있는 뚜르텔 카페에서는 모두들 부자인지 카페 사장 아들도 가슴팍에 진주를 달고 다닌다고 하더라고요. . . . 그럼 감사히 받을게요."

"이 진주 장신구들은 고인이 된 도싯 공작이 쥴리카 돕슨에게 준 것이고, 그걸 쥴리카 돕슨이 멜리상드에게 주었고, 다시 멜리상드가 약혼자에게 주는 거야. 이 사실을 모든 사람들에게 전하라고 약혼자에게 말해 줘."

"하지만. . . ." 멜리상드는 쥴리카의 말에 반대하는 말을 하려다 그만

두었다. 갑자기 멜리상드의 눈에 그 진주가 쓸데없는 장신구가 아닌, 당장에 무언가로 바꿀 수 있는 유용한 물건으로 보였기 때문이다. 작은 대리석 테이블, 흑맥주, 도미노 게임, 압생트 오 수크르, 주간지가 담겨 있는 윤이 나는 검은 서류 가방, 노란 악보들과 그 사이에 끼어 펄럭이는 일간지, 베르무트 카시스. . . . "아가씨는 정말 상냥하세요." 멜리상드가 진주를 받으며 말했다.

바로 그 순간, 쥴리카는 정말로 아주 상냥해 보였다. 하지만 일시적으로 그렇게 보인 것일 뿐이었다. 쥴리카는 어떤 것도 공작이 한 짓을 되돌릴 수는 없다고 생각했다. 게다가 얄밉고 버릇없는 케이티가 모든 사람들이 다 알도록 동네방네 떠벌리고 다닐 것이었다. "공작님이 . . . 저에게 이 귀걸이를 늘 하고 다니라면서 직접 제 귀에 걸어 줬단 말이에요." 하지만 그것은 쥴리카의 귀걸이였다! "그리고 저에게 입맞춤도 했어요. 사람들이 모두 지켜볼 수 있는 거리 한복판에서 저에게 작별의 입맞춤을 했다고요. 공작님이 저에게 입맞춤을 했단 말이에요. 공작님은 저를 사랑했어요. . . ."

사실 공작은 강물에 몸을 던지면서 "쥴리카!"라고 외쳤고, 주변에 있던 모든 사람들이 그 외침을 들었다. 그것이 중요한 사실이었다. 하지만 나이 든 여자들은 머리를 가로저으면서 기뻐하며 이렇게 말하겠지. "오! 아니야! 내 말이 맞다니까! 공작이 강물에 몸을 던진 건 말이야, 쥴리카와는 아무 상관도 없는 일이었대. 믿을 만한 소식통한테 내가 직접 들은 얘기라니까."

공작이 쥴리카를 향한 사랑을 위해 목숨을 버릴 것이라고 스스로 많은 학생들에게 말했다는 사실을 쥴리카는 알고 있었다. 하지만 가엾은 그 학생들은 증인이 될 수 없었다. 하늘도 무심하시지! 만약 공작의 동기에 의심의 여지가 있다면, 학생들의 동기에도 의심의 여지가 있지 않

겠는가? 하지만 그 많은 학생들이 강물에 몸을 던지면서 "쥴리카!"라고 외친 것도 사실이었다. 그 일련의 사건들을 직접 지켜보았던 공정한 사람들이 만약 살아 있다면, 그 모든 사건들이 전적으로 쥴리카 때문에 일어난 것은 아니라고 말하는 것은 터무니없다고 확신할 것이다. 그리고 몇몇 학생들은 자신들의 의도를 틀림없이 유서로 남겼을 것이다. 쥴리카는 오늘 맥퀸 경의 집에서 만났던 크래독을 떠올렸다. 쥴리카에게 유산을 남긴다는 내용의 유언장을 작성했던 그는 점심 식사 중에 그 유언장을 그녀에게 큰 소리로 읽어 주고 싶어 했다. 오! 많은 학생들이 그러한 확실한 증거를 남겼을 것이다. 하지만 다른 학생들의 경우, 강물에 빠진 학우들을 구하려 애쓰다가 목숨을 잃었다고 전해질 것이다. 온갖 어리석고 황당한 추측들과 입증할 수 없는 새빨간 거짓말들이 난무하겠지. . . .

"멜리상드, 청소하는 소리 때문에 미치겠어! 그만 좀 해! 나 지금 옷 갈아입으려고 기다리고 있는 거 안 보여?"

멜리상드는 서둘러 쥴리카 곁으로 다가가서 재빠르고 가벼운 손놀림으로 쥴리카의 옷을 벗기기 시작했다. "아가씨, 이제 잠자리에 드셔야죠. 어서요." 멜리상드가 기분 좋은 목소리로 상냥하게 말했다.

"잠이 안 와." 쥴리카가 말했다.

그래도 옷을 벗으니 마음이 한결 진정되었고, 이내 잠옷을 입고 거울 앞에 앉으니 마음이 더욱 진정되었다. 그동안 멜리상드는 때로는 천천히 부드럽게, 때로는 세게 쥴리카의 머리칼을 한 올 한 올 빗겨 주었다.

세상이 쥴리카를 어떻게 생각하는지는 그리 중요하지 않았다. 세상이야 마음대로 쑥덕거리고 지껄이도록 내버려 두자. 비방하고, 명예를 더럽히고, 폄하하고, 끌어내리고 . . . 세상은 늘 그래 왔으니까 말이다. 하지만 위대한 것들은 여전히 위대했고, 진실한 것들은 여전히 진실했다. 오늘 그 학생들은 세상의 시선 따위에는 아랑곳하지 않고 강물에 몸을 던졌다. 그들의 행동은 오로지 쥴리카와 자신들만을 위한 것이었다. 그 학생들에게는 그 사실만으로도 충분했다. 그렇다면 쥴리카도 그 사실만으로 만족했을까? 그녀는 그 사실만으로 만족해야 했다. 오! 만족해야 하고말고! 하지만 쥴리카는 불평만 늘어놓는 가엾은 여인이었다.

쥴리카가 손짓을 하자 경쾌하게 청소를 하고 있던 멜리상드가 잠시 멈추었다. 이번에는 바스락거리는 소리가 나지 않도록 위생 종이를 사용하지 않고 청소를 하고 있었다. 멜리상드는 트렁크 쪽으로 가서 아직 못다 한 짐 정리를 하기 시작했다.

"너와 나, 우리는 알지." 쥴리카가 거울에 비친 사랑스러운 자기 자신의 모습을 바라보며 속삭였다. 그러자 거울에 비친 사랑스러운 쥴리카가 고개를 끄덕이며 미소로 화답했다.

그들은, 그 둘은 알고 있었다.

하지만 그때, 행복감에 젖어 있던 그 둘 사이로 유령이 나타나 떠다녔다. 그것은 그 둘이 알고 있는 남자, 부적절한 죽음을 맞이한, 차가운 심장을 지닌 공작의 유령이었다.

이어서 뒤늦게 볼썽사나운 모습으로 죽음을 맞이한 녹스의 작고 흉물스러운 유령도 나타났다.

그리고 이미 죽었기에 다시 죽을 수 없는 수많은 학생 유령들이 무리 지어 나타나서는 휩쓸듯이 빠르게 지나갔다. 살아서 할 수 있는 일을 했고, 더 이상 할 수 있는 일이 아무것도 없는 가엾은 유령들이여!

'더 이상'이라고? 죽는 것 이상으로 할 수 있는 일이 있단 말인가? 거울에 비친 쥴리카가 진짜 쥴리카를 처음에는 원망스럽다는 듯이 빤히 바라보다가, 이내 가엾다는 듯이 측은한 시선으로 바라보았다. 그 둘은 자매가 아니었던가? 그 둘은 각자 손으로 얼굴을 감싸쥐었다.

얼마 전 주더스 가街에서 쥴리카를 몹시도 괴롭혔던 생각이 불현듯 그녀에게 다시 떠올랐다. 자기 자신이 세상에 해를 끼치는 위험한 존재라는 생각 말이다.

이제 쥴리카는 빠르게 고동치며 옥죄어 오는 가슴을 안고, 자기 자신은 바라보지 않은 채 거울에 비친 쥴리카만을 바라보며 서 있었다. 그러다가 그녀는 휙 돌아서서 책 두 권이 놓여 있는 작은 테이블로 미끄러지듯 재빨리 걸어갔다. 쥴리카는 철도 여행 안내서를 낚아채듯 집어 들었다.

우리는 철도 여행 안내서를 살펴보고 있는 누군가를 볼 때면 늘 어김없이 끼어드는 경향이 있다.

"아가씨, 찾으시는 곳이 있으면 제가 도와드릴까요?" 멜리상드가 물었다.

"조용히 해." 쥴리카가 말했다.

우리는 철도 여행 안내서를 살펴보고 있는데 누군가가 끼어들면 늘 처음에는 그 호의를 거절하는 경향이 있다. 그러다가 늘 결국에는 그 호의를 받아들인다.

"여기서 케임브리지까지 곧장 갈 수 있는 기차가 있는지 알아봐 줘." 쥴리카가 멜리상드에게 안내서를 건네며 말했다. "기차가 없으면, 그럼 . . . 케임브리지까지 갈 수 있는 다른 방법을 알아봐 줘."

우리는 끼어든 사람에게 절대로 확신을 갖지 못하는 경향이 있다. 끼어든 사람이 자신감이 넘치는 사람이라고 해도 마찬가지다. 불신이 분노로 바뀐 쥴리카는 기절할 듯 미친 듯이 서둘러 안내서를 뒤적이고 있는 멜리상드를 지켜보며 앉아 있었다.

"잠깐 멈춰 봐!" 갑자기 쥴리카가 말했다. "더 좋은 생각이 떠올랐어. 아주 이른 시간에 기차역으로 가는 거야. 역장을 만나서 나를 위해 임시 열차를 편성해 달라고 하는 거지. 10시 기차로 말이야."

　쥴리카는 자리에서 일어나 팔을 머리 위로 뻗으며 기지개를 켰다. 그러고는 하품을 하더니 미소를 지어 보였다. 쥴리카는 어깨 위에 흩어져 있던 머리카락을 양손으로 그러모아 땋아서 느슨하게 묶었다. 그러고는 가뿐하게 침대 속으로 미끄러지듯 들어가 이내 잠이 들었다.

		mrn	mrn	mrn	mrn	mrn	mrn	mrn	non	non	aft	aft	aft	aft	aft	a
	Rewley Road Station,															
	Oxford ¶ ......dep.	7 15	7 45		9 3		9 45	1050	1125		12 0	1230	1255	1 50	2 28	4
5¼	Islip ¶	7 32	7 57		9 20		9 57		1142		1210	1242		2 7	2 37	4 51
12	Bicester 44, 45	7 50	8 9		9 40		10 9	11 8	12 2		1220	1255	1 13	2 27	2 50	5 25
14	Launton	m	8 14	m			1014				1228		2 55		5 7 m	
16	Marsh Gibbon and Poundon		8 19				1019				1234		3 0		5 12	
20	Claydon		8 28				1027				1240				5 19	
21½	Verney Junction 406 arr.		8 33				1031				1244		3 11		5 22	
—	Mls Banbury † ...dep.		7 40		9 40								2 35		4 55	
—	4 Farthinghoe		7 50		9 47								2 42		5 5	
—	9½ Brackley *		8 6		10 0				12 0				2 55 4 e 5		5 21	
—	12½ Fulwell & Westbury ‡		8 14		10 6				12 6				3 14 e 11		5 30	
—	16½ Buckingham		8 27		1016				1216				3 11 4 20		5 43	
—	19 Padbury		8 32		1020				1221				3 15 4 25		5 48	
—	21½ Verney Junction 406 a		8 38		1025				1227				3 20 4 29		5 54	
	Verney Junction ...dep.	8 35	8 45		1027	1033			1246				3 12 3 21	4 30	5 25	5 56
24	Winslow	8 41	6 53		1033	1040 h			1252				3 17 3 27	4 34	5 33	6
	Swanbourne [449	8 46	8 59		1045				1257				3 31			6
	Bletchley 414, 423, arr.	8 55	9 10		1045	1055	1135		1 5		1 40		3 30 3 40		5 48	6
	449 CAMBRIDGE ...arr.		1041		1 20	1 20			3 50		3 50		6 8			6
	414 BIRMINGHAM (New St)		1211		1 20				3 3		4 0		5 38			
	....ESTER (Ln. Rd.)		2 27		3 18	3 50			4 45		6 5		8 15			
	.... St.)		2 35		3 18	4 5			5 26		6 35		8 40			
			1010		12 0	1240			3 0							

『쥴리카 돕슨』,
사랑에 대한 은유와 전쟁에 대한 알레고리

1. 맥스 비어봄은 누구인가

맥스 비어봄(Max Beerbohm, 1872-1956)은 영국의 수필가이며 소설가이자 풍자화가다. 빅토리아 시대부터 에드워드 시대에 걸친 영국 사회를 특유의 풍자와 유머, 위트로 묘사한 바 있는 그는, 자신이 쓴 글에 그림을 그려 함께 발표할 만큼 작가로서의 재능뿐만 아니라 화가로서의 재능도 탁월한 인물이었다. 비어봄은 옥스퍼드 대학에 다니던 시절부터 유수의 문예지에 글과 그림을 발표하며 큰 인기를 끌기도 했으며, 오스카 와일드(Oscar Wilde)를 비롯한 여러 문인 및 예술가들과 깊이 교류하기도 했다.

이를 증명하듯, 비어봄은 아일랜드 출신의 극작가 조지 버나드 쇼(George Bernard Shaw)로부터 "그 누구와도 견줄 수 없는 맥스!"라는 극찬을 들었으며, 그 외에 버트런드 러셀(Bertrand Russell), 버지니아 울프(Virginia Woolf), E. M. 포스터(E. M. Foster), 이블린 워(Evelyn Waugh) 등 걸출한 작가들의 열렬한 찬사의 대상이기도 했다.

비어봄의 작품 가운데 최고의 걸작으로 평가받는 것은 1911년에 발표한 장편 소설 『쥴리카 돕슨: 옥스퍼드의 사랑 이야기』(*Zuleika Dobson or An Oxford Love Story*)로, 이 소설은 모던 라이브러리(Modern Library) 선정 영어로 쓰인 20세기 최고의 소설 100권 중 한 권(59위)으로 선정되기도 했다. 『쥴리카 돕슨』은 어느 날 홀연히 옥스퍼드 대학에 나타난 쥴리카 돕슨이라는 미모의 여성과 그녀에게 흠뻑 빠진 도싯 공작의 사랑 이야기를 중심으로 전개된다. 그러나 그 사랑 이야기의 이면에는 귀족에 대한 풍자, 대학 사회에 대한 풍자, 군중 심리에 대한 풍자, 영국 사회에 대한 풍자, 더 나아가 인간 전반에 대한 통렬한 풍자가 자리하고 있다.

2. 『쥴리카 돕슨』을 어떻게 읽을 것인가

나의 은사이신 장경렬 선생님께서 『쥴리카 돕슨』을 처음 만나게 된 것은 지금으로부터 약 20년 전인 2000년대 초 시애틀에서 안식년을 보낼 때였다고 하셨다. 어쩌다 '야드 세일'의 현장에서 1달러를 주고 구입한 『쥴리카 돕슨』을 읽고, 이 엄청난 풍자 소설에 담긴 인간과 인간 사회에 대한 예리한 통찰과 냉정한 비판에 깊이 이끌리지 않을 수 없었다고 하셨다. 그 이후 『쥴리카 돕슨』은 늘 선생님의 마음 한편에 머물러 있다가, 화인 북스에 이 작품의 번역 출간을 제의하시게 되었고, 감사하게도 부족한 나에게 작품 번역을 주선해 주셨다.

선생님께서는 '쥴리카 돕슨'이라는 "끔찍하게 매력적인" 여인의 파괴력을 "끔찍하게 매력적인" 전쟁의 속성과 겹쳐 읽으시면서, '쥴리카 돕슨'을 전쟁에 대한 알레고리로 읽을 수도 있을 것이라고 하셨다. 선생님께서 애초에 '쥴리카 돕슨'을 알레고리로 읽고자 했던 것은 아니라고 하셨다. 다만 옥스퍼드 대학생들이 '쥴리카 돕슨'이라는 여인에 대한 사랑 때문에 강물에 몸을 던져 집단 자살을 한다는 황당한 이야기에 이르러, 어떤 관점에서 읽어야 이 이야기에 대한 합리적이고 이해 가능한 독해가 될 것인가의 문제를 놓고 고민을 하게 되셨는데, 문득 소설이 출간된 해가 1911년이라는 점, 이는 제1차 세계대전을 앞두고 유럽 열강이 또 하나의 전쟁을 향한 유혹을 떨치지 못하던 때였으리라는 점이 문득 떠올랐다고 하셨다. 그리하여, '쥴리카 돕슨'이라는 매혹적인 여인이 다가올 전쟁에 대한 알레고리일 수도 있지 않겠냐는 데 생각이 미쳤고, 이런 관점에서 보면 문제의 황당한 이야기가 나름의 설득력을 얻을 수 있으리라는 판단에 이르게 되었다고 하셨다. 또한 선생님께서는 소설의 마지막 부분에서 옥스퍼드의 젊은이들을 죽음에 몰아넣은 쥴리카 돕슨이 케임브리지로 떠날 계획임을 밝히는 것을 주목하시면서, 이는 어느 한 지역의 젊은이들을 파멸로 이끄는 것만으로 만족할 수 없는 전쟁의 속성을 암시하는 것이 아니겠냐는 말씀도 해 주셨다.

　제1차 세계대전을 앞둔 시대의 총명하지만 열정에 들떠 있는 영국의 젊은이들에게 전쟁은 극도로 파괴적이고도 매력적인 한 여인과 같은 존재로 비쳤을 것이라는 장경렬 선생님의 진단은, 『쥴리카 돕슨』이 단순히 '사랑놀이'라든가 '연애 소설'의 차원을 넘어서는 작품임을 우리에게 환기한다. '쥴리카 돕슨'을 전쟁에 대한 알레고리로 읽는 경우, 선생님의 지적대로, 무엇보다 『쥴리카 돕슨』의 마지막 장면을 주목할 필요가 있을 것이다. 다시 말하지만, 이 소설의 마지막 장면에서, 옥스퍼드 대학생들을 파멸로 이끈 쥴리카는 다음 행선지를 케임브리지로 정한다. 옥스퍼드에서 쥴리카를 둘러싸고 발생했던 일련의 사건들, 그리고 무엇보다 수많은 학생들이 강물에 몸을 던졌던 파국적 결말이 머릿속에 생생하게 남아 있는 독자들은, 이후 케임브리지에서 어떤 일이 일어나게 될지 너무나도 확연하게 추측해 볼 수 있으리라. 이러한 맥락에서, 마치 무슨 일이 있었냐는 듯 무심하게 다음 행선지인 케임브리지를 향해 떠나겠다는 쥴리카의 말은 실소失笑를 자아내면서도 '섬뜩함'을 느끼게 한다.

　옥스퍼드를 파멸시킨 쥴리카가 무심하게 케임브리지로 향하듯, 전 세계의 물질적·정신적 유산들을 붕괴시킨 제1차 세계대전은 무심하게 제2차 세계대전을 향해 나아갔다. 전쟁이 어찌 세계대전뿐이었겠는가. 오늘날에도 러시아의 우크라이나 침공과 같은 크고 작은 수많은 전쟁들이 꼬리에 꼬리를 물고 일어나고 있다. 그런데 전쟁은 쥴리카처럼 무심하다. 수많은 고귀한 생명들이 전장戰場에서 피를 흘리며 쓰러져 산화散花된다 한들, '전쟁'은 눈 하나 깜짝 않고 한 곳을 정복한 뒤 무심하게 다른 정복지를 향해 나아간다. 옥스퍼드를 파멸시킨 뒤 아무렇지도 않게 다음에는 케임브리지를 '정복'하러 떠나는 쥴리카처럼 말이다.

어떻게 보면 제1차 세계대전의 전운이 감돌던 당시 비어봄은 그러한 무시무시한 전쟁의 속성을 '쥴리카 돕슨'을 통해 암시하고 더 나아가 경고했음에도 불구하고, 그는 결국 살아가면서 세계대전이라는 파국적 전쟁을 두 차례나 목격하게 된다. 이것이야말로 전쟁의 파국을 알면서도 전쟁을 끊임없이 계속하는 우리 인간들의 참을 수 없이 어리석은 속성이 아닐까. 쥴리카의 파괴적 매력에 이끌려 맹목적으로 강물에 몸을 던진 옥스퍼드 대학생들과 오늘날에도 여전히 세상을 파국으로 이끄는 전쟁을 그치지 않고 계속하고 있는 우리 인간의 모습은 그런 면에서 겹쳐진다.

또한 장경렬 선생님께서는 인간의 참을 수 없는 존재의 경박함이 전쟁을 야기하는 원인이 되었음을, 그것이 바로 역사와 신화 속 굵직한 전쟁들의 기본 구도였을 뿐만 아니라 더 나아가 인간 세계의 기본 구도일 수 있음을 말씀해 주시기도 했다. 트로이 전쟁을 예로 들어보자. 바다의 여신 테티스와 펠레우스의 결혼식 날, 불화의 여신 에리스는 그 결혼식에 초대받지 못한다. 에리스는 자신이 초대받지 못한 결혼식에 불화를 일으키기 위해, "가장 아름다운 이에게"라고 적힌 황금 사과를 결혼식장에 슬쩍 던져 놓는다. 그 황금 사과를 두고 헤라, 아프로디테, 아테나가 서로 자신이 그 사과의 임자라고 주장하며 다투다가, 결국 트로

이 왕자 파리스의 심판으로 아프로디테가 황금 사과의 주인이 된다. 그 대가로 파리스에게 세상에서 가장 아름다운 여인을 아내로 맞게 해 주겠다고 약속한 아프로디테는 그에게 스파르타의 왕비 헬렌의 사랑을 얻게 해 준다. 아내를 빼앗긴 메넬라오스는 형 아가멤논과 함께 트로이 원정길에 나서고, 그것이 바로 트로이 전쟁의 발단이 된다.

우리에게 잘 알려져 있는 트로이 전쟁의 원인이 된 이 이야기의 기원으로 거슬러 올라가 보면, 그곳에는 인간의 수많은 욕망들이 혼재해 있다. 헬렌이라는 미녀의 사랑을 얻고자 했던 파리스의 욕망, 서로 자신이 더 아름답다고 주장하며 미美를 과시하고자 했던 헤라, 아프로디테, 아테나의 욕망, 그리고 무엇보다 그 전쟁의 기원에는 결혼식에 초대받지 못한 데 대해 앙심을 품고 복수하고자 했던 에리스의 욕망이 자리하고 있다. 수많은 사람들이 목숨을 잃었던 트로이 전쟁을 겹겹이 둘러싸고 있는 욕망들은 그 얼마나 사소한 것들이었는가! 유럽의 열강들이 영토 확장을 위해 혈안이 되어 있었을 당시, 비어봄은 얼마나 하찮은 인간의 욕망들이 수많은 사람들의 목숨을 앗아갈 수 있는지를 인식했을 것이다. 그리하여 그는 수많은 젊은이들을 밀어내면서도 이끌고, 이끌면서도 밀어내는 사랑과 전쟁의 유사성에 주목하여, 『쥴리카 돕슨』에서 전쟁의 알레고리를 형상화한 듯하다.

3. 『쥴리카 돕슨』의 사랑 이야기가 갖는 또 하나의 의미는 무엇인가

'쥴리카 돕슨'을 전쟁에 대한 알레고리로 읽을 수도 있겠지만, '쥴리카 돕슨'을 죽음을 부르는 파괴적 사랑의 은유로 읽을 수도 있다. 누군가를 좋아하는 감정을 과장하여 표현할 때, 우리는 흔히 그 감정을 '죽음'과 나란히 쓰곤 한다. 예컨대, "좋아 죽겠다"와 "죽어도 좋아"라는 표현이 그러하다. "좋아 죽겠다"는 "좋아"라는 말만으로는 도저히 상대방에 대한 자신의 깊은 사랑의 감정을 형언할 수 없을 때 쓰는 표현이다. 한편, "죽어도 좋아"는 사랑이 이루어진 뒤 이제는 죽어도 여한이 없다는 의미로 쓰는 황홀경의 표현이다. 어느 정도의 일반화가 허용된다면, "좋아 죽겠다"가 "죽어도 좋아"로 수렴되면 사랑은 완성된다.

그러나 사랑이라는 그 복잡 미묘한 감정은 그리 쉽게 완성되지도 않지만, 완성되더라도 그것으로 끝맺음되는 것은 아니다. 사랑을 만들어 가는 주체가 변덕을 장착한 인간이라는 존재임을 고려한다면 더욱 그러하다. 청춘의 뜨거웠던 감정은 시간이 지남에 따라 그 형태가 변해 간다. 한때는 정신없이 맹목적으로 열을 올리던 감정도 오래지 않아 사그라지고 만다. 뜨거웠던 '사랑'은 뜨거운 '전쟁'으로 바뀌기도 하고, "죽고 못 살았던" 관계는 "(당신과는) 죽어도 같이 못 살겠다"의 관계로 극적인 전환을 맞기도 한다.

롤랑 바르트(Roland Barthes)는 『사랑의 단상』(*Fragments d'un discours amoureux*)에서 사랑의 합일에 대해 이렇게 썼다. "수렁에 빠지고 싶은 충동은 상처에 의해 올 수도 있지만, 또 어떤 융합에 의해 올 수도 있다. 우리는 사랑하기 때문에 함께 죽는다. 에테르 속에 용해된 열린 죽음, 합장合葬의 닫힌 죽음"(김희영 옮김, 동문선, 2004, 26쪽). 사랑은 마치 심연에 빠져들 듯 서로에게 녹아들어 죽어 없어지는 것과도 같다. 또한 사랑은 죽어서도 서로 떨어지지 않고 함께하는 숭고한 것이기도 하지만, 다른 한편으로는 서로를 구속하듯 가두어 함께 죽는 지독한 것이기도 하다.

이러한 '사랑'과 '죽음'의 상관관계는 문학의 주요 주제이기도 하다. 『젊은 베르테르의 슬픔』(*Die Leiden des jungen Werthers*), 『트리스탄과 이졸데』(*Tristan und Isolde*), 『로미오와 줄리엣』(*Romeo and Juliet*), 『안나 카레니나』(*Анна Каренина*), 『워더링 하이츠』(*Wuthering Heights*) 등, 사랑과 죽음을 주제로 한 문학 작품은 셀 수 없이 많다. 사랑과 죽음을 주제로 한 수많은 문학 작품들 중에서 『쥴리카 돕슨』이 특별한 위치를 점하는 이유는, 이 소설의 부제인 "옥스퍼드의 사랑 이야기"로 미루어 짐작해 볼 수 있다. 『쥴리카 돕슨』은 전 세계에서 둘째가라면 서러울 지성적 집단인 옥스퍼드 대학에서 너무나도 무모한 집단 자살이 일어나는 이야기다. 이 '집단 자살'이라는 대소동을 야기한 주인공은 다름 아닌 '쥴리카 돕슨'이라는 한 여인인데, 단지 그녀를 향한 사랑 때문에 수많은 옥스퍼드 대학생들이 강물에 몸을 던진다. 세상에서 가장 지성적인 집단이 모여 '집단 지성'을 이루어 내는 것이 아니라 '집단 자살'의 결과를 맺는다는 점에서, 『쥴리카 돕슨』은 그 어떤 문학 작품보다 더 사랑의 파괴적 단면을 잘 드러낸다. 옥스퍼드 대학 출신이기도 한 작가 비어봄은 옥스퍼드 대학을 사랑과 죽음의 배경으로 삼음으로써, '지적'인 자들의 속절없이 '어리석은' 사랑을 부각시킨다. 제아무리 지성을 뽐내는 사람이라 할지라도 사랑 앞에서는 매한가지 어찌할 도리 없이 한없는 어리석음에 빠질 수밖에 없다는 것이다.

　『쥴리카 돕슨』에서 사랑과 죽음의 관계는 쥴리카와 공작이 각자 패용한 '진주 귀걸이'와 '진주 장신구' 색깔에서도 상징적으로 잘 드러난다. 쥴리카의 진주 귀걸이 한 쌍은 본래 '흑진주'와 '분홍진주'다. 그러나 공작과 사랑에 빠진 후에는 둘 다 '하얀 진주'로 변하고, 그에 대한 사랑이 식으면 다시 원래의 '흑진주'와 '분홍진주'로 돌아간다. 공작의 진주 장신구의 경우에는 쥴리카의 것과 정반대다. 공작의 진주 장신구 한 쌍은 본래 둘 다 '하얀 진주'다. 그러나 쥴리카와 사랑에 빠진 후에는 각각 '흑진주'와 '분홍진주'로 변하고, 그녀에 대한 사랑이 식으면 다시 원래의 '하얀 진주'로 돌아간다.

여기서 '흑진주'는 '죽음'을 상징하고, '분홍진주'는 '사랑'을 상징하는 것으로 보이는데, 주목할 것은 쥴리카의 진주 귀걸이든, 공작의 진주 장신구든 '흑진주'와 '분홍진주'는 떼려야 뗄 수 없는 '한 쌍'을 이루고 있다는 점이다. 그것은 마치 '사랑'과 '죽음', '에로스'와 '타나토스'가 '한 쌍'을 이루는 것과도 같다. 더 나아가 진주 하나가 분홍색이고, 다른 하나가 검은색인 이유는 딜레마, 즉 '사랑'(분홍색)을 하면 '죽어야만'(검은색) 하는 『쥴리카 돕슨』에 나타난 딜레마를 잘 설명해 주는 상징적 장치라 할 수 있다.

사랑의 파괴적인 단면을 그려 내고 있는 『쥴리카 돕슨』에서 "좋아 죽겠다"의 관계는 "죽어도 좋아"로 고조되어 완성되는 것이 아니라, "죽어야 좋아"로 수렴된다. 쥴리카가 상상하는 사랑이란 합일의 최고조라 할 수 있는 "죽어도 좋아"를 지향하는 것이 아니라, 자신을 향한 사랑을 죽음으로써 증명해야만 하는 "죽어야 좋아"를 지향한다. 즉, 쥴리카의 사랑관은 "좋아 죽겠다"라는 시적·문학적 표현이 문자적으로 현실화되어야만 하는 근본주의적 관념에 머물러 있다. "좋아 죽겠다"며 쥴리카를 추종하는 옥스퍼드 대학의 수많은 남학생들은 자신들의 사랑을 죽음으로써 증명하려 하고, 쥴리카는 그런 그들의 죽음을 내심 즐긴다. 글자 그대로 "죽어야 좋은" 것이다. "죽어도 좋아"가 사랑의 합일의 최고조의 단계라면, "죽어야 좋아"는 극단적으로 왜곡된 사랑의 한 단면이다.

쥴리카는 자신을 향한 사랑 때문에 수많은 남학생들이 스스로 목숨을 끊는 것에 대해 일종의 자부심마저 느낀다. 전쟁의 여신이 그럴 법하듯이, 그녀는 그야말로 '과시적' 사랑의 극단적인 한 단면을 보여 준다. 동서고금을 막론하고 연인 사이에 사랑은 늘 증명을 필요로 하는 것이었다. 사랑하는 마음은 눈에 보이지 않기에, 연인들은 서로에게 증명을 요구한다. 상대방에게 자신의 마음만 받아 준다면 "하늘의 별도 달도 다 따 주겠다"는 서약을 하는 것도 일종의 증명 방법이다. 비非시적이고 비非물질적인 사랑의 마음을 증명할 도리가 없기에, 그 마음을 가시적인 '하늘의 별과 달'이라는 물질로 환원하는 것이리라. 그러나 이것은 말 그대로 수사(rhetoric)일 뿐, 고백하는 이도, 고백받는 이도 진짜 별과 달을 기대하지는 않는다. 그런데 쥴리카는 다르다. 그녀에게 "좋아 죽겠다"는 수사는 반드시 현실화되어야만 하는 것이다. 수많은 남학생들이 강물에 몸을 던져 쥴리카를 향한 자신들의 사랑을 입증하고자 하는 장면, 그것을 조용히 흐뭇하게 지켜보고 있는 쥴리카. 비非가시적인 '사랑'이라는 비非물질은 스스로 강물에 몸을 던져 허우적대고 있는 수많은 남학생들의 물질성을 통해 가시적으로 증명된다. 이보다 더 확실한 증명이 있을까?

그러나 이러한 증명 방법의 맹점은 그 열광적이고 극단적인 사랑의 증명 이후에 어떤 것도 남지 않는다는 것이다. 전쟁이 끝나고 난 뒤 모든 이가 죽어 전멸하듯, 쥴리카를 향한 사랑은 모든 이가 죽어 전멸하는 것으로 끝이 난다. 『쥴리카 돕슨』이 우리에게 궁극적으로 말하고자 하는 것은 무엇일까? 사랑은 죽음도 전쟁도 아니어야 한다는 것, 누가 누구에게 증명하고 인정받아야 하는 일방적인 것이 아니어야 한다는 것, 더 나아가 죽음도 전쟁도 사랑의 대상이 되어서는 안 된다는 것이다. 이러한 맥락에서, 공작의 뒤늦은 깨달음은 우리에게 깊은 울림을 준다. "하지만 이제 공작은 알게 되었다. 가장 중요한 것은 누군가를 사랑하고 또 사랑받는 일이라는 것을 말이다. 어제까지만 해도, 누군가를 사랑하고 그 사랑을 위해 죽는 것이 더할 나위 없이 행복한 일처럼 보였다. 하지만 이제 공작은 행복의 비결, 비결이기는 하지만 모두가 알고 있는 비결을 알게 되었다. 행복의 비결은 다름 아닌 '서로 사랑하는 것,' 즉, 사랑을 얻기 위해 죽음이라는 자극제가 필요 없는 상태였다." 공작의 깨달음처럼, 행복한 사랑이란 상호적인, 쌍방향적인 교감에 기반을 둔다는 사실은 역설적이게도 우리 "모두가 알고 있는 비결祕訣"일지 모른다.

롤랑 바르트의 말로 다시 돌아가 보자. "수렁에 빠지고 싶은 충동은 상처에 의해 올 수도 있지만, 또 어떤 융합에 의해 올 수도 있다. 우리는 사랑하기 때문에 함께 죽는다. 에테르 속에 용해된 열린 죽음, 합장合葬의 닫힌 죽음." 우리의 사랑이 열린 합일이 될 것인지, 닫힌 죽음이 될 것인지, 『쥴리카 돕슨』은 우리에게 묵직한 질문을 던진다. 그 질문에 대한 답은 우리에게 주어진 몫일 것이다.

번역에 사용한 텍스트는 예일 대학 출판부(Yale University Press)에서 2002년에 출간한 *The Illustrated Zuleika Dobson or An Oxford Love Story*이다. 앞서 언급한 바와 같이, 비어봄은 소설가이자 풍자화가로서 자신이 쓴 소설에 직접 그림을 그려 넣었다. 이 번역서에 삽입된 모든 그림은 비어봄이 직접 그린 것으로, 예일 대학 출판부에서 출간한 텍스트에 삽입된 것을 화인북스에서 판권을 구입하여 그대로 사용한 것이다. 예일 대학 출판부에서 2002년에 출간한 텍스트는 1991년에 처음 출간된 『쥴리카 돕슨』 텍스트에 비어봄의 그림을 포함시켜 재출간한 것이다. 그러므로 이 번역서는 독자들에게 비어봄의 소설을 감상할 수 있음은 물론, 그의 그림까지도 함께 감상할 수 있는 소중한 기회가 될 것이다.

『쥴리카 돕슨』의 번역 의뢰를 받은 것은 2021년 2월인데, 바로 그 해 그 달에 둘째 아이가 태어났다. 하루 종일 신생아 육아로 부대끼다가

늦은 밤인지 이른 새벽인지 모를 시간에 일어나 번역을 하기 위해 책상 앞에 앉는 것은 고역이었다. 하지만 매우 고단한 작업이었음에도 불구하고 어느새 쥴리카 돕슨의 매력인지, 아니면 『쥴리카 돕슨』의 매력인지에 푹 빠져서, 번역 작업은 기다려지는 하루 일과 중 하나가 되었다.

그동안 번역 작업을 하는 과정에 많은 분들의 도움이 있었지만, 특히 장경렬 선생님의 도움이 컸다. 선생님께서는 부끄러운 나의 번역 원고를 꼼꼼히 읽고 다듬어 주셨다. 선생님께서는 내가 대학원생일 때에도 많은 가르침을 주셨지만, 졸업한 지 오래인 지금도 여전히 부족한 제자를 위해 많은 가르침을 주신다.

'사랑'이 수많은 문학 작품과 예술 작품들의 주요 주제로 다루어진 이유는, 그만큼 많은 사람들이 고민하고 씨름하는 문제이기 때문이리라. 아무쪼록 '사랑'이라는 또 하나의 '전쟁'을 치르고 있을 수많은 이들이, 또한 '전쟁'을 '사랑'으로 착각하고 이를 향해 돌진하는 이 시대의 수많은 호전적인 정치가나 이에 부화뇌동하는 수많은 이들이 『쥴리카 돕슨』을 읽고 사랑과 전쟁의 복잡한 미로 속에서 나름의 길을 찾기를 기대해 본다.

2022년 8월 20일

노동욱